MI
NOMBRE
ES N

Si tienes un club de lectura o quieres organizar uno, en nuestra web encontrarás guías de lectura de algunos de nuestros libros.
www.maeva.es/guias-lectura

Este libro se ha elaborado con papel procedente de bosques gestionados de forma sostenible, reciclado y de fuentes controladas, avalado por el sello de PEFC, la asociación más importante del mundo para la sostenibilidad forestal.

MAEVA desea contribuir al esfuerzo colectivo y permanente de proteger y preservar el medio ambiente y nuestros bosques con el compromiso de producir nuestros libros con materiales responsables.

ROBERT KARJEL

MI NOMBRE ES N

Traducción:
CARLOS DEL VALLE HERNÁNDEZ

MAEVA | NOIR

Título original:
DE REDAN DÖDA

Publicado originalmente por Wahlström & Widstrand, Suecia
Edición publicada bajo el acuerdo con Silvia Bastos, S.L. Agencia literaria,
en colaboración con Partners in Stories Stockholm AB
© ROBERT KARJEL
© de la traducción al inglés: Nancy Pick y Robert Karjel, 2015
© de la traducción: CARLOS DEL VALLE HERNÁNDEZ, 2017
Traducido de la versión inglesa *My name is N*
© MAEVA EDICIONES, 2017
Benito Castro, 6
28028 MADRID
emaeva@maeva.es
www.maeva.es

ISBN: 978-84-16690-62-6
Depósito legal: M-11.191-2017

Diseño e imagen de cubierta: SYLVIA SANS BASSAT
Fotografía del autor: HENRIK LINDSTEN
Preimpresión: Gráficas 4, S.A.
Impresión y encuadernación: CPi
BLACK PRINT
Impreso en España / Printed in Spain

A la memoria de Hugh Swaney, detective de homicidios

1

Nueva York, 17 de mayo de 2008

La respiración del sueco se sosegó. Fue plenamente consciente del proceso: cómo se calmaba, cómo la adrenalina se iba disolviendo mientras él se agachaba y se enjuagaba las manos. La gravilla crujía bajo las suelas de sus zapatos. La mayor parte de la sangre se había concentrado en sus manos, como si las hubiera sumergido en ella. También había salpicado su cazadora y su rostro. Se las restregó y se las volvió a enjuagar, sin prisa. Pero no tenía espejo. Se encontraba tal vez a medio kilómetro al norte del puente de Williamsburg; en el horizonte frente a él se desplegaba la vista del East River y Manhattan. Una naturaleza muerta de luz y oscuridad, sin movimiento aparente. No oía sirena alguna, apenas el rumor del tráfico y el murmullo de la vida nocturna de Brooklyn. Apretó los labios una última vez, a fin de evitar que la inmundicia y el aceite del río penetraran en su boca. A continuación se puso en pie, resopló y se sacudió el agua de las manos. Todavía podía sentir al hombre que había luchado debajo de él como una anguila a la que hubiera estrujado hasta la muerte. Miró sus manos, separó los dedos, las volteó. Esas manos que habían hecho algo más que defenderse.

Ya estaban bastante limpias.

Rebuscó entre unos arbustos que había en un solar desierto y sacó una bolsa de plástico que contenía algo de ropa. Se quitó la que llevaba puesta, incluso los zapatos, y la tiró al suelo, formando un montón. No sentía el frío de la noche. Entre los edificios a oscuras vislumbró la torre del reloj de Brooklyn.

Cambió las prendas viejas por otras limpias, le hizo un nudo a la bolsa que ahora contenía la ropa sucia ensangrentada y agujereó el plástico con un punzón que sacó del bolsillo.

Un lanzamiento limpio bastó para que la herramienta saliera volando hacia el centro del río, seguida de la bolsa. La corriente burbujeó y gorjeó mientras la bolsa se hundía lentamente. Permaneció allí plantado unos momentos, con las piernas algo separadas y las manos en los bolsillos, una silueta solitaria en un solar abandonado junto a la central eléctrica.

Entonces llegaron los primeros temblores. Todo su cuerpo se retorció entre calambres de agotamiento a medida que la adrenalina se desvanecía, eran las secuelas. El hombre se había defendido con todas sus fuerzas. Pero el sueco lo había dominado, y había perforado el rostro del cabrón con un apretón de hierro.

En la sala de urgencias de Wyckoff Heights yacía un hombre que no paraba de gritar. El conductor de camiones, un ladrón de poca monta en libertad bajo fianza, había prometido testificar, pero se había visto involucrado en algo que lo superaba. Incluso entre las enfermeras, que pensaban que habían visto de todo, hubo alguna que tuvo que apartar la vista. El hombre sobreviviría, pero las cuencas de sus ojos quedarían vacías para siempre. Nunca podría señalar a alguien en un reconocimiento, nunca volvería a identificar a nadie, nunca podría decir a quién había visto, ni dónde, ni cuándo.

Junto al río, el sueco pudo respirar.

2

Ella deslizaba con destreza la moneda entre sus dedos, adelante y atrás, mientras con la otra mano hojeaba distraída los papeles que había encima del escritorio. Esperaba una llamada y mataba el tiempo entre archivadores, periódicos y fotografías. El titular de portada del *Kansas City Star* rezaba: «Los asesinos de Topeka serán ejecutados el mes que viene». Tomó una fotografía de un hombre demacrado y con sobrepeso que vestía el mono naranja de prisionero y la puso a un lado. La moneda se balanceaba entre sus dedos pulgar e índice y después comenzaba a rodar de nuevo. Junto a los recortes de prensa había una pila de declaraciones de testigos con una etiqueta que decía: «Asesinato con robo, Central Park. Sin resolver». Al lado, una fotocopia en blanco y negro del retrato de una mujer que había muerto varios años antes, algunos libros de arte y la copia de una factura de un bar de Toronto.

Sonó el teléfono.

Fue como si la moneda hubiera estado esperando la llamada: se movió a toda velocidad hasta llegar al dedo meñique y regresó. La atrapó con la mano. Contestó, luego resopló a modo de respuesta mientras alguien hablaba al otro lado de la línea.

—Así que está arreglado —dijo ella al cabo de un rato, y se recostó con la fotografía de una escultura de piedra en la mano—. ¿Qué nombre te dieron?

Asintió mientras escuchaba. Mármol blanco. La escultura de la imagen era humana, pero no se podría decir si se trataba de un hombre o una mujer; solo era un tenso cuerpo desnudo lleno de deseo que pedía más.

–Grip –repitió–. Ernst Grip. Bien. No, no hace falta. Enviaré a alguien para que lo recoja en el aeropuerto.

3

Vuelo SK901 procedente de Arlanda, Estocolmo

Mientras el avión ganaba altura, Ernst Grip lanzó una mirada apática al sucio paisaje plomizo que veía a través de la ventanilla. Tomó de su regazo el ejemplar del *Expressen,* el tabloide vespertino de Estocolmo, y lo metió en el bolsillo del asiento delantero. Intentó acomodarse –nunca conseguía acoplar las piernas en la maldita clase turista–, deseando que le sirvieran la primera copa y el aperitivo. Necesitaba distraerse con algo entre las manos.

Quedaban ocho horas para llegar a Nueva York.

El norteamericano que se encontraba sentado a su lado acribilló a la azafata a preguntas sobre la selección de bebidas alcohólicas.

–Un whisky. De cualquier marca –se limitó a decir Grip cuando le tocó su turno, y sin más comentarios le ofrecieron dos botellitas acompañadas de una miserable bolsita de frutos secos.

Pollo soso acompañado de un vino tinto insípido; a pesar de haber tenido que tomar el vuelo en el último momento, alguien había conseguido un billete en clase turista para él. Tenía que agradecérselo a los mezquinos burócratas suecos. En el mapa digital que había en el otro extremo de la cabina, el símbolo del avión se arrastraba sobre el mar en algún lugar indeterminado de la costa noruega. Después llegó el café y, aunque no era su costumbre, pidió un coñac. Sintió cómo el licor se esparcía por su cuerpo. A continuación saltó de una película a otra en la pantalla de vídeo situada en el respaldo del asiento delantero. Se durmió.

Grip era moreno y tenía esa clase de rostro que uno cree haber visto antes. Cuando vestía traje parecía mayor que cuando no lo llevaba. Según su pasaporte tenía treinta y siete años, pero si se viera presionado podría estirarlos diez años arriba o diez abajo. Provisto de unos agradables hombros anchos, solía recibir buen trato por parte de la tripulación de vuelo, tanto hombres como mujeres, que siempre detenían sus carritos para intercambiar alguna palabra de más con él.

El día anterior, el Jefe había llamado a Grip para comunicarle que tendría que viajar a Nueva York. De vez en cuando, su antiguo superior de los servicios secretos lo seguía convocando para algún asunto. Tiraba de la vieja correa, y su nuevo jefe recibía una llamada: «Grip se va de viaje». Era algo de lo que él no tenía que ocuparse: su papel se limitaba a la realización. Cuando Grip entró en el despacho, recibió un billete de avión y una tarjeta de crédito.

—Quiero una relación de gastos —fue la única indicación del Jefe.

Esa era la diferencia entre un simple burócrata y un curtido agente de los servicios secretos, un viejo agente astuto que gestionaba sus propias cuentas. Un sistema perfecto para aquellos que preferían no conocer los detalles.

—Y... —dijo Grip, tratando de averiguar algo más aparte de lo relacionado con comidas y alojamientos.

El Jefe escribió unas notas en su cuaderno.

—El Ministerio de Asuntos Exteriores quiere que vayas a ver a los norteamericanos.

—¿Por qué razón?

—No se sabe. Los norteamericanos quieren hacerte algunas preguntas.

—¿Te refieres a los trescientos millones de norteamericanos?

El Jefe resopló.

—No, solo al Departamento de Justicia. Su gente te estará esperando en Newark.

—Y me quieren a mí en particular.

—Supongo que eres uno de los «conocidos» en las oficinas del ministerio. Estabas presente cuando entregamos a los egipcios a la CIA en el aeropuerto de Bromma. El escándalo que hubo en Exteriores, nosotros hicimos el trabajo, se acuerdan, ¿qué sé yo? Preguntaron por ti, y yo dije que sí.

—¡Hay que joderse!

—Llévate un traje cómodo. —El Jefe sonrió—. Responde a algunas preguntas, disfruta de un par de buenas cenas y regresa a casa.

—¿Y no tienes ni idea de qué se trata?

El Jefe escribió algo en un papel y se lo tendió con dos dedos. Grip leyó en alto:

—Topeka.

—Los norteamericanos quieren saber qué sabemos de Topeka, una ciudad en medio de ninguna parte.

—¿Alguna instrucción del Ministerio de Asuntos Exteriores?

—«Envíen a Grip», eso fue todo lo que dijeron. Solo quieren que nos ocupemos de esto, sea lo que sea.

—De modo que soy el chico de los recados del Ministerio de Asuntos Exteriores.

—Pero solo hablarás conmigo.

El astuto espalda plateada todavía mandaba desde su colina elevada en la selva.

—¿Máximo una semana? —dijo Grip a modo de tentativa.

—Lo que sea necesario.

—¿Visado?

—No te preocupes por eso. Entra como turista.

Grip se despertó cuando su compañero de asiento comenzó a rebuscar algo junto a sus pies. Pidió disculpas pero continuó buscando, y a Grip le resultó imposible volver a conciliar el sueño. A continuación, su vecino apretó un tubo de crema y se la aplicó en las narinas.

—Vaselina —dijo el norteamericano—, contra el aire seco. ¿Quiere un poco?

Grip negó con la cabeza. El hombre hablaba sin parar. Regresaba a Estados Unidos después de haber visitado a su hija recién casada. Ella había conocido a un sueco mientras estaba de vacaciones, y ahora vivían en Sundbyberg, un distrito de Estocolmo. El hombre se rio al decir «Suund-bii-berg», y después describió con todo detalle el parque junto al cual vivía la pareja, como si ese fuera el lugar más exótico de la Tierra, un sitio que Grip jamás podría llegar a imaginar. Por supuesto que le gustaban los abedules, pero le preocupaba el mundo en el que crecerían sus nietos.

—Ya sabe cómo está el mundo hoy en día —dijo. Todavía se sentía molesto porque en el aeropuerto había tenido que entregar un bote de espuma de afeitar y unas tijeritas para las uñas—. Pero no queda otro remedio que aguantarse, ¿no es así?

Vivía en el bajo Manhattan, y se encontraba en su balcón aquella mañana en que vio derrumbarse las Torres Gemelas, la gran nube de polvo y cómo llegaban corriendo todas esas personas de rostros ojerosos.

—Y luego esto —dijo, golpeando con la mano la portada del *New York Times*. Era una noticia sobre Irak, con una fotografía de un coche en llamas y gente corriendo—. Pasa en todos sitios, es terrible. —Miró con recelo a Grip, evidenciando esa fina capa de hielo sobre la que todos los norteamericanos sabían que se encontraban, ese aire de por-favor-no-me-odies-a-mí-personalmente que tenían cuando se encontraban en el extranjero—. Tantos muertos... No sé. Es complicado.

—¿Votó usted a Bush? —preguntó Grip.

—¿Yo? —El hombre hizo un delicado movimiento de cabeza—. La segunda vez no.

La azafata se acercó mostrando un catálogo y pronunciando un monótono «*Duty-free... duty-free*».

—Un vecino mío perdió a su nieto —prosiguió el hombre después de que ella pasara—. En Irak. Era un simple conductor del ejército. Qué horror.

Grip guardó silencio.

—Bueno, todos aportamos nuestro granito de arena —continuó el hombre—. Mi viejo luchó contra los alemanes en la ofensiva de las Ardenas. «Un frío de mierda», era todo lo que contaba sobre la guerra. «Un frío de mierda.»

El hombre miró al frente y soltó la misma risa lacónica que había utilizado al pronunciar «Sundbyberg». Luego enmudeció. Pasó quizá un minuto.

—Aunque esa era otra clase de guerra —dijo a continuación.

—¿Es usted ciudadano norteamericano? —le preguntó la azafata.

Grip negó con la cabeza. Al cabo de un rato había escrito su número de pasaporte en tantos lugares del formulario que le habían entregado que se lo sabía de memoria. Marcó «no» en todas las casillas, juró que no viajaba a Estados Unidos para dedicarse a la prostitución ni al terrorismo, y que tampoco había tomado parte en el exterminio de los judíos durante la Segunda Guerra Mundial. Por último, se registró como turista y facilitó la dirección de un Hilton cerca de Central Park como lugar de residencia. Encontró el hotel en un anuncio de la revista de la compañía aérea.

Al ordenar su billetera, encontró el trozo de papel que le había entregado el Jefe.

—¿En qué estado se encuentra Topeka? —le preguntó a su compañero de asiento.

—Kansas —respondió el hombre—. ¿Es allí adonde va?

—No.

Ya había estrujado el papel y lo había colocado en el bolsillo del respaldo.

—Entonces, ¿adónde va?

—A Nueva York, pero solo me quedaré un par de días.

—¿Es la primera vez?

Grip se encogió de hombros.

—Le encantará.

Ernst Grip esperó a que se despejara el pasillo. Después guardó el *Expressen* sin leer en su bolso de bandolera y salió del avión. Lo que lo detuvo a continuación fue la laberíntica cola del control de pasaportes. Los pasajeros procedentes de vuelos de larga distancia esperaban con los ojos enrojecidos mientras sus hijos medio dormidos se sentaban sobre el equipaje de mano o directamente en el suelo. Un puñado de mujeres se movía entre las hileras serpenteantes, advirtiendo a voces a los extranjeros que tuvieran a mano sus formularios. Vestían uniformes sencillos, y portaban un llavero en una mano y un enorme *walkie-talkie* en la otra. Andares bamboleantes, semblantes duros.

Grip las había observado a lo largo de los años. Hacían un trabajo que apenas se encontraba un escalón por encima de darles la vuelta a las hamburguesas en un McDonald's. Desde la caída de las Torres Gemelas, actuaban como si contaran con el respaldo de todo el cuerpo de marines. Alzaban la voz tan pronto como alguien dudaba o —Dios no lo permitiera— replicaba. Al principio de la cola, cerca de una garita de control de pasaportes, oyó una trifulca en diferentes idiomas. Grip no pudo ver qué sucedía, pero pensó que se estarían llevando a alguien de allí.

Por fin le indicaron con la mano que se acercara a uno de los puestos de control. Detrás del mostrador, que le llegaba hasta el pecho, había dos hombres sentados. Camisas almidonadas, pelo rapado. Uno de ellos le echó un vistazo apresurado al formulario y a continuación hojeó el pasaporte. Se detuvo ante una de las páginas con una expresión impasible.

—¿Qué hizo en Egipto el año pasado? —preguntó.

El otro se ocupaba exclusivamente de estudiar a Grip. La mirada del interrogador.

—Estuve buceando en el mar Rojo —respondió Grip—. En Sharm el-Sheij.

El hombre siguió pasando las páginas hasta que encontró otro sello que llamó su atención.

—¿Y en Sudáfrica?

—Pasé una semana disfrutando del sol de invierno en Ciudad del Cabo.

También eso era mentira. Estaba acostumbrado.

Luego estamparon un nuevo sello en una de las páginas y le desearon un buen día al señor Grip, cabello oscuro aunque ojos azules, treinta y siete años recién cumplidos. Recogió su pasaporte y dio las gracias.

En la sala de llegadas de Newark había dos hombres trajeados, uno de los cuales sujetaba un pequeño letrero con aire más aburrido que ilusionado. ERNEST GRIP, habían escrito en sencillas letras rojas. Incluso entre la multitud de gente con letreros, los dos hombres parecían inexplicablemente fuera de lugar, como si incluso ellos mismos se preguntaran qué hacían allí.

—*Ernst* Grip —corrigió Grip.

—Bienvenido —dijo el hombre que sujetaba el letrero. No pilló la indirecta; solo pareció aliviado. El otro se encargó de la maleta de Grip.

Dos hombres bronceados de pelo rapado: los típicos agentes del FBI. Aparte de ofrecerle un café en el coche, no dijeron gran cosa. Grip tampoco tenía motivo para hablar con ellos mientras circulaban por las chirriantes autopistas de hormigón y se sumergían en un túnel iluminado con una luz anaranjada que los condujo el centro de Manhattan.

—¿Es este el hotel? —preguntó Grip cuando aparcaron en un garaje subterráneo.

—No. La oficina —recibió por toda respuesta.

—Tengo que sacar algo de mi maleta.

El conductor abrió el maletero. Grip sacó la americana, se abrochó el botón superior de la camisa y le hizo un nudo a la corbata que había en uno de los bolsillos.

—¿Lleva algún arma encima? —preguntó el conductor.

—¿Algún arma? —dijo Grip—. Acaban de recogerme en el aeropuerto.

El hombre se encogió de hombros.

Subieron por una escalera mecánica hasta una gruta de mármol; las típicas palmeras de oficina adornaban las isletas de rigor. El suelo del recibidor resonó bajo sus pasos mientras cruzaban el detector de metales. Los escoltas de Grip mostraron su documentación, enseñaron sus armas y señalaron una anotación en un tablero, lo que permitió pasar a Grip.

Una vez en el vigésimo tercer piso, serpentearon a través de pequeños bloques de diminutas salas de reuniones ocupadas por hombres que vestían camisas arremangadas y pantalones anchos. Por todas partes había carteles con extrañas prohibiciones. Envases de comida para llevar, cartones grasientos, botellas... Parecía que allí no paraban de comer. La gente se saludaba mientras bebía o se limpiaba las manos con un puñado de servilletas. Uno de los hombres que lo acompañaban le ofreció un café a Grip, pero este lo rechazó.

Franquearon una puerta de cristal, pasaron junto a una secretaria que levantó la vista y asintió y, por fin, entraron en un gran despacho.

—Aquí es. Ella estará con usted en un momento —susurró uno de los hombres detrás de él, y después ambos se esfumaron.

Grip se quedó solo. Ella se encontraba sentada detrás del escritorio, vuelta hacia una ventana mientras hablaba —o más bien escuchaba— por teléfono. Era consciente de su presencia, pero no le dirigió una sola mirada. En la habitación reinaba el silencio. Grip observó su perfil y valoró el hecho de que fuera una mujer. Teniendo en cuenta las minúsculas covachas de la zona de oficinas que había visto de camino, la presencia de una secretaria sentada fuera y la gruesa moqueta del suelo, se encontraba ante una superior. Determinar su nivel resultaba más difícil. En su paseo a través del edificio había visto suficientes gorras del FBI y de la DEA como para saber qué territorio pisaba. La mujer aparentaba su misma edad, y sus rasgos tenían algo de asiáticos: los ojos, el delicado tono de la piel... Su cabello era lacio y oscuro. Ningún retrato, diploma ni fotografía de exaltación personal en las paredes. Apenas un inmenso paisaje tropical a su espalda, una reproducción de una acuarela que representaba unas casas de madera descolorida a causa del mar y algunas figuras que descansaban en la sombra.

Por fin ella dijo algo inaudible, colgó el auricular y se dio media vuelta. Con las manos apoyadas en el reposabrazos de la silla, lo observó con interés y arqueó ligeramente las cejas.

–El sueco –dijo.

–Sí, el sueco –respondió Grip–. O Ernst Grip, como quizá también figure en alguna parte.

Ella bajó la mirada a su escritorio.

–Sí, claro, Ernst –dijo mientras se ponía en pie para saludarlo–. ¿Del Ministerio de Asuntos Exteriores?

–De los servicios secretos.

–¡Vaya!

La mujer hizo una pausa.

–¿Ha presenciado alguna vez una ejecución? –preguntó a continuación con delicadeza, y sin esperar respuesta añadió–: Por cierto, me llamo Shauna. Shauna Friedman.

4

Tailandia, día de San Esteban, 2004

Lo primero que recordó fueron unos peces que pasaban nadando junto a un coche. Tenía el agua hasta la cintura antes de que la ola comenzara a retirarse. Los peces, sus vistosos colores, eso fue lo primero que recordó.

N. no sabía adónde se dirigía. Caminó despacio por los alrededores después de que el mar se retirara por fin. No vio a muchas más personas; las pocas que se encontró deambulaban sin rumbo, como él. En una ocasión oyó un grito, podía tratarse de un ser humano o de un animal que se encontrara en apuros.

Entonces llegó la comezón. No de un modo abrumador, pero allí estaba, vagamente irritante. Se pasó las manos por brazos y piernas para espantar las moscas atraídas por las heridas. Tenía la boca seca, pero no se le ocurrió abrir alguna de las muchas botellas de agua que, con todo el caos, se habían caído de sus cajas frente a la puerta de una tienda.

Unos lugareños encontraron a N., lo subieron a un remolque y lo alejaron del mar. Apretujado entre otras personas, sintió su miedo. En la parte trasera del remolque, la gente hablaba muy deprisa, y solo se tranquilizaron cuando el tractor que los remolcaba comenzó a ascender por la pendiente que había detrás de la aldea. Allí arriba, en la arboleda, se había reunido mucha gente. Alguien le ofreció agua; él bebió y devolvió la botella vacía. Un hombre, al ver sus brazos y rodillas lacerados, lo condujo a un lugar empedrado donde habían agrupado a los heridos. La mayoría estaban tumbados en el suelo.

Una enfermera se acercó a él. Parecía preocupada, pero no pudo hacer mucho más que limpiar las heridas más profundas con agua. Pidió varias veces disculpas por no haber traído más artículos del botiquín de la aldea. Después N. se sentó. Se quedó allí. Alguien intentó entablar conversación, pero él no respondió. Otro le ofreció un cuenco de arroz. También lo rechazó.

Cuando empezó a anochecer se oyó ruido de helicópteros. La gente se puso nerviosa y comenzó a gritar, pero el ruido desapareció en la distancia. La brisa nocturna agitó los árboles. Los rumores se extinguieron.

La noche cubrió las arboledas de la montaña. N. se apartó del empedrado para colocarse donde solo había tierra, pues resultaba menos frío. Se acurrucó, aunque no tardó en quedarse helado. Le empezaron a doler las heridas de las rodillas. Le resultaba imposible encontrar una posición cómoda, de modo que terminó por sentarse apoyado en un árbol. Consiguió dar unas cabezadas, pero en el duermevela volvió a pensar en los peces, en sus vivos colores. También surgieron otras imágenes: vio a unas niñas pequeñas, sus rostros, a una mujer. Oyó sus voces. Una mujer y dos niñas. No podía asegurar que fueran suyas, pero era de día y estaban sentados comiendo algo. Habían comido juntos... Después, solo quedaba el recuerdo de los peces.

Alguien se puso en cuclillas junto a N., sintió que le sujetaban un brazo. Ni siquiera fue consciente de sus propios gemidos. La gente que lo rodeaba pensó que estaba llorando.

El sol salió y se puso de nuevo. Pasaron otra noche en la montaña. Hacia el amanecer sintió tanta sed que tomó y vació una botella de agua que había junto a un niño pequeño que dormía a su lado.

Al tercer día llegaron unos cuantos soldados en un vehículo militar y les comunicaron que podían regresar a la aldea; ya no había peligro. La enfermera lavó una vez más las heridas de N., que estaban inflamadas y purulentas, y le indicó que debía acudir a un hospital. Le dijo que tenía fiebre, que necesitaba ayuda, de modo que él se unió a la estrecha hilera de personas que regresaban de la montaña.

Al principio, debido a la devastación y a los escombros, le costó orientarse en la aldea. El sol era torturador. Pero entonces reconoció el coche junto al que se había encontrado cuando vio los peces, así como el desaguisado de botellas de agua desparramadas en la calle, delante de la tienda. Abrió una y bebió. A lo lejos distinguió el hastial de una casa que le pareció reconocer. Se acercó, y enseguida se sintió inseguro. Las paredes blancas no tenían techo, y gran parte del edificio se había derrumbado. Cualquier vestigio del pequeño hotel había desaparecido. Ni rastro de lo que recordaba como un patio interior entre los escombros: tablones, infinidad de revoques, ramas de palmeras. Las tumbonas parecían barcas volcadas encima de todos los restos. La estructura era de acero; los gruesos listones, de plástico blanco y negro. N. recordó que siempre se le pegaban a la piel: no hacía tanto que había estado sentado justo allí. De repente, su corazón comenzó a latir muy deprisa y él sintió que algo terrible estaba en juego. Tiró de lo que pudo agarrar y apartó trozos de tablones. Pero las fuerzas lo abandonaron casi nada más empezar, y cada nuevo esfuerzo resultaba cada vez más torpe. Con las piernas temblorosas, observando todas las piezas afiladas a su alrededor, se sentó. El sol calentaba con intensidad, la cabeza le palpitaba. No mejoraría. Miró a su alrededor, se puso en pie resoplando y volvió a intentarlo.

Lo que en un principio parecía una rama resultó ser un brazo azulado que sobresalía entre todo el caos. El cuerpo estaba cubierto por un trozo de pared derruida, pero pudo ver su rostro magullado, demasiado hinchado como para revelar algo. Colocó con cuidado un cojín de gomaespuma para ocultarlo. A continuación volvió a mirar a su alrededor, en esta ocasión con nuevos ojos, y comprendió que estaba rodeado de miembros que sobresalían, de cuerpos tumefactos y medio desnudos. Se dejó caer, exhausto y rendido, llorando de desesperación.

N. no sabía cómo había llegado hasta allí, pero en el hospital le asignaron una cama. Para entonces la fiebre ya se había apoderado por completo de él, y pasó varios días en una especie de letargo. El personal era muy amable, pero lo llamaban por un nombre que no reconocía y le hacían preguntas sobre cosas que él había mencionado en sus delirios y que no recordaba en absoluto. Le limpiaron las heridas, rasparon y cosieron. La fiebre tardó una semana en bajar.

Una mañana, cuando regresó del cuarto de baño, N. descubrió una bolsa de tela que colgaba de una de las barras al pie de su cama. Verde, con la correa de la bandolera degastada, de esas que los turistas adquieren en las tiendas de excedentes militares. La descolgó y miró a su alrededor. Ninguna de las tres personas con las que compartía la pequeña habitación parecía prestar atención, como si no le perteneciera a ninguno de ellos. Abrió la cremallera y echó un vistazo a su contenido. Como era de esperar, halló algunas guías turísticas, un libro sobre buceo y varios recibos de viaje. En el bolsillo interior encontró un grueso sobre lleno de dólares, y en un bolsillo exterior, un pasaporte.

De ahí habían sacado el nombre las enfermeras. Pero ¿se trataba de algún tipo de confusión? ¿Podría...? No lo sabía. Al observar la fotografía del pasaporte, N. se paralizó ante la visión de los rasgos conocidos: el mismo flequillo irregular que podía ver en el espejo, la misma arruga entre la frente y la nariz. Y, sobre todo, la misma mirada. Giró la bolsa y reparó en una marca de sal que se esparcía formando un arco irregular. No pudo determinar si la había ocasionado el mar o el roce de una espalda sudorosa. Volvió a hojear el pasaporte, se fijó en los sellos estampados, miró de nuevo la fotografía. Se quedó allí sentado.

Cuando la ronda pasó un poco más tarde, volvieron a llamarlo por ese nombre.

—Sí —respondió N.

—La fiebre ha remitido —dijo un médico bajito con la frente perlada de sudor—. Y las heridas parecen cicatrizar correctamente.

A continuación, el hombre lanzó una mirada nerviosa al pasillo.

—Comprendo —dijo N.

—Necesitamos la cama —se disculpó el médico—. No deja de llegar gente.

—Sí, claro —dijo N., echando una mirada a la corta camisola de hospital.

—Tiramos los harapos que llevaba puestos —dijo la enfermera—. Póngase esto.

Le tendió una bolsa de plástico transparente. En su interior había unos vaqueros usados aunque limpios, una camisa de manga corta y unas sandalias.

—Tendrá que ponerse en contacto con alguien que le pueda quitar los puntos dentro de una semana, más o menos —le recordó el médico—. No debería tener ningún problema.

—No.

—¿Adónde irá ahora?

—Tengo que buscar a alguien.

El médico asintió. Luego salió de la habitación y continuó la ronda.

N. se vistió, se colgó la bolsa del hombro y se marchó.

Los autobuses funcionaban de nuevo. Las carreteras estaban abarrotadas de camiones, excavadoras y grupos de hombres que vestían toda clase de uniformes, pero N. consiguió regresar a la aldea.

Junto al mar, todos los rastros de la catástrofe seguían allí, si bien habían aparecido otros nuevos. La aldea estaba sembrada de retratos mal fotocopiados de personas desaparecidas, pegados en los pocos lugares donde era posible encontrar un hueco. Los papeles blancos se agitaban en los postes del tendido eléctrico, tan alto como una persona podía alcanzar. En otro mundo, podría haberse tratado de una campaña electoral con un centenar de candidatos. Cerca de un templo, a las afueras de la aldea, distinguió a unas personas que llevaban gruesos guantes y protección para la boca y la nariz. En otros lugares, las autoridades habían establecido pequeñas oficinas –por lo general, una sencilla tienda de campaña grande– donde la gente lloraba o discutía sin sentido. N. era constantemente acosado por personas que querían saber si había visto a esta o a aquella persona. Se alejó de allí, asqueado.

Sintió una extraña sensación de distancia. La aldea que veía no era la suya, nunca lo había sido. Apenas unas semanas antes no sabía absolutamente nada de ella. Había acudido allí como viajero, la elección al azar de un turista. Podría haber acabado en cualquier otra playa, en cualquier aldea, en cualquier lugar. No era más que un lanzamiento de dados.

Prosiguió su camino. Debía ir a un lugar. Entonces vio que habían ordenado la tienda donde se habían desparramado las botellas por la calle, y N. recordó otra vez los peces. Y después, el desayuno. Habían comido fruta, y las pequeñas llevaban bañadores nuevos y tenían los ojos entrecerrados a causa del sol. De modo que se trataba de sus hijas. Y la mujer, que debía de ser su esposa, les había extendido crema de protección solar en los brazos mientras comían. El silencioso recuerdo de cómo la dejaban hacer mientras se quejaban entre bocado y bocado.

Después, todas las imágenes desaparecían.

N. encontró de nuevo el hastial del hotel, pero el jardín y sus alrededores habían desaparecido. Las pocas paredes que quedaban en pie formaban una especie de monumento blanqueado; el resto no era más que arena y tierra marrón rojiza. El buldócer no había dejado rastro, ni una planta siquiera.

N. se detuvo, se agachó y tocó la tierra húmeda con las manos. Tierra allanada y paredes blancas abandonadas. Ni un solo rastro. Sentía que debía llorar, pero no brotó lágrima alguna. Se puso en pie y se alejó de allí.

N. tomó el sobre blanco lleno de dólares de la bolsa, aunque no estaba seguro de que el dinero fuera suyo, y pagó el transporte hasta la ciudad. Le habían dicho que tenía que inscribirse, que debía acudir al consulado. Tener algo que hacer, esa fue la única razón que lo animó a partir. Llegó justo cuando el sol empezaba a ponerse; encontró una sencilla habitación para pasar la noche y después volvió a salir a la calle. Resultaba extraño ver todas esas luces, contemplar a la gente mientras paseaba de manera despreocupada, incluso oír reír a alguien. Al atardecer, el olor a comida resultaba abrumador. Ya no tenía que soportar el silencio de la aldea de la playa, con sus rostros de papel mirándolo fijamente desde los tablones de anuncios y los postes. Allí no había peregrinos desconsolados agarrándose a un clavo ardiendo. Por un momento, su propia supervivencia dejó de atormentarlo.

Compró unas brochetas de pollo y mango, y después encaminó sus pasos hacia el consulado; alguien había mencionado que ahora estaba abierto todo el día. Buscó el camino con la ayuda de una guía que encontró en el bolso. Las hileras de consulados se encontraban, según el plano, algo alejadas del centro. La gente empezó a escasear a su alrededor, las farolas también. De cuando en cuando debía detenerse debajo de ellas para consultar el plano. Media docena de policías se acercaron avanzando hacia él por un callejón estrecho. Caminaban despacio, y hablaban en parejas o fumaban. Todos portaban un casco provisto de visera y unas varas largas y finas que hacían oscilar de manera desafiante. Las varas atrajeron su mirada; los extremos desgastados le hicieron pensar que alguien acababa de probarlas.

Los policías pasaron de largo sin prestarle atención y él por fin llegó al parque en cuyo extremo tenía que encontrarse el consulado. El asfalto estaba mojado, unas octavillas flotaban en un charco. Continuó andando en esa dirección.

—¡Malditos cerdos! —gritó alguien a lo lejos.

El grito se transformó en un eco que se ahogó entre las casas. No se veía un alma. El parque que ahora bordeaba se encontraba a oscuras y no invitaba a entrar. Siguió andando por la acera, pero se mantuvo cerca de la calzada, buscando la luz de las pocas ventanas iluminadas al otro lado. Una manzana más abajo se encontró con una pareja de aspecto occidental. Caminaban con paso apresurado.

—Habrían preferido que muriera todavía más gente —oyó que decía la mujer enfadada al pasar.

—Idiotas... —respondió el hombre.

Sus pasos se alejaron. N. oyó gritar a alguien: «¡Muerte a América!». La voz procedía de la dirección en la que iba.

N. se detuvo un instante; se sentía observado. El parque estaba tranquilo. Cuando oyó un coche a lo lejos, comenzó a caminar de nuevo, tratando de averiguar qué estaba sucediendo más abajo en la calle. Vio luces y distinguió un grupo de gente en movimiento. Los gritos que había oído eran el eco de alguna manifestación, frente a uno de los consulados, que ya había finalizado. Pensó en los policías antidisturbios que se había encontrado, y en ese momento un coche apareció por la calle. Cuando aceleró, alguien bajó una de las ventanillas. Por ella asomó un brazo, y cuando el coche pasó junto a N. voló una cascada de octavillas. El coche giró, derrapando sobre el asfalto mojado, y luego desapareció por una bocacalle. Una octavilla revoloteó a su lado, y una sensación ligeramente familiar hizo que N. la siguiera unos pasos. La atrapó justo cuando aterrizaba boca abajo en un charco. Sacudió las gotas, agarrando una esquina con los dedos, y a continuación le dio la vuelta.

Era la fotografía de un hombre muerto que había visto antes, sin mirar realmente. Ahora miró. Un cadáver rodeado de suciedad, arena y rastrojos, con la boca abierta y los ojos hundidos. Los brazos doblados de forma antinatural a lo largo del cuerpo. Había varias imágenes parecidas por toda la octavilla. «¡Gracias, Dios mío!», leyó. El texto que seguía parecía un comunicado de prensa. Las primeras líneas lo confundieron, pero después comprendió. La octavilla era sencillamente la copia de un comunicado de prensa norteamericano, reimpreso por los manifestantes. Un grupo de fanáticos religiosos estadounidenses celebraban el tsunami, pues interpretaban la furia del mar como un castigo de Dios. Atribuían a la justicia divina el hecho de que miles de personas se estuvieran pudriendo en tumbas anónimas. Describían con todo lujo de detalles cómo todos los desaparecidos se alejarían flotando con las barrigas hinchadas y se perderían por siempre jamás. Las citas bíblicas habían sido seleccionadas cuidadosamente. Una fotografía del pastor a quien llamaban «amado padre» sonreía a N. Los niños muertos le agradaban en particular: Dios estaba limpiando la Tierra, castigando a todos los pecadores.

N. volvió a observar la calle, las luces, las figuras. La mirada regresó a la octavilla, el mundo del pastor visto a través de sus palabras: sodomitas, hijos de puta y violadores. Todo el mundo contaminado por el sexo del diablo. El mundo rebosaba de pecadores.

El único recuerdo que N. conservaba era el de sus dos niñas. Eso sería lo único que podría recordar, aunque le hubieran puesto una pistola en la cabeza. Ellas estaban muertas, ¿y la gente se alegraba de ello?

N. permaneció unos segundos inmóvil, observando la sonrisa del pastor, e intentó ver algo más que apenas unos labios y unos dientes. A continuación arrugó lentamente la octavilla, como si hubiera perdido la sensibilidad en las manos.

Entonces todo se volvió insoportable, y gritó. Un odio ardiente, el primer sentimiento fuerte desde que la ola rompiera, se apoderó de él.

5

–¿Dónde me alojaré? –preguntó Grip después de estrechar la mano de Shauna Friedman–. ¿Han...?

–No –respondió ella–. No hemos reservado ningún hotel. No es necesario, no vamos a quedarnos en Nueva York. Nos iremos... –añadió mirando el reloj– tan pronto como podamos.

Grip pareció dudar. Ella lo observó un momento.

–Nos ocuparemos de que unos tipos acaben donde se merecen. Me refiero al corredor de la muerte. –Se detuvo a pensar algo, y luego añadió–: Bueno, aquellos tipos que quizá se lo merezcan. –Se levantó de la mesa–. ¿Ha comido?

–No.

–Bien, tomaremos algo por el camino. Un coche nos está esperando, me ocuparé de que trasladen su equipaje.

Grip salió con Shauna Friedman, que le dejó a su secretaria un montón de papeles –«para las últimas firmas», dijo– y a continuación le dio instrucciones sobre el equipaje.

–¿Cuándo volverá a...?

–No lo sé –la interrumpió Friedman.

La secretaria movió unos papeles en su escritorio, dejando a la vista durante un instante una carpeta donde se leía «Ernst Grip». Grip tuvo tiempo de verla, aunque desapareció de su vista enseguida. No estaba seguro de si había sido un error de la secretaria o si esta lo había hecho a propósito para observar su reacción.

–Me llamo Grip –dijo, tendiéndole la mano.

–Norah –respondió la secretaria, algo incómoda.

—No te levantes, por favor —prosiguió Grip—. Soy de los servicios secretos suecos. Perdona que te moleste, Norah, pero ¿trabajas para la señora Friedman? —preguntó soltando su mano.

—Sí, claro —respondió. Estaba nerviosa, pero Grip captó su mirada.

—¿Puedo preguntarte para quién trabajas?

—Para... —comenzó la secretaria.

—El Departamento de Justicia —intervino Friedman desde algún lugar detrás de Grip.

Él no se movió. Siguió mirando a la secretaria.

—¿Para el Departamento de Justicia en general o...?

—No tiene por qué hablarme en ese tono, señor Grip. Me limito a hacer mi trabajo.

—No pretendía ser desagradable, Norah, pero hace apenas una hora que he aterrizado en Newark y desde entonces no han parado de... marearme de un sitio a otro.

—Lo lamento.

—Gracias. Puede que sea un detalle sin importancia, pero hace un par de días me entregaron un trozo de papel con una sola palabra, «Topeka». Aparte de eso, no tengo ni idea de qué estoy haciendo aquí. Quizá tú puedas decirme si nuestro destino es Topeka...

La reacción fue la esperada, y Grip se dio la vuelta suspirando mientras pensaba: oh no, otra vez no. Creyó que Friedman iba a contestar, pero ella no dijo nada. Sin embargo, no parecía haber bajado la guardia.

—Señor Grip —contestó la secretaria en tono cáustico—, sé perfectamente adónde se dirige, pero es algo que no pienso decirle. Eso es cometido de la agente Friedman.

Fin de la cuestión.

—Por fin una respuesta sincera —dijo él, y luego sonrió.

Un primer ruido de sables. Grip no sabía si había ganado algo o si su insolencia le habría hecho retroceder.

—¿Podemos irnos ya? —dijo Friedman, empezando a caminar sin esperar su respuesta.

En el ascensor no cruzaron una sola palabra, pero al llegar al garaje Friedman parecía haber olvidado su pequeño enfrentamiento.

—¿Tú qué crees? —le preguntó mientras jugueteaba con la llave de un coche—. Pedí uno grande.

—¿Disculpa? —dijo Grip, que había esperado un contraataque. Agradeció el tuteo.

—¿Cuál crees que nos darán? —dijo, señalando la hilera de automóviles que tenían delante. Sonó un pitido, y unos faros parpadearon.

—Al parecer es un Cadillac blanco.

Ella cabeceó hacia él.

—El coche de un chulo. Supongo que cada uno consigue lo que se merece. ¿También vosotros tenéis coches de este tipo en los servicios secretos? Dijiste «servicios secretos», ¿no es así? ¿O solo conducís Volvos?

—Son los más seguros.

—Los más seguros... —El maletero se abrió cuando presionó la llave. La maleta de Grip ya se encontraba allí, junto a las que supuso que serían de ella; dos maletas, ambas de mayor tamaño que la suya—. Aunque no te lo creas, dentro hay más papeles que ropa —añadió, cerrando el maletero.

Salieron del garaje a la luz de la tarde. De nuevo, la visión de hileras de calles y más rampas de acceso a las autopistas. La altura de los edificios comenzó a disminuir a medida que se alejaban de la ciudad. Shauna Friedman se quitó los pendientes y los guardó en el bolsillo de la chaqueta. Luego intentó sintonizar alguna emisora; al final se decantó por una que emitía un solo de guitarra. Aunque sonaba como una sucesión de crujidos acústicos pasados de moda, un presentador reveló que se trataba de una grabación de Django Reinhardt.

Friedman carraspeó.

—Sé lo que estás pensando. Te invitamos a venir hasta aquí y te tratamos así. No es la mejor manera de hacer amigos, ¿verdad? —Shauna le lanzó una mirada a Grip. Él se encogió de hombros; pensó que ya había representado su papel—. Es por mi culpa —continuó—. Esto ha sido idea mía.

—Vaya —respondió él, esforzándose por decir algo. Estaba cansado, sus pensamientos revoloteaban entre los melancólicos acordes de guitarra.

La canción acabó antes de dar paso a la siguiente, un camión hizo sonar el claxon; Grip sintió cierta irritación por lo que ella había dicho.

—Quizá esté equivocado —dijo en voz baja, como si no esperara ser oído—, pero creo que deberías ponerme un poco al día, darme una pista sobre la razón que me ha traído aquí. Pero vamos... —el viejo tema seguía arañando—, si prefieres tratarme como si solo fuera la presa de un gato, hazlo. Solo necesito ducharme y comer algo de vez en cuando.

—¿Y si empezamos por comer?

—Si está en la agenda...

—¿Coreano?

Grip se encogió de hombros. Ella tomó el desvío de la salida siguiente.

Las burbujas de la cerveza le reactivaron el cerebro. Apenas había un par de mesas en el diminuto restaurante familiar, pero Friedman se comportaba como si conociese el local. Grip eligió al azar dos platos de una carta sucia y le sirvieron dos pequeñas creps con cebolleta y lo que él suponía que era algún tipo de carne con *noodles*. Friedman ni siquiera miró la carta, pidió de memoria. Cuando llegó la comida, manejó los palillos con rapidez, picoteando como un pájaro.

—Mi madre es de Hawái —le contó.

Grip no comprendió qué quería decir con eso: ¿se refería a sus ojos, a los palillos?

—Hawái —respondió. Él también sabía manejar los palillos, pero no con la habilidad que demostraba ella.

—¿Dónde creciste tú? —preguntó Friedman mientras revolvía un cuenco con una especie de salsa.

Grip la observó durante un momento antes de responder.

—En una ciudad pequeña.

—Pero ¿ahora vives...?

—En Estocolmo.

Friedman tomó un trozo de la crep que él había pedido y que habían dejado en un plato en medio de la mesa.

—Seguramente ya lo habrás imaginado, pero te lo confirmaré de todas formas. Trabajo para el FBI. —Esbozó una sonrisa profesional—. Aunque eso quizá no aclare mucho las cosas.

Grip no respondió. Pinzó algo que parecía una hojita quemada y la puso a un lado con la punta de los palillos.

—Sí, fuimos nosotros quienes pedimos que vinieras aquí. Necesito tu ayuda para algo, pero no quiero que nada te influya antes de hacerte la primera pregunta. Es mi manera de evitar prejuicios. Así podemos empezar de cero. No sé si me entiendes.

—Al menos sé que tu madre es de Hawái —dijo Grip.

—Sí, de la pequeña isla de Lanai. Perdió una falange del dedo meñique en un accidente que tuvo en su infancia, y odia ir en barco. Pero todavía no sabes de qué me ocupo, ni por qué estás aquí.

—¿Cuándo tienes pensado hacerme la primera pregunta?

—Dentro de un par de días.

—¿Es sobre Topeka?

—Las preguntas sobre Topeka vendrán después.

—Un par de días... ¿Qué haré mientras tanto?

—Dijiste que solo necesitabas comer, dormir y ducharte, ¿no es cierto? Primero pagaremos la comida, y después tomaremos un vuelo rumbo a California.

6

Tailandia, 4 de enero de 2005

Una sola noche. Ese era el tiempo que pensaba quedarse.

Su vida estaba arruinada, y cuanto más recordaba más claro tenía que había llegado al final. Según las listas de las autoridades, era un desaparecido. Y lo seguiría siendo. Fue al pasar un pueblo sin nombre cuando vio el letrero: Weejay's Family Hotel and Bar. Una flecha indicaba el camino. Debajo, en un cartel que colgaba de una cuerda, un trozo de madera pintado a mano: Weejay survived – we're open*. N. abandonó la carretera asfaltada y siguió la dirección de la flecha, entrando a través del bosque en dirección al mar.

El letrero indicaba doscientos metros, pero después de más de un kilómetro aún no había encontrado el lugar. Era imposible que se hubiera perdido; solo se podía seguir un camino a través del bosque: una franja de hierba irregular y dos profundas roderas. A ambos lados se elevaban troncos imponentes y una maleza impenetrable. Era como un túnel, y solo al alzar la mirada podía ver el cielo entre las copas de los árboles. Caminó por el sendero. El bosque estaba en silencio; no se oía el piar de los pájaros, ni siquiera el viento.

Al cabo de un rato, la tierra roja sobre la que caminaba se tornó más arenosa, y por fin vio el punto en el que el túnel verde desaparecía de golpe. A plena luz, una sombrilla de rayas.

Y después la playa.

---

* Weejay sobrevivió – Estamos abiertos. *(N. del T.)*

Se encaminó hacia un bar situado debajo de un gran techado de hojas de palma y preguntó por la recepción. El barman le sirvió en el acto un gran vaso de zumo, indicando que era una invitación de la casa.

—¿Ha sido fácil encontrar el lugar? —preguntó el hombre. Esperaba mitigar la mentira sobre la distancia. N. se encogió de hombros y apagó la sed de un trago.

—¿Una habitación? —preguntó el hombre.

N. reparó en un cajón lleno de llaves. Asintió.

—¿Su nombre?

N. no titubeó. Utilizó el nombre del hospital, rebuscó en el bolso hasta encontrar el pasaporte que lo certificaba.

El barman, sin apenas mirarlo, garabateó algo en un papel y le tendió una llave.

—Siga el sendero —dijo, señalando el camino.

El letrero pintado a mano que había visto en el pueblo, el túnel a través del bosque, la mentira sobre su nombre... Había pasado más de una semana desde todo aquello. N. se persuadió de que lo que lo mantenía allí era el sueño. Se sorprendió de lo bien que dormía en Weejay's. Como si nada interrumpiera sus pensamientos. La parte oscura del día transcurría sin sueños. Las jornadas se sucedían envueltas en una niebla agradable, al igual que los pocos huéspedes, bajo la protección del techo de hojas de palma. Se quedaba sentado a la sombra, a poco más de un tiro de piedra de las olas, y observaba. Pasado un tiempo, dejó de contar los días. El sobre de billetes que guardaba en el bolso de tela parecía no tener fin. Podía permitirse esperar.

El hotel se encontraba en una ensenada protegida. «Si la ola vuelve otra vez, aquí estaremos seguros, siempre nos apañamos en Weejay's», dijo la segunda mañana el chico que servía el desayuno. «Ni siquiera el gato se ahogó.» Un par de días después el barman le animó a darse un chapuzón, pero N. señaló las vendas sucias que rodeaban sus brazos y sus rodillas y el hombre pidió disculpas. Otro día, una pareja intentó bañar a su hijita.

La pequeña gritaba y se resistía mientras, entre risas, la metían en el agua. N. no soportó la escena, de modo que se alejó hasta que dejó de oír los gritos.

A pesar de todo, los pensamientos oscuros no solían aparecer con frecuencia. Las imágenes de los desaparecidos. El rostro de sus niñas. Hacía todo lo posible por mantenerlos a raya.

¿Qué quedaba si echaba la vista atrás? Poca cosa. Estaban sus niñas, claro... Pero el hilo conductor había desaparecido. Toda esa cantidad de años parecía, sencillamente, haberse esfumado. ¿Qué era lo que realmente importaba en la vida? ¿Las buenas acciones? ¿No existía algún acto que marcara la diferencia? ¿Algo?

Había imágenes, pero se le antojaban difusas, como si pertenecieran a otra persona: una casa de verano, cenas en pareja, una motora en un remolque. Parecían escenas sacadas de un anuncio sobre la vida en las afueras. Nunca encajó allí, y, francamente, odiaba ese lugar. ¿Cuándo comienza uno a vivir? ¿Se puede elegir? ¿Y si llevara una idea hasta sus últimas consecuencias? ¿Había hecho alguna vez algo así? Se conocía demasiado poco, y se sentía como si no quisiera conocerse. Todo lo que tenía era el recuerdo de las niñas. Solo las echaba de menos a ellas, y en cierta manera tenía que hacerles justicia antes de que se le acabara el tiempo. Durante las noches en Weejay's, había aprendido a matar la hora antes de acostarse con whisky, llenando el vaso del cepillo de dientes hasta rebosar.

El único mundo que ahora conocía era el que guardaba ese techado de hojas de palma. Ahí mismo, con el suelo de arena y las sillas de plástico dispersas. El bar, más grande de lo necesario, también funcionaba como recepción y oficina; se encontraba en una esquina y, con sus cañas de bambú y sus espejos, era todo un cliché de los mares del sur. Por las noches, después de que el sol se hubiera puesto, se encendían unas largas guirnaldas de parpadeantes leds blancos, rojos y verdes, como si un árbol de Navidad se hubiera estrellado entre las botellas y los espejos.

Sobre cada extremo de la barra colgaba una chisporroteante lámpara antiinsectos de color azul verdoso. Además del bar con la techumbre de hojas de palma, en Weejay's había algo más de una docena de bungalós, unas cuantas tumbonas de madera descoloridas, un palmeral con hamacas y dos hidropedales encadenados. En los alrededores no se vislumbraban otros signos de civilización.

Al poco de llegar, N. trabó amistad con un fornido checo que llevaba unas voluminosas gafas de montura ancha y negra. Pasaban las tardes juntos, compartían algunas cervezas. Por las mañanas, cuando N. salía de su bungaló para ir a desayunar, solía encontrarse con el checo, que volvía de correr por la playa. Casi siempre arrastraba algo: la punta de un ancla oxidada, huesos de animal descoloridos, un cuchillo de buceador sin funda, una aleta azul... Otros días, el checo nadaba; se alejaba en el mar hasta convertirse en un punto diminuto y después regresaba resoplando entre las olas. Cuando N. le preguntó a qué se dedicaba, respondió que a viajar. Todas las noches, antes de cenar, leía detenidamente el menú plastificado de Weejay's como si lo viera por primera vez. Leía, murmuraba frustrado y después pedía lo que N. elegía por él. Se había presentado como Vladislav Pilk.

—¿Estuviste allí? —le preguntó una noche Vladislav, mientras cenaban.

N. hizo como si no hubiera comprendido la pregunta.

—Me refiero a la ola. ¿Te salvaste del tsunami?

—Sí... —asintió N.

—Yo también. —Vladislav vació el vaso de cerveza y pidió otro—. Qué pregunta tan estúpida... Claro que te salvaste. —Resopló—. Sí, joder. Yo estaba metido en un autobús que se dirigía al norte, lleno de gente. Y entonces..., bueno, ya sabes..., alguien gritó y algo nos empujó hacia un lado y nos quedamos ahí flotando. Primero flotando, sí, pero enseguida empezó a entrar agua a raudales. Solo había una salida, a través de la ventanilla abierta, pero todo el mundo se peleaba, paf, golpes, tirones y empujones... Un caos total. ¿Qué podía hacer? Agarré mi mochila y me aferré con fuerza al asiento, con manos y pies. Después, cuando llegó la hora, tres rápidos... –Tomó aliento unas cuantas veces, y a continuación respiró hondo–. Pensé que era lo único que podía hacer, permanecer sentado el mayor tiempo posible. Ni siquiera sé cómo pude aguantar tanto. Hasta que el agua llegó al techo. Todo estaba oscuro y las cosas flotaban de un lado a otro. Alguien me dio una patada en la cara. Fue demasiado. Cuando estaba que ya no aguantaba más..., ¿sabes? ¡Joder, menuda presión en el pecho! Lo único en lo que piensas es en conseguir un poco más de aire. –Se rio, mostrando los dientes–. Entonces me solté del asiento y busqué la ventanilla a tientas. Pared, pared, pared... y después un agujero. Buceé sin parar hasta llegar a la superficie, y lo que vi ahí arriba parecía un maldito deshielo primaveral. No vi salir a nadie más; solo yo. Salvé la mochila y las gafas.

Volvió a reírse. A continuación, su expresión se oscureció y miró a N. a la cara.

–Es lo más emocionante que he experimentado en la vida. ¿No estás de acuerdo? Insuperable... Incomparable. –Resopló, llevándose los puños al pecho–. No pude pegar ojo durante varias noches, menuda energía. –Exhaló–. Es como si ahora pudiera superarlo todo, cualquier cosa. ¿No te parece?

N. hizo un gesto ambiguo.

–¿Otra cerveza? –preguntó Vladislav–. ¿O pasamos al postre?

Al día siguiente, N. se encontró a Vladislav tirando piedrecitas a una palmera. Estaba a unos quince metros de distancia, y lanzaba una piedra tras otra. El tronco sonaba hueco. No falló ni una sola vez.

En el mismo palmeral, N. veía a veces una pierna que se balanceaba fuera de una hamaca. Desde su mesa, en la sombra, supuso que pertenecía a una mujer. El resto del cuerpo permanecía oculto bajo la tela de la hamaca. Pensó que la había visto por los alrededores. Tenía una larga cabellera negra y siempre llevaba los ojos maquillados. Solía tumbarse a leer sola en la sombra. Si su mirada se cruzaba con la de alguien, sonreía.

Una noche, cuando N. bajó a cenar, de repente la vio sentada con Vladislav. Él miró a su alrededor buscando otra mesa, pero Vladislav lo llamó.

—Ven, siéntate con nosotros. Te presento a...

—Mary, todavía me llamo Mary —dijo ella, resignada.

—Aquí tenemos a Mary —dijo Vladislav en voz alta, mientras apartaba una silla para N.

Mary era norteamericana, y llevaba un vestido de tirantes negro de algodón y zapatillas de deporte blancas.

—La vi leyendo, fue así como nos conocimos —explicó Vladislav con aire misterioso. Abrió la carta—. ¿Tienen algo con patatas?

—No —respondió N., que ya se había sentado—. Siguen sin tener patatas.

—¿Nunca cambian?

—No, nunca. Ni lo harán. Tómate unas gambas.

—Es ridículo —dijo Mary esbozando una sonrisa.

Mary no quiso beber el agua que había en la mesa; apartó las verduras y comió solo la carne. Durante la cena, Vladislav los entretuvo con las locuras que vivió en un viaje a Senegal. Un torrente de bromas y anécdotas, su risa escandalosa y el extraño juego de luces parpadeantes del bar a su espalda.

N. se sobresaltó al sentir la presión de unos dedos en su brazo. Estaba cansado, y las dos cervezas de la cena lo habían adormecido y llevado hasta su propio mundo. Vladislav estaba recostado en la silla y conversaba con alguien de la mesa contigua. Eran los dedos de Mary. Tocaba una de sus largas cicatrices, donde aún se veían los puntos.

—Disculpa —dijo ella cuando N. se sobresaltó, aunque no parecía demasiado preocupada. No retiró la mano de su brazo—. ¿Cicatrizan bien tus heridas?

—Sí, supongo que sí —dijo él. Luego apartó el brazo y se pasó la mano un par de veces por encima de la cicatriz.

—¿No es hora de quitar esos puntos?

—Quizá. No he pensado demasiado en ello.

—No conviene dejarlos mucho tiempo.

—Un *Irish* —dijo Vladislav, inclinándose sobre la mesa—. ¿Acabamos con uno?

Desde hacía un par de noches, le había encontrado el gusto al café irlandés de Weejay's.

—Hace demasiado calor —dijo Mary.

N. miró el reloj.

—Yo tomaré un whisky solo.

—Si quieres, pueden ponerle un par de hielos —le dijo Vladislav a Mary.

—¡Hielo, Nescafé y leche condensada! —exclamó ella con verdadero asco. Vladislav zanjó el asunto encogiendo los hombros con apatía.

Mary no habló mucho más esa noche. Y, teniendo en cuenta el ambiente que se había creado, N. no esperaba volver a verla de nuevo en su mesa. Sin embargo, volvió a aparecer la tarde siguiente. Llevaba el mismo vestido y las mismas zapatillas y se sentó con una seguridad aristocrática, sin preguntar siquiera. Vladislav, que necesitaba su público y ya había empezado a contar una de sus historias, le lanzó una sonrisa de bienvenida. Y así continuó la cena: el checo peleándose con la carta, Mary apartando las verduras y comiendo solo carne y N. añorando la anestesia de su último vaso de whisky.

Tres almas sentadas a la misma mesa, noche tras noche.

7

Jet N50711 del Gobierno
Noche del 26 de abril de 2008

Algo relacionado con la personalidad sensata de Shauna Friedman convenció a Grip para acompañarla. A él no le importaba que ella quisiera entregarle las piezas del rompecabezas de una en una; podría vivir con ello. Tarde o temprano sabría qué esperaba ella de él.

Condujeron el Cadillac desde Nueva York hasta un pequeño aeropuerto donde los esperaba un *jet* privado Gulfstream con su tripulación. Ambiente vip, hangar privado, trajes de buena calidad. La cabina del pequeño reactor estaba dividida en dos; al subir a bordo, Grip oyó voces procedentes de la parte trasera. Un hombre saludó a Friedman mientras se dirigía a esa zona; por lo demás, no vio a ninguna otra persona durante el vuelo. Grip y Shauna Friedman tomaron asiento en unos imponentes butacones de cuero color arena. Sentados frente a frente junto a la ventanilla, bebían unas latas de refresco que habían sacado de una nevera isotérmica antes de despegar. Conversaban educadamente y de cuando en cuando miraban por la ventanilla. El cielo estaba despejado, y aun cuando el avión volaba hacia el oeste, persiguiendo una eterna puesta de sol, finalmente las luces de las pequeñas ciudades del Medio Oeste aparecieron a sus pies. Cuando la última línea roja del crepúsculo se apagó, llevaban casi tres horas de vuelo. Friedman rechazó un sándwich que le ofreció uno de los miembros de la tripulación, se acomodó en el asiento contiguo para poder estirar las piernas y se durmió.

Grip mordisqueó un sándwich de atún que tenía demasiada mayonesa. Cuando se apagó la luz de la cabina, se dedicó a contemplar las pequeñas ciudades, con sus cúmulos de luces desparramados. Después de un rato llegó a distinguir los coches que circulaban de un lado a otro. Intentó imaginar, sin demasiado interés, qué harían las personas que vivían allí. ¿Adónde se dirigían? ¿Acababa de anochecer o ya estaba bien entrada la noche? Nunca se le había dado bien calcular el tiempo. Le resultaba imposible distinguir la topografía del paisaje en la oscuridad; pudo ver las luces de un puente, pero no el agua que correría debajo.

Los motores del avión resonaban, el aire acondicionado refrescaba: con la mente en blanco, Grip dirigió la mirada a su interior.

«Todas las piñas que quisieras», había dicho Friedman, «tantas como quisieras y a cualquier hora». Ya que no podían hablar de trabajo durante el vuelo, hablaron de ellos mismos. Las piñas: fue Friedman quien empezó a recordar su infancia. Los veranos pasados en casa de su abuela en Lanai, la pequeña isla de Hawái que, por lo que ella contaba, no era más que una enorme plantación de piñas. El terreno pertenecía a una compañía frutícola, y todos los isleños trabajaban allí. Estaba terminantemente prohibido llevarse fruta, pero los niños siempre sabían dónde robarla. «Al final uno termina por cansarse del sabor, antes de lo que te imaginas.» Grip recordó el cuadro que había visto en el despacho de Shauna, el pueblo con las casas de madera descolorida. Cuando llegaba a la mitad de sus vacaciones, la isla comenzaba a aburrirle, y ella deseaba largarse de allí. «No he vuelto a comer piña desde entonces.»

En una de sus manos llevaba un único anillo de oro con piedras de diferentes colores. Mencionó que tenía parientes en San Francisco. Grip intentó distinguir esas dos identidades en la mezcla de su rostro. Resultaba fácil reconocer a los judíos (Friedman), y también a los japoneses (la abuela de la isla de las piñas, los ojos almendrados). Le gustaba hablar de sus padres. Grip estaba convencido de que era hija única, e intuyó que sus padres debieron de esperar muchos años antes de tenerla. Seguro que existía cierto patrimonio familiar, aunque nada exagerado. Había asistido a Williams, una universidad privada al oeste de Massachusetts. Nada era gratis —eran sus propias palabras—; su padre ya había estudiado allí antes que ella. Bromeó acerca del hecho de haber jugado al *lacrosse*.

Grip observó su rostro dormido. Sabía cuidarse; el maquillaje resultaba casi imperceptible, apenas una línea en los ojos. Las cejas describían dos arcos definidos en la frente despejada. Se había recogido la media melena en la nuca, aunque algunos mechones se habían soltado y caían sobre su mejilla. Esa visión habría sido irresistible para el hombre que compartiera su lecho.

Grip había reparado en que sus ojos nunca desviaban la vista. Una mirada segura a la que no le importaba lo que sucediera a su alrededor. Y era un patrón que se repetía en ella: había comido de la misma forma con los palillos, transmitiendo una total seguridad. Pertenecía a esa clase de personas que recibían atención tan pronto como entraban en una tienda, que corregían a los demás, que nunca necesitaban repetir lo que acababan de decir. Esas personas que iban creando inseguridad en los hombres a medida que estos se prendaban de ella.

Pero no era esa la situación de Grip. Mientras Friedman dormía, su mirada no viajó a sus pechos ni a sus labios. Ninguna bestia interior se apoderó de él. No obstante, no dejaba de darle vueltas al rompecabezas: Newark, Topeka, el vuelo a California. Le resultaba incómodo que Shauna Friedman le contara tantas cosas sobre sí misma. Ofrecía demasiados detalles. Esas descripciones minuciosas de la cocina de su abuela o de un rabino que vivía en Los Ángeles no se debían a una simple amistad. Lo hacía muy bien. Su locuacidad lo obligaba a hablar a él también. El FBI tenía una carpeta entera sobre él, pero ella quería saber más. Eso era todo, ¿verdad? Las preguntas que eventualmente le formulaba no eran de las que se dirigían a un extraño. Esa carpeta que había visto lo incomodaba. En el avión había hablado de cosas triviales que posiblemente no estuvieran en ese informe. ¿Qué había sacado en claro ella?

A Grip no le importaba ofrecer migajas de su pasado. A diferencia de Friedman, que había crecido viajando por todo un continente, él no había salido de su pequeña ciudad de edificios bajos hasta la adolescencia. Ninguna maldita piña, tan solo algunas coronas a cambio de recoger zanahorias para un agricultor tacaño durante los veranos. Ella había contemplado la lava volcánica deslizarse hasta el mar; él se había sentado en la casa de verano, mirando fijamente el resplandor de la chimenea de hierro fundido. Cuando ella habló de bañarse en el mar, él dijo algo sobre nadar a solas en una laguna, una noche de agosto. El *lacrosse* de ella, el fútbol de él. Dos temporadas en primera división. Una lesión de rodilla que no supuso gran cosa, pero sí el final de sus sueños.

Después Friedman le preguntó por su familia. Tenía dos hermanas mayores; Friedman se divirtió tratando de pronunciar sus nombres. Las dos hermanas estaban casadas, a diferencia de él.

Cuando aterrizaron, Grip apenas había conseguido dar algunas cabezadas, y solo cuando estaban finalizando el estacionamiento se quedó profundamente dormido.

—¡Vamos!

Lo despertó la orden de Friedman. Ella ya estaba de pie y se había recogido de nuevo el pelo en la nuca. Los tipos trajeados de la parte trasera de la cabina pasaron detrás de ella.

—¿Dónde estamos? —preguntó Grip. La luz de la cabina estaba encendida y le picaban los ojos.

—En California.

No tuvo fuerzas para pedirle más detalles. Se limitó a agacharse y anudarse los zapatos.

Un coche los esperaba junto al avión. Un hombre joven y delgado que vestía un uniforme de la Armada los condujo a través de una zona desierta del aeropuerto. Los edificios parecían altos cajones pintados de blanco; tenían pocas puertas y apenas ventanas, y al estar iluminados destacaban en agudo contraste con la oscuridad de la noche que los rodeaba, como un laberinto en un juego de ordenador. Sobre un hangar abierto, donde la luz se esparcía alrededor de unos aviones, había un cartel con grandes letras negras: B. A. NORTH ISLAND – BIENVENIDOS.

–¿North Island? –dijo Grip.

–Sí –respondió Friedman–. North Island, Coronado, California. Estamos en San Diego.

Por toda respuesta, Grip murmuró algo que no se llegó a entender.

Los condujeron a un complejo hotelero que estaba a oscuras y no tenía letreros; en el aparcamiento había unos cuantos coches de alquiler. Un hombre salió y le entregó un juego de llaves a cada uno. El joven que había conducido el coche insistió en subirles las maletas. Después rehusó aceptar una propina; Grip se quedó parado como un tonto con un par de billetes de dólar en la mano. Friedman ni siquiera hizo el gesto.

–Hasta mañana –dijo, y desapareció dentro de su habitación.

Grip asintió, mirando el reloj. Había cambiado la hora en Nueva York, pero ahora no estaba seguro de la diferencia horaria o del tiempo que había durado el vuelo. No conseguía que cuadrara; habían sido demasiadas horas en la intemporalidad del avión. Seguía en el limbo.

Al entrar en la habitación lo golpeó el frío del aire acondicionado. El televisor estaba encendido, sin sonido, sintonizado en el canal de la CNN: un grupo de personas que gritaban, un presentador de noticias, soldados estadounidenses. Una esquina de la imagen mostraba un reloj que daba las diez y media, pero no había ninguna referencia a la parte del mundo donde regía tal hora. Grip apagó el televisor, se desnudó y apartó la ceñida sábana de la cama. Se durmió al instante.

Aunque su cuerpo no lo sintiera, fuera era de día. Vio a gente corriendo; los pocos coches que se veían circulaban despacio. Por los folletos que encontró en una carpeta de cuero en la habitación del hotel, Grip llegó a la conclusión de que se encontraba en el interior de una base naval. ¿Era importante ese detalle? No estaba seguro.

«¿Buceas?», le había preguntado Friedman durante el vuelo. «¿Qué te gusta hacer en Nueva York? ¿Dónde sueles hospedarte?» Había una carpeta sobre él que el FBI no quería que viera. ¿Qué diablos hacía en California?

Seguramente habría algún ordenador conectado a internet en recepción. Por un momento pensó en enviarle un correo al Jefe, una señal de vida, al menos unas líneas informando de que había salido de Nueva York. Pero eso era algo que el Jefe no deseaba en absoluto. Nada de correos registrados desde una base naval de California; como mucho, alguna anotación a lápiz.

Después del desayuno, que compartió con Friedman bajo una sombrilla en el club de golf de la base, ella dijo:

—Saldremos dentro de una hora.

—¿A la ciudad, o...?

—Ocúpate tan solo de llevar tu maleta.

—¿Me vais a vendar los ojos?

—Ten un poco más de paciencia —dijo ella con una sonrisa.

Hicieron el camino de vuelta al aeropuerto de la base en coche. Pequeños *jets* militares volaban formando amplios círculos, practicando despegues y aterrizajes; también oyó unos helicópteros, aunque no pudo verlos. El coche se detuvo en una pista donde estaban cargando un gran avión de pasajeros con militares de distintos cuerpos.

—Haremos un viaje más en avión —dijo Friedman mientras Grip veía cómo se llevaban su maleta.

El repiqueteo de los tacones de Friedman se propagó por el hormigón. Soplaba una suave brisa marina. Grip se quedó parado. Un viaje interminable solo por una nota escrita en un trozo de papel. Aún no había oído ni una sola palabra sobre Topeka, pero sí numerosas preguntas ocasionales acerca de Nueva York. Había entrado en Estados Unidos como turista. Era alguien completamente anónimo porque otros así lo habían querido. Cuando él había preguntado por la cuenta del hotel, Friedman ya se había ocupado, y también había sido ella quien había pagado el desayuno con una tarjeta de crédito. Igual que el día anterior en el restaurante coreano. Todo eso significaba que su presencia no estaba registrada en ninguna parte desde que le habían sellado el pasaporte en Newark. Y ahora se elevaba la apuesta con un nuevo vuelo. En esta ocasión, sin destino conocido. ¿Quién se ocupaba de engañar a quién?

Dudó durante un segundo. Pero entonces pensó que el Jefe le había pedido que lo hiciera.

—Perdona, tenía una china en el zapato —dijo cuando alcanzó a Friedman en la pista.

El avión también transportaba a otros pasajeros. Cuando entró en la cabina, Grip se fijó en que Friedman y él eran los únicos civiles a bordo. La mayoría vestía monos de vuelo con las mangas remangadas y emblemas de diferentes divisiones con alas, calaveras y pistoleros. Se sentaban en grupos de ocho o diez personas, y hablaban y reían en voz alta. En los asientos situados detrás de Grip y Friedman había un grupo de policías militares; todos ellos portaban armas y eran más silenciosos que los aviadores.

Los motores se pusieron en marcha y empezó a circular aire frío. Entre las islas de hombres rapados, la conversación se tornó más intensa.

—¿Te la llevaste a casa?

—Claro que sí, joder.

Alguien aplaudió.

—No salimos hasta ayer.

—Qué cabrón. ¿Te quedaste con ella toda la noche?

Un silbido. Alguien pareció hartarse.

—Y tu mujer y los niños...

—No los llamé.

—Nunca aprenderás, ¿verdad?

Como al zarpar de un puerto, era la hora del entusiasmo y el alivio; atrás quedaban los besos y la basura. Guerreros en camino.

El avión por fin se elevó, y durante un instante se vio una playa de arena desde la ventanilla; después, nada más que agua. Siguieron ascendiendo sin variar el rumbo. San Diego, Coronado, dirección oeste, siempre sobre el mar.

El morro descendió, el ruido del motor se moderó.

—García —dijo Friedman—. Diego García, ese es nuestro destino final.

En el mapa de la agenda de bolsillo de Grip, eso era apenas un punto con un nombre. Se dirigían hacia un atolón en el océano Índico.

8

Weejay's, Tailandia
Segunda semana de enero de 2005

Admitir a Reza Khan fue inevitable. La primera vez que lo vieron estaba discutiendo en el bar: cargaba una mochila grande y varias bolsas abultadas, había hecho a pie todo el camino desde el pueblo. El zumo gratuito no calmó sus ánimos. Juró que regresaría para corregir la distancia mal escrita en el cartel.

Tiró todo su equipaje en un montón y, como todos los demás, se quedó.

Por las noches hablaba con todo el mundo bajo el techado de palma. Pasaba las mañanas durmiendo en su bungaló; él lo llamaba meditación. Era generoso e invitaba a la gente a beber, aunque él solo bebía coca-cola. Si alguien le ofrecía algo más fuerte, Reza alzaba una mano y decía: «Lo siento, soy musulmán».

—¿Es gay? —le murmuró Vladislav a N. unos días después. Reza tenía el pelo rapado a cepillo y teñido de rubio. Parecía un samurái loco y vestía camisetas ajustadas. Sin embargo, nadie dudó cuando dijo que era pakistaní, pues su piel era oscura y llevaba kohl en los ojos. Dijo que no recordaba cuándo había sido la última vez que había estado en casa, en Peshawar.

—Entonces —le preguntó Vladislav sin rodeos—, ¿cuál es la ventaja de teñirse de rubio?

La risa de Reza fue tan corta como un estornudo.

—Estoy cansado de llamar la atención en los aeropuertos.

Vladislav lo miró sin entender.

—Lo que tenemos que aguantar los de mi clase en el control de pasaportes —añadió Reza.

—¿Tu clase?

—Sí, mi clase —respondió Reza, golpeando el cristal con el dedo—. Nosotros, los musulmanes —aclaró, y luego asintió lentamente un par de veces, como si hablara con un niño pequeño.

—¿Y funciona? —preguntó Vladislav, señalando el cabello.

Reza clavó la mirada en él.

—No mucho.

—Me lo creo. Tiene un aspecto horrible.

En el mismo momento en que Reza iba a protestar, alguien en el bar detrás de Vladislav masculló: «Idiota».

Reza dio un salto.

—¡Repítelo! —exclamó.

Todo Weejay's quedó paralizado. El hombre que había hablado, que le sacaba una cabeza, retrocedió un poco cuando el pakistaní se abalanzó y se colocó justo delante de él.

—¡Cierra el pico! —exclamó Reza cuando el hombre le pidió disculpas—. ¡Este es un asunto entre el checo y yo!

Luego regresó y alcanzó su coca-cola de la barra, bebió y movió el vaso de forma que el hielo sonó como si fuera una serpiente de cascabel antes de decirle a Vladislav:

—Es cierto que eres un idiota, pero al menos no piensas que te voy a degollar. No como el yanqui ese. Parece que ha visto demasiado Al Jazeera —zanjó, señalando al hombre que seguía junto a la barra y que ahora hurgaba la arena con su bastón de forma despreocupada.

Una mañana, Vladislav llegó caminando con una vieja escopeta colgada del hombro.

—Zámpate esos huevos —le dijo a N., a quien acababan de servir el desayuno—. Lo he organizado todo. Nos vamos a divertir un rato. —N. no entendía nada—. Mientras tanto iré a buscar a Mary.

N. se apresuró; acababa de beberse el café cuando Vladislav regresó seguido de Mary, que cargaba una sillita plegable en una mano y un libro de bolsillo en la otra. También los acompañaba

Reza; Vladislav había aporreado su puerta hasta que este se rindió y se levantó.

Además de la escopeta, Vladislav llevaba consigo varias cajas de cartuchos, una caja de platos y una improvisada máquina para lanzarlos. Se repartieron los bultos entre todos y comenzaron a caminar por la playa. Tardaron media hora en llegar al otro lado del promontorio que Vladislav había señalado.

—Aquí está bien —dijo.

En cuanto escuchó estas palabras, Mary abrió la silla y se puso a leer. La playa no era demasiado ancha, y ella se sentó bajo la sombra de las palmeras para disfrutar de la brisa.

Vladislav dio unas rápidas instrucciones a los otros, cargó la escopeta de dos cañones y realizó los primeros disparos. N. se ocupó de la máquina y lanzó los platos sobre el mar; apenas necesitó un par de lanzamientos para empezar a dominar la técnica. Vladislav volvió a cargar, y cuando N. consiguió lanzar los platos formando un amplio arco en el aire, todos acabaron convertidos en una delirante cascada de esquirlas negras. Vladislav acertó cuatro veces seguidas; después le pasó la escopeta a Reza. Lanzamiento, disparo y una sola salpicadura en el agua; así unas cuantas veces antes de que Reza empezara a tomarse en serio los consejos de Vladislav. Con el primer acierto dio un grito de júbilo, abriendo mucho los brazos. Mary alzó la vista del libro. Un par de dianas más, y entonces le llegó el turno a N. Había prestado atención a los consejos, por lo que no tardó en acertar. Reza no mostró mucho interés en lanzar platos; en cambio, toqueteaba impaciente unos cartuchos mientras esperaba a que le tocara otra vez. Vladislav lanzaba y de vez en cuando hacía algún comentario.

N. no tardó en sentirse satisfecho. Acertaba uno de cada dos disparos, y pronto dejó que Reza y Vladislav se turnaran con el resto de la munición.

Reza no parecía cansarse. Permanecía en cuclillas con la escopeta, dispuesto a dar un salto con cada disparo.

—¿Has acertado alguna vez más de dos veces seguidas? —se burló de N. cuando él lo consiguió.

Vladislav guardaba silencio mientras disparaba; apenas asentía de vez en cuando si daba en el blanco. Reza imitaba su manera de recargar la escopeta, dando una violenta sacudida que hacía que los cartuchos vacíos salieran volando. N. siguió lanzando platos hasta que le empezó a doler el brazo; lanzamiento, disparo, lanzamiento, disparo.

Una bandada de pelícanos se acercó volando por la playa. Reza y N. los observaron interesados mientras Vladislav recargaba. Las aves sobrevolaron la playa, sobre la linde del bosque. Mary colocó el libro en su regazo y estiró un poco la espalda.

—Vienen hacia ti —dijo de repente.

Reza la miró, perplejo.

—¿Por qué no? —prosiguió ella. Los pelícanos planeaban sin apenas mover las alas.

Vladislav entendió enseguida y descargó dos disparos. Abatió a los dos primeros pájaros y a continuación cargó con un movimiento rápido. Le tendió la escopeta a Reza.

—Toma —le dijo.

Reza se humedeció los labios, dubitativo. Las aves revolotearon, pero siguieron volando en línea. Entonces apretó el gatillo. El primer disparo no dio en el blanco, y los pelícanos empezaron a volar en direcciones distintas. Después del segundo disparo, uno de los pelícanos situados en el centro de la línea se estremeció y se desplomó, formando una espiral en el aire. Cayó sobre la arena, apenas unos metros detrás de Mary. Ella lo observó mientras el ave agitaba torpemente un ala, haciéndola girar en círculos. Su gran pico buscaba algo que picotear.

—Debes acabar con él —dijo Vladislav. Le quitó la escopeta a Reza, que se había quedado paralizado, y la cargó antes de ofrecérsela de nuevo—. Toma.

Reza empuñó la escopeta y dio un par de pasos en dirección al pájaro. Dudó. El pelícano emitió un graznido estridente. Mary continuaba sentada en su sillita y se pasaba la mano por la rodilla.

El disparo de Reza se quedó corto y apenas levantó una nube de arena sobre el pájaro. Sin pestañear, Vladislav agarró la escopeta por el cañón y se encaminó derecho al pelícano. Lo observó un momento mientras este seguía moviéndose en círculos a sus pies. Se puso en cuclillas y lo examinó durante unos segundos más. Luego se puso de pie, dio un paso atrás y disparó.

Era sábado por la noche. Bajo el techado de hojas de palma fluían las invitaciones a cerveza y a cócteles bien cargados. La gente hablaba de una mesa a otra, y de tanto en tanto las risas se elevaban sobre el rumor de las conversaciones. Algunos no se resistían a adentrarse en la oscuridad para bañarse en el mar. La diversión nocturna seguiría mientras alguien pudiera llevar la cuenta en el bar. N. se encargó de estar lo suficientemente borracho para cuando empezara la conversación sobre la ola. Siempre sucedía lo mismo; empezaba en alguna de las mesas y luego se propagaba como una enfermedad. Florecían las medias verdades y los mitos. Era imparable. N. respondía a las preguntas directas con mentiras: viajaba solo, no había visto nada. De esa manera, nadie le preguntaba por las cicatrices y las vendas.

Pero entonces la conversación dio un giro y se centró en la secta y las octavillas: la espantosa alegría ante todas esas muertes, la culpabilización de las propias víctimas... Muchos de los presentes habían oído hablar de peleas y manifestaciones en las ciudades de los alrededores. Al igual que otras noches, el tema caldeó el ambiente. Se alzaron voces, alguien escupió de rabia y estrelló su vaso contra la barra.

El mismo hombre que aquella otra noche había llamado idiota a Reza lanzaba ahora comentarios sobre la chusma bautista y los pirados evangélicos, lo cual encendió aún más la conversación. N. odiaba que se lo recordaran, pero prestó atención a todo lo que decía. Observó al hombre corpulento del bastón y se preguntó quién sería. Una mujer joven contó que había visto en la televisión cómo un grupo de personas con pancartas coreaba consignas sobre los pecadores y el castigo divino. Eran norteamericanos, dijo ella, de una secta cristiana. Había ocurrido en Estados Unidos, y al parecer los altercados no se habían interrumpido. La noticia se había propagado de la televisión a internet, y después al resto del mundo. Y había sido allí, en Tailandia, donde habían tenido lugar los altercados más graves. Una muchedumbre enfurecida había atacado un par de consulados y las oficinas de algunas compañías aéreas, pero los antidisturbios habían conseguido interponerse a fin de protegerlos.

—Americanos... —dijo el barman desde la barra, junto a las botellas—. Las autoridades de aquí no se atreven a hacer nada.

—Es cierto —dijo una mujer de voz ronca—. Yo misma vi cómo la Policía golpeaba a la gente solo para que esos pirados de Dios pudieran manifestarse.

El barman hizo un gesto para demostrar lo mucho que se avergonzaba.

Algunas horas y bastantes copas después, cuando la bulla estaba en su apogeo y Vladislav se disponía a contar a los de la mesa contigua la consabida historia de cómo había conseguido salir del autobús, Mary se inclinó hacia N.

—Ven —le dijo.

—¿Adónde? —preguntó él, mirando a su alrededor desconcertado.

—Ven conmigo. —Ella se puso en pie y él la siguió hasta la arena.

Mientras se dirigían al bungaló de Mary, su falda revoloteó en torno a sus piernas desnudas. Él sentía la boca seca. Cuando se detuvieron frente a la puerta, pensó que ella estaba más sobria que él. Mary lo agarró de la muñeca, y él intentó pasarle el otro brazo alrededor del hombro.

—No —dijo ella con decisión.

N. se detuvo, sin comprender. Ella le alzó de nuevo el brazo y tiró de él a la luz de una de las lámparas que jalonaban el sendero.

—Entremos —dijo abriendo la puerta.

N. se quedó parado en medio de la pequeña habitación, sin saber qué hacer, mientras Mary encendía una vela y se agachaba para buscar algo. Cuando se puso en cuclillas frente a él, la falda se bajó un poco y la camiseta se alzó dejando a la vista parte de su espalda. N. pudo ver un tatuaje —un gato negro con el lomo arqueado y el rabo erizado— en el que no había reparado antes. Su primer impulso fue tocarlo. Los ojos del gato parecían observarlo fijamente.

—Siéntate —dijo Mary mientras se ponía en pie con una pequeña bolsa en la mano—. Ahí, en esa silla.

Luego acercó un taburete y se sentó al lado de N., colocando la vela sobre la mesa que había junto a ella.

—Vamos a ver.

Mary retiró la venda de uno de los brazos de N. y rozó los puntos de sutura con la yema de sus dedos. N. cerró los ojos; apenas percibía otra cosa que las manos de ella y su propia respiración. Una de las mangas le molestaba, de modo que Mary le pidió que se quitara la camiseta. Lo palpó hasta el hombro. Después hizo lo mismo con el otro brazo.

Cuando N. alzó la vista, ella estaba sacando un escalpelo de la bolsa.

—Es hora de quitar estos puntos.

N. no respondió. Mary calentó el escalpelo con la llama de la vela, evitando que se ennegreciera. Él la dejó hacer. No le dolió; apenas sintió unos pinchazos mientras ella retiraba con habilidad los puntos de sutura de la piel que rodeaba la cicatriz. Parecía estar acostumbrada a hacerlo.

N. estiró los brazos y observó las estrías irregulares. Su aspecto le hizo pensar que podría haberlas cosido el doctor Frankenstein.

—Levanta la pierna —dijo Mary, dándose una palmadita en la rodilla.

N. levantó una de las piernas para que ella pudiera alcanzarla. Solo llevaba puestos unos pantalones cortos. Ella retiró la venda y examinó las cicatrices con movimientos rápidos.

Palpó alrededor de la rótula, masajeó un tendón en la corva, luego rozó con suavidad una herida en la parte interior de la pierna que le llegaba hasta la pantorrilla.

Al notar el suave roce de las yemas de los dedos de Mary, N. tuvo una erección. Sus caderas respondieron pero, vencido por la vergüenza, apartó la pierna y se sentó. Evitó mirarla.

—Levanta la pierna —dijo Mary. El escalpelo rodaba entre sus dedos—. Vamos. —Como él no reaccionaba, ella se agachó y la colocó de nuevo sobre su rodilla.

Abandonados sobre la mesa, los pequeños hilos de sutura parecían agujas de pino negras.

Cuando notó el último tirón de un hilo al cortarse, N. dejó resbalar el pie sobre el suelo.

—¿Te he quitado todos? —le preguntó Mary.

Él se miró las piernas, donde había sufrido las heridas más profundas, y recorrió con la vista las serpenteantes cicatrices que se extendían como raíces blancas. Estaba a punto de decir algo cuando Mary se inclinó y sus labios rozaron su hombro. Sintió el calor de su cuerpo, su cabello posándose sobre su brazo. Las yemas de los dedos de la mujer buscaron las manos de N. Una fina línea blanca en uno de los dedos revelaba que en alguna ocasión ahí había habido un anillo. Él no recordaba si lo había perdido o se lo había quitado.

—No importa —dijo Mary—. Ya no.

Se puso de pie. Cuando se dio la vuelta, N. se fijó de nuevo en los ojos del gato tatuado en la espalda que dejaba a la vista la camiseta.

—Es cierto. Ya no importa —repitió N., que también se puso en pie.

Mary se movió lentamente delante de él, como si estuviera bailando. Despacio, sin hacer ruido. Se rozó el hombro con su propia mejilla y se acercó. Como una ola.

—¿Tenías hijos? —susurró.

N. se retrajo, como si le hubieran dado a beber el suero de la verdad. Mary reparó en ello.

N. se volvió hacia ella sin mirar. Aun así, sintió su proximidad, una calidez presentida, un aroma. Lo que veía era el rostro de sus hijas. Tan nítido como si las tuviera delante. Vio el color de sus ojos. El azul.

Levantó una mano, pero Mary ya había puesto un dedo sobre sus labios.

—Chsss... —A continuación susurró—: Nada de pasado... Nada de futuro. Como yo —dijo sonriendo.

N. también intentó sonreír.

—Se puede vivir así —dijo ella, encogiéndose de hombros—. ¿No te parece?

Mary le daba ahora la espalda, vacilante. Podía sentir la respiración de N. en su pelo; cuando él exhalaba, hacía vibrar ligeramente unos mechones sueltos. A continuación él estiró las manos con cuidado, como si avanzara a tientas por una habitación a oscuras, y sintió la piel de ella bajo sus dedos. Las llevó hacia las caderas de Mary, quien relajó los hombros. Despacio, como cuando un árbol comienza a caer, la espalda de Mary se pegó a su pecho.

—No —susurró ella, sin querer realmente que dejara de hacerlo. Luego tomó las manos de N. con las suyas y las llevó hasta su vientre, dirigiéndolas hacia la incitante hendidura del ombligo. Entonces ella cedió y fue él quien empezó a mover las manos, manteniendo las de Mary sobre las suyas. Mientras recorrían el terso camino hacia el interior de las caderas, las yemas de los dedos temblaban como si estuvieran en la cuerda floja, y su respiración agitada era como la de los espectadores conmocionados que observaban expectantes. N. fue consciente de su propia excitación cuando sus manos se posaron sobre el montículo de ella. Una tela fina, una pizca de vello. N. se apretó con fuerza contra ella.

—¿Te parece horrible? —dijo Mary mientras se giraba; luego le agarró una de las manos y lamió la palma con delicadeza—. ¿Lo es? —volvió a preguntar. Su mirada expectante y exenta de miedo era la misma que mostraba cuando dispararon a los pelícanos.

Ella se resistió cuando él la obligó a bajar la mano y la mantuvo allí para que lo sintiera.

—Es... —Mary apretó con tal fuerza que él guardó silencio. Jadeando, presionó con las caderas. Ella se tensó y echó hacia atrás la cabeza para ofrecerle el cuello a N. Un suave mordisco en la piel, el rostro hundido en su pelo.

Rodaron desnudos por el suelo. La punta de la lengua de la mujer trazaba un sendero, él mordía donde podía mientras ella sujetaba con fuerza la base de su pene. Él bajó la vista e hizo amago de liberarse, aunque no quería. No había rastro de ternura en los movimientos de Mary. Una fina pulsera de plata y algo azulado se movían sin control alrededor de su muñeca. Cuando N. le tocó los pechos, ella se sacudió y blasfemó con los ojos cerrados. Y cuando se tumbó en la penumbra, el gato de la mirada fija mostró su lomo arqueado. Mary dijo algo en voz alta y se dio la vuelta. Luego hizo que N. la penetrara. Él gimió. En medio de su deseo, ella dejó entrever sus dientes completamente blancos.

N. se despertó de madrugada, en medio de la oscuridad. En cuanto se movió, sintió la suciedad del suelo de tablas de madera. Estaba helado, desnudo, sucio de arena. El dolor de cabeza provocado por el whisky lo acechaba tras las cuencas de los ojos, y sentía las ingles doloridas a causa del agotamiento. Mary ya no estaba a su lado.

N. escuchó y oyó un ruido proveniente de la cama. Sintió su presencia. A continuación se colocó de lado, se acurrucó y volvió a dormirse.

Vio el interminable suelo de un salón, y una luz que parecía flotar por encima de la superficie. Un hombre llegaba caminando; N. oía el sonido de las pisadas sobre la madera. El hombre solo era visible hasta la cintura; N. podía ver sus piernas y el bastón que llevaba en la mano. La punta del bastón no hacía ruido cuando tocaba el suelo, solo las suelas de los zapatos sonaban. El mango del bastón estaba tallado como el cráneo de un animal muerto de hambre. El hombre se detuvo, como si esperara algo o como si hubiera visto algo. En ese momento, desde alguna parte detrás del hombre del bastón llegó una ráfaga de viento, un viento susurrante. N. pudo distinguir entonces la voz de Mary. «Hagámoslo... Hagámoslo», decía.

9

Océano Índico, 28 de abril de 2008

Tardaron un día entero en llegar a su destino. Hicieron una parada para repostar en una base militar extranjera en algún lugar del hemisferio oriental, pero nadie les dijo dónde habían aterrizado. Los pasajeros pudieron salir un par de minutos del avión para estirar las piernas en medio del fuerte viento tropical, los vapores del combustible y los hombres asiáticos uniformados que arrastraban serpenteantes mangueras negras sobre la ardiente pista de hormigón.

Reemprendieron el viaje. Subir a las alturas, cruzar el siguiente mar. Las horas se arrastraban.

Aterrizaron.

Diego García: un lugar remoto en el océano Índico donde la tierra apenas se elevaba sobre el nivel del mar.

—¿Conoces la isla? —le preguntó Shauna Friedman mientras recogían sus maletas.

—No mucho —respondió.

Un coche pasó a recoger a Grip y a Friedman. El resto de los pasajeros subieron a unos autobuses.

En realidad, él sabía algo sobre el atolón. Diego García era una cinta de arena y vegetación que se había convertido en un puesto de vigilancia para extraños. Nadie lo consideraba su hogar, no tenía residentes permanentes. Un mundo de antenas, barracas, cisternas y depósitos; esa era la imagen que tenía del lugar. Un puerto profundo, eso era importante, y más aún, una pista de aterrizaje de tres kilómetros de longitud. Los barcos más grandes de la flota podían atracar en Diego García, y los aviones más pesados de la fuerza aérea podían despegar desde allí. Todos los que estaban allí eran norteamericanos. Rodeados de agua por todas partes, a lo largo de centenares de kilómetros, en todas direcciones. Un lugar remoto, creado principalmente para acceder a todos los demás.

Corrían rumores acerca de Diego García. Ciertas páginas web sugerían varias cosas: borrosas imágenes por satélite con flechas que señalaban edificios, largas crónicas sin referencias, testimonios sin nombres. Internautas que se dedicaban a rastrear rutas aéreas localizaban aviones que volaban por todo el mundo y, finalmente, aterrizaban en Diego García. Descartadas las tonterías sobrenaturales, los ovnis y las superarmas, aún quedaban algunos puntos que valía la pena considerar. Cosas que cualquier analista de los servicios secretos comentaría en una reunión de seguimiento. En realidad, apestaba. Había gente que decía que Guantánamo era un lugar que al menos soportaba el escrutinio del mundo. No era el caso de Diego García.

Pero ¿para qué mencionarlo? Ahí estaba Grip, un turista reacio.

El coche dejó atrás el aeropuerto y pasó junto a los edificios de la base. Toda una comunidad cuyas señales, mástiles y tiendas mostraban un inconfundible y desangelado estilo militar. Caqui, hormigón, extensiones de césped vacías.

—Soy extranjero —dijo Grip tras un momento de silencio en el coche—. ¿No me debería inscribir?

—No, no es necesario —respondió Friedman.

—¿Estás familiarizada con las reglas de aquí?

—Sí, lo estoy. Desgraciadamente.

Les dieron sendas habitaciones en un hotel reservado a oficiales cuyo aspecto recordaba el de cualquier motel barato anclado en los años setenta. En la habitación de Grip, las paredes, el techo y la gruesa moqueta eran de color beis; las puertas y los escasos muebles estaban revestidos con falsos paneles de madera marrón oscuro. Como si alguien hubiera empaquetado una sala de estar de una casa cualquiera en Alabama y la hubiera trasladado al océano Índico. El traqueteante aire acondicionado estaba conectado directamente a la pared, y la cama solo tenía unas finas sábanas de algodón.

Unas horas después, Grip tenía ante sí un plato con un trozo de carne a la parrilla sanguinolento como una herida abierta. Friedman había sido más inteligente y había pedido una ensalada. Él dio unos cuantos bocados antes de que su estómago maltratado por el viaje dijera basta. No había mucha gente en el club de oficiales.

—Todavía es muy temprano —dijo Friedman mientras miraba las sillas vacías—. El calor.

La tarde se esfumó casi en silencio. La fatiga, el viaje, el lugar inverosímil, motivos más que suficientes. Sin embargo, la charla no conseguía relajar la tirantez que aún había entre ellos; parecía una cita que no estuviera saliendo muy bien. Ella bebía un dry martini; alegó que no le gustaba el agua de la isla. Grip, aun después de haber recorrido miles de kilómetros en avión, decidió no beber y se contentó con un vaso de agua que apestaba a cloro.

Pasó la noche. Después, el toque de diana a través de un altavoz chirriante en la distancia. Tostadas y un par de huevos fritos que no comieron juntos. Cada uno desayunó a su aire, y durante un tiempo ese sería su patrón.

Friedman había recogido un coche por la mañana temprano. Las distancias en la isla eran cortas, pero no lo bastante como para recorrerlas a pie. Pasó a recoger a Grip, condujeron durante unos minutos y se detuvieron.

El edificio, bajo y sin ventanas, tenía una entrada sencilla. Al entrar tuvieron que pasar a través de una puerta de metal con barrotes. Grip se fijó en la cámara que colgaba del techo; la cerradura se abrió emitiendo un chasquido. Doblaron una esquina y Friedman mostró su tarjeta de identificación, firmó algo y entraron. Todas las puertas se cerraban según las cruzaban. Reinaba un silencio extraño; apenas se oía el sonido de sus propios pasos. El suelo se hundía ligeramente bajo sus pies, y Grip tuvo la sensación de que estaba rodeado de algo improvisado, una especie de decorado.

Friedman fue la primera en entrar en una habitación escasamente amueblada donde un hombre, de espaldas a ellos, se balanceaba en una silla con la vista fija en un pequeño televisor. Se dio media vuelta, y cuando ellos pasaron susurró un saludo.

—Clay —dijo Friedman, haciendo un gesto en dirección al hombre que a Grip le resultó a un tiempo introductorio y desdeñoso—. Bueno, aquí estamos —añadió, señalando la pantalla del televisor.

La imagen, en blanco y negro, mostraba una habitación del mismo tamaño que aquella en la que se encontraban. La imagen granulada de la cámara de vigilancia mostraba lo que sin lugar a dudas era una celda: paredes desnudas, un retrete cerca de la cámara y, en el otro extremo, un catre apoyado en el suelo. Distorsionadas por el ángulo de la lente, las curvas del retrete parecían enormes, mientras que el catre resultaba diminuto en la distancia. Había alguien acostado en él. Nada se movía en la imagen; la figura yacía inmóvil en una posición vagamente antinatural. Quizá fuera solo la perspectiva, o tal vez estuviera muerto.

Grip había estado antes en muchas cárceles, pero en raras ocasiones le había embargado el malestar que sentía ahora. Se fijó en que el hombre de la cama —pues se trataba de un hombre— estaba descalzo y vestía un mono. Le pareció que tenía barba y el pelo despeinado. Un altavoz crujió. El hombre de la celda se había movido sobre el colchón envuelto en plástico. El sonido estaba tan amplificado que parecía un insecto, como si el micrófono se encontrara justo encima del catre.

—Necesitamos ayuda para determinar su nacionalidad. Tenemos indicios de que puede ser sueco. ¿Lo es? —preguntó Friedman con brusquedad. Lo dijo como si esperara una respuesta inmediata y sencilla. Como si la persona que estaba ahí dentro tuviera que resultarle familiar, alguien que cualquier sueco reconocería de inmediato como un compatriota. Grip no respondió; tampoco la miró. El hombre llamado Clay le tendió un par de fotografías.

Grip tomó las fotos policiales en blanco y negro, de frente y de perfil. La apática mirada del hombre revelaba un historial de insomnio, desafío y algo más que había durado demasiado tiempo. En la fotografía no había ningún nombre, ningún número, nada que lo identificara.

—¿Es un ciudadano sueco? —repitió Friedman.

Grip se apartó de ella.

—Clay, ¿no es así? —dijo él, señalando con una mirada interrogante al hombre sentado en la silla.

—Clay Stackhouse —añadió ella. Grip asintió.

—¿Debe estar presente el señor Stackhouse?

—Clay, sal a tomarte un café.

El hombre obedeció y ellos se quedaron solos. Grip permaneció en silencio durante más de un minuto.

—¿Y bien? —preguntó Friedman alzando las manos.

—¿Qué es lo que quieres que te diga?

—Solo si crees que puede ser sueco.

—No —replicó Grip—. Clay ya no está. Ahora te toca hablar a ti.

—¿De qué?

—¿De qué? No te hagas la tonta. De acuerdo. —Grip agitó las fotografías una vez, y después preguntó con deliberada lentitud—: ¿De qué diablos va todo esto?

—Tenemos que determinar la identidad de ese hombre. —Friedman se encogió de hombros mientras buscaba las palabras adecuadas—. Al FBI le encantaría saber quién es en realidad.

—¿Y es así como actuáis?

—No actuamos de ninguna manera en particular. Nos encontramos ante un hecho consumado.

—¿Un hecho consumado? ¿Un hombre aislado en una celda en medio de Diego García?

—Algo por el estilo.

—¿Apareció de repente una noche, en medio de ninguna parte?

Shauna no respondió.

—¿De qué se le acusa?

—¿No podemos ir paso a paso? Vale, no se le acusa de vender cigarrillos a menores. Ten paciencia, ¿de acuerdo?

—Paso a paso. Bien. ¿Por qué debería ser sueco?

—Porque alguien lo dijo.

—Pero no estáis seguros del todo.

—No.

—Un sueco —dijo Grip como para sí. Luego tomó una de las fotografías y señaló—. ¿Cómo diablos quieres que identifique a alguien a quien han maltratado de esta manera? ¿Quién le hizo esto? —Se volvió de nuevo hacia Friedman—. Dejemos aparte las obviedades; quizá debería preguntar mejor por qué lo habéis torturado.

Friedman permanecía impasible. No respondió.

—Quienquiera que fuese, no hizo un buen trabajo —apuntó Grip—. Aunque quizá no fuera esa la intención. —Asintió, como parte del drama—. ¿Nada que te haga sentir responsable?

—No es asunto del FBI. Nosotros solo queremos saber quién es.

—¿Y cuántas personas están trabajando contigo en esto?

—Ahora mismo... solo yo.

—Stackhouse...

—Stackhouse no es del FBI —lo interrumpió Friedman.

De pronto, Grip sintió una presencia invisible en la habitación.

—Pero Stackhouse no pertenece al ejército. No lleva uniforme.

—No —contestó Friedman—. Stackhouse no es militar.

Lo dijo casi en un susurro. Shauna Friedman conducía una investigación en territorio enemigo. Quizá confiaba tan poco en la realidad de esa habitación como el mismo Grip. La perspectiva cambió: necesitaba tiempo. Tiempo para pensar.

—Pero ¿la celda está aquí? —preguntó, por decir algo.

—Sí. En este mismo edificio, a apenas unos pasos de distancia.

Grip asintió.

–Tengo sed –dijo–. Quizá Stackhouse podría traernos algo...

–Avisemos a Clay. Iremos nosotros mismos a por las bebidas.

Era obvio que Clay Stackhouse pertenecía a la CIA, o bien a alguna de las difusas empresas afiliadas y agencias encubiertas que eran conocidas por otros acrónimos. Grip se convenció de ello apenas unos minutos después. Stackhouse era de esa clase de tipos que veinte años atrás, cuando formaban parte del cuerpo de marines, eran capaces de hacer cien flexiones seguidas sin pestañear. Un individuo que pensaba que todavía estaba en buena forma pero que, después de todos los agujeros nuevos que había tenido que hacer en su cinturón, de años de barbacoas en los suburbios de Virgina e incontables vasos a rebosar de Jack Daniel's, se daría por satisfecho con llegar a hacer cinco. Esa clase de hombres que creían conocer bien la realidad de Oriente Medio, a quienes gustaba hacer callar a los demás diciendo lo que pensaban sus amigos árabes cada vez que oían argumentos que no eran de su gusto. Amigos que en realidad eran sobre todo hombres de negocios de Beirut o Riad cuyos hijos asistían a escuelas privadas en Estados Unidos y que confiaban en que sus útiles contactos norteamericanos les ayudarían a salir del país tan pronto como todo colapsara y los yihadistas se hicieran con el poder. Hoy en día, uno se tropezaba con gente como Stackhouse en cualquier parte del mundo. Los había a montones.

Los tres se encontraban ahora de vuelta en la sala. Stackhouse estaba sentado a la mesa junto a la pantalla del monitor, sujetando una taza de café con hielo. Llamaba a Grip por su nombre de pila y le habló de la comida que el hombre de la celda pronto recibiría. También le dijo que al día siguiente el prisionero podría ducharse. A Grip le dio la sensación de que alguien había capturado un animal raro y se había quedado atascado cuidándolo.

–¿Responde cuando le dirigen la palabra? –preguntó Grip.

—De eso hace mucho tiempo, Ernst.

—¿Cuánto?

—Varios meses. —Stackhouse dirigía la vista a la pantalla cada vez que oía movimientos que rompían el silencio del altavoz. Solo cuando la imagen permanecía inmóvil y el sonido cesaba, alzaba de nuevo la mirada—. Por si lo quieres saber, hablaba en inglés.

—¿Algún deje, algún acento?

—Ninguno de los presentes en las sesiones estaba entrenado para determinarlo.

—Entrenado para determinarlo... —Grip lo dejó ahí; en cambio, preguntó—: ¿Es musulmán?

—No hemos advertido nada que lo sugiera.

—Entonces, ¿qué habéis advertido?

Stackhouse lo miró con rostro circunspecto.

—¿Qué sabéis de él? —insistió Grip.

—Tiene el pelo negro.

—Colombiano, quizá —sugirió Grip. Hizo un gesto hacia las fotografías que había encima de la mesa—. No se puede sacar nada en claro de él, no con esas fotos. —Stackhouse y Friedman evitaron mirar las imágenes—. Tiene la mitad del rostro magullado. Aún estaba sangrando cuando se tomaron esas fotografías. Podría ser portugués, o japonés. ¡Joder!

Stackhouse hizo girar su taza de papel, de forma que el hielo repiqueteó en el fondo.

—Tenemos información muy fiable, Ernst...

—Quizá sea cierta —interrumpió Grip—. Estoy deseando verla.

Stackhouse siguió moviendo la taza. El hombre del catre permanecía inmóvil, dándole la espalda a la cámara. Un cauteloso silencio llenó la habitación.

—¿Queréis que lo interrogue? —dijo Grip al fin.

Shauna fue la primera en responder.

—Te estamos brindando la oportunidad de saber si es uno de los vuestros.

—¿Uno de los nuestros?

—Si es sueco.

Grip hizo un gesto de indiferencia.

—¿No deberías aprovechar la oportunidad y entrar a verlo? —preguntó Stackhouse, masticando un trozo de hielo.

—Hoy no.

Stackhouse se encogió de hombros.

Se oyeron unos gemidos a través del altavoz. Mientras Friedman le indicaba que debían irse, Grip notó una corriente de aire frío que salía a través de un orificio de ventilación detrás de él. Eso y los gemidos del prisionero le hicieron preguntar:

—¿Hace mucho calor ahí dentro?

—El suficiente —dijo Stackhouse.

Friedman se dio media vuelta. Su mano sujetaba ya el picaporte, y Grip sintió su mirada desde un lado.

—¿Tiene aire acondicionado? —preguntó.

—Se niega a hablar. —Stackhouse miró el último cubito de hielo, que giraba en el fondo de la taza. Después volvió a alzar la mirada, satisfecho de haber dado la respuesta perfecta.

—Increíble —dijo Grip—. Su mente se estará friendo. Ahí dentro debe de hacer un calor insoportable.

—No es para tanto... Todos los privilegios están a su disposición, es una simple cuestión de cooperación. —Stackhouse estrujó la taza de papel y la lanzó por encima de la mesa—. Tiene agua, y puede beber toda la que quiera.

Grip lo miró y se volvió hacia Friedman.

—Si queréis que coopere, tendréis que encender el aire acondicionado —zanjó. Luego abrió la puerta y salió.

Friedman se quedó un momento en la habitación, junto a la puerta. Esta volvió a cerrarse, pero era demasiado fina como para que Grip no pudiera oír lo que la mujer dijo a continuación:

—¡Maldita sea!

Era por la tarde, temprano. El sol había alcanzado su cenit hacía apenas una hora, y el calor se extendía como una capa sobre la isla. Sin embargo, a Grip le resultaba imposible permanecer sentado en la habitación del hotel sin hacer nada. Decidió salir a correr un rato.

Mantuvo un ritmo lento, y llegó a hacerse una idea de la base recorriendo sus calles y callejones. No había riesgo de pérdida: la parte principal de la isla apenas alcanzaba un kilómetro de ancho. Pasó corriendo por el puerto, localizado en la parte interior del atolón, donde vio un par de barcos atracados y, fondeados algo más allá, unos cuantos buques de guerra pintados de gris. Después de correr diez minutos en dirección sur llegó al aeropuerto. Un camino corría paralelo a la pista a un centenar de metros de distancia. El aire se llenó con el ruido de los motores, pero no vio aterrizar o despegar ningún avión. Allí donde finalizaba la pista, el camino continuaba hacia el sur. La vegetación era aquí más espesa, pero los árboles aún no eran lo suficientemente altos como para refrescarlo con su sombra. La humedad que se alzaba desde la vegetación hacía el aire irrespirable. A los lados del sendero pavimentado había parches de arena coralina y entre las ramas vislumbró el mar, si bien el ruido de los motores de los aviones que rugían en algún lugar a su espalda le impedía oírlo. En ese momento pasó un convoy de camiones que silenció sus impresiones.

Grip redujo la marcha y caminó durante unos minutos. Cuando empezó a ver señales de almacenamiento de munición, dio media vuelta y comenzó a correr de nuevo.

Nuevas caravanas de camiones aparecieron detrás de él, eructando humo negro de gasoil. Observó sus plataformas. Estaban cargadas de bombas. Cientos de ellas.

¿Qué hacían los estadounidenses? ¿Planeaban comenzar una nueva guerra, o todavía no habían acabado la última? ¿Qué diablos estaban haciendo, y en qué diablos se estaba metiendo él mismo?

10

«Grip es algo veleidoso», y «a Grip le gusta el arte». Cuando alguno de sus compañeros de trabajo lo juzgaba, apenas decía mucho más que eso. Después añadían lo habitual: que era puntual, leal y siempre iba bien vestido, ese tipo de comentarios que no aportaban nada. (Si uno quería trabajar como guardaespaldas de la familia real o de algún político o como agente secreto, tenía que ser perspicaz.)

El arte: ese tema era más fácil de manejar. Si alguien le preguntaba durante la pausa del café qué había hecho el fin de semana, podía responder con toda sinceridad que había estado en una galería de arte. En su entorno laboral, a nadie le interesaba el arte. De vez en cuando, algún joven abogado con el que se encontraba en el pasillo le preguntaba cuál era su pintor favorito, esperando que contestara Dalí o Matisse; por lo general, a esa clase de tipos les gustaba que confirmaran su buen gusto. Pero Grip siempre respondía lo mismo: «Lucian Freud», de tal forma que ocasionaba miradas de perplejidad y daba pie a cambiar de tema, lo cual era su intención. Además, no era cierto. Freud era bueno, pero a Grip sus cuerpos desnudos de color amarillogrisáceo le recordaban demasiado a Auschwitz.

No es que se avergonzara de su gusto, pero resultaba demasiado sencillo. O mejor dicho, demasiado previsible: exactamente lo que solía atraer a un policía que de repente se interesaba por el arte. Convencional. Reproducciones en formato póster que se podían comprar en los grandes almacenes Åhléns para colgarlos encima del sofá. A Grip, desde que tenía memoria, siempre le habían gustado los cuadros de Edward Hopper, y sus títulos: *Tarde en Cape Cod, Noctámbulos, Domingo por la mañana...* Arte para gente solitaria.

El asunto de la inconstancia resultaba más difícil de controlar. Algunos lo veían como a un héroe: Grip y las mujeres, campeón del mundo en relaciones de una semana y polvos de una noche, dos diferentes en una sola noche, con la ex de un colega, y otras habladurías por el estilo. Cada una de las historias que circulaban sobre él resultaba más extravagante que la anterior. El ático con vistas al lago que había heredado en la calle Norr Mälarstrand ayudaba a alimentarlas. O al menos eso era lo que decía mientras tomaba unas cervezas en la sauna con los colegas.

El apetito sexual de Grip había sido insaciable desde que aparecieron las primeras manchas juveniles en las sábanas. Deseaba probar lo que los demás solo se atrevían a soñar y siempre buscaba a aquellas personas intrépidas que le devolvían la sonrisa, aquellas que también lo deseaban. Antes de finalizar su adolescencia ya había jugado a probar nuevas posturas. Después llegaron los moratones, las correas de cuero, las velas –cualquier cosa que lo excitara–; en aviones, en los ascensores de los hoteles después de haber pulsado el botón de parada de emergencia. Un animal nocturno que gruñía, una máquina de carne y hueso que nunca se avergonzaba de sí misma.

Pero jamás hallaba la redención. Una y otra vez se corría sin alcanzar la sensación de paz. El juego prosiguió durante demasiados años. El maldito deseo lo devoraba y siempre demandaba un paso más allá, o sencillamente algo diferente. En cada ocasión nacía un nuevo demonio al que debía exorcizar. Al final, solo podía hacer el amor –o como él decía, *follar, echar un polvo*– en completa oscuridad. No soportaba ver los rostros.

A veces amanecía al lado de alguien. A veces. En ocasiones incluso mantenía una relación. Pero nunca consiguió soportar a esas personas que querían gozar a la luz de la mañana. Era como un vampiro. La oscuridad estaba para eso: después del temblor final, cada uno a lo suyo. Con algunas personas pudo compartir su costumbre y vivir así durante un tiempo. Pero al final siempre llegaba un momento en el que a Grip cualquier trivialidad –que comieran algo de la nevera sin preguntar, o que fisgaran demasiado en sus cajones y armarios– lo irritaba sin razón.

Durante un tiempo estuvo saliendo con la presentadora de un programa matutino de televisión. Era joven y tenía una melena espectacular, poseía su propio apartamento y nunca dio a entender que quisiera una relación diferente. Le gustaba la oscuridad, y era tan inquieta como él. Funcionó. Aparecieron juntos en la prensa rosa; en los pies de foto, él era «el policía». Su aliento era como la cálida brisa de un huerto de árboles frutales, odiaba usar faldas, le gritaba al teléfono cuando él se excusaba diciendo que deseaba pasar una semana a solas. Cada vez que se iban a la cama, ella se trenzaba el pelo en una fracción de segundo. Y en el exclusivo Kungsholmen había un par de ambiciosos restaurantes donde sus bebidas siempre corrían a cargo de la casa. Entonces comenzaron a circular ciertos rumores sobre ella y un actor de teatro de ojos somnolientos. Cuando llegaron a sus oídos, Grip se sorprendió de que no le importaran; pensaba que con lo que recibía tenía suficiente. Pero cuando en una ocasión vio todas esas botellas de vino blanco vacías en su mesilla de noche y comprendió lo que las pastillas de menta y el ambientador de manzana ocultaban, estalló. Esa clase de debilidad le resultaba insoportable.

De eso hacía ya unos años. Desde entonces, la mayoría de sus amantes le habían dado con la puerta en las narices. Entre sus colegas circulaban algunas historias y hazañas inmortales, como la de la presa envuelta en abrigo de visón o la de las amazonas indómitas, las de aquellas que eran demasiado jóvenes, o demasiado mayores. «¿Qué fue de aquella...?», era la pregunta recurrente de los colegas que buscaban algo con lo que entretenerse para matar el aburrimiento durante una guardia a altas horas de la noche. Grip se encogía de hombros. Ninguno de ellos veía que el templo ya había colapsado y que la marea se había invertido.

El cambio tuvo un nombre. Nueva York.

Ocurrió un otoño, aunque en realidad todo había comenzado a principios de agosto, ese mismo año. Un bielorruso enloqueció durante su arresto en Estocolmo y volcó una estantería encima de Grip. Esta cayó con fuerza sobre su espalda y le dislocó un hombro. El bielorruso fue deportado con dos costillas rotas y un ojo morado mientras gritaba cosas sobre los excesos de la violencia policial. Si bien Grip pudo devolver el ataque, fue él quien tuvo que pasar por el quirófano. A consecuencia de unos cuantos tornillos de titanio colocados en su hombro, tuvo que estar diez semanas de baja.

Cuando regresó, el médico de los servicios secretos —un tipo malhumorado que gobernaba arbitrariamente su pequeño reino de enfermedad y salud— no se mostró satisfecho con el número de horas que Grip había dedicado a la terapia de rehabilitación. Sin pedirle siquiera que se quitara la camisa para examinarlo, lo dejó otros dos meses en dique seco. No valía la pena quejarse. Causar problemas podría desencadenar la mención en su historial de un repentino soplo de corazón, lo que conllevaría años de exámenes médicos. Tal era el poder de la bata blanca.

Dos meses más. Durante tres días, Grip pudo soportar la idea. Ya había estado atrapado en casa por espacio de diez semanas, saliendo apenas excepto para ir a levantar pesas al gimnasio. Sus hombros y bíceps crecían mientras el resto de su vida permanecía estancada. El tiempo muerto le quemaba la cabeza tan pronto como despertaba cada mañana. Necesitaba un cambio, alejarse.

Una noche, mientras hojeaba su agenda personal, hizo una llamada y le recordó a alguien una vieja promesa. Ella vivía en Estocolmo, pero también poseía un apartamento en Brooklyn, en las afueras de Williamsburg. Carecía de ascensor, pero tenía paredes de ladrillo, suelos de madera y unas fantásticas vistas a los balcones de los judíos ortodoxos; además, se suponía que desde el oeste se podía vislumbrar una parte de Manhattan. «Te lo presto cuando quieras», había dicho sin dudarlo (habían pasado unas cuantas noches juntos, también adoraba el arte predecible

–Jirlow y Grünewald– y estaba casada), aunque lo cierto es que al teléfono parecía recordar su promesa mejor de lo que recordaba a Grip. En cualquier caso, bastó: ella cumplió su palabra. Además, le venía bien que alguien dejara entrar a los albañiles para que pudieran completar una reforma que se había retrasado demasiado, pues ella nunca tenía tiempo de estar allí. El portero le daría las llaves. «Quédate el tiempo que quieras», añadió.

Todo se había arreglado con una simple llamada de teléfono. Grip se deshizo de las pocas macetas que tenía, colocó un cajón de plástico debajo de la ranura del buzón de la puerta, compró un billete con escala en Londres y pasó a la clandestinidad.

Williamsburg, Nueva York. Comenzó como era de esperar. Galerías de arte, museos; entre medias, la búsqueda de las tiendas de alimentación donde vendían todo aquello que Grip echaba de menos. Siguió levantando pesas en un gimnasio con vistas a las barcazas del East River. Dejó pasar a los obreros, que dedicaron unos cuantos días a cambiar los viejos azulejos del baño por travertino y luego desaparecieron. Llevó a cabo algunos intentos en los bares del barrio que no pasaron de una invitación poco entusiasta a tomar una copa. No tuvo suerte.

¿Cuántos test de personalidad había realizado para los servicios secretos durante todos esos años? Doce, veinte, algo por el estilo. Páginas repletas de complicadas preguntas cronometradas, hipotéticos dilemas morales, recuadros que rellenar, casillas donde había que marcar «sí» o «no». *Deseamos identificar tendencias entre nuestros empleados.* Después de una semana de entrevistas, los psicólogos contratados para la ocasión lo resumían todo en una conversación de diez minutos. «Veo que no te asusta la soledad», decían. «Parece que te gusta el peligro.» Sin embargo, nunca lograban otra cosa que pasar de puntillas por su verdadera personalidad. ¿Podría haber predicho alguien lo que iba a ocurrir, aquello en lo que se había convertido después de deshacerse de sus macetas? Un oficial inactivo de los servicios secretos, embutido entre unas sábanas prestadas, muy lejos de casa, en Nueva York.

En lugar de todas esas marcas de verificación y declaraciones artificiales, él les podría haber mostrado un cuadro. «Ahí me tenéis, ese soy yo», habría dicho señalando al contrabandista que se veía en la parte trasera del bote de *Los contrabandistas,* el cuadro de Hopper. Calma, agua gris azulada en primer plano, una vulgar barquita de madera que navega cerca de la costa. Al fondo, un personaje en tierra observa el bote y a los tres hombres a bordo. «Ahí estoy.» La figura que está sentada en la popa, dando como los otros la espalda al observador, la que se encuentra justo donde quiere estar pero no pertenece a ningún lugar.

Lo que nadie podría haber predicho había sucedido por casualidad. O al menos eso fue lo que le pareció después. Una tarde que había salido a hacer un recado se encontró con la necesidad de hallar un cuarto de baño, tal vez a causa de algún café de más. La puerta era negra y tenía una ventana de vidrio a la altura de los ojos; un bar, justo lo que iba buscando. Tiró de ella y entró. Apenas había unos pocos clientes. Cabeceó en dirección al hombre que atendía la barra al pasar junto a él para evitar problemas y fue en busca del baño en medio de puertas sin marcar, en la penumbra de la parte trasera. Hizo sus necesidades y salió. Luego continuó su camino, calle arriba.

Fue entonces cuando algo lo alcanzó desde el interior del bar, una sensación abrumadora que no supo definir. Aminoró el paso. Durante un momento, apenas unos segundos, se sintió como un niño que regresa a casa, a su dormitorio, después de un viaje. Una sensación de pérdida y al mismo tiempo de familiaridad. Sin embargo, él no había reconocido a nadie en ese bar. Únicamente había reparado en una mano que acariciaba el hombro de otra persona y, a un lado, procedente de una mesa, el sonido de una risa suave y sincera. Grip pasó junto a una señal indicativa y memorizó la dirección. Regresó unos días después, tras haber reunido el valor necesario. Era un viernes por la noche.

En esa ocasión había mucha más gente, una confusión de rostros en el local abarrotado. El hormigueo que había sentido el primer día que entró allí se instaló de nuevo en su cuerpo, esta vez con mayor intensidad. *«It's the dark night of my soul...»* La música de Depeche Mode se extendía como una alfombra por encima del estruendo de voces. Guitarras sugerentes, pop francés de los años ochenta, *«avec son sabre, attaque les cavaliers...»*. El aire era dulce, el interior oscuro. Flotaba una inquietud reprimida. Todos se movían de un lado a otro. Algo se estaba preparando: conversaciones breves, sonrisas, hielo girando en vasos medio vacíos. El hombre de la barra hizo un gesto con la cabeza al reconocer a Grip. Dos tragos de whisky a la vez; la sensibilidad de la espalda a flor de piel. Ignoró algunas miradas, devoró otras con avidez. Todo lo que quedaba de su vida anterior era Grip, su nombre, y apenas eso. Su vida entera al otro lado del Atlántico pasaba al ralentí. Dos meses que no existían. Un yo diferente empezaba a tomar forma: oruga, crisálida, caparazón vacío, mariposa. Ernst Grip solo veía hombres a su alrededor. A su lado, una mano lo toqueteaba. La tomó en la suya y la condujo inexorablemente a su entrepierna.

La primera vez que se corrió con un hombre no hubo nombres, solo labios, muslos y una desnudez ansiosa. Tampoco la segunda vez, ni la tercera. Se entregó a ello durante más de dos semanas; contó dieciséis días, o para ser más precisos, dieciséis noches. Era como si se hubiera quedado cojo y, de repente, hubiera aprendido a andar de nuevo y ya no quisiera parar nunca. Como si ahora pudiera expresarse de una manera que no demandara oscuridad, solo el anonimato de los bares. Los consejos sobre los lugares a los que podían ir más tarde se susurraban entre felaciones y caricias, como cartas doradas encadenadas. Vivió un peregrinaje nocturno por camas y bares. Al principio por los alrededores de Williamsburg sobre todo, al poco tiempo también por Manhattan y Chelsea. Luego se despertaba dolorido y vacío, siempre desnudo, tal cual era.

Benjamin Hayden fue el primero que Grip conoció a la luz del día. Era enjuto y tranquilo, y entrecerraba los ojos cada vez que servía algo en una copa.

La primera vez que sus caminos se cruzaron fue en la inauguración de una exposición en la que había buen champán y arte deplorable. Benjamin se encontraba rodeado por un pequeño séquito, y bajo su brazo delgado y bronceado llevaba una botella de champán que le había robado a una camarera. Se servía a sí mismo y a otros mientras, con el cuello de la botella, señalaba con indiferencia hacia una hilera de cuadros. Dijo algo sobre el pintor, otro americano que había «pintado la Toscana como si fuera un orgasmo barato en ocre». La que rio con más fuerza fue una mujer cuya copa él rellenó mientras entrecerraba los ojos. Después se acercó a Grip, que se encontraba apenas a unos pasos de distancia, miró la pintura que tenía delante y dijo:

—¿No le parece que los agentes de aduanas italianos deberían confiscar los pinceles y las pinturas a todos los americanos que aterrizaran en el aeropuerto de Florencia?

Un par de tacones resonaron con fuerza en la sala. Cuando Grip miró, vio a una mujer de aspecto masculino que iba enfundada en un vestido ajustado y llevaba un par de largos pendientes. Detrás de ella, en la entrada, una camarera hacía señales.

—Disculpe —le dijo Benjamin a Grip. Aparte del sonido de los tacones, el hombre apenas podía haber captado algo más que un movimiento con el rabillo del ojo, pero se volvió hacia la mujer que entraba con los brazos abiertos.

Un par de noches después se cruzaron en un bar. Benjamin hizo parar a Grip posando una mano sobre su pecho mientras le tendía la otra.

—Ben —dijo, presentándose a sí mismo sin la condescendencia de la que había hecho gala el día de la inauguración, como si fuera obvio que ellos ya se conocían. Sucedió la decimotercera noche de la nueva era de Grip.

Algo en el trasfondo de Ben hizo que Grip se contuviera un poco. La primera impresión que tuvo fue que Ben estaba casado; se trataba de una intuición adquirida con los años. Más tarde comprendería que era Ben quien veía más allá, quien era capaz de percibir lo que se escondía bajo la superficie de Grip. Reconoció en él al principiante, al que acababa de dar el salto, insaciable, con el deseo de devorarlo todo. Ben había dejado atrás eso de jugar a ser quien no era. Aunque hubo indirectas y se movieron ansiosos uno alrededor del otro, el contacto no pasó del primer apretón de manos. Cuando la decisión flotaba en el aire y Grip insistió, Ben sacó una tarjeta de visita y se la metió en el bolsillo del pecho.

—Por favor, avísame cuando estés preparado —dijo—. Podremos... —Hizo una pausa, golpeó con un dedo el borde de su copa sobre la barra, alzó de nuevo la mirada—. Buena suerte.

Esa misma noche, más tarde, y durante las tres siguientes, Grip encontró a otros hombres que lo devoraron. Necesitaba recuperarse; no se dio cuenta entonces, ni siquiera pensó en ello, pero se sorprendió ante su propio alivio cuando por fin llamó al número que había en la tarjeta de visita. Ben propuso que se vieran esa misma tarde, temprano, en el café del Whitney Museum. Solo iban a encontrarse, como hacía la mayoría de la gente.

Se limitaron a sentarse junto a los enormes ventanales, charlando relajadamente durante un par de horas. Luego se despidieron, y después todo fue hacia delante. Esa semana, el ritmo diario de Grip volvió a la normalidad; se despertaba solo en casa y desayunaba antes de que los martillos neumáticos de los trabajadores de la construcción al otro lado de la calle se apagaran para almorzar. Cenaba fuera todas las noches con Ben, y en un par de ocasiones lo acompañó a alguna fiesta donde conoció a su círculo de amigos. Pero esos días no pasaron ni una sola noche juntos, y ni siquiera estuvieron a punto de hacerlo.

Por fin, una noche Ben le preguntó:

—¿Estás preparado?

Grip lo entendió a la primera. No había ningún contrato entre ellos. Incluso después de recuperar su ritmo diario, y de que Benjamin Hayden se convirtiera en Ben, Grip había deseado a otros hombres. La lujuria era la lujuria. Como el mismo Ben le había dicho: «Con ese acento y esos brazos tan fuertes...».

No era complicado, se trataba de apagar fuegos que no tenían nada que ver con Ben.

¿Estás preparado?

Era como hacer una promesa, aun cuando la letra pequeña todavía no se hubiera secado. Allí y en ese momento, en esa clase de cruce de caminos en la vida en el que uno dispone como mucho de un segundo para pensar. No obstante, él vivía para eso, para esos pocos instantes en los que todo está en juego. Grip asintió.

–Dilo –dijo Ben.

Quizá fue consciente justo en ese momento.

–Ya estoy preparado –dijo Grip. Sonó desafiante, aunque no era esa su intención.

Algo pasajero hizo que Ben se estremeciera. Luego rio brevemente y dijo:

–Crees que lo estás, pero avísame con tiempo. Por Dios, avísame.

Pero Grip nunca tendría que hacerlo, porque Ben no pertenecía a esa clase de hombres que necesitan una confirmación reiterada. Cuando Ben lo tocaba, lo hacía de la forma más natural y obvia. Nunca antes Grip había sentido algo parecido. Alguien cuya presencia lo tranquilizaba. Nada más, solo eso. Pero eso lo cambió todo, y una vida distinta comenzó para él.

Una camisa blanca reluciente y un cuerpo bronceado podían ocultar muchas cosas. Una de ellas, la edad: Ben resultó ser casi diez años mayor que Grip. Otra, que portaba el virus. El que la fragilidad de Ben fuera contagiosa no era algo que preocupara demasiado a Grip; era Ben quien cuidaba de ciertos detalles. Después de todo, él era alguien que se esforzaba en mantener a raya la muerte. El armario de su cuarto de baño estaba repleto de botes de pastillas, y siempre que podía se aferraba a rumores y artículos sobre nuevos avances en el tratamiento de la enfermedad. Había cierta vanidad en ello, teniendo en cuenta lo desesperado de su pronóstico. Dadas las circunstancias, verse obligado a utilizar preservativos y no poder besarse resultaba una trivialidad.

Ben llevaba varios años trabajando como responsable de una galería de arte en la periferia del barrio de Flatiron. El dueño había hecho fortuna con unas propiedades industriales en Jersey, y su tercera esposa lo había convencido de que abriera su propia galería. Sin embargo, al poco tiempo ella perdió el interés, y como el propietario no frecuentaba el local era Ben quien se encargaba del negocio. Él también había perdido gran parte del interés, pero era algo que lo mantenía a flote. La galería sobrevivía sobre todo gracias a las exposiciones anuales de un artista judío de Massachusetts, conocido principalmente por obras tan extravagantes como una desagradable figura de insecto hecha con partes de bichos auténticos o una inmensa bola fabricada con miles de piezas de chicle mascado, así como por haber esculpido en una ocasión un busto de sí mismo en una aspirina. A raíz de que algunos coleccionistas famosos invirtieran en él y David Bowie comprara una de sus obras, la cotización del artista se disparó. Se decía que él malgastaba todo ese dinero apostando al póquer, pero eso poco importaba; para la galería, y para Ben, esa subida significaba que la actividad podría continuar, ni más ni menos.

—Agente secreto... —dijo Ben, acariciando con esmero su incipiente barba mientras Grip hablaba sobre su vida. Para entonces, este ya se había mudado al apartamento que Ben poseía en Chelsea. Apenas le quedaban un par de semanas antes de tener que abandonar Nueva York—. Creía que solo quedaban agentes secretos en países como Bulgaria y en las repúblicas bananeras. Agente secreto... Siempre que maltratan a algún activista de los derechos humanos o desaparece gente, en las noticias se suele decir que es obra de agentes secretos. —Ben observó a Grip unos segundos; luego se cruzó de brazos—. En el mundo real suelen tener tres letras: GRU, CIA, MI5... ¿No es así?

Ben, originario de Houston, nunca podría negar que era un republicano fiel.

—¿Eres buen tirador? —preguntó—. ¿Dos disparos desde una distancia de veintiocho metros, ambos en el pecho, separados apenas por unos centímetros?

Grip se encogió de hombros.

A Ben le gustaba. También Miles Davis, por supuesto, aunque nunca lo admitiera, y a veces algún cuadro de Hopper podía llegar a convencerlo.

Grip regresó a Estocolmo. La despedida no fue un adiós; esa mañana, entre las dos tazas de café, ambos supieron que algo acababa de comenzar. Después de desayunar, Ben fue a recoger unas camisas limpias a una lavandería china que había de camino a la galería; mientras tanto, Grip tomó un taxi al aeropuerto.

Una vez en Estocolmo, Grip acudió a la consulta del médico; en esta ocasión al menos pudo quitarse la camisa. Por fin regresó de verdad. Lo primero que hizo en el trabajo fue rellenar una solicitud de traslado. Deseaba ingresar en el cuerpo de guardaespaldas, no solo por las horas extras. Cuando trabajaban, lo hacían a tiempo completo, y después libraban en consonancia. A su antiguo jefe no le sentó nada bien; furioso, dijo que era un maldito desperdicio. Grip ya había hecho suficientes trabajos sucios. «Te necesitaré de vez en cuando», dijo. Grip asintió, y de ese modo el hombre que ya siempre sería el Jefe firmó su consentimiento. El Departamento de Recursos Humanos emprendió las gestiones: comprobó sus préstamos y su cuenta bancaria, le pidió que rellenara unos papeles rutinarios sobre su familia... Su padre había muerto y su madre sufría demencia senil, eso no suponía ningún problema. Y, a fin de cuentas, ¿qué podían encontrar solo con pedir que se rellenaran unas cuantas casillas? Si había ocurrido algo, un escándalo de verdad, una jugosa revelación, al menos podrían tomar su hoja y decir: «Hemos hecho todo lo posible para descubrir a todos aquellos que no tienen un pasado intachable». Unas cuantas cruces en unas casillas. Todos contentos.

Grip consiguió que lo destinaran a la protección de la familia real. Tuvo que comprarse dos trajes nuevos, lo suficientemente holgados como para cubrir el chaleco antibalas que habría de llevar. Lo que siguió fue pura rutina: alguna visita de Estado oficial, paseos por las calles empedradas de cualquier ciudad, apartar a los borrachos que se acercaban, el palacio de Solliden en verano, algún viaje a la Riviera. Practicaba disparo rápido en un campo de tiro y escuchaba las últimas sospechas de los analistas de riesgos. Como estas eran cíclicas, a veces se obsesionaban con la izquierda radical, otras con unas simples imágenes borrosas de barbudos palestinos. Nunca hablaban de los locos solitarios, los casos aparte, aquellos a los que no podían llegar de ninguna forma. Y Grip observaba las reuniones públicas, la gente con las manos extendidas, examinando a las personas que se encontraban en las filas de atrás, mirando en silencio, listas para saltar. En una ocasión tuvo que zancadillear a dos fotógrafos alemanes de la prensa rosa, eso fue todo. Llegó el otoño.

El destacamento de guardaespaldas era el refugio en los servicios secretos para los agentes divorciados, los recién separados y los solteros empedernidos. Sus historias hablaban sobre todo de mentiras compasivas y fracasos. La vida sin el sempiterno aparato de escucha encajado en el oído era como una vida en otro planeta; para muchos, su vida de civil era una auténtica basura. En cualquier caso, cada uno se ocupaba de sus asuntos. La montaña de horas extras pendientes de compensación era el mayor problema del capitán, y lo que hicieran sus empleados cuando encontraban huecos para recuperarlas era algo que no importaba a nadie. «¡Lundgren, Von Hoffsten, Grip, tomaos diez días libres, ya!», decía. Las puertas de las taquillas se cerraban casi al unísono, y ellos apagaban sus móviles. En alguna ocasión se tomaban unas cervezas juntos, pero no era frecuente. Apenas un ligero intercambio de saludos con la cabeza, y luego cada uno por su lado.

Grip ni siquiera se molestaba en hacer el equipaje, pues en Nueva York tenía todo lo que necesitaba. Generalmente aterrizaba después de la hora del almuerzo, y a continuación se dirigía a la galería. Bastaban una mirada y una sonrisa por encima del hombro del cliente con quien Ben estuviera conversando en ese momento. Por supuesto que se echaban de menos, pero no existían los celos ni las preocupaciones. Su relación era perfectamente diáfana. Hasta que la muerte nos separe. En otoño subieron a Cape Cod para pasar un fin de semana largo. Se alojaron en un pequeño hotel de fachada blanqueada que Hopper había pintado en una ocasión, pasearon entre faros y nubes.

Una noche acudieron a uno de los pocos restaurantes que todavía no habían cerrado por la temporada. Ben se había tomado un par de martinis antes de cenar, y ahora estaban compartiendo la segunda botella de vino tinto. Cuando le sirvió a Grip la última copa, Ben entrecerró los ojos y frunció la comisura de los labios.

—Tú eres agente secreto —dijo, agitando la botella vacía en dirección a la camarera—. La mayor parte del arte se reduce a un simple montón de chismes. Cosas muertas. —Hizo una pausa para darle un buen trago a su copa, luego se aclaró la garganta—. Aprecio el arte, ¿sabes? Cualquier loco desea oír lo que un hombre como yo tiene que decir al respecto. —Ben se restregó la boca como lo haría cualquier borracho—. Sus ojos brillan cuando se enteran de qué es lo que vale la pena. Entonces, si consigues encontrar algo nuevo para sus paredes o pedestales, ellos pagan lo que sea. Pero tiene que ser caro. Ese es el secreto.

Ben hizo girar el cuchillo sobre la mesa.

—Jean Arp —dijo entonces—. ¿Qué sabes de él?

Grip apenas prestaba atención a lo que Ben estaba diciendo.

—Nada —respondió.

—Esculturas —dijo Ben, levantando la mano con desdén—. Hay unas personas que... —Hizo una pausa, bebió más vino—. Unas personas que necesitan ayuda.

Llegados a este punto, Grip concluyó que se trataba de dinero. Ese era el lado oscuro, el eclipse. «Hasta que la muerte nos separe.» Necesitaban dinero, muchísimo dinero, para posponer los pronósticos a los que se enfrentaban. Sumas tan elevadas que terminaban por provocarles noches enteras en vela, mirándose a los ojos. Casi veinte años atrás, una enfermera le había entregado a Ben un papel en el que se leía la palabra «positivo».

Hasta entonces, él había vivido como si fuera inmortal. De todas formas, tampoco podía permitirse mucho más: como crítico de arte autónomo, el dinero que ganaba le permitía, en el mejor de los casos, pagar el alquiler a tiempo. Él no era un inconsciente, sabía muy bien que necesitaba medrar, pero un seguro médico... Ya lo contrataría en su momento, más tarde. Más tarde, más tarde, más tarde... Hasta que tuvo ese papel en la mano. Intentó solucionarlo, pero no tardó en convertirse en objeto de miradas lastimeras. Antes o después acababa surgiendo alguna observación sobre la enfermedad, y el agente del seguro colocaba la solicitud un poco más lejos, a un lado. Tuvo que pedir un préstamo. Necesitaba cuidados. En aquellos días los médicos enfundados en sus batas blancas ofrecían muchas cosas, pero ninguna funcionaba. Consiguió acreedores, avales de otros que deambulaban por el mismo desierto. Se protegían unos a otros; ahora casi todos estaban muertos. Y entonces los juicios testamentarios entraron en el juego piramidal con los bancos. Al cabo de un tiempo, Ben comenzó a temer más las llamadas intimidatorias de los abogados que las notificaciones de que otro amigo demacrado había entregado su alma entre drogadictos y gente sin hogar en algún hospital del condado. Si bien los agentes de seguros mostraban al menos cierta empatía, los rostros de los banqueros y los abogados que contrataban resultaban impasibles.

A fin de salvarse a sí mismo, la mentira se convirtió en algo cotidiano: tirar el correo a la basura, mentir bajo juramento, cuestionar la autenticidad de su antigua firma, salir en busca de nuevos certificados médicos que confirmaran que se estaba muriendo y que, por tanto, no estaba disponible... Se trataba de dilatar la espera. De una larga guerra, de décadas de promesas incumplidas y confianzas defraudadas. Todos eran enemigos, y al mismo tiempo nadie lo era. O sí: los bancos y los abogados eran los enemigos. Siempre.

Y había funcionado. Por los pelos, pero había funcionado. Grip se hizo cargo de las facturas más urgentes, las de las cuotas atrasadas, para evitar que Ben fuera demandado por sus propios abogados. Pero no se podía permitir nada más que eso, y en esos días Ben necesitaba más médicos que nunca. Sus pulmones habían empezado a silbar, y en alguna ocasión la falta de aire lo había obligado a ponerse de rodillas, con los labios azulados. Pero los médicos solo podían tratarlo si tenía dinero.

—Gente que necesita algo de ayuda —estaba repitiendo ahora Ben—. Pagan bien.

Más tragos de vino. Grip apartó la vista de la calle desierta que se veía desde el restaurante.

—¿Ayuda? —preguntó. Ambos habían acordado que Grip nunca se involucraría en esa guerra de papel relacionada con el dinero. Ni su nombre ni su firma deberían figurar en esas batallas; había muchas razones para ello.

—Sí, ayuda. Con Jean Arp —dijo Ben, dejando la copa de vino sobre la mesa—. Certificaré su autenticidad.

—¿Las esculturas son falsas?

—No. Todo indica que son auténticas.

—Espera, certificar la autenticidad de algo auténtico... ¿Eso da mucho dinero?

—Todo depende del contexto —dijo Ben, y sus ojos se aclararon.

De modo que se trataba de algo más que de dinero y perjurio. Grip miró por encima de su hombro; deformación profesional. No había nadie cerca.

—Primero tienen que ponerles las manos encima a las esculturas de Arp —dijo Ben.

—Un robo —dijo Grip, dándole el nombre correcto. Sopesó la palabra, como si fuera una herramienta en su mano.

—Alguien con mucho dinero paga para que otro, tan rico como él, las pierda. Durante el proceso, yo examino las esculturas y certifico que son lo que son.

—Con eso se podrían sacar unos dos mil dólares —murmuró Grip.

—Por lo general, algo por el estilo —respondió Ben encogiéndose de hombros.

Así estaban las cosas. Ben ganaba algo de dinero extra valorando bienes robados. Y, por supuesto, era algo de lo que Ben nunca hablaba. Pero ahora quería más. Obtener unos cuantos miles de dólares de golpe, dadas las circunstancias, era como recolectar botellas vacías a fin de conseguir dinero con el que pagar un vuelo espacial. Grip se removió en su silla, inseguro de adónde irían a parar. Al mismo tiempo, sabía que Ben estaba tan borracho que no tendría ningún reparo en contarle lo que tenía en mente.

—Necesitan ayuda para planificar algunos detalles del próximo golpe. —La mano de Ben parecía reposar sobre la mesa, aunque en realidad planeaba unos milímetros por encima de ella. Las disculpas ya estaban preparadas, así como el millar de frases que terminarían con un «olvídalo» tan pronto como expusiera lo que necesitaba. Grip permanecía sentado, completamente inmóvil. Comprendía. Comprendía a la perfección. La idea era que la próxima vez él entrara a formar parte. Si él se involucraba en el plan, podrían pagar muchas más facturas.

—Un robo —repitió Grip. No preguntó nada, no hizo gesto alguno.

Ben se mostraba inseguro.

—Es gente rica. Ellos tienen...

Grip golpeó la mesa con la palma de la mano:

—¡No me pidas eso!

La chica que atendía la barra alzó la vista, pero no pudo oír el resto. Grip hizo una pausa y añadió en voz baja:

—No soy un niño, ni un juguete. Si tú y yo somos algo, no necesitamos engañarnos. Hablemos de ello, tal cual. Sé muy bien lo que es un robo, y sé perfectamente lo que está en juego.

La mano de Ben seguía flotando, sus dedos extendidos temblaban. Ni siquiera los martinis y el vino habían podido alejar su miedo a la muerte.

Regresaron en completo silencio al hotel que pintara Edward Hopper. No había tensión, solo silencio. Era la tercera y la última noche en la misma habitación, y lo que durante el fin de semana se había vuelto familiar ahora resultaba completamente extraño. La decoración, la luz, los muebles.

Eran las cinco de la mañana cuando Grip despertó a Ben, sacudiéndole el hombro con la mano.

—¿Qué les has contado?

—Nada —contestó Ben al cabo de unos segundos, regresando a la superficie—. Solo que conocía a alguien.

—¿Un agente secreto?

—No. —Ben se giró lentamente—. Me reuní con ellos y comprendí que necesitaban gente. Dije que conocía a alguien.

—¿Eso es todo?

—Un sueco, eso dije. Ya sabes, entre esos tipos, los europeos siempre despiertan interés.

—¿Y la conexión entre nosotros dos?

—No tienen ni idea. Dije que podía contactar contigo a través de un intermediario.

—Entonces, ¿les dijiste que era sueco?

—Tu acento, si os reunís... Ni siquiera fue una revelación.

El resplandor de los faros de un coche brilló entre las rendijas de las persianas. No dijeron nada más.

Tres días después, de vuelta en Nueva York, Ben parecía escupir sus pulmones por la boca mientras tosía sobre el lavabo del cuarto de baño. Tenía un aspecto escuálido y andaba encorvado como un pájaro. Al agacharse aún más para recuperarse del agotamiento, Grip pasó por detrás de él.

—¿Cuánto pagan? —preguntó.

Ben apartó la vista, jadeando. Grip, apoyado en el quicio de la puerta, estiró la espalda despacio.

—Asegúrate de hablar con ellos —añadió, antes de salir del baño.

11

Fue durante una visita oficial de los reyes a Hungría cuando Grip recibió un correo electrónico de Ben en el que le comunicaba que un «patrocinador» deseaba verlo en Nueva York tan pronto como fuera posible. Un segundo correo electrónico contenía un enlace a las obras de unos escultores franceses. Se desplazó con el cursor por los bronces de Rodin y encontró los de Jean Arp. Sensuales formas redondeadas en granito, esculpidas por alguien a quien debía de gustar tocar a las mujeres.

Grip abrió su agenda mientras su intercomunicador rugía: «La reina quiere marcharse antes de lo previsto». Estaban cenando con el presidente, y pasaba de la medianoche. Grip estaba sentado frente a un ordenador, en una habitación individual que había encontrado algo apartada del bullicio de la cena. No hubo respuesta en la radio. Grip echó un vistazo a unas posibles fechas, marcó una con un lápiz y cerró la agenda.

–Yo me ocupo de ella –respondió, poniéndose en pie.

Apenas una semana después, de vuelta tras el viaje a Hungría, le tocó librar. Un nuevo vuelo, y otra vez en Nueva York.

La reunión tuvo lugar en tierra de nadie, en un edificio de ladrillo cerca de la zona de Brooklyn Navy Yard. Grip tomó un taxi que lo llevó a la dirección que le indicaron. El lugar resultó ser un taller de escenografía teatral y cartelería para grandes almacenes. Siete hombres lo esperaban en el interior, pero solo dos de ellos tomaron la palabra. Saltaba a la vista qué tipo de gente era; profesionales, sin duda, un grupo de ladrones de furgones blindados con accesorios adicionales: músculos de sobra, conductores capacitados, esa clase de tipos. Solo utilizaban su nombre de pila, y ninguno de los dos que hablaron tenía tatuajes visibles. Hasta ahora, todo iba bien. Finalmente desplegaron un desgastado plano turístico de Nueva York, y los dos hombres esbozaron el plan. Se suponía que el camión de un transportista saldría de su almacén a una hora determinada. Eso era todo lo que había que tener en cuenta. Sin escolta: nada de vehículos blindados ni de cerraduras codificadas. Solo un camión que transportaba un montón de cosas y dos esculturas de Arp. Un juego de niños.

Sin embargo, los hombres del taller de Brooklyn estaban acostumbrados a atracar furgones blindados, y tenían una cierta manera de hacer las cosas. Pistolas, esposas, coches para facilitar la huida, estrellas dentadas para reventar neumáticos. Sin duda, todo estaba bien planeado; un ataque sorpresa, con ruta de escape y coches rociados de gasolina para destruir cualquier prueba y borrar cualquier rastro de ADN. El único punto débil era la carga: las esculturas de Arp pesaban varios centenares de kilos. Y esa era la razón de que contaran con él.

Grip había advertido desde el principio las miradas de admiración. Parecían tratarlo con respeto aun antes de haber pronunciado una sola palabra. Ben había contado algunas mentiras extravagantes sobre su pasado. Si bien no le había explicado gran cosa a Grip, Ben acabó por confesarle que les había dicho a sus contactos que el sueco era un ladrón de obras de arte experimentado. «¡Estás loco!», había exclamado Grip entonces. «¡Ladrón de obras de arte!» De todos modos, no tenía ni idea de lo que significaba aquello. ¿Qué podía decir? Tuvo la tentación de retirarse, y estaba a punto de posponer la reunión cuando la tos de Ben lo hizo callar. Después de que el taxi lo dejara delante del taller y él viera las luces y los hombres tras las ventanas, dio una vuelta a la manzana, y estuvo a punto de largarse de allí. Pero, en realidad, ¿qué opciones tenía? «... Está muy bien pagado... Te recompensarán por tus servicios...»

Siempre había una primera vez. Había pasado años entre delincuentes, pero nunca había formado parte de ellos. Ese era el motivo de que su pulso latiera con tal fuerza mientras entraba en el taller. El corazón desbocado y las manos sudorosas, como un maldito aficionado. Se estrecharon la mano y lo miraron de arriba abajo. En cualquier momento lo echarían de allí; estaba convencido. En el mejor de los casos, le darían una paliza y lo sacarían a la calle. Pero nada de eso sucedió, alguien seguía hablando y mencionaba unos nombres que él nunca recordaría. Tenía la boca seca y se sentía transparente; su espalda se tensaba cada vez que alguien se movía detrás de él. Entonces vio el plano deteriorado y prestó atención al plan. Y en ese momento recuperó la calma. No necesitó pensar en Ben, solo en lo fácil que era. Lo fácil que resultaría hacerse con algo que no le pertenecía. Era la primera vez.

Los hombres del taller no parecían tontos, pero su plan era exagerado, casi caricaturesco.

—¿Qué pasa con la carga? —preguntaron.

Grip se cruzó de brazos.

—Un momento —dijo.

Y entonces retrocedió hasta el comienzo, cuando los dedos comenzaron a tocar el plano de la ciudad. Desechó todo el plan. Les dijo que se olvidaran de las armas, la gasolina, las estrellas dentadas.

—Dejad que la Policía tenga un día tranquilo —dijo, y con ligeros gestos en el plano lo reorganizó todo. Los dos que habían expuesto el plan original se encontraban de pie mientras los otros permanecían sentados. Grip explicó las partes críticas, cómo podrían hacerse con el camión antes de que llegara al almacén, simplemente cambiando de conductor. Nada de persecuciones en coche, nada de bolas de fuego, nada de tipos sedientos de sangre disparando con armas automáticas robadas. No sería un golpe del que fardar en prisión. Sería una tranquila tarde de septiembre en la que la Policía de Brooklyn podría patrullar tranquilamente por Ocean Avenue mientras, no muy lejos de allí, alguien le birlaría dos esculturas de Arp a una persona que tenía mucho dinero. Si había que hacerlo, esa era la perspectiva de un agente secreto.

Grip dejó el bolígrafo sobre la mesa y se dio la vuelta con una mirada que indicaba que ya había terminado.

Pasaron unos segundos sin que nadie pronunciara una palabra. Entonces uno de los cabecillas dijo:

—Bueno, ya veremos.

Volvió a reinar el silencio.

Desde un primer momento, de forma instintiva, Grip desconfió de uno de los hombres que estaban en la habitación. Se llamaba Romeo y era uno de los tipos contratados, un idiota con sobrepeso que llevaba una gorra y no paraba de mover las piernas como un adolescente arrogante. Ahora resopló, pero cuando todos se dieron la vuelta él no dijo nada; se limitó a sonreír con desprecio a Grip y a encogerse de hombros.

—Cállate —dijo uno de los jefes.

Romeo se caló la gorra y volvió a encogerse de hombros.

—¿Y tú qué pintas en todo esto? —le preguntó Grip, cabeceando arrogante hacia el tipo.

—¿Quién lo pregunta? —Romeo, más grande que Grip, se balanceó hacia atrás en la silla.

—Conduce —respondió el que le había mando callar.

Grip miró fijamente a Romeo.

—Nadie puede conducir con la cabeza en el culo. Procura recordarlo.

Las patas delanteras de la silla se quedaron en el aire. Romeo alzó la mano, instando a Grip a que se acercara. Estaba a punto de decir algo cuando el otro hombre exclamó:

—¡Él conduce y punto!

Grip hizo un gesto de indiferencia.

A continuación, los dos cabecillas le hicieron unas cuantas preguntas sobre las supuestas situaciones con las que se podrían encontrar en caso de llevar a cabo su plan. Como parte de la función, más que nada; el plan de Grip no tenía fallos.

—Ya te llamaremos —dijeron entonces.

Grip permaneció inmóvil unos segundos, con las piernas separadas, y los observó tratando de memorizar sus rostros. Ben le había asegurado que solo tendría que escuchar y dar consejos; no debería participar ni exponerse a que lo pillaran. Eso era cosa de los peones. Se trataba de un trabajo remunerado que reunía a varias personas y que estaba organizado por alguien que permanecía en la sombra. Los hombres del taller no sabían nada de un experto en arte, ignoraban que los ojos y las manos de Ben serían las que confirmarían que las piezas de granito que sobresalían entre el poliestireno de las cajas rotas eran auténticas esculturas de Arp. Nadie había mencionado el nombre de Ben. De momento, todo parecía ir bien. De momento.

—Haced lo que os parezca —les dijo; el pulso tranquilo, las palmas de las manos secas—. Pero si utilizáis mi plan tendréis que pagar.

Dicho esto, se marchó. Caminó hasta el puente de Brooklyn y regresó al apartamento de Ben en Chelsea.

Cuando se despertó la noche siguiente, tuvo la sensación de haber asistido a una fiesta de disfraces. Una especie de juego. Como cuando unos cuantos policías borrachos se reunían y, en lugar de jugar a las cartas, farfullaban entre ellos sobre lo fácil que sería realizar los atracos con los que habían soñado. En esta ocasión, apenas era peor: un taller, algunos nombres propios, un plano arrugado, algunos buenos consejos.

En realidad, nada, solo una pequeña charla. ¿No?

Cuando regresó a Suecia, Grip no olvidó comprar el *New York Times* cada tarde en el Pressbyrån de la Estación Central. Veintiséis días seguidos, veintiséis portadas sobre Bush e Irak antes de que apareciera, por fin, el artículo que estaba esperando. No muy extenso, aunque tampoco un breve escondido en un rincón del periódico. Una fotografía desenfocada. Dos esculturas de Jean Arp habían sido robadas. Un camión había desaparecido. Sin violencia.

Ben lo llamó esa misma noche. Comenzó diciendo que lo amaba. Habló sin parar, quizá había bebido, y terminó diciendo que *ellos* habían pagado. No hubo vergüenza en el silencio que reinó entre los dos. Estaba hecho. Se despidieron y colgaron.

Pasó el otoño. Un médico trató a Ben y su tos desapareció. Hubiera estado bien así. Podría haberles bastado.

12

Weejay's, 21 de enero de 2005

−¿Y si decidierais actuar de verdad?

Fue Bill quien lo dijo. Bill Adderloy. Bill se había introducido lentamente en el grupo. Después de haber llamado idiota a Reza en aquella ocasión, se acercaba frecuentemente a su mesa con su bastón, que resultó empuñar sobre todo para intimidar. Bill Adderloy era algo mayor que los demás y tenía una barba canosa que se elevaba al hablar. Fumaba mucho, y siempre llevaba manga larga. Un anillo enorme destacaba en una de sus manos. Al igual que otros norteamericanos, hacía sonar las monedas en su bolsillo y se pasaba el tiempo pidiendo más hielo para su bebida.

−Me refiero a... hacer algo de verdad.

No intentó quitarle hierro a lo que acababa de decir con una risotada, lo habitual entre la gente que se escabullía cuando se hablaba de algo serio bajo el techado de hojas de palma. En cambio, los esperó. Vladislav, N., Mary y Reza. Bill Adderloy hablaba en serio.

Cuando Bill se unió a ellos, las circunstancias ya habían cambiado. N. padecía una inquietud severa. La noche pasada con Mary le había ocasionado una ansiedad inexplicable, la misma que habría sentido al comienzo de un adiós. Se veía obligado a beber cada vez más para poder dormir por la noche, y el grueso fajo de billetes que había guardado en un sobre en su bolsa ahora encajaba fácilmente en un billetero normal. Los demás también habían empezado a comer fruta para almorzar, y hasta el generoso Reza a menudo solo pagaba su coca-cola en el bar.

Mary aparecía cada mañana más tarde y había empezado a andar en sueños, o al menos eso era lo que N. pensaba. Una noche se despertó en su bungaló y se la encontró de pie junto a su cama, vestida apenas con una camiseta, mirándolo fijamente. Su primer instinto fue cubrirla con la sábana, pero entonces dudó.

—¿Qué pasa? —preguntó, sin obtener respuesta. Veía el blanco de sus ojos, y poco más. Ella permaneció así una eternidad, inmóvil, como si él fuera un extraño, antes de dar media vuelta y marcharse. N. no pudo volver a conciliar el sueño; tuvo que levantarse y cerrar la puerta por dentro.

Todo el mundo sentía la corriente subterránea de energía descontrolada. Vladislav corría por las mañanas cada vez más rápido, y cuando nadaba el pequeño punto de su cabeza desaparecía en el horizonte.

—¡Que te den! —le espetó entre las olas a quien manejaba la barca que alguien había enviado un día en su busca.

Reza noqueó a un australiano de un solo golpe en el bar. Cuando los dos amigos del hombre se abalanzaron sobre él, Reza gritó «¡venga!», con una mirada tan violenta que todos ellos retrocedieron. Después se puso a llorar y dijo algo acerca de ser inmortal.

Era en ocasiones como esa cuando Bill se acercaba a su mesa.

—Impresionante —le dijo a Reza en esa ocasión, y se sentó. No parecía importarle lo más mínimo el escándalo que se había formado a su espalda; levantó un par de dedos y el camarero apareció a su lado al instante. Los empleados de Weejay's eran como moscas alrededor de un terrón de azúcar; o mejor, como hienas, hienas alrededor de un león que acababa de abatir a su presa. Dejaba buenas propinas, nunca calderilla. Uno de los empleados servía mientras otros dos calmaban a los australianos, que no dejaban de gritar. Nadie se atrevió a decir una palabra en contra de los norteamericanos.

Los cigarrillos de Bill Adderloy eran motivo de discusión. Rara vez les daba una calada; casi siempre se consumían como incienso entre sus dedos inmóviles mientras él exponía sus ideas. No sentía un gran aprecio por su país. Reza asentía sin decir nada. N., poco impresionado, se quedó a fin de tomar un par de whiskys a cuenta del orador. Mary parecía más interesada y argumentaba a favor de Adderloy, mientras que el sonriente Vladislav se divertía provocando a la gente porque sí. Sus veladas se volvieron predecibles.

N. bebía y trataba de reprimir los bostezos.

—Os lo merecéis —dijo Adderloy un día, después de que ellos descubrieran que él había pagado las cuentas de los cuatro bungalós y la comida del Weejay's. Nadie se quejó.

En otra ocasión, Adderloy demostró que parecía saber que Mary era de algún lugar de Kansas. N. no recordaba haber oído a Mary hablar de eso. Vladislav miró a Adderloy con recelo.

—¿Y si decidierais actuar de verdad?

Ese fue el momento en que la discusión dio un giro inesperado.

—¿A qué te refieres? —Vladislav permanecía sentado, con las mandíbulas apretadas. Mary escuchaba con atención.

Todo había empezado la noche anterior, cuando Adderloy le había preguntado a Reza:

—Eso de la inmortalidad... ¿Cuál es tu secreto?

Reza respondió con una mirada malévola. Aún no había olvidado que Adderloy lo había llamado idiota.

—Así es como te sientes cuando has sobrevivido —dijo Vladislav en tono conciliador.

—¿Tú también te sientes inmortal?

—No inmortal —respondió Vladislav, esbozando una amplia sonrisa blanca—. Pero sí fuerte.

—Yo soy realmente inmortal —dijo Reza entonces, inclinándose hacia delante—. Lo soy, aunque no lo entendáis. Ese día, la ola. —Se pasó ambas manos por la cabeza. Sus labios estaban húmedos, su mente parecía revivir imágenes pasadas—. La noche anterior me acosté tarde. Me quedé dormido, rodeado de familiares, con la idea de que dormía en una ciudad. Una ciudad de verdad. Cuando me acosté había toda una ciudad ahí fuera, pero luego, cuando me desperté... Mi cama se encontraba en una habitación en la segunda planta. Como siempre, me levanté y me acerqué a la ventana. —Hizo un movimiento con la mano, como si se encontrara frente a un amplio campo abierto. Tragó saliva—. Todo había desaparecido —susurró—. Todo. Solo quedaba la casa. La casa y yo, nada más, nadie más. Dios se olvidó de mí, me pasó por alto. —Se recostó en la silla—. ¿Entendéis?

—¿Dios? —dijo Mary—. ¿Crees que fue Dios? Eso... —Guardó silencio.

—Inmortal —dijo Reza con seriedad.

—¿Cómo puedes creer...? Dios, qué tontería —dijo Mary, resignada.

—Los afectados por el tsunami murieron por nuestros pecados —dijo Adderloy—. Hay gente que cree en ello.

Vladislav negó con la cabeza. Miró a Reza.

—Vosotros también habéis oído hablar de ello —continuó Adderloy, alzando la barbilla—. De la iglesia norteamericana que celebraba lo sucedido como un castigo de Dios. De su pastor, Charles-Ray Turnbull.

Miró a N., recordó la noche en la que habían hablado sobre el pastor y sus seguidores. N. todavía no estaba lo suficientemente borracho. La indignación lo dejó sin aliento. Sus manos temblaban. Recordó las imágenes: los cuerpos hinchados, el pastor sonriente a quien llamaban «amado padre». *Gracias a Dios.*

Adderloy jugueteó con su anillo mientras se encogía de hombros.

—Los afectados eran pecadores, así de sencillo. —Le dio un golpecito al cigarrillo y la ceniza cayó en la arena—. Algunos dicen que ese es el precio, el precio de tener libertad en un país donde cualquiera puede decir lo que quiera —añadió, mirando aún el suelo.

—¿Es realmente una iglesia? —preguntó Vladislav.

Adderloy no le respondió.

—Sabéis que lo celebraron, ¿no? Se alegraron especialmente por los niños. Ellos creen que...

—Esos bastardos se merecen morir —lo interrumpió N.

Reza golpeó la mesa con la palma de la mano.

—Una iglesia norteamericana —dijo. Luego soltó algo en su propio idioma y continuó—: Ninguna iglesia norteamericana puede venir aquí a hablarme de mis pecados.

—¿Dónde está esa iglesia? —preguntó N.

—En Topeka —respondió Adderloy—. Topeka, Kansas.

—Pero ¿tú no eres...? —Vladislav parecía desconcertado.

—Sí, yo soy de Topeka —dijo Mary.

Adderloy esperó mientras los demás intercambiaban miradas, sin dejar de contemplar el ascua de su cigarrillo.

—Mary y yo estábamos sentados a la misma mesa una noche en que la gente comenzó a hablar de sectas y manifestaciones. Fue entonces cuando establecimos la conexión. —Entonces se dirigió a ella—: Venga, Mary, háblales de Charles-Ray.

—Charles-Ray Turnbull es un hombre horrible —empezó ella en voz baja—. Solía acudir al hospital donde trabajo... —Hizo una pausa—. Donde trabajaba. Solía donar sangre. Estoy segura de que todavía lo hace. Necesita dinero.

—Se merecen... —continuó N., furioso de nuevo.

Adderloy lo miró.

—¿Qué se merecen? ¿Que hablemos de ellos?

N. se revolvió inquieto en su silla, como si hubiera dado con algo.

—¿Y si decidierais actuar de verdad? —prosiguió Adderloy.

Reza respondió con un resoplido.

—¿A qué te refieres? —dijo Vladislav despacio.

Mary escuchaba con los ojos entrecerrados.

—Se merecen morir —repitió N.

—Que paguen por ello —replicó Adderloy. Vladislav lo estudió detenidamente—. Miraos, miradnos —continuó—. No existimos. Más allá de este trozo de arena... —Vaciló por un momento—. Todos hemos desaparecido. De ahora en adelante, somos libres de tomar nuestras propias decisiones. Debemos aprovechar esta oportunidad, ha llegado la hora. Ocasiones como esta solo se presentan una vez en la vida.

—Es una oportunidad de vengarse de esos fanáticos, claro. Pero ¿por qué nosotros? —dijo Vladislav.

—Todos necesitamos dinero. ¿Durante cuánto tiempo puedes llevar esta clase de vida? A lo sumo un par de meses más. ¿Y después qué? ¿Alquilar tumbonas, comprar una cocina de gas y un *wok* y cocinar para los turistas cuando vuelvan a las playas? ¿Convertirte en un *hippy,* como esos occidentales que nunca consiguieron marcharse de aquí? Ya los has visto, jodidos vagabundos desdentados de mierda con novias de quince años sentadas en la parte trasera de sus motocicletas. No. Nosotros robaremos un banco y conseguiremos un montón de pasta, y después le echaremos la culpa a alguien que se lo merezca. Incriminaremos al pastor, y así mataremos dos pájaros de un tiro. Le daremos a Charles-Ray su merecido, y al mismo tiempo nos haremos con una cantidad de dinero jodidamente escandalosa.

Vladislav emitió una risa corta.

—Darles a esos charlatanes de mierda lo que se merecen. —Miró a Reza—. Me gusta.

Las piernas de Reza se balanceaban en la silla.

—Pero él es donante de sangre. ¿Tiene eso algo que ver con todo esto? ¿Cómo...?

—No lo pilláis —dijo Vladislav—. El señor Adderloy lo tiene todo planeado, pero aún no nos lo va a contar todo.

Adderloy le dio la razón con un gesto.

—Pero, para poder hacerlo, necesita la ayuda de unas cuantas personas que sean invisibles... e inmortales —añadió Vladislav, mirando de nuevo a Reza.

—Nosotros no existimos —dijo Mary.

—Lo hagamos o no —dijo Vladislav con un movimiento de cabeza—, está claro que necesitamos dinero para seguir viviendo la vida que deseamos.

—Yo tengo de sobra para que podamos ponernos en marcha —replicó Adderloy.

—Una vez que lleguemos a Topeka, podemos vivir en mi casa —añadió Mary—. Se encuentra algo apartada, y es suficientemente grande para todos nosotros.

N. dudó. ¿Qué estaban a punto de decidir? Resolvió intervenir:

—¿De qué estamos hablando? ¿Vamos a viajar hasta Estados Unidos para robar un banco?

Todos guardaron silencio.

—Bueno —dijo por fin Vladislav—, las causas perdidas nunca han sido una de mis pasiones favoritas. Pero debo hacer algo. Necesito dinero, y tú, Bill, me necesitas. Estoy con vosotros.

Al darle una calada al cigarrillo, los ojos de Adderloy se estrecharon hasta formar una línea.

—Y ahora me voy. Hasta luego —dijo Vladislav levantándose de la mesa. Cuando se marchó, lo hizo con la misma calma implacable con la que le había arrebatado a Reza la escopeta de la mano para rematar al pelícano herido.

—No es un gran orador, pero al menos habla claro —dijo Adderloy cuando Vladislav hubo desaparecido. El rumor del mar en la noche fue la única respuesta—. Creo que ya está todo dicho —añadió, dejando caer su cigarrillo en la arena—. Consultadlo con la almohada. No creo ser el único que está harto de este paraíso.

13

Transcripción de interrogatorio. Cinta: 2 (3), N1315263

Fecha: 12 de abril de 2008
Lugar: Prisión El Dorado, El Dorado, Kansas.

Asistentes:

Agente interrogador Gordon Zachy (GZ), FBI
Adjunta Shauna Friedman (SF), FBI

Acusado Reza Khan (RK), sentenciado a muerte por cinco cargos de complicidad en asesinato, robo a banco, conspiración sediciosa, terrorismo, obstrucción a la justicia, secuestro y asalto a mano armada.

GZ: Reza, naciste en Peshawar, Pakistán, ¿no es así?

RK: ¿Tenemos que pasar por todo esto otra vez?

GZ: Sí.

RK: *(Dice algo ininteligible.)*

GZ: Reza, estás mascullando algo. Sé que es difícil, pero inténtalo.

RK: He dicho que ya he respondido a esas preguntas, por lo menos en veinte ocasiones distintas. Y otra vez me duele la cabeza.

GZ: Siempre te duele la cabeza, Reza. ¿Naciste en Peshawar?

RK: Eso dice mi pasaporte.

GZ: Me gustaría que respondieses sí o no.

RK: ¿Tiene eso alguna importancia?

GZ: Sí. Hay algunas investigaciones en curso.

RK: ¿Y de verdad crees que eso me afecta?

GZ: Sí, mucho.

RK: *(Risas.)*

GZ: Esto no tiene gracia.

RK: No. *(Carraspea.)* He sido condenado, voy a morir. Por cinco asesinatos. No está nada mal.

GZ: Cómplice de cinco asesinatos y robo a un banco.

RK: Cierto, cómplice, tienes razón. Mi abogado intenta mantenerme animado, sudando la gota gorda ante las interminables eventualidades. ¡Eventualidades! Un juez ya me ha condenado a muerte.

GZ: La condena puede ser apelada.

RZ: No en Kansas. Teniendo en cuenta lo sucedido, no. Hay que sacrificar la sangre de alguien. Además, pillaron a un pakistaní. América cuida de sus musulmanes cuando visten monos naranjas.

GZ: Hay circunstancias atenuantes. Lo sabes.

RZ: ¿Te refieres a esto?

GZ: El señor Khan recibió un disparo en la cabeza cuando fue detenido.

SF: Conozco los hechos.

RK: Vaya, de repente ella abre la boca. *(Silencio.)* Gordon y yo nos conocemos bastante bien, pero usted... Usted es nueva, ¿no es así?

SF: Sí.

RK: ¿Y no nos hemos visto antes?

SF: No. Nunca.

GZ: La memoria del señor Khan...

RK: Ella ya lo sabe, puede ver la herida de la cabeza. Todo el mundo puede. A ti, Gordon, hacía varios meses que no te veía, y ahora apareces con una mujer nueva a tu lado. Investigación en curso, dices. ¿Cuántas sentencias a cadena perpetua adicionales quieres meterme? Solo podrás matarme una vez.

GZ: No se trata de eso.

RK: ¿Se da cuenta de que Gordon siempre trata de tranquilizarme? Sabe que a veces puedo ser peleón. Ese es su miedo. ¿De dónde dijo que era?

SF: FBI.

RK: Policía Estatal de Kansas, Cuerpo de Alguaciles, FBI... Tenéis policía para aburrir. Narcóticos, Agencia de Armas y Explosivos, servicios secretos...

GZ: Reza, déjate de diatribas.

RK: Shauna... Shauna, ¿verdad?

SF: Sí.

RK: *(Respuesta inaudible.)*

GZ: Reza, no te hemos oído.

RK: Lo siento, Shauna. Fue el disparo, ya sabe. Mi psique, ahora hay muchas explicaciones para eso. Para saber cómo funciono. Pérdida de memoria en conexión con asesinato, qué oportuno, ¿no? Pero hasta los médicos reconocen que hay lesiones. Tengo el cráneo hundido, mírelo usted misma.

SF: Gracias, ya es suficiente.

RK: Pero de eso se trata; un tiro en la cabeza no fue suficiente. Me atarán a una camilla, me administrarán la inyección, y solo entonces estaréis satisfechos. Y todo esto está tardando mucho.

SF: ¿Todavía afirma que no estaba involucrado?

RK: ¿Está segura de que no nos hemos visto antes?

SF: Completamente.

RK: ¿Ha tenido el pelo largo?

SF: Hace mucho tiempo.

GZ: Reza, no has respondido a su pregunta.

RK: Es verdad, no he respondido a la pregunta y farfullo un poco. ¿Dónde estaba? Ah, sí. Si estuve involucrado. Es muy probable que estuviera allí, pero no lo recuerdo. Dicen que robamos un banco.

SF: ¿Quiénes eran los otros, los que estaban con usted? ¿Se acuerda de ellos?

RK: Gordon, ¿no me habías preguntado si había nacido en Peshawar?

GZ: Más tarde podremos volver a eso.

RK: No, no, los médicos han indicado en particular mi necesidad de estructura. El daño cerebral, la manía de farfullar, la memoria... Después de tantas operaciones, la estructura es el único camino a la rehabilitación. Antes de que me aten a la camilla para recibir la inyección letal, claro. Teniendo esto en cuenta, debemos finalizar lo que hemos empezado. Creo que nací en Peshawar, porque eso es lo que está escrito en mi pasaporte. ¿Existe alguna razón para dudarlo? Y mi respuesta será coherente con todas las relacionadas con esta pregunta. Gordon, pensé que hacía mucho que habías renunciado a ello.

SF: Fui yo quien le pidió a Gordon que te hiciera esa pregunta.

RK: Ah, podemos tutearnos... Él podría haberte dado la respuesta.

SF: No hemos podido localizar a ningún miembro de tu familia.

RK: Cierto, eso decís. Y yo no me acuerdo de ellos. ¿Cuál era la otra pregunta, Shauna?

GZ: Reza, deberías dirigirte a la agente como señorita Friedman.

RK: *(Un grito de rabia.)* ¡He perdido la mitad del cerebro y tú me vienes con esta mierda!

GZ: ¡Siéntate, Reza!

RK: Ya has oído a los médicos. Nos hemos desviado. ¡Concentración! Necesito estar concentrado.

SF: Te preguntaba acerca de las otras personas que estaban contigo. ¿Te acuerdas de ellas?

RK: *(Sin aliento.)* Correcto, los otros. No has hablado mucho con quienes han investigado esto, ¿verdad, Shauna? Con Gordon y los demás. *(Silencio.)* Mis recuerdos de los últimos años son como piezas dispersas de un rompecabezas, apenas puedo distinguirlas y faltan muchas. Puedo hablar perfectamente, salvo cuando farfullo, pero apenas sé quién soy. Claro que recuerdo a mucha gente distinta, y Gordon, y otros del FBI, han intentado averiguar pacientemente qué personas pueden tener un interés particular. Supongo que aparecen en los informes.

SF: He leído algunos de ellos.

RK: Creo que están buscando a un hombre alto con unas gafas grandes, y también a alguien que tiene un animal tatuado. Tal vez un mono, o un perro, quizá el tatuaje está en la espalda. Luego está Adderloy, el único nombre que recuerdo, Bill Adderloy. Es un hombre mayor con barba, un hombre muy desagradable con barba. A veces utiliza un bastón. El mango está tallado en forma de cráneo de animal. Tendrías que oír su voz, ese tipo de voz que persuade a la gente para que haga casi cualquier cosa. Adderloy es tan peligroso como el mismo demonio. *(Silencio.)* Es cierto que hay una o dos personas más, pero no hemos tenido mucha suerte con ellas, ¿verdad? Además, dos o tres hablaban inglés con acento. Eso haría cuatro conmigo, tal vez.

SF: ¿Eso es todo?

RK: También había dos hermanos vestidos de blanco. Pero resultaron ser los dueños del restaurante que había al otro lado de la casa donde me arrestaron. No puedo evitarlo... Mi mente. Échale la culpa al maldito oficial de policía, dijo que apuntó a las piernas pero me disparó en la cabeza. *(Silencio.)* ¿Te sorprende que esté cooperando? No me siento culpable de los delitos por los que me han condenado, no los recuerdo. Pero estoy seguro de que algunas de estas personas son muy peligrosas. Adderloy sin duda lo es. Esa es la única sensación que conservo de lo ocurrido, que serían capaces de matar a mucha gente.

SF: ¿Qué pasa con las fotografías?

RK: ¿De personas? ¿Hay alguna?

SF: ¿Qué te parece esta?

RK: Oh, lo reconozco.

SF: ¿Es él?

RK: Podría ser. Pero también podría ser un taxista que conocí en cierta ocasión, una estrella de cine o un antiguo vecino.

SF: No es una estrella de cine. Creemos que estaba contigo. ¿Sabes cómo se llama?

RK: Ni idea. *(Silencio.)* Aunque creo que es sueco.

14

7 de febrero de 2005

Durante la investigación policial que siguió, quedó claro que el grupo de Weejay's no volvió a reunirse hasta que sus miembros llegaron a Toronto. El recibo del bar de un hotel pagado con una tarjeta de crédito mostraba un whisky, un mojito, un bloody mary y una coca-cola.

Vladislav, como de costumbre, examinó la carta de bebidas una y otra vez. Después le preguntó a la camarera:

–¿Qué es lo que está de moda?

–¿Ahora? –Era por la mañana–. Bloody mary, creo.

–¿Qué aspecto tiene? ¿Es de algún color?

Ella no supo qué responder.

–Bueno... Lleva tomate.

–¿Como en la comida?

N. suspiró y alzó la mano con un gesto impaciente.

–Está bien, tomará uno –dijo, despidiendo a la camarera. N. había sido el último en salir y había tomado la ruta más rápida, vía Tokio y Vancouver. Todavía se estaba peleando con el *jet lag*.

Cuando llegaron las bebidas, Vladislav sacó el tallo de apio, que lo desconcertó, y vació medio vaso de un trago. Mary solo quería agua. N. le dio un sorbo a su whisky, y a continuación permaneció sentado inmóvil y apoyó la cabeza contra una esquina. Abría los ojos cuando alguien hablaba, y chupaba un cubito de hielo.

Adderloy había elegido la ruta que cada uno de ellos tomaría hasta Toronto. Ya que era su dinero, nadie lo cuestionó. «Debemos ir a Canadá, es la mejor manera de entrar en Estados

Unidos», se limitó a decir. Luego se separaron y se dispersaron, cada uno con su fajo de billetes de avión, y poco más de una semana después volvieron a reunirse.

Adderloy, el primero en llegar al bar, ya iba por su segunda bebida. Sonreía y contaba pequeñas anécdotas de su viaje. Sin embargo, cada vez que bebía del vaso miraba nervioso a su alrededor. Reza aún no había llegado.

Vladislav estaba otra vez ocupado con la camarera, intentando encargar algo de comer. Dijo que quería algo con fruta, o patatas fritas. Había llegado a Toronto después de hacer una larga escala en Sudáfrica, y lucía una barba de varios días que parecía tener intención de dejar crecer.

Otra de las instrucciones de Adderloy había sido que compraran ropa nueva. «Lo que necesitéis», dijo antes de que partieran, y les entregó suficientes dólares para que pudieran hacerlo. Por aquel entonces, Vladislav vestía unos pantalones cortos rasgados y una camiseta. Ahora lucía una cazadora de cuero marrón brillante, tan nueva que crujía. Camisa estampada, pantalones negros; ni rastro del turista, bohemio o lo que fuera que habían conocido en Weejay's. Mary no había cambiado tanto de estilo, aun cuando la sombra de sus ojos era más nítida. Un vestido negro nuevo, finas sandalias con correas hasta las pantorrillas. No encajaban con la temporada, pero le sentaban bien.

Cada vez que abría los ojos, N. la observaba. Casi se habían chocado una hora antes en el vestíbulo del hotel. Durante un momento se quedaron quietos, como extraños. Él no esperaba verla, y ella lo miró como si estuviera muerto. Como si ella no esperara volver a verlo nunca más. Había sido él quien más había tardado en decidirse a unirse al plan de Adderloy. Todo había pasado en un segundo, después mantuvieron una conversación formal. Ella le preguntó por sus brazos, por cómo cicatrizaban sus heridas.

Ahora Mary balanceaba lentamente su vaso de agua entre los dedos, con su indiferencia habitual. Le sonrió, aunque solo con la boca.

A Vladislav le sirvieron un plato con una naranja cortada en rodajas y otro que parecía contener unos cuantos trozos de pescado frito.

Reza apareció por fin. Miró a su alrededor desorientado, como si el hecho de que todo el mundo del bar se fijara en él de inmediato lo incapacitara para reconocer a la gente. Zapatillas Converse rojo sangre, pantalones blancos. Una chaqueta negra con finas rayas blancas y solapas imponentes. Probablemente se había inspirado en las páginas centrales de alguna revista de moda que nadie se tomaría en serio. La chaqueta era cara, por supuesto, y también las gafas de sol.

Vladislav se echó a reír, y gracias a eso Reza pudo localizar al grupo. N. observó la reacción de Adderloy, y le sorprendió que se limitara a darle la bienvenida. Su expresión le hizo pensar que era a Reza a quien más deseaba ver Adderloy de nuevo.

Reza se sentó, mirando a su alrededor. Vladislav alargó la mano para tocar su pelo rapado y recién blanqueado. Reza le dirigió una mirada irritada. A continuación miró a los otros y se quitó las gafas de sol.

—¿Qué pasa? —dijo. Nadie respondió—. El personal de seguridad de los aeropuertos me ha estado jodiendo, como de costumbre. Aparte de eso, no he tenido ningún problema. Ninguno. —La camarera se acercó—. Una coca-cola —pidió—. Llevo aquí tres días —añadió, picando un trozo de pescado frito del plato de Vladislav—. Toronto me pone nervioso, todo es demasiado perfecto. —Dio un bocado—. ¿Cuándo nos vamos?

—Muy pronto —respondió Adderloy—, quizá dentro de unos días.

—Muy pronto —repitió Reza en voz baja, como si ya hubiera olvidado la pregunta.

N. se fijó en que sus ojos estaban inyectados en sangre.

Se hizo un silencio que duró unos segundos. Trajeron la coca-cola de Reza.

—Mirad —dijo Adderloy sacando unos periódicos de un maletín que había dejado en el suelo. Se trataba de unos diarios de Kansas City, Wichita y otras ciudades del Medio Oeste, otro de Dallas y también el *New York Times*. Adderloy pasó las páginas para mostrarles algunos artículos de las últimas semanas. Fotos de lugares donde había golpeado el tsunami, pero también imágenes del interior de una iglesia donde el pastor que había hecho que N. se encogiera de dolor sonreía entre los bancos, satisfecho de sí mismo. «Hemos salvado Sodoma y Gomorra, hemos expulsado a los demonios de Satanás», declaraba. No terminaba de quedar claro si los periódicos tomaban partido a favor o en contra. La única voz crítica aparecía en un artículo de opinión recortado del *New York Times*. También había una fotografía de una mujer asiática desesperada. Según la información, había perdido a todos sus hijos. «Otros dos millones de dólares —se leía en los periódicos que habían entrevistado al pastor en su iglesia—, eso es todo lo que cuesta encontrar la salvación final.»

—Los compinches de Turnbull recaudan dinero, organizan manifestaciones, reparten octavillas y se ocupan de todo lo que está pasando en estos momentos —explicó Adderloy.

—Esos bastardos no se detendrán ante nada —dijo N.

—¿Por qué deberían hacerlo? —respondió Adderloy—. No está en su naturaleza.

—Pues nosotros nos comportaremos de la misma manera —dijo Reza.

Adderloy comenzó a recoger los periódicos.

—Pero no hablemos de eso ahora. Ha llegado la hora de empezar a hacer planes. —Señaló un anuncio inmobiliario de uno de los periódicos—. Al parecer, a Charles-Ray no le va tan bien, se ha visto obligado a vender todos los terrenos que poseía a las afueras de Topeka. Los bolsillos del pastor loco y de su Iglesia Baptista de Westhill pronto estarán vacíos. Pero nosotros vamos a robar un banco para ellos.

Se hizo un silencio en torno a la mesa. Las palabras, ahora que habían sido pronunciadas, parecían resonar. Vladislav fue el primero en recuperar el habla.

—¿Qué hay de las armas? —dijo, sin levantar la mirada de la rodaja de naranja que acababa de cortar.

Mary miró alrededor, pero no parecía que nadie más lo hubiera oído. N. tenía calor, se sentía incómodo.

—Ahora todos estamos aquí, eso es lo importante —dijo Adderloy.

N. chupó otro trozo de hielo. El whisky le produjo náuseas.

—Lo ideal sería una MP5 —dijo Vladislav, sacándose una pepita de la boca.

N. tenía otra vez los ojos cerrados. Puso mala cara cuando Vladislav le dio un codazo y señaló el cuenco lleno de sobrecitos de azúcar.

—¿MP5? —preguntó Reza.

—Metralletas —respondió Adderloy mientras observaba a un tipo que pasaba junto a su mesa. Vladislav arrancó la esquina de un sobrecito y roció el azúcar sobre una rodaja de naranja sin tocar.

Pasaron cuatro días más en Toronto. Comían bien, pero siempre por separado. No socializaban, se hospedaban en hoteles diferentes mientras Adderloy preparaba algo. N. rara vez salía de su habitación; zapeaba entre los canales de televisión por cable, llamaba al servicio de habitaciones para desayunar y almorzar y se obligaba a cenar en alguna taberna que buscaba en las páginas amarillas. Dejaba el plato casi intacto, y luego tomaba un taxi de vuelta a través de la noche. Le sorprendió su vacío; solo sentía algo, un momento de furia imprecisa, cuando veía a algún evangélico en la pantalla del televisor.

Vengaría a sus hijas, siguiendo el plan de Adderloy. Después de eso, nada de lo que pasara con el miserable resto de su vida importaría.

En el televisor veía las mismas noticias una y otra vez: coches destrozados, cuerpos ensangrentados, mujeres que gritaban. Irak, Palestina, Afganistán. El tiempo no parecía cambiar nunca: nublado en Singapur, cuarenta grados en El Cairo, riesgo de tormentas eléctricas en Topeka. N. se dormía, se despertaba, solo notaba el paso del tiempo en los números digitales del televisor.

Se reunieron en el garaje del hotel de Adderloy, donde encontraron tres coches de una compañía de alquiler todavía mojados. Adderloy repartió las llaves, mapas, teléfonos móviles nuevos. Se metieron en los vehículos y salieron a la luz del día. Mary debía viajar sola; tres adultos en un coche podían levantar sospechas y entonces tendrían que dar alguna explicación.

A la hora de cruzar la frontera, dejaron pasar media hora entre cada coche. Decidieron mezclarse con el flujo de turistas y trabajadores que cruzaban el puente Rainbow, en las cataratas del Niágara. En el control de pasaportes el tráfico era muy denso, pero avanzaban poco a poco, como coches en una cinta de montaje. Más allá del hormigón y los guardarraíles, la neblina se elevaba desde la caldera de las cataratas. Una señal tras otra enumeraba las reglas del control de pasaportes. Vladislav, sentado junto a N., fumaba. Había gente de uniforme por todas partes: camisas arrugadas sobre chalecos antibalas, gafas de sol, armas... Un saludo breve, unas pocas preguntas. A continuación, una hilera de mástiles con las barras y las estrellas, y por fin los coches que tenían delante arrancaban e iban desapareciendo de uno en uno. Nada más, era así de rápido. Lo consiguieron. Regresaron a la autopista, de nuevo en dirección sur, hacia Búfalo. Vladislav conducía y utilizaba el móvil al mismo tiempo, enviaba mensajes de texto, recibía respuestas. «También Reza ha pasado ya», dijo, tirando otra colilla por la ventanilla. Media hora más tarde llegaron a la circunvalación de la ciudad y se dirigieron al aeropuerto. Un mexicano lleno de granos se quejó del olor a tabaco cuando devolvieron el coche de alquiler. Vladislav le tendió unos cuantos billetes nuevos.

Se registraron y obtuvieron sus tarjetas de embarque, y vuelta a empezar: un café rápido antes de subir al avión, monedas y móviles en una bandeja de plástico, cinturones fuera antes de pasar el arco de rayos X y el detector de metales... Seguían viajando de dos en dos; Mary iba delante, sola. Búfalo-Chicago-Kansas City. El último vuelo sufrió un retraso, y Vladislav y N. no aterrizaron hasta el anochecer. Tomaron otro coche de alquiler para recorrer el último trayecto hasta Topeka. Comenzó a llover a mares nada más abandonar el aparcamiento, y a lo largo de los noventa y siete kilómetros por la Kansas Turnpike el limpiaparabrisas apenas pudo mantener el ritmo. Las luces nocturnas brillaban a su alrededor en la húmeda oscuridad.

Sonó un móvil. Vladislav contestó y dijo que iban de camino. Mientras repostaban en una gasolinera Exxon escampó de repente, y el silencio que quedó resultó casi desagradable. Las llanuras se extendían a ambos lados. Entre Kansas City y Topeka no había más que un vacío total.

Para localizar la dirección de Topeka habían recibido unos planos hechos a mano. No fue difícil orientarse; Mary había apuntado todos los detalles. La calle en la que se encontraban era la correcta, aunque no parecía un lugar donde alguien pudiera vivir. Viejos edificios de ladrillo se alzaban altos y negros en la oscuridad. Una larga calle de adoquines irregulares con parches de asfalto. Pasaron junto a fachadas con hileras de ventanas, pero no vieron ninguna luz en su interior. Puertas bajas de acero con gruesas capas de pintura, de vez en cuando un reluciente candado nuevo. Era difícil distinguir dónde acababa un edificio y empezaba el siguiente; por todas partes había callejones, patios, escaleras de incendios, estructuras colgantes. En lo más alto sobresalían vigas de acero, como si fueran grúas; siluetas que sugerían máquinas anticuadas en un patio. Pocas luces encendidas, apenas algunas aquí y allá en fachadas y ventanas altas. Sin embargo, había unos cuantos coches aparcados, y en una calle lateral un cartel de una marca de cerveza brillaba en el exterior de lo que parecía una pequeña pizzería o quizá una tienda.

—Número 44 —señaló N.

Todo el primer piso estaba acristalado, cientos de ventanas divididas en pequeños cristales; una antigua fábrica, sin duda.

Ninguno de los cristales estaba roto, y en algún lugar del interior pudieron ver una luz difusa. Vladislav y N., provistos de sus bolsas, buscaron la entrada y encontraron, entre una hilera de puertas, la que tenían que abrir.

Dentro del edificio había un eco agradable. Las naves de la fábrica se extendían en ambas direcciones, y los suelos de madera estaban muy desgastados. Las vigas de acero pintadas de rojo formaban columnas regulares entre el suelo y el techo. Algunas luces brillaban como balizas en sus jaulas de alambre grueso. Los pasillos estaban limpios, y el lugar se encontraba completamente desierto.

Vladislav y N. hallaron la escalera indicada en la dirección y palparon la pared en busca de un interruptor. Los tubos fluorescentes se encendieron, y ellos comenzaron a subir bajo el parpadeo de la intensa luz. Después de subir tres pisos, pasaron una gruesa puerta de metal y a continuación siguieron por un pasillo que olía a aire viciado y que estaba cubierto por una vieja moqueta que empezaba a doblarse por los bordes. El pasillo acababa en una puerta gris que tenía una pequeña ventana de vidrio templado a la altura de los ojos. Donde normalmente se encontraba el buzón de la puerta había un papel que decía «Mary».

—Bienvenidos. —Fue la propia Mary quien abrió—. ¿Habéis apagado la luz de la escalera?

N. asintió. Estaban en un espacio abierto, y todo a su alrededor hacía pensar en una vieja fábrica de algún tipo. Olía raro.

—Aquí había una fábrica de jabón —explicó Mary—. El material se ha filtrado por el suelo.

La tarima del suelo era oscura y tenía un brillo aceitoso. Al final de unas cortas escaleras encontraron a Adderloy, que hojeaba una revista. A su alrededor, desperdigados por las paredes, había algunos muebles. Parecía un escenario, con amplios espacios entre las piezas que lo componían: una única estufa de gas con un contador a un lado, un sofá azul que rompía la monotonía de las desgastadas paredes de ladrillo marrón, unas extrañas estanterías, algunas sillas igual de extrañas alrededor de una mesa. El techo de la entrada por la que habían accedido Vladislav y N. era bajo, pero allí donde estaba sentado Adderloy se elevaba tan alto como en una iglesia. En la dirección opuesta a la puerta se extendía un largo y ancho pasillo. Allí la luz era más tenue, y no se distinguía el final de la sencilla hilera de puertas.

Mary hizo un gesto con la mano.

—Vuestros dormitorios están ahí abajo, podéis elegir el que queráis —dijo. Luego pareció vacilar un momento, como si aún no se sintiera de verdad en casa.

—¿Esta es tu casa? —preguntó Vladislav, mirando con curiosidad el revoltijo de tubos polvorientos del techo.

—No —respondió—. El dueño del lugar quiere que haya alguien en el edificio. Vivir aquí me sale gratis.

—¿Gratis?

—Sí, siempre y cuando desaparezca cuando las autoridades vienen de inspección.

—¿Son capaces de encontrar el camino hasta aquí arriba? —preguntó N.

Bajaron por unas escalerillas. Reza se levantó de una silla que ellos no podían ver desde arriba.

—¿Qué ha pasado? ¿Por qué os han retenido? —preguntó.

—Nadie nos ha retenido —dijo Vladislav—. El vuelo se retrasó.

Reza volvió a sentarse. Parecía cansado, y también algo molesto.

—Vosotros también sois extranjeros —dijo.

—¿Alguien se metió contigo?

—Solo en Nueva York la gente no se fija.

—Yo soy checo, tú eres pakistaní —dijo Vladislav—. ¿Qué demonios esperabas?

Reza tiró de su camiseta, como si tuviera mucho calor.

—Quiero decir que es el único lugar del mundo donde nadie mira a nadie.

—¿Y eso te parece bien?

Adderloy todavía estaba leyendo el periódico. N. se sentó en el sofá y miró distraído la cabeza de pez disecada que decoraba la mesa. Un centenar de minúsculos anzuelos sobresalían de su boca.

Mary encendió y apagó los quemadores de la estufa de gas, como para comprobar que todavía funcionaban. Le lanzó una rápida mirada a N. Después dijo en voz baja:

—Suelo ayunar después de viajar. Si queréis comer algo, hay algunas latas de sopa, tomate y queso —dijo. Luego abrió el cajón de un viejo archivador que hacía las veces de despensa.

15

Diego García, 2008

Ernst Grip estaba atrapado. A pesar de las medias verdades que le habían contado, tenía que averiguar si el cuerpo destrozado de la celda de Diego García pertenecía a un ciudadano sueco. No podía evitarlo. Esa tarde, durante la cena, Grip dijo que se había dado cuenta de que pasaría allí más tiempo del que había pensado en un principio. Friedman contestó que las formalidades con Washington no suponían un problema, y que ella se encargaría de que alguien informara a Estocolmo.

—Olvídate de Estocolmo —dijo, y a continuación añadió—: ¿Me puedes conseguir algunos periódicos?

Ella tardó unos segundos en responder.

—Los periódicos estadounidenses de mayor tirada llegan con regularidad a Diego García.

—Me refiero a prensa extranjera.

—¿Necesitas periódicos para hacer tu trabajo? —preguntó Friedman.

—Sí, para el hombre del catre.

Grip le entregó a Friedman una lista de periódicos extranjeros.

—Mañana podríamos conseguir algunos de estos —dijo ella mientras leía la lista.

—No hay prisa. Antes quiero que mañana alguien le lleve una mesa y una silla.

—Eso no debería ser un problema —dijo Friedman encogiéndose de hombros.

Grip había esperado cierta resistencia.

—¿Puedes darle órdenes a Stackhouse a pesar de que no está bajo tu mando?

—En este caso, sí.

—¿Tú sabías que el aire acondicionado de la celda estaba apagado?

—No estoy aquí para iniciar peleas internas.

—Así que aceptas lo que están haciendo.

—Mis privilegios son limitados.

—En cuanto al tema de la tortura, ¿quién es el responsable?

La mujer apartó unos pelos enganchados en sus pantalones cortos.

—Sabes tan bien como yo cómo funciona esto. Quién reconoce qué y quién no lo hace. El hombre de la celda ha estado en un tercer país. Llegó aquí hace poco.

—¿Qué país?

Friedman dudó.

—¿Sabes de qué país se trata? —insistió Grip.

—Omán, Bulgaria, Arabia Saudí, Malasia... Elige el que quieras. No lo sé.

—¿Fue allí donde le hicieron eso?

—Sí.

—Pero vosotros lo habíais enviado allí.

—No, no fue el FBI.

—Los Estados Unidos lo enviaron allí.

—Basta ya —dijo Friedman, dejando su vaso a un lado.

—Y ahora estáis metidos en un buen lío que tenéis que resolver.

—Nosotros... Sí, estamos metidos en un buen lío.

Guardaron silencio durante unos segundos. Las gotas de condensación se deslizaban por sus vasos.

—Y ahora necesitas mi ayuda —continuó Grip—. Así que dejemos de hacer como que estoy aquí por caridad. ¿Qué recibiré a cambio?

—Quizá una insolación —le espetó Friedman—. El verdadero premio sería salvar la piel de un sueco.

Los primeros periódicos llegaron dos días después. Grip los clasificó en montones. Uno para cada día. A continuación tomó el primero de ellos y se dirigió con Shauna al edificio de suelos hundidos donde se encontraban los prisioneros. Stackhouse, a quien encontraron en la sala de los monitores, dijo que le entregaría los periódicos después del almuerzo; al parecer Friedman ya le había dado instrucciones. En la pantalla del monitor, Grip vio una mesa y una silla. El hombre, el prisionero o lo que fuera, estaba ahora recostado en un rincón, en la cabecera de su catre.

—¿Y el aire acondicionado? —preguntó Grip.

Stackhouse terminó de dibujar en su papel un garabato indefinido antes de responder.

—Está conectado.

—Eso ha debido de doler —dijo Grip, y luego abandonó la habitación.

Shauna Friedman solo lo acompañó durante los primeros días. Después empezaron a confiar en Grip. Ella nunca cuestionó la necesidad de disponer diariamente de los periódicos y, en cambio, no intentar interrogar al preso. Grip supuso que la razón era sencilla: él debía hacer el trabajo. Ella tenía todo el tiempo del mundo.

Diego García: un sol eterno, nubes de algodón sobre el arrecife y, de vez en cuando, alguna tormenta pasajera al caer la tarde. Todos los días lo mismo, sin cambios. Cada día Grip dejaba los periódicos y después repasaba las cintas grabadas el día anterior por el equipo de vigilancia. Utilizaba el botón de avance rápido. Al principio los días eran más o menos iguales. Aparte de comer algo de la comida que le servían y usar el inodoro un par de veces, el hombre de la celda solía permanecer en el catre. Era como contemplar la hibernación de un animal. Dormía, o dormía a medias. Cuando se tenía que poner en pie sus movimientos eran lentos y torpes, como si la propia gravedad lo atormentara. Mientras yacía, suspiraba y se rascaba con frecuencia. Los periódicos permanecían intactos en montones sobre la mesa, un día tras otro. Para comer no abandonaba el catre, sino que apoyaba la espalda contra la pared. La mesa y la silla eran simples obstáculos en su camino al inodoro.

—Dejaré los periódicos viejos allí —dijo Stackhouse el tercer día.

—No, sustitúyelos —respondió Grip, tamborileando sobre el nuevo montón.

—¿Debo servirle también un cruasán recién hecho?

—Si quieres, por supuesto.

El quinto día, el hombre llevó su plato a la mesa y se sentó a comer allí. Al día siguiente apartó con cuidado unos periódicos de otros con la punta de su cuchara de plástico. Como para ver de qué se trataba, sin demostrar demasiado interés.

Grip reprodujo la secuencia de la cinta un par de veces cuando descubrió ese cambio en su comportamiento. Observó cómo movía las manos, se fijó en sus ojos.

—¿Y no dice nada? —le preguntó a Stackhouse, que hojeaba una reluciente revista de barcos detrás de él.

—A nosotros no —murmuró Stackhouse.

—¿Qué hay del pelo?

—Ya lo llevaba largo cuando llegó aquí.

—¿Cuando llegó de dónde? —Grip lo intentó sin mucho entusiasmo. Stackhouse ni siquiera se molestó en responder.

La hinchazón en el rostro del hombre había bajado, pero no lo suficiente como para que Grip pudiera examinar sus rasgos faciales, que apenas podía imaginar. Sus movimientos aún eran torpes. Grip pensó que le gustaría verlo desnudo para comprobar el mal estado en que se encontraba, para ver si solo lo habían maltratado o si habían utilizado métodos más sofisticados. El mono holgado ocultaba la mayor parte de su cuerpo. Era difícil precisar en la imagen del monitor si el hombre aún conservaba las uñas.

Pasaron los días. El hombre, el prisionero, comía sentado a la mesa y desplegaba los periódicos con su cuchara. Friedman no le pidió detalles a Grip sobre lo que estaba haciendo; tampoco mostró interés por saber cuánto tiempo le llevaría. Él todavía no se había puesto en contacto con Estocolmo.

Se encontraba todas las tardes con Shauna Friedman en el club de oficiales, a las siete. Era su punto de referencia, su puesto de control al final del día. Empezaban con una copa y, por lo general, se sentaban a la misma mesa, algo alejados de los monos de vuelo y otros uniformes que se sentaban más cerca de la barra.

—No, aquí no los preparan —le había dicho Shauna la segunda noche, cuando Grip intentó pedir un mojito—. En lugares como este solo sirven tres o cuatro tipos de bebida, y punto. Mira a tu alrededor. —Movió la cabeza hacia un grupo de aviadores—. Cerveza y whisky. La camarera que aguardaba para tomarles nota tenía esa mirada vacía de quien lleva demasiado tiempo esperando el autobús. Parecía ser filipina.

—Él también tomará un dry martini —dijo Shauna.

Ahora había transcurrido una semana entera. La misma camarera acababa de servirle un ron oscuro con hielo.

—Te lo advertí —dijo Shauna—. El hielo es repugnante.

—Es cierto. Es por el cloro —respondió Grip, dando un trago a su bebida.

Surgió el tema de Nueva York, lo que dio lugar a una breve charla; una pequeña competición para demostrar que sabían moverse por la ciudad. Desde los imponentes leones de piedra de la Biblioteca Pública hasta esa galería situada en la esquina de esa calle con la avenida, los sándwiches del *delicatessen* polaco, la torre del reloj de Brooklyn... Grip trató de contenerse y consiguió ofrecer cierta apariencia de iniciado, pero no mucho más que cualquier turista.

—Háblame de otros lugares. —Shauna miró de nuevo hacia la barra—. ¿Dónde le gusta pasar el tiempo a alguien como tú?

—Alguien como yo... —Grip bebió de nuevo, saboreando el cloro—. ¿Quieres decir adónde me gusta ir?

—Sí.

—Los sitios conocidos son simples lugares comunes.

—¿Qué significa eso?

—Me gusta Cape Cod.

—Ese sí que es un lugar común. —Shauna rio.

—Exacto —asintió Grip.

—Playa, mar y helados exageradamente caros en agosto.

—¿Has estado alguna vez en abril? —preguntó él.

—Nunca se me ha ocurrido ir ahí en primavera.

—La luz...

—Hopper —lo interrumpió ella, alzando el vaso.

Grip vaciló.

—Hopper, sí... Edward Hopper.

—Cuadros con un tipo de arena diferente, una luz diferente.

—¿No estás de acuerdo?

—Quizá.

Grip recapacitó un instante. Pensó que no le costaría nada exponer su caso.

—En uno de los cuadros de Hopper hay un pequeño hotel. Se encuentra en Provincetown, y hoy día sigue tal y como lo pintó en 1945. La madera pintada de blanco, los dos pisos... Si pasas por allí caminando apenas te fijas en él, pero si has observado el cuadro deseas pasar la noche allí. Dos maneras diferentes de ver un mismo lugar.

—Mmm.

—Dos realidades.

—En Nueva York se pueden ver muchas obras de Hopper —dijo ella—. ¿Has...?

—Creo que las he visto todas.

Shauna asintió despacio.

—Ese hotel... —continuó ella—. Te habrás hospedado en él, claro. Si el cuadro era tan irresistible, quiero decir...

—Sí. Lo es.

—Hopper pinta sobre todo la soledad, ¿no te parece?

—No estaba solo.

—¿En el hotel de Hopper?

—El título del cuadro es *Habitaciones para turistas*.

Shauna sonrió, con su copa en la mano.

—¿Hiciste el amor allí?

La copa vacía de su primer martini todavía seguía sobre la mesa, mientras ella daba cuenta del segundo. Grip guardó silencio unos segundos.

—Sí. Durante toda la noche, en realidad —dijo a continuación—. Hasta que no pudimos más.

—Hopper —dijo ella, imperturbable, y sonrió de nuevo. Después tomó su servilleta y la dejó caer como un paracaídas sobre su copa vacía—. ¿Has oído hablar de Chung Ling Soo? —preguntó—. Ya que hablamos de cosas que aprecias.

—¿Es chino?

—Sí, un mago de comienzos del siglo pasado. Fue muy popular en Londres, donde realizó actuaciones legendarias. Todo el mundo deseaba verlo. —Le dio un sorbo a su segundo martini y dejó la copa medio llena sobre la mesa.

—Tú y Soo... —dijo Grip, sin seguirla del todo.

—Yo no, mi padre. Él estaba buscando una afición bien cara, de modo que comenzó a coleccionar los carteles de las actuaciones de Soo. Tenían que ser originales; los más buscados pueden llegar a costar unos cuantos cientos de dólares. ¿Puedo? —Shauna tomó la servilleta de Grip que estaba junto a su copa. La desdobló y prosiguió—: Mi padre compraba esos carteles, y cuando me habló de sus trucos me empecé a interesar por la magia.

La servilleta voló por el aire y se colocó sobre la copa medio llena de ella.

—La cuestión es que con los carteles no me bastaba. Quería experimentarlo por mí misma.

Agarró la segunda servilleta, apartándola de la copa de un tirón: no solo había desaparecido el martini, también la aceituna. Levantar la otra servilleta no fue más que una simple confirmación. Lo que antes estaba en un lado ahora se encontraba en el otro.

—Vaya... —Grip se quedó sin palabras. Echó un vistazo debajo de la mesa—. Impresionante.

Ella tomó la copa recién llena y bebió de nuevo.

—No es nada del otro mundo, de verdad —dijo ella—. Como esto... —Se quitó un anillo y lo hizo desaparecer y aparecer en su mano durante varios segundos—. No es más que destreza, un pasatiempo para evitar el aburrimiento.

Un grupo de oficiales empezó a gritar junto a la barra. Shauna los miró y después echó un vistazo al reloj.

—¿No deberíamos pedir ya? Conseguir comida nos llevará una eternidad si dejamos que los chicos de los aviones se nos adelanten.

Llamó a la camarera.

Estaban en medio de la cena cuando ella regresó al tema.

—Arte —dijo—. De eso hablábamos cuando te interrumpí con las copas de martini.

—No me interrumpiste —dijo Grip con un gesto de rechazo.

—Como quieras. Te gusta Hopper, y yo no tenía suficiente con los carteles de Soo; tenía que conseguir la magia. Para mí, el arte tiene que ser algo tangible. ¿Has visto alguna vez las esculturas de Jean Arp?

Grip estaba masticando. Asintió una sola vez.

—Sus formas son casi humanas, aunque no del todo. No te puedes resistir a tocarlas. Incluso a poseerlas. Eso explica los precios que alcanzan en el mercado. ¿Lo sabías?

—Son preciosas —comentó Grip.

—Hombre y mujer en una sola forma.

Grip estaba sentado en calzoncillos y camiseta frente a la mesa de su habitación. Había apilado el montón de periódicos para el día siguiente. La mayoría estaban impresos en idiomas que no entendía, con alfabetos y caracteres extranjeros. Junto a ellos reposaba el ejemplar del *Expressen* que había conservado de su vuelo a Nueva York, bastante arrugado después de haber estado guardado en los bolsillos de los asientos y en su bolsa. El tabloide le recordó su país y le hizo pensar en Estocolmo. Todavía no había dado señales de vida; ni siquiera un email. Algo le hacía resistir: Shauna Friedman. Ella le encargaba los periódicos sin hacer preguntas. Y Stackhouse, que se balanceaba en su silla, tenía algo en la punta de la lengua, algo que quería escupir, esa mirada en sus ojos que indicaba «sé algo que tú no sabes.»

Y entonces, de repente, Shauna Friedman había empezado a hablar de arte. Era cierto que él había sido el primero en hablar de los cuadros de Hopper, pero luego había salido el nombre de Jean Arp. A las mujeres solía gustarles Jean Arp, pero ese intervalo de diez minutos, el hecho de que cambiara las cosas de sitio por arte de magia y después empezara a hablar de Arp... ¿Por qué diablos lo había hecho? ¿Por qué Jean Arp, entre todos esos cabrones?

16

Nueva York, otoño de 2004

En esa ocasión, Ben no necesitó emborracharse para contárselo a Grip. Su tos no era más que la punta del iceberg. El problema no radicaba en su salud, ahora en frágil equilibrio a causa de los estragos que el virus había dejado a su paso. Era el dinero; las viejas deudas amenazaban con hundirlos. El total superaba unas cuantas veces lo que había costado poner fin a la tos nocturna de Ben sobre el lavabo aquella otra vez. Como pasaba con los icebergs —uno a diez—, la gente se dejaba cegar por la parte visible, y apenas imaginaba la inmensidad de lo que se ocultaba debajo. Pero la cascada de correspondencia con los abogados ya no se podía ocultar entre los cartones de comida rápida y las cáscaras de huevo. Las fechas estaban grabadas en piedra, el plazo para el recurso de las sentencias había expirado y todas las excepciones terminaron. Ya no había nadie dispuesto a firmar nada más, nadie que levantara un bolígrafo para apelar. Todo tenía que ser en metálico. ¡Limítate a pagar!

Y la ciudad estaba llena de dinero. Nueva York seguía rodando con su extravagancia habitual. Oferta y demanda. Y ahora Christo, el artista monumental que envolvía con tela puentes e islas tropicales enteras, transformaría todo Central Park en un templo naranja ondulante con puertas drapeadas. Los periódicos decían que llevaba trabajando en ello desde hacía casi treinta años, y ahora por fin tendría lugar la hazaña. El título de la obra era *Las puertas*. Miles de arcos de tela de color naranja aparecerían una mañana en caminos, senderos y calzadas. Las puertas permanecerían expuestas durante varias semanas, y luego cada una de ellas desaparecería de golpe. Según la idea inicial y el acuerdo al que el artista había llegado con la ciudad de Nueva York, nada se vería afectado de forma permanente en el parque, y cada componente de las puertas sería reciclado: demolido, derretido, incinerado. No quedaría otra cosa que el recuerdo. El concepto se convirtió en un eslogan inmejorable, una suerte de sueño imposible.

Los neoyorquinos y los visitantes de todo el mundo podrían vagar durante el mes de febrero a través de siete mil puertas, cuando Central Park se encontraba desnudo y plomizo. Eso era arte. Quien codiciara un cuadro de una ciudad obra de Braque o alguna de las esculturas en bronce de Giacometti podía esperar lo que hiciera falta, pero al final aparecerían en alguna subasta. Toda obra de arte tenía sus coleccionistas. Pero, a diferencia de un Giacometti o un Braque, nadie podría comprar jamás *Las puertas,* la obra de Christo. Este detalle atraía a esos ricos que tenían de todo. Sin duda, los dedos de alguno de esos cabrones empezarían a mostrarse impacientes.

—A mí no me necesitan, pero te quieren a ti —dijo Ben. Ambos lo sabían, aun cuando Grip al principio fingiera lo contrario. Ben se encontraba en la puerta de su pequeño despacho en la galería y fijaba su mirada sobria y ansiosa en un visitante solitario.

—Así que ahora quieren *Las puertas* —dijo Grip por fin. Estaba sentado en la silla del despacho de Ben, hojeando uno de los libros que ya se habían publicado sobre el proyecto de Christo. Aún quedaban unos cuantos meses para la inauguración.

—No todas las puertas —dijo Ben—. Un par, quizá una. No sé.

—Podría hacer diez trabajos como este, y aun así no ganaríamos suficiente.

Grip pasó unas cuantas páginas a la vez y vio las ilustraciones, todas ellas de ondeante color naranja.

—No quieren tu opinión. Quieren que planees todo el trabajo. —Ben contempló su galería con un delicado orgullo.

Grip desplegó una de las páginas dobles del libro antes de abrir la boca.

—¿Has sido tú quien los ha convencido?

—No es más que arte. Nadie tiene que resultar herido.

—Ni siquiera es arte. Es solo plástico y hierro fundido, eso dice aquí.

—La *Cabeza de toro* de Picasso no era más que un manillar colocado en un sillín de bicicleta.

—De modo que pensaste que al tratarse de arte habría dinero en juego y coleccionistas, y les dijiste que yo sería su hombre.

Cuando oyó esas palabras, Ben se giró y miró a Grip a los ojos. Este vio menos esperanza que miedo. Ben volvió a darse la vuelta.

—Sí, les ofrecí al sueco. Un sueco que se está volviendo muy valioso en la ciudad.

—¿Pagan bien?

Ben mencionó una suma. Grip pasó otra página.

—Quieren que seáis tú y uno de los que hicieron el trabajo de Arp —prosiguió Ben.

Grip se sorprendió de que Ben lo estuviera pasando peor que él. Era, desde luego, una gran oportunidad. No cabía duda de que, cuando cruzaba el Atlántico, Grip se convertía en algún lugar del trayecto en una persona diferente. Pero incluso cuando cedía a las tentaciones y antojos americanos que resultaban imposibles al otro lado del océano, había algo del agente secreto que seguía habitando en él. Ciertas intuiciones, como el hecho de no querer tratar con los ladrones del transporte blindado. Era mejor mantener a esos tipos a cierta distancia. Pero luego estaban las otras variables de la ecuación. Como el hecho de que la vida que Ben y él conocían acabaría a finales de febrero: esa era la fecha grabada en piedra. Entonces los banqueros y los contables vendrían a tirar la puerta abajo. La suma que Ben había mencionado serviría para pagar una buena parte de la deuda, aunque no toda. Así que ¿por qué no acabar de una vez por todas con las ejecuciones y los avisos de vencimiento y hacer que el insomnio desapareciera de golpe?

—Diles que lo doblen, y yo diseñaré todo el plan sin ayuda de nadie.

Necesitó solo dos días. *Ellos,* quienesquiera que fueran, aceptaron. Y querían una de las puertas, al precio que fuera.

Eso fue en noviembre, y Nueva York se despertaría a *Las puertas* en la madrugada del 12 de febrero. La obra permanecería en Central Park hasta el día 27. Apenas un par de días antes de que el préstamo de Ben venciera inexorablemente, el 1 de marzo. El período de tiempo era cristalino. Grip empezó a leer, recibía los paquetes que Ben le enviaba a Estocolmo. Sentado en el coche con su chaleco antibalas, entre el palacio de Drottningholm y dondequiera que fueran el rey o la princesa heredera, en su cocina hasta altas horas de la noche, hojeaba catálogos, libros y mapas y tomaba notas. La oscuridad del final del otoño llegó con toda su lluvia. Después empezaron a sucederse las claras mañanas heladas, y su superior le pidió que trabajara más fines de semana. Conducía el BMW real a inauguraciones, se sentaba junto al rey cuando este quería conducir, fue un par de veces a Bruselas con la princesa.

A Grip le gusta el arte. El plan para dar un golpe en Nueva York tomaba forma. No fue difícil conseguir los bocetos que necesitaba. Varios libros sobre *Las puertas* contenían mapas desplegables y mostraban todo Central Park, con la localización de cada puerta cuidadosamente marcada. Y así con todo lo demás. Como si ningún detalle fuera demasiado nimio como para no ser mencionado: las puertas medían 4,87 metros de alto, las telas que colgarían de ellas habían sido tejidas en una fábrica de New Haven, una de las costureras se llamaba Sandy, las piezas de hierro fundido que sostendrían las puertas pesaban 275 kilos cada una. El mapa del parque mostraba 7.503 líneas, el lugar exacto donde deberían ubicarse las puertas. Toda la información reunida sobre el regazo de Grip, lista para él.

En general, el plan era obvio. La calle 96 entraba en el parque desde el Upper West Side a través de la llamada Puerta de Todos los Santos, por un túnel con acera. Una serie de puertas de Christo seguirían la curva hacia el túnel. Se harían con la última de ellas. Para reaccionar deprisa, tendrían que colocar el camión justo al lado y así actuar en el sitio. A esa hora no habría muchos transeúntes en la zona; todo el mundo sabía que no era buena idea andar por Central Park de noche. Las puertas se habían diseñado para ser colocadas con rapidez, de modo que deberían poder desmontarse con la misma facilidad. Si contaban con un camión con grúa y unas cuantas herramientas sencillas, Grip calculó que no deberían tardar más de dos o tres minutos. Colocar algunos conos de plástico en la calzada, luces parpadeantes, hombres con chalecos amarillos reflectantes... Todo parecería de lo más legal. Habría que hacerlo la última noche, cuando todo el mundo esperaba que *Las puertas* desaparecieran. ¿Sería exactamente un robo? En realidad, las puertas se iban a retirar de cualquier modo. Nada de armas. Grip subrayó esas palabras. *Las puertas* iban a ser cortadas en trozos, molidas, fundidas. Robar una de ellas sería casi una broma. No se necesitaban armas para hacer algo así. A pesar de todo el dinero que estaba en juego.

Tres minutos. Una operación sencilla. ¿Qué podía salir mal?

Diciembre. La Navidad era la época de las mentiras para Ben. Viajaba a Texas, incluso se llevaba alguna de las corbatas que le enviaba su madre. Durante esos días, Ernst Grip y el resto de la vida real de Ben dejaban de existir, incluso el virus. La mañana de Navidad, Ben desayunaría con los baptistas; la víspera habría compartido un coñac con su padre. Ocultaría todas las medicinas que aún necesitaba en el forro de la maleta, pues su madre la solía revisar descaradamente a fondo.

«Creo que los conocerás en mi funeral», solía comentar Ben en el apartamento cuando aparecía una vieja foto de familia o la voz cansina de su padre sonaba en el contestador automático.

Las mentiras piadosas de Ben durante la Navidad no preocupaban a Grip; al contrario, le proporcionaban espacio para maniobrar. Aunque Ben adoraba los cuerpos en forma, había abandonado el suyo y solo hacía ejercicio en el gimnasio por prescripción médica. El mar era para él algo agradable que mirar, no un lugar para meterse y nadar; lo más cerca que llegaba a estar de las olas era cuando se sentaba en alguna de las terrazas de las mansiones costeras que los mecenas poseían en los Hamptons. Desde que Ben le dejara claro que viajaría a Texas solo, Grip pudo retomar su viejo hábito de pasar fuera las navidades practicando windsurf y buceo. Siempre había preferido el sol a los elfos y los abetos.

De modo que Grip no regresó a Nueva York hasta Año Nuevo, y en esa ocasión lo hizo con un pasaporte provisional expedido por la embajada de Suecia en Bangkok, después de la terrible devastación del tsunami. Había resultado ileso: en realidad, ni siquiera notó la ola. Sin embargo, perdió su equipaje en el caos que siguió. A pesar de la confusión que reinó esos días en el sudeste asiático, consiguió llegar a Nueva York.

Festejaría el Año Nuevo con Ben y algunos amigos. También organizaría la entrega de unos planos detallados de Central Park y un lápiz de memoria con los archivos en los que se describía el plan. Unos días después de entrado el año, metió todo en un maletín ajado y lo dejó en el guardarropa del Whitney Museum. A continuación ocultó el resguardo en uno de los baños, según había acordado, y después se paseó entre las pinturas que ya le eran familiares.

Cuando regresó, el maletín ya no estaba en el guardarropa.

—Vaya, creo que su esposa pasó a recogerlo —dijo la mujer que atendía el mostrador, un tanto confusa.

—¡Ah, sí, lo había olvidado! Perdone —contestó Grip, y luego abandonó el museo.

Solo será una broma, se dijo una vez fuera, en la calle. Solo es una colección de planes hipotéticos. No habrá daño alguno. Él se mantendría aparte; nadie lo había visto en persona, nada podía salir mal. Siempre y cuando no trajeran armas de fuego. Ahora solo había que esperar. El dinero sería depositado dos días antes de que vencieran los préstamos.

Las noticias del sábado 12 de febrero fueron de color naranja. Christo y su mujer pasearon satisfechos a través de *Las puertas,* y a la hora del almuerzo toda la ciudad de Nueva York parecía saber que nadie podía perderse el espectáculo. Grip vio el reportaje esa misma tarde en el noticiario sueco, y las imágenes le provocaron cierta inquietud. El rey estaba a su lado. Había recibido a los nuevos embajadores, y después vio las noticias junto a sus guardaespaldas y un ayudante, antes de regresar al palacio de Drottningholm en compañía de Grip. El rey dijo algo acerca de que su hija menor quería ir a Nueva York a ver la instalación. Grip asintió sin escuchar realmente. Cuando las noticias pasaron a lo que ya se había convertido en un tema recurrente esos días —la ola que había borrado la mitad de las playas del océano Índico y la cantidad de suecos que aún seguían desaparecidos—, alguien apagó el televisor.

—¿Nos vamos? —dijo el rey.

Grip tardó un segundo en responder.

—Claro, por supuesto —dijo, y comenzó a andar.

Los días se convirtieron en semanas. Grip se mantenía ocupado, pero aun cuando trataba de pensar en otras cosas siempre había algo que le recordaba *Las puertas*. Un comentario oído en algún programa de televisión, alguna fotografía en la prensa, una bolsa de plástico naranja que pasaba volando por casualidad... Era como intentar no rascarse la picadura de un mosquito. Era posible que los budistas creyeran que ese color traía la paz, pero a Grip no le producía más que malestar.

Ben telefoneó cuando se encontraba practicando series de dos disparos en el campo de tiro ubicado en el sótano de la comisaría. Apenas quedaban tres días para que la instalación de Central Park fuera retirada, y unos cuantos más para que vencieran los préstamos y empezara el acoso de los depredadores. Así contaba el paso del tiempo, y en ese estado de nervios los teléfonos lo alteraban sobremanera. Grip oyó el sonido de su móvil a pesar de los protectores auditivos. Se los colocó alrededor del cuello.

—¡Se niegan a aceptarlo! —fue lo primero que dijo Ben cuando Grip contestó.

—Un momento —dijo él. Su corazón empezó a latir con fuerza mientras se alejaba para poder hablar—. ¿Quién se niega, Ben? ¿Y qué es lo que no aceptan? —dijo cuando estuvo a solas y volvió a llevarse el móvil al oído.

—Se niegan a aceptar el plan, a no ser que los acompañes.

—¿Quién se niega? —repitió Grip.

—Los que se encargarán del robo, ¿quién si no? La banda, el equipo, como quieras llamarlos.

Grip no los había conocido, pero podía imaginarse sus rostros. Algunos quizá le resultarían familiares.

—¿Qué dijeron exactamente?

—«Honor entre ladrones», eso dijeron.

—¿Honor? ¿Qué coño significa eso? —exclamó Grip, aunque lo sabía muy bien. La voz de Ben sonaba insegura.

—Antes de llevar a cabo el plan quieren asegurarse de que estás dentro —dijo, como si lo recitara de memoria—. Alguien habló con alguien que luego habló conmigo. Sí, no lo sé..., pero no lo harán.

Se hizo un silencio muy largo.

—No digas nada —comenzó a decir Grip al cabo, pero unas cuantas detonaciones procedentes del campo de tiro lo interrumpieron. Continuó—: Lo sé. El mes se acaba, los días pasan. Voy para allá.

—Problemas de estómago —dijo Grip cuando llamó más tarde.

—El pescado, seguro —dijo Von Hoffsten, con quien se suponía que Grip tenía que compartir turno durante varios días—. Nunca comas *sushi* un lunes. Tranquilo, yo me encargo. Hasta luego.

Esa misma noche salía un vuelo desde Londres. Cuando Grip apareció por fin en la puerta del apartamento, encontró a Ben blanco como una sábana. Una mezcla de culpa y miedo, de los pies a la cabeza.

—No te preocupes —dijo Grip esbozando una sonrisa neutra.

Sin embargo, fue al ver a Ben cuando lo decidió. En la oscuridad, cuando se acostaron en la cama, mientras al otro lado de las persianas brillaba un enjambre de luces ansiosas, el cobarde que anidaba en Grip siseó en su guarida. El que siempre había deseado retirarse. El dilema, las dos caras de todas las cosas, los pros que a menudo se convertían en contras. Las verdades oscuras que emergían de las repugnantes criaturas del egoísmo. «Vamos, haz la maleta y lárgate. Elige. ¿Cuántos deben acabar en el abismo, uno o dos?» Pero cuando oyó la respiración de Ben fue como si lo golpearan en la cara. Dormía. Las personas como Von Hoffsten siempre encontraban a alguien que los cubriera, pero Ben no. Ben creía en él, incluso ahora, cuando apenas quedaban unos días de lo que parecía ser la vida misma. Confiaba en él, y ahora dormía. Grip apenas podía distinguir su silueta. La silueta que era su hogar y que finalmente, cuando tuvo que elegir, resultó ser todo para él. Fue entonces cuando el cobarde murió para siempre. Algo se derrumbó, y todas las impresiones de la habitación se abalanzaron sobre él. No de manera desagradable, pero sí patente: los olores, las luces de la calle. Igual que el terror puro y cálido que se apoderó de él cuando todas las rutas de escape quedaron cerradas. Lo que quedó después, cuando por fin se durmió esa noche y despertó al amanecer del día siguiente, fue una sensación de determinación casi bíblica que no dejaría de acompañarlo durante muchos años.

Asistió a una reunión como aquella en la que tiempo atrás había explicado su plan para hacerse con las esculturas de Arp. De nuevo una dirección en un barrio de mala muerte; en esta ocasión, la diferencia radicaba en que Grip estaría presente en la acción, si bien no en primera línea. Lo importante era el compromiso; que demostrara que estaba dentro. En pocas palabras lo presentaron como «el sueco». Otra persona, un rostro nuevo, revisó lo que haría cada uno. El hombre siguió escrupulosamente el plan que Grip había trazado y guardado en el maletín depositado en el Whitney Museum. Algunos de los presentes le resultaron familiares; los recordaba de aquella noche en el taller de Brooklyn. A otros no los conocía de nada. Alguien lo vio y cabeceó; Grip se sintió como si estuviera en el lado equivocado de una rueda de identificación. El arrogante conductor de la vez anterior, que llevaba la misma gorra y el mismo jersey moteado que entonces, fingió no reconocerlo.

Grip se había convertido en rehén de su propio plan. Ya había hombres de sobra para el golpe, y a él lo habían colocado en el último momento en un puesto que no tenía sentido. Era obvio. Estaría «vigilando» con un móvil en la mano, de pie en la acera, a apenas ciento cincuenta metros del lugar donde se detendría el camión. Y permanecería allí para asegurarse de que no se le había escapado nada, y también para que no pudiera traicionarlos. Si todo se iba al infierno, Grip iría detrás. El sueco ardería con ellos.

La reunión se celebró en una pizzería cerrada. Los hombres bajaron las sillas de las mesas para sentarse junto a las personas que parecían conocer. Se reveló una división: un lado de la sala hacía preguntas, mientras que el otro parecía tenerlo todo claro. Dos bandas unidas para un gran trabajo.

—Nada de armas —dijo el cabecilla, lo que motivó varios susurros.

—Pero Central Park está lleno de ladrones —dijo alguien, provocando algunas risotadas.

—Exacto —dijo el hombre que estaba en el centro, y enseguida cesaron las risas. Cuando no hablaba, los músculos de sus mandíbulas se contraían como si deseara morder algo.

—Es mucho dinero —dijo alguien desde el lado en el que hacían preguntas.

—No me puedo permitir el puto lujo de perder esta oportunidad —añadió otro cerca de él.

—Oye, hijo de puta, yo tampoco me puedo permitir que me enchironen. —La frase, que llegó desde el otro extremo del local, cayó como un latigazo. Grip estaba sentado a un lado, y el hombre que estaba en el centro ni se molestó en mirar hacia allí. El apoyo era evidente.

El conductor (Grip recordó que se llamaba Romeo) se quitó la gorra y levantó las manos.

—¿No deberíamos al menos romper alguna cabeza?

—Esto no es un atraco a un banco. Limítate a hacer tu trabajo. Y recuerda: nada de armas. —El hombre habló tranquila y enérgicamente, como si tratara con un niño. Un niño a quien no dudaría en dar un azote.

A Grip le gustó lo que vio; al menos en ese momento, le gustó.

Continuaron los murmullos de desconfianza.

—Ya me habéis oído. —La mandíbula del hombre se volvió a tensar—. ¿Estáis dentro o estáis fuera? —Justo en ese momento se oyeron pasar unas sirenas por la calle—. ¿Y bien?

Fue Romeo quien por fin se estiró, lentamente, como si fuera a bostezar.

—Claro que estamos dentro —dijo, volviéndose hacia Grip con una sonrisa—. Claro que sí.

Grip permanecía completamente inmóvil, embutido en su corta cazadora de cuero nueva y sus pantalones vaqueros. Se desharía de todo ello esa misma noche. Eran casi las dos de la mañana, y en Central Park había más gente de la que había esperado. Estaban a punto de desmontar *Las puertas,* aunque las voces y los sonidos parecían venir de muy lejos. A veces desaparecían por completo. Grip tenía las luces de Central Park West a un lado y el parque al otro. Algunos de los senderos de *Las puertas* se unían en las aceras que conducían a la salida del parque que tenía a su espalda. Una sola hilera continuaba cuesta abajo, formando una curva hacia el túnel. Podía ver la última puerta en la distancia. Hacía frío y flotaba en el aire una niebla gélida; cristales de hielo rodeaban las luces con un halo reluciente.

Grip había intentado tomarse un café antes, pero estaba todo cerrado. Estar en medio de esa ciudad y no haber encontrado ningún local abierto le había producido una sensación de abatimiento. No llevaba guantes, y los finos bolsillos de su cazadora de cuero apenas calentaban. Parecía un chulo que temblaba en la esquina de su calle mal iluminada. Otra figura se perfilaba a unos cien metros de distancia, y la silueta era parecida a la suya: manos en los bolsillos, codos visibles a los lados. De vez en cuando pateaba el suelo para combatir el frío. Vigilaba que Grip se mantuviera en su sitio.

Cuando apenas unas horas antes algunos de los hombres se habían reunido para hacer un conteo y distribuir los teléfonos móviles, Grip había notado que algunos de ellos olían a Jack Daniel's y otros tenían las pupilas demasiado dilatadas. También Romeo estaba allí. Había cierta inquietud en el ambiente. Grip tomó su móvil y se alejó de allí.

Ya solo faltaban diez minutos.

Cinco...

Grip se sopló las manos para calentarlas. Un camión llegó y se alejó. Las dos y diez, las dos y cuarto. Ya llevaban cinco minutos de retraso.

El camión llegó desde el norte y no desde el sur, como estaba planeado, pero después giró donde debía hacerlo. Grip dejó de prestar atención al resto del entorno, solo seguía el camión con mirada recelosa.

Una pausa. Algunos hombres corrieron de un lado a otro, y pronto los conos estuvieron colocados en su sitio. Las luces de advertencia comenzaron a parpadear, haciendo que sus chalecos reflectantes brillaran. El ruido, el zumbido de las herramientas neumáticas, el brazo de la grúa extendido...

Grip volvió a patear el suelo a causa del frío. Los hombres elevaron el travesaño de la puerta y lo colocaron en el camión, a continuación hicieron lo propio con los dos soportes verticales. Grip oyó el roce del metal en el pavimento antes de que la grúa izara el primer pie de hierro fundido. Apretó despacio las manos en los bolsillos para mitigar el dolor causado por el frío y pensó en el café que no había conseguido tomarse. Echó un vistazo al reloj sin sacar la mano del bolsillo. Las dos y media. En ese momento recordó que había un sitio que abría toda la noche en dirección opuesta. Estaba seguro de ello.

Un escalofrío le hizo volver a concentrarse. Una voz, algo alejada pero también demasiado cercana. El tono equivocado, demasiadas palabras que resonaron a toda velocidad. Al principio no distinguió de dónde venían.

Procedían del camión. Había movimiento alrededor, y era una voz de mujer. No pudo distinguir lo que decía, pero supo que estaba protestando, acusando en voz alta.

¿De dónde había salido? Grip no había visto a nadie. La segunda figura con las manos en los bolsillos se mantenía tan inmóvil como él.

¿Qué quería esa mujer? ¿Por qué no se iba el camión? Grip solo veía reflejos y pies en movimiento. No había confrontación, pero algo pasaba. No podía verla, solo oía su voz. ¿Los habían pillado?

Entonces oyó con más claridad la voz de un hombre:

—Que te jodan. ¡Que te jodan!

Y a continuación un disparo.

Grip se encogió a causa del fogonazo, aun antes de oír el sonido. Y en el pequeño mundo de senderos y árboles, no lejos de la intersección de Central Park West con la calle 96, se hizo el silencio. Calma y tranquilidad, un agujero en el tiempo. Grip no se movió de su sitio, pero el camión no tardó en arrancar y enseguida se puso en camino. Luego desapareció. También la puerta desapareció, dejando un bulto atrás.

Un ligero movimiento, seguido de un jadeo rápido. Exhaló vaho varias veces. Una figura deforme a ciento cincuenta metros de distancia. Grip dio media vuelta y empezó a caminar. La segunda figura que vigilaba lo imitó, alejándose por otro camino. Grip tenía casas a un lado y el parque al otro. Percibió algunos sonidos, voces vagas, aunque todo infinitamente lejos. Se sentía como trasladado a otro mundo. Sus pies se tornaron rápidos. Un taxi redujo su marcha, pero él ni siquiera levantó la cabeza. El vehículo aceleró de nuevo.

−¿Cómo ha ido? −preguntó Ben con voz somnolienta desde la cama oscura cuando Grip intentó cerrar con cuidado la puerta de la calle.

−Completamente...

Había tirado la ropa y el móvil en un contenedor de basura junto al que le esperaba una caja de cartón con la ropa que ahora llevaba puesta.

−... perfecto. Pero durmamos. Ahora solo quiero dormir.

A la mañana siguiente, antes de que Grip saliera hacia el aeropuerto, Ben le contó que habían disparado a una mujer en Central Park.

−¿Tú...?

−No, ni hablar. Allí no había nadie. Nadie. −Grip se encogió de hombros−. El vuelo −añadió, señalando el reloj, y luego esbozó una sonrisa−. No me puedo pasar la vida con problemas de estómago.

Cómplice de asesinato.

En ninguna parte se comentó que habían robado una de las puertas. Nadie notificó ni denunció nada. El dinero llegó, y no volvieron a tener noticias de los abogados.

Esa noche, en el parque. Los últimos suspiros blancos del bulto tirado en el suelo. Eran otros los que habían cometido el error; no era responsabilidad suya. Nunca hubo nada que le recordase lo sucedido. Nunca hasta tres años después, cuando se dio cuenta de que Shauna Friedman no podía dejar de hablar de arte.

17

Topeka, Kansas, febrero de 2005

Un par de veces al día, unos enormes generadores de gasoil se ponían en marcha dentro del edificio. Automáticamente, sin previo aviso. El suelo vibraba. Resultaba difícil hacerse oír incluso a corta distancia.

Las primeras sacudidas viajaron a través del suelo justo cuando Adderloy estaba a punto de decir algo. Entonces llegó el ruido. Hizo una pausa y se sentó, ya que conocía la rutina. Esperaron a que acabara.

Ya llevaban ahí tres días, y una especie de plan comenzaba a tomar forma. Vivían a base de pizza y comida tailandesa. Salían fuera, a veces de uno en uno, más a menudo de dos en dos, estudiaban las carreteras de acceso a la ciudad y las rutas de escape. Dibujaban planos, compraban material. Adderloy había devuelto los coches de alquiler y había comprado tres coches usados en la ciudad; los papeles estaban en la guantera. (Para asegurarse, les había explicado lo que tenían que hacer si los detenía algún agente de tráfico. Todos los papeles y los documentos del seguro estaban en orden; no tenía sentido actuar de manera precipitada.) Sin embargo, a Vladislav no le agradó la primera remesa de armas que compró Adderloy, alegando que las pistolas tenían que ser del mismo calibre —nueve milímetros— que las ametralladoras que le había prometido. Adderloy no solía cuestionar las opiniones de Vladislav referidas a las armas, aunque estaba acostumbrado a decir la última palabra en casi todo lo demás. Se había apoderado de uno de los sillones de Mary, en el que solía sentarse y repartía sus directrices mientras el humo del tabaco se arremolinaba sobre su cabeza. No parecía preocuparle el aire viciado de la fábrica, y siempre vestía chaqueta y corbata. N. nunca lo vio dirigirse a ninguna de las habitaciones del pasillo para dormir. Si N. se levantaba en mitad de la noche, Adderloy siempre estaba sentado en su sillón, leyendo bajo una lámpara solitaria.

Cuando los generadores por fin se apagaron, la quietud los sobresaltó, como si se hubiera roto una película. Titubearon unos segundos.

Adderloy se removió en el sillón.

—Bueno... —comenzó. Antes de la interrupción habían estado marcando algunos puntos en el plan maestro—. ¿Qué hay de los trajes?

—Tenemos las tallas de todos —dijo Reza somnoliento—. Mary y yo los compraremos mañana.

—¿La nevera portátil y la caja de herramientas?

—Me dejaré caer por Walmart esta noche —dijo N.—. Mañana conseguiré el hielo seco.

Adderloy siguió consultando la lista.

—¿Planos de la ciudad?

Vladislav gesticuló, levantando el dedo.

Desglosaron todos los detalles, el material, las secuencias. Una por una, de varias cajas de cartón y bolsas de plástico fueron apareciendo las cosas necesarias que ya tenían.

Todo lo demás parecía no existir. Reza podría haber hablado de una pelea que había presenciado en Toronto, y Vladislav bromeado acerca de unos recién casados que se habían enredado en la cola del traje de novia mientras posaban para un fotógrafo en las cataratas del Niágara. Pero nadie hablaba de otra cosa que no fuera el plan. Hasta parecían haberse olvidado de Weejay's. Todos los recuerdos se habían desvanecido. Hoy tenían que comprar ciertas cosas, mañana tendrían que hacer otras. De cara al futuro, nunca se mencionaba una fecha. El tiempo se estaba difuminando, y pronto se detendría por completo.

Cuando Adderloy trajo las bolsas con las pistolas adecuadas, Reza empezó a ponerse nervioso. Después de que aparecieran las ametralladoras, se colocó junto a una ventana y apuntó por la noche hacia los techos de la ciudad.

—No vamos a matar a nadie, ¿verdad?

—No. Solo vamos a robar un banco.

Lo habían repetido una y otra vez. Pero había algo de lo que nunca hablaban: su plan requeriría que alguien se enfrentara a la pena de muerte. Eso era lo que significaba, en realidad, que el pastor tuviera que pagar por lo que había hecho.

—¿Munición?

—Mil cartuchos —dijo Vladislav señalando unas cajas brillantes de color naranja en la estantería.

—Será solo un minuto —dijo Mary mientras recogía su bolso y desaparecía en el baño.

N. se encontraba con Mary en su antiguo lugar de trabajo: el hospital. Eran las dos de la madrugada. La idea era que nadie del turno de noche la reconociera. «Las malhumoradas enfermeras de noche no se acordarán de mí», aseguró. Había acudido al hospital vestida como de costumbre, de negro, pero sin maquillar. Sin maquillaje, a N. su rostro le resultó diferente. Sus ojos se le antojaban más pequeños, y ella parecía mayor.

N. estaba sentado ahora en una sala vacía. Miró a su alrededor, tomó una revista de la mesa. Desde la portada desgastada, las celebridades le sonreían distraídas. La hojeó despreocupado, se detuvo ante las típicas fotos borrosas de cuerpos bronceados en la playa, luego pasó unas cuantas páginas llenas de sonrisas y trajes que colgaban de cuerpos escuálidos.

Se abrió la puerta del baño, y Mary salió de nuevo. Aunque N. la estaba esperando, pareció sorprendido.

—¡Toda de blanco! —no pudo evitar decir. No era solo que se hubiera vestido de enfermera; se la veía como transformada.

—Aquí no hay donde elegir —dijo.

Las mangas cortas de la blusa estaban bastante arrugadas, en el bolsillo llevaba una placa con su nombre y algunos bolígrafos. Era Mary, y al mismo tiempo no lo era. Dejó caer su bolso en el suelo delante de él e introdujo un billete en la máquina automática de la esquina. Sacó un refresco, le dio un par de sorbos rápidos, el frío la dejó sin aliento. Miró el reloj.

—Iremos por aquí.

Entró en el pequeño despacho sin la más mínima vacilación.

—Es muy urgente. ¿Nos disculpas?

La enfermera que estaba sentada al ordenador murmuró algo y se marchó sin mirarlos. En cuanto la mujer desapareció, Mary ocupó su lugar. N. se quedó en el umbral para controlar el pasillo. Había ido al hospital vestido de conserje o quizá de electricista, la clase de trabajador que siempre aparece sin previo aviso y con la ropa algo manchada. A su espalda oía el repiqueteo del teclado. Pasó un médico, concentrado en la etiqueta de un frasco de medicinas.

—Ahora es cuando se pone el sol, Charles-Ray —dijo Mary poniéndose en pie. Impaciente, tamborileó con los dedos sobre la impresora que acababa de ponerse en marcha—. Tal como pensaba, todavía dona sangre —le dijo a N.—. Grupo AB, Rh negativo. —Salió el papel—. ¿Cuál es el tuyo?

—¿Qué? —dijo N.

—Tu grupo sanguíneo.

—No tengo ni idea.

—Pues deberías saberlo.

Se internaron aún más en el hospital. Mary iba por delante, parecía familiarizada y ansiosa. N. leía los letreros que encontraban a su paso: UROLOGÍA, CUARTO ELÉCTRICO, CIRUGÍA... Una caja de herramientas bastante grande golpeaba sus piernas a cada paso. Mary apretó el botón de uno de los ascensores y descendieron unos cuantos pisos.

Por el silencio, N. comprendió que se encontraban bajo tierra. Pasillos de color verde mate y tubos fluorescentes, un vago olor químico. Otro letrero: CENTRO DE TRANSFUSIONES. Pudieron ver que al otro lado del cristal esmerilado se movía una figura.

Mary apartó a N. a un lado.

—En este momento, en cirugía están intentando salvar a una anciana —dijo, dando otro sorbo a la botella de refresco que aún llevaba—. También hay un hombre, bastante joven. Accidente de tráfico. Pronto padecerá una muerte cerebral. Los cuerpos gotean, como en un tamiz. Un equipo agotado se ocupa de cada uno de ellos, haciendo transfusiones de sangre y cosiendo las heridas. Según el ordenador, el joven ya ha recibido diez bolsas y la anciana seis, y acabo de hacer otro pedido. Es urgente, y son casi las tres de la mañana. La enfermera que se encuentra en el centro de transfusiones está sola. Existen reglas que dicen cómo hay que hacer las cosas, es todo muy estricto. Pero no a las tres de la madrugada, cuando arriba, en los quirófanos, dejan que el material fluya por todo el suelo. Así que entraré y ni siquiera saludaré. Solo le diré que yo misma recogeré las bolsas. Los papeles ya están en orden, ella se alegrará de no tener que volver a sacarlas, después de todas las carreras.

Mary tiró su refresco medio lleno a una papelera.

—Puedes esperar aquí —dijo, y señaló otra habitación vacía.

Incluso las deportivas de Mary eran blancas. Cuando ella desapareció, N. bajó la vista hasta las suyas, que habían dejado unas marcas negras en el suelo pulido. Se sentó en un banco cromado y apoyó la cabeza contra la pared. Sintió la noche quemándole detrás de los párpados, así como el zumbido del equipo de ventilación. El olor del hospital, ese aroma químico dulzón, se apoderó de él. Algo poco saludable, el hedor de los cuerpos. Recordó un hospital bien lejano: el calor, las heridas deformes e hinchadas, las espaldas cubiertas de moratones veteados. Se frotó los brazos con las manos y sintió un escalofrío en las piernas, como si alguien las cortara con una navaja. Tembló.

Había empezado a buscar algo de beber cuando Mary regresó.

—Ya está.

Llevaba consigo dos bolsas de sangre congelada, en sendas fundas de espuma de poliuretano. N. las tomó de sus manos y las metió en la caja de herramientas.

Mary echó un vistazo al pasillo, se dio media vuelta.

—La más fresca que se puede conseguir de Charles-Ray Turnbull.

En la caja de herramientas había espacio suficiente para guardar una pequeña bolsa de frío en el compartimento inferior. Estaba llena de hielo seco. Cuando N. abrió la cremallera, una niebla blanca se esparció lentamente sobre el suelo.

—Ha sido muy sencillo —dijo Mary con una mirada triunfal.

Cerró la caja de herramientas de golpe, y N. comenzó a andar. Mientras la caja le golpeaba la pierna, él iba leyendo los letreros: Irm, Basura, Depósito de Cadáveres...

El *loft* industrial de Mary no tenía congelador, pero la pizzería abierta veinticuatro horas de la esquina sí. Así que después de cruzar unas amables palabras con los chicos libaneses que trabajaban en ella, metieron la nevera portátil en el fondo del inmenso congelador, que por lo demás solo contenía carne picada.

18

Encontrarse con Charles-Ray Turnbull para poder mirar a los ojos a la víctima antes de la acción. Esa era la idea que habían planteado inicialmente, pero al final fue N. quien convenció a Adderloy para que él se encargara del asunto. Solo querían ver a Charles-Ray en acción, ser como el gato que juega con el ratón, nada más. Sentir cierta satisfacción maliciosa. Fijar la mirada en el hombre que había celebrado sus pérdidas, su sufrimiento. Según el ingenioso plan de Adderloy, el pastor iba a pagar por ello.

—Id vosotros dos, como si fuerais una pareja —dijo Adderloy. Mary alzó su botella de cerveza en señal de brindis.

Ya habían realizado el trabajo preliminar, que consistía en estudiar los hábitos de Charles-Ray. Fue una tarea sencilla que apenas les llevó unos días: no supuso mayor reto, teniendo en cuenta la vida tan sencilla que llevaba Charles-Ray en Topeka. Además, para llevar a cabo su plan solo necesitaban centrarse en su actividad matinal. Tenían unos cuantos puntos de referencia, aunque en realidad solo importaban dos: su amplia casa de madera de dos plantas, situada en un barrio venido a menos donde cada arbusto parecía un árbol de Navidad adornado con basura, y la empresa de letreros que dirigía al otro extremo de la ciudad: TURNBULL - LETREROS EN EL ACTO. El cartel de la compañía estaba descascarillado, al igual que la pintura de la casa. Cada mañana recorría a bordo de su Lincoln rojo el trayecto de veinte minutos entre ambos lugares. Reza y Vladislav lo siguieron en un par de ocasiones. Cuando salía a visitar concesionarios de coches, moteles o locales de comida rápida, siempre se detenía en algún autoservicio para tomar café. No siempre paraba en el mismo establecimiento: era la más impredecible de sus rutinas. En un par de ocasiones acudió a su iglesia para hacer algún recado, pero nunca pasó de ser una parada en el camino.

Era cuanto necesitaban saber de él. El acto final sería echarle el ojo, a una distancia prudencial, entre el gentío congregado en la iglesia.

En el aparcamiento medio lleno, N. y Mary localizaron su Lincoln aparcado cerca de la entrada. El edificio, de poca altura, no tenía campanario ni cruz; apenas un cartel con letras de plástico rojas. Ya había anochecido, y la mitad del letrero desaparecía en el crepúsculo de una bombilla fundida dentro del cristal. Cuando se acercó, N. comprobó que la mayoría de las letras de plástico que indicaban los horarios de los servicios religiosos y las citas de la Biblia se habían caído de sus ranuras. Yacían como moscas muertas en la parte baja del marco.

Mary, como de costumbre, parecía vestida para un funeral. Quizá fuera eso lo que llamó la atención de la gente, que esbozó alguna sonrisa tímida cuando ambos cruzaron las puertas de la iglesia. Enseguida se les acercó un hombre de cierta edad y se presentó. Saludó a Mary atentamente, apretando su brazo de forma paternal como si comprobara su fuerza. Lanzó una diatriba sobre premoniciones futuras, y a continuación les preguntó si eran de la ciudad.

—No —contestó N.

—Vaya... —dijo el hombre sin apartar la vista de Mary. Se acercaba demasiado a ella—. Bienvenidos, aquí siempre seréis bienvenidos.

Poco después, como si alguien hubiera susurrado un mensaje, la gente que lo rodeaba comenzó a moverse. Los feligreses colgaron los abrigos, interrumpieron la charla y se encaminaron hacia los bancos.

La nave de la iglesia era blanca y los techos altos, aunque resultaba obvio que el lugar no había sido construido para albergar misas ni homilías; quizá hubiera sido un viejo almacén en su día. Una vez rehabilitado, el lugar parecía una inmensa tienda de lámparas, debido a la cantidad de ellas que colgaban por todas partes. Como para desterrar las sombras, al final de cada bancada había una lámpara, así como numerosos apliques en las paredes y tres arañas de cristal y latón que pendían del techo. La iluminación, demasiado brillante, hacía que el recién llegado se sintiera más ansioso que reconfortado, aunque a la gente allí reunida pronto le empezó a brillar la frente. Todo brillaba y resplandecía. En una de las paredes, completamente blanca, refulgían unas enormes letras doradas que rezaban: JESÚS, SÁLVANOS.

Mientras la gente tomaba asiento en los bancos, un hombre se paseaba de un lado a otro sobre una plataforma que recordaba el escenario de una escuela, pero sin telón. Sus labios se movían mientras la sala apagaba los murmullos.

Mary tiró de la manga de N.

—Ese es Charles-Ray —le susurró, señalando el escenario con un movimiento de cabeza.

—Mmm —dijo N. sin dejar de mirar hacia delante.

—Sentaos —siseó por fin el pastor desde el estrado.

Los rumores casi cesaron del todo. Turnbull se quedó de pie, con las piernas algo separadas, miró a alguien situado en un lateral y a continuación fijó la vista a lo largo del pasillo.

—¡Sentaos! —repitió.

Luego se balanceó. Su profundo suspiro no expresó molestia alguna, sino una honda satisfacción. Con una mano agarraba una biblia negra encuadernada en piel.

Se hizo el silencio. Miró a la multitud, observó. Cabeceó.

—Gracias por este momento. Qué gran noche. —Respiró de forma algo entrecortada, y a continuación gritó—: ¡Gracias por este momento! —Y, estirando su mano libre hacia arriba, sonrió.

Ese era el rostro, no había duda. N. recordó la acera del parque, la noche después de la lluvia. Ese, el mismo que figuraba en la octavilla que recogió con la imagen del pastor. *Amado padre.*

–¡Pecadores! –gritó el hombre del estrado, ahora con los puños cerrados. Alguien aplaudió, excitado–. Estamos rodeados de chusma. ¡Ellos nos dirigen! Homofascistas, lesbianas... La decadencia nos rodea. –Soltó un profundo suspiro–. Los musulmanes llegaron volando para destruir a los sodomitas de Nueva York, y todavía nadie lo comprende.

Agitó la biblia hacia el techo, como si hordas de demonios voladores estuvieran a punto de descender sobre él.

–La ola del Señor, la ola del Señor hizo que los pederastas, los violadores y los onanistas se pudrieran en tumbas sin marcar. Y sin embargo... Sin embargo... –las palabras rasgaron su garganta–, ¡nadie lo entiende!

Sus labios ya estaban húmedos de saliva, sus uñas golpeaban con fuerza el cuero de la biblia.

–Sembraron vientos, y recogerán tempestades.

Se escuchó la palabra «amén» en varios de los bancos. El amado padre Charles-Ray Turnbull tiró de sus solapas y agitó la cabeza, como si su boca se hubiera llenado de algo desagradable.

Mary se inclinó hacia N.

–Es brillante –dijo. Él la miró sin entender. Ella cerró los ojos–. Tan... Emana un odio tan insensato...

–Cada día nos vemos obligados a presenciar matrimonios entre homosexuales –continuó el pastor, señalando a la congregación y después a sí mismo–. Vemos fotografías de tortilleras sonrientes y sudorosos maricones que apenas saben comportarse. Incluso se casan en el buen nombre del Señor... ¡Castígalos, Señor! –Bajó la cabeza, estiró la mano hacia delante–. Castígalos, Señor... Amén.

Tras unos segundos de silencio, justo cuando los más fervientes comenzaban a balancearse entre los bancos, tomó de nuevo aliento como si estuviera a punto de ahogarse.

–¡Y se multiplican! –Golpeó su puño contra el pecho–. Sí, una avalancha reptante ayudada por la ciencia. Inseminación artificial, óvulos y esperma de sabe Dios dónde. Niños que ya nacen degenerados, engendrados en el limo y la escoria por

150

parejas de hombres y mujeres. ¿Habéis visto alguna vez a esos niños? Os puedo decir que una luz brilla en ellos. Pero no se trata de una luz celestial. Esas lamentables mutaciones de la carne humana desean su propia muerte.

N. miró a la gente que lo rodeaba. Tenían las manos temblorosas y los ojos húmedos; algunos jadeaban.

—Sí... ¡Sí! —repetían en un murmullo incesante.

Charles-Ray arqueó el torso mientras leía:

—¿No he de castigar esto?, dijo el Señor. ¿No he de vengarme de una nación como esta?

—¡Jeremías! —gritó alguien.

Mientras contemplaba a Turnbull —con su estilo burlón, la chaqueta arrugada, el cuello flácido— y a la sudorosa congregación, que asentía y se balanceaba sumisa, la rabia se apoderó de N. Sintió el deseo de degollar a aquel hombre. Nunca en su vida había estado tan dominado por tal deseo de matar a alguien. Era una sensación extraña, dulce y excitante. Podría alcanzarlo de un solo salto. Sus piernas deseaban hacerlo, temblaban de impaciencia.

Apenas un salto.

—Ahora toca mirar —le dijo Mary al oído, tan cerca que pudo sentir su aliento en la mejilla. Luego tomó su brazo con ambas manos y trató de calmarlo—. Lo sé —susurró—, pero ahora solo puedes mirar. Pronto..., muy pronto, podrás actuar.

N. sintió una grieta fría y muerta en su pecho, y sus manos comenzaron a sudar. Inclinó la cabeza y cerró los ojos. Se diría que estaba rezando.

En el estrado prosiguió el gran espectáculo de fuego y azufre: putas, homofascistas, sodomitas, pecadores... El pastor continuaba poniéndose de puntillas.

—¡Exterminadlos a todos! —imploró. Mientras la congregación gritaba y repetía «amén», Turnbull se quedó completamente quieto, cerró los ojos y en un tono monótono, entre jadeos, los instó a unirse:

—Nuestro ejército desafiante... propaga sin cesar la luz... entre los nidos del pecado.

A continuación despotricó contra los países extranjeros, acompañado del murmullo —«Sí... ¡Sí!», «¡aleluya!»— que crecía en la sala. Algunos de los presentes mostraban una expresión febril. Sostenían las manos sobre la frente o el pecho, alguien hablaba consigo mismo en voz baja de modo incomprensible, una persona lloraba desconsolada en la parte de atrás. El pastor volvió a arremeter contra los sifilíticos y los onanistas. Las venas de su frente y de su cuello se hincharon al decir:

—¡Nuestras oraciones han conseguido privar de sus hijos a los abandonados por Dios!

Cuando oyó esas palabras, N. golpeó el banco con el puño y gritó:

—¡Hijo de puta!

Sin embargo, entre todas las reacciones de fervor, ni siquiera consiguió que los feligreses del banco más cercano se dieran la vuelta. Mary apretó su mano con la suya y entrelazó sus dedos.

Charles-Ray Turnbull bajó la voz todo lo que pudo:

—Sacrificios... Sacrificios contra las legiones del diablo.

La sala resonó con esa palabra. En una erupción final, el pastor gritó algo acerca de los glotones y pederastas del mundo que estaban podridos en su interior y que ahora sufrían el acoso de los jinetes del Apocalipsis. Mientras tanto, las voces gritaban «cien» y «mil», como si se estuvieran subastando todos los pecados del mundo. Los cheques pasaron de mano en mano hacia el estrado.

Cuando por fin Turnbull guardó silencio, un órgano eléctrico comenzó a tocar un himno en bucle mientras los gritos apremiados de la congregación alimentaban el flujo. Llenaron un sombrero, y pasaron los últimos billetes arrugados. Un par de hombres jóvenes, con un torpe sentido del ritmo, comenzaron a tocar un bajo eléctrico y una batería. Una anciana se puso a cantar frente al micrófono, y su voz ahogó el murmullo de la sala mientras dirigía la mirada hacia arriba, al techo y al cielo exterior.

Charles-Ray Turnbull asentía, sonriendo, mientras se limpiaba el sudor de las sienes.

19

N. pasó un buen rato despierto en su habitación. Permaneció allí tumbado, escuchando a los demás a través de las paredes de la fábrica, y poco a poco el silencio de la noche se fue apoderando de las salas de las viejas oficinas sin ventanas y el único cuarto de baño. Ese había sido el último sonido que había oído, la cadena de un retrete, hacía quizá unas cuantas horas. Yacía en un colchón sobre el suelo, tumbado sobre su espalda desnuda, sudando. El ambiente resultaba casi asfixiante; no corría nada de aire y no había forma de escapar a los olores de la vieja fábrica de jabón.

Cinco habitaciones seguidas, una para cada uno de ellos; había más, abajo en la oscuridad, pero desconocía cuántas. Más allá de la suya, el mapa estaba en blanco. Mary vivía en el otro extremo, cerca del vestíbulo de la fábrica.

Ahora, en la profundidad de la noche, el silencio reinaba a través de las paredes. N. se levantó lentamente.

En el pasillo, la única luz procedía de algún lugar debajo de las escaleras que conducían al vestíbulo de la fábrica. Era Adderloy. No podía verlo, solo la luz de la lámpara bajo la que se sentaba; también él permanecía en silencio. N. se encontraba delante de la puerta de Mary, vacilante y excitado. Contuvo la respiración, miró hacia la luz amarillenta a lo lejos, después agarró el picaporte de la puerta.

Abrió y entró.

Mary cerró con cuidado la puerta detrás de él. Luego dio un paso atrás y lo miró de arriba abajo. Ella vestía una bata moteada a modo de camisón, como la que podría llevar una artista. Estaba desabrochada, y dejaba entrever buena parte de su cuerpo. Se acercó, lo justo para rozarlo. N. inhaló el aire que rodeaba su cabeza, pero en la fábrica ella carecía de olor. Solo reconoció el del viejo jabón impregnado en el suelo y las paredes, no el de ella. Mary no encajaba en las dimensiones en las que existía.

N. intentó acercarse a su cuello, pero ella se escabulló como una gata con un movimiento lateral muy forzado, de forma que él apenas rozó su piel con los labios. Los ojos de Mary brillaron de placer.

Entonces se puso en cuclillas junto a una bolsa y sacó algo.

—Keta... Keta... Ketalar —susurró.

Sostenía una ampolla que balanceaba entre los dedos.

—¿Sabes lo que es? —Ella miró el líquido del contenedor de cristal—. El bien y el mal entremezclados. Adormece sin afectar la respiración. —Sus labios formaron un anillo, casi como un beso, e inhaló emitiendo un silbido—. Pero tiene un lado negativo. —Hizo girar la ampolla—. Si lo tomas, experimentas lo que otros solo ven en las películas de terror: unas pesadillas indescriptibles. No puedes imaginar la ansiedad que produce. Todos los demonios de Turnbull reunidos en una botella. Con un solo pinchazo.

—¿Es eso lo que recibirá?

—Sí, un pinchazo. Luego estará a merced de sus propios demonios.

De repente, los generadores se pusieron en marcha y todo el edificio tembló. Mary dijo algo más, pero sus palabras quedaron ahogadas por el rugido que cayó sobre ellos. N. ya había posado las manos en las caderas de la mujer. Fue como si un tren de mercancías pasara junto a ellos. Las manos de Mary pellizcaron el pecho de N. Al principio de forma juguetona, luego le clavó los dedos y sus uñas le dejaron marcas. La boca se le secó a causa del dolor, y cuando la sangre por fin brotó él se sacudió involuntariamente. Ella se apartó y lo abrazó con fuerza. N. experimentó una ola de placer al sentir el peso de ella contra él. Se dejó empujar contra la pared.

La mano de la mujer se movió por su pecho y se posó como una máscara sobre su rostro. Ambos jadeaban, excitados. Mary le rodeó la boca con un dedo. Ruidos, olas de pasión, una furiosa erección. Él lamió el dedo delgado que ella le ofrecía y saboreó la salobridad de su propia sangre.

La dureza en la espalda. Los brazos de él, bronceados por el sol de un lugar remoto. Solo las cicatrices que aferraban los dedos de la mujer, resguardadas del sol, eran blancas y sinuosas. Ella lo retuvo en su interior. El suelo temblaba, sus piernas apretaron las caderas de él como un anillo de hierro.

El cuerpo de N. estaba repleto de oscuras huellas dactilares de su propia sangre.

20

Diego García, tres años después

El prisionero escondido por los estadounidenses echó un vistazo a los periódicos que habían llevado a su celda. Los días pasaban. Grip rebobinaba las cintas de vigilancia, corría bajo el calor de la tarde y levantaba pesas en el gimnasio.

La habitación del hotel por fin parecía habitada: ropa de deporte desparramada que nunca terminaba de secarse a causa de la humedad del aire, camisas colgadas en perchas de alambre y plástico de la tintorería de la base, un racimo de uvas a medio comer en un plato, cortezas de maíz y un paquete de galletas encima de un ruidoso frigorífico.

Al octavo día, Grip encontró al hombre sentado leyendo uno de los periódicos. Pasó la cinta adelante y atrás, estudió la figura inclinada, verificó los tiempos. El hombre había estado leyendo el periódico durante casi dos horas.

Grip interrumpió la secuencia. Pensó durante un rato y luego miró a Stackhouse, que permanecía absorto en unos papeles.

—Voy a entrar a verlo —anunció.

—¿Cómo? —dijo Stackhouse, que había entendido perfectamente—. ¿Ahora?

—Sí. Ahora.

—Está bien, pero no lo saques de la incertidumbre —dijo Stackhouse—. Y nada de nombres.

—No es la primera persona a la que interrogo. —Grip se levantó—. ¿Puedo entrar ya?

—Nada de nombres —insistió Stackhouse.

—Prometido.

La pesada puerta se cerró detrás de Grip. El aire era sorprendentemente frío; en alguna parte zumbaba un equipo de ventilación. La celda resultaba más pequeña de lo que parecía a través de la cámara de vigilancia. El hombre yacía sobre el catre. No se movió. Grip no podía distinguir sus ojos ocultos bajo la larga cabellera, pero sintió que estaba despierto y que se mostraba muy receloso.

—Hola —dijo Grip en sueco.

Dio dos pasos hacia delante, separó la silla de la mesa y se sentó de espaldas a la puerta de la celda. El hombre del catre apretó los puños. Grip miró alrededor con unos movimientos de cabeza lentos y ligeramente exagerados, como si se estuviera familiarizando con una habitación recién descubierta.

Los puños apretados, la respiración agitada que hacía subir y bajar su pecho. El hombre luchaba en vano por ocultar su tensión.

Grip colocó un codo sobre la mesa.

—Vengo en representación del Ministerio de Asuntos Exteriores, aunque en realidad pertenezco a los servicios secretos. —Hizo una pausa. Ninguna reacción. Continuó—: Me han llamado porque quieren saber quién eres. Los americanos se lo están preguntando. Yo tampoco lo sé.

Hizo una pausa y echó un vistazo a los tubos fluorescentes colocados bajo las rejillas del techo.

—Fui yo quien ordenó que encendieran el aire acondicionado y que te trajeran una mesa, y los periódicos, claro. —Grip bajó de nuevo la vista y giró en su dirección el periódico que coronaba el montón. Un diario polaco. Enderezó la espalda un poco—. Supongo que te habrán enviado a muchos lugares, y que te habrán sometido a toda clase de interrogatorios y trucos. Y de repente puedes ducharte, tienes aire acondicionado y periódicos. Te preguntarás si esto es un truco más. Un hombre que parece amigable; ese es el truco más viejo del mundo. —Grip exhaló un suspiro—. Soy sueco. No quiero mentirte, y no te haré promesas falsas. Es algo que debes tener en cuenta.

El hombre respiraba con la misma violencia que antes, pero ahora no intentaba ocultarlo.

—Estas fechas son todavía algo engañosas —continuó Grip, tamborileando con los dedos sobre el periódico—. Este se publicó hace una semana; hoy es día 6, 6 de mayo.

El hombre movió la cabeza, una ligera sacudida. El pelo le barrió la mejilla, pero Grip no pudo ver su rostro. Su cabello era oscuro, tanto como el de Grip.

—Reconozco que los periódicos eran un truco —continuó—. Pero debía intentar algo. —Volvió a tamborilear con los dedos sobre la pila de periódicos—. Los has hojeado, le has echado un vistazo a alguna que otra página. Y, como yo, no entiendes ni una palabra de la mayoría de los idiomas. Pero este... —Grip tomó una esquina y tiró de ella para sacarlo de entre los otros periódicos—. No cabe duda de que eres sueco. —Se trataba de su manoseado *Expressen*—. Te pasaste dos horas leyéndolo. Incluso las páginas dedicadas a la televisión.

El hombre estiró los dedos de una mano y cerró de nuevo el puño.

—Bueno, no lo hice para obtener algún tipo de ventaja. También te lo podría haber preguntado, pero me dijeron que no respondías cuando te preguntaban. Así que pensé que esto podría ahorrarnos tiempo. Eres sueco, y ahora ambos lo sabemos. —Grip seguía atento a la respiración del hombre, la vista fija en su pecho—. Si me pongo de pie y te doy unas cuantas patadas bien dadas, reconocerás la escena, ¿no es así? Entonces sabrás qué clase de tipo soy, qué puedes esperar. Si por el contrario pongo algo de comida en tu mesa y luego salgo de la celda, entonces pensarás que solo se trata de un truco más. Ese es el problema. Sobre todo para mí, aunque probablemente lo sea para ambos. Yo no soy ni bueno ni malo, solo soy de casa, y estoy aquí para descubrir si eres sueco. Sé que entiendes el idioma, pero también me gustaría saber quién eres. Una cosa más: no sé cuánto tiempo me permitirán estar contigo; es algo que decidirán los norteamericanos. Eso no es bueno, pero es el trato. Y eso nos iguala: quizá yo coma algo mejor, pero ahora tanto tú como yo estamos en sus manos.

Grip se puso en pie, hizo un gesto delante de la cámara de plexiglás y a continuación se dio media vuelta. Se metió las manos en los bolsillos, y no dejó de mirar al hombre y sus pálidos nudillos hasta que la puerta resonó.

—¿Es sueco? —preguntó Stackhouse en cuanto Grip regresó al cuarto de control.

—¿Cuánto lo habéis maltratado? Se encoge como una bola y comienza a hiperventilar tan pronto como alguien se le acerca.

—¿Es sueco?

—¿Cuánto? ¿Cada dos días durante todo un año, tal vez más? A ver si lo adivino: primero electrochoques y asfixia simulada, después patadas y golpes cuando la gente se empezaba a cansar. —Stackhouse no respondió. Grip se remetió la camisa en el pantalón—. Las uñas están volviendo a crecer, pero aún resultan toscas. Por lo general, tardan seis meses en crecer de nuevo.

—No ha sido tratado con profesionalidad —dijo Stackhouse sin darle importancia, aunque sin mirar a Grip.

—Gracias. Y durante un proceso como ese nadie puede permanecer en completo silencio. ¿Cuántas identidades ha reconocido?

—Muchas. Un desastre. Ya te lo dije, ninguna que hayamos podido documentar. —Stackhouse alzó la voz—. No hace falta tener en cuenta dónde ha estado antes. Ahora está aquí, y con eso basta. Y ahora responde a la pregunta: ¿es sueco?

—No lo sé —mintió Grip—. No ha dicho nada. Solo hiperventilaba.

21

Topeka, 2005

El agua corría por la cabeza de Reza y resonaba en el cuenco de metal situado a sus pies. Estaba a punto de afeitarse la cabeza. Era la noche anterior.

Adderloy estaba junto a la hilera de ventanas del pasillo de la fábrica, mirando las luces del atardecer. Un periódico doblado le colgaba de una mano. Tarareaba algo, una melodía irreconocible. N. se encontraba sentado en un sofá y rebuscaba entre las notas manuscritas y los planos de la mesa. Encima de todo había un par de hojas pegadas: el boceto del banco –el First Federal United– dibujado de memoria por Vladislav. En la puerta del dibujo había garabateado una cifra: «2,30». Era el tiempo del que disponían. Debían estar fuera y en marcha en menos de tres minutos. Vladislav podía probarlo, pues había comprobado todo los detalles: distancia de las comisarías, tiempos de alarmas, respuesta policial durante los robos a mano armada. Sobre un plano de la ciudad que estaba sobre la mesa había trazado líneas y escrito algo que parecían fórmulas.

«En realidad, dos con treinta y dos –había dicho hacía un rato–. Digamos treinta. Es una cifra que podréis recordar.» Esa era una de las pocas cosas que el checo se tomaba en serio. «Cuando se abran esas puertas y entréis en el banco, vuestra memoria se quedará en blanco.»

Ahora Vladislav se encontraba junto a la estantería y miraba distraído entre los libros. Dedicaba un par de segundos a cada uno, algo más si tenían fotografías. No era la clase de persona que se sentara a leer; siempre encontraba alguna ocupación

160

mejor. N. lo observó y recordó la historia del autobús. Cómo Vladislav permaneció sentado completamente inmóvil mientras el agua subía y los que lo rodeaban se ahogaban presas del pánico. Dos minutos y medio. No era mucho. Desde luego, había gente que podía contener la respiración durante mucho más tiempo.

Reza vertió otro cubo de agua sobre su cabeza, pasando la hoja de afeitar por ella.

—Te dije que lo quemaras todo —dijo Adderloy, mirando con irritación a N.

N. soltó el boceto del banco y lo metió entre los otros papeles en medio de la mesa. Allí estaban todas sus notas, las listas de verificación, los planos. Adderloy comenzó a tararear de nuevo mientras observaba unos movimientos distantes en la noche.

—¿Hay detectores de humo? —preguntó N.

Mary estaba sentada hojeando una revista de moda mientras picoteaba una bolsa de patatas fritas con sabor a beicon.

—Alguno, quizá... He visto... unos cuantos.

Pasaba las páginas en las pausas, sonriendo distraída con la vista fija en la revista. Balanceaba impaciente una pierna sobre la otra, como si estuviera en una sala de espera. Era la única que parecía disfrutar de la idea de que apenas faltaban unas horas.

—Oye, Mary, si hay alarmas de humo... Si enciendo un fuego, podría...

—Quémalo —repitió Adderloy sin darse la vuelta.

N. llenó una olla con la pila de papeles. Luego la roció con quitaesmalte de una lata que encontró en un armario y le prendió fuego. Las llamas ardieron en un azul violento, y grandes copos de ceniza se alzaron mientras el humo desaparecía en la oscuridad. No tuvo que removerlo para que se incinerara por completo. Las llamas se apagaron y se convirtieron enseguida en unas ascuas que se consumieron como delgadas luciérnagas entre las hojas negras.

—¿Todavía hay alguien que no se lo sepa de memoria? —preguntó Adderloy en voz alta. Todo lo que quedaba de las listas y planes eran esas motas de hollín que flotaban lentamente en la habitación. Adderloy se había mostrado taciturno e irritable durante toda la noche. N. vio, tras sus ojos grises, algo parecido a la vigilancia de un depredador capaz de cualquier cosa, ya fuera la huida o la confrontación más furibunda.

A unas cuantas manzanas de distancia de la vieja fábrica había dos coches recién robados. Un Impala de color negro, elegido por el tamaño, y un Nissan con las llantas raspadas, para que no se pudiera reconocer. De una barandilla en el interior de la fábrica colgaba una hilera de cuatro trajes nuevos, protegidos todavía en sus bolsas de plástico, con unas zapatillas de deporte a juego y unos pasamontañas apilados en orden en el suelo. Las armas estaban guardadas en el maletero, los cargadores llenos. La bolsa médica con todos los viales también estaba lista. A la mañana siguiente recogerían la sangre del congelador de los libaneses.

—¿Ya estás listo, maldito hombre bomba suicida?

Si la sonrisa de Mary era inescrutable, la de Vladislav era justo lo contrario. Una burla descarada.

—¿Cómo dices? —Reza se volvió hacia la estantería, como si fuera un sonámbulo. Todavía tenía la maquinilla de afeitar en la mano.

—Es lo que pareces. ¿Se trata de alguna clase de ceremonia? Primero te cortas ese pelo rubio de mierda, y ahora la yihad. —Vladislav movía cosas en la estantería sin ningún motivo, apenas unos centímetros aquí y allá—. ¿Es esto lo que tienes que hacer para conseguir a una de esas vírgenes que os esperan para echar esos polvos celestiales?

Dos días atrás, Reza se habría abalanzado sobre él con una rabia ciega. En esta ocasión, apenas miró a Vladislav. Quizá sus nervios ya estuvieran sobrecargados. Desde hacía unos días había dejado de hacer sus continuas preguntas sobre todo, y también su errática forma de moverse y su mirada perdida habían desaparecido. Como si todo lo hiciera a cámara lenta, o solo pudiera hacer las cosas que había decidido con mucha antelación. Y ahora el ataque le resultaba demasiado rápido como para seguirlo. Quizá eso salvara a Vladislav, o a cualquiera de ellos que tuviera que ser salvado.

Pero Vladislav no estaba satisfecho.

—Necesitas algún tipo de ritual de mierda —insistió—. ¿No llevan siempre la cabeza rapada tus hermanos? Así salen luego en las fotografías, después de haber matado a un montón de gente. Mártires de mierda, ávidos de vírgenes.

Reza recapacitó un momento, pasando una mano por el agua llena de pelos. Al principio sus labios vacilaron, pero después dijo:

—No vamos a matar a nadie.

—No, es cierto —dijo Vladislav, empujando el lomo de un volumen entre otros libros de bolsillo—. Todo el mundo vivirá feliz para siempre.

Solo Mary rompía el silencio al pasar las páginas de la revista.

Vladislav esperó. Nadie dijo nada.

—¿Alguien quiere jugar al póquer? —preguntó entonces, dándole una patada a la base de la estantería—. ¿Dónde están las cartas?

Empezó a buscarlas.

—¿Y qué nos apostaríamos? —dijo Adderloy. Su voz sonó grave y segura de sí misma. Enderezó su anillo y miró severamente a Vladislav.

Días atrás, el checo había empezado una partida de póquer. Después de apostar de una forma absurdamente cautelosa, la partida había perdido fuelle. Nadie quiso admitirlo, pero ¿quién tendría el valor de apostar cuando lo único que tenían en los bolsillos era el dinero de Adderloy?

—Está bien, de acuerdo —dijo Vladislav dejándose caer en un sillón con las piernas estiradas—. Quién sabe —añadió, sujetando el reposabrazos con las manos—. Tal vez las cosas vayan mejor mañana.

Unas horas antes, cuando los generadores se habían puesto en marcha y el edificio se ahogaba entre temblores y ruidos, Adderloy se había llevado aparte a Vladislav. Antes había dicho que quería practicar el tiro al blanco, aduciendo que hacía mucho tiempo que no disparaba un arma automática. Lo mejor sería realizar una serie de disparos cuando los generadores estuvieran en marcha; así nadie los oiría. Y quería que fuera Vladislav quien le enseñara. Con los primeros temblores, cada uno de ellos tomó su ametralladora y desaparecieron, N. supuso que hacia el gran pasillo del piso inferior.

Regresaron poco después de que los generadores se apagaran, pero algo en su comportamiento hizo que N. fuera a darse una vuelta para visitar un momento el maletero de las armas. Le pareció que habían intercambiado demasiadas miradas. Mientras echaba un vistazo a una pistola, N. pasó los dedos por los cañones de las ametralladoras que acababan de colocar en la parte superior de la bolsa. Lo único que halló en sus dedos fue un poco de aceite para armas, pero ni rastro de pólvora quemada. No habían disparado un solo tiro.

Adderloy y Vladislav habían pasado un rato a solas, pero los generadores no habían ocultado el ruido de las armas automáticas sino más bien su silencio. N. observó la mirada de Adderloy y dirigió la vista hacia donde acechaba el peligroso depredador, si bien el mismo Adderloy permanecía inmóvil. A esas alturas le quedaba claro que las intenciones de Adderloy no incluían a ninguno de ellos. Había una intención oscura que solo él conocía. Y era probable que Vladislav, que se burlaba de Reza abiertamente, se diera cuenta de algo.

Mártires suicidas, Charles-Ray Turnbull, el First Federal United.

El nuevo mundo del que N. había entrado a formar parte de forma casi inconsciente era un campo minado de amenazas tácitas y conspiraciones insidiosas. Sintió que todas las corrientes que vibraban a su alrededor convergerían al final, pero lo único que ahora le importaba era su objetivo: vengar a sus hijas. Mientras lo cumpliera, el resto no importaba.

Miró a Reza. El agua caía de nuevo por encima de su cabeza y él se pasaba la mano por la piel, afeitándose donde aún quedaba cabello.

22

Topeka
Febrero de 2005, un viernes por la mañana

Charles-Ray Turnbull, nacido en Oklahoma, era tan irascible como su padre. En el futuro habría gente que recordaría su mal humor de aquel día. La iglesia estaba preparando una visita a la prisión estatal, y durante la mañana los feligreses se pasaron por allí con bollos horneados en casa. Charles-Ray llegó quince minutos tarde, lo que en sí era ya un mal comienzo, y cuando alguien preguntó, sin pensarlo, cómo era posible que Bethany tuviera tiempo para hornear tantas magdalenas de arándanos, murmuró una respuesta ininteligible.

La razón era que Bethany, la mujer de Charles-Ray, nunca se dedicaba a la repostería; ni siquiera lo intentaba. Estaba disgustada con la decadencia del mundo, o al menos esa era la explicación con la que Turnbull justificaba su ausencia los domingos. La humanidad degenerada era la culpable de su mirada inyectada en sangre y de sus manos siempre intranquilas. Su mujer pasaba largas temporadas encerrada en las salas del centro médico Saint Francis, convalecencias que solían comenzar con un traslado de urgencia en ambulancia. Tras el tratamiento, se quedaba sentada en su banco durante algunas semanas con una sonrisa que hacía que los niños pequeños se acurrucaran en el regazo de sus padres. Y la mayoría de los parroquianos —aunque no todos— sabían que cuando se solicitaba ayuda con bollos caseros, Charles-Ray conducía hasta Dimple Donuts, en el otro extremo de la ciudad, y luego introducía sus compras en sencillas bolsas de papel marrón.

Charles-Ray Turnbull y Bethany no tenían hijos. Fue Turnbull sénior, padre de Charles-Ray y fundador de la iglesia, quien los casó. Durante muchos años, Charles-Ray se había ganado la vida proporcionando señales de tráfico al condado de Shawnee. Un trabajo que, si bien no exigía mucho, había descuidado en los últimos años. Charles-Ray dedicaba su tiempo a la iglesia, a su misión. Entregar las señales a tiempo para el cruce de la nueva escuela de Topeka o mantener la contabilidad en orden no eran los puntos fuertes de Charles-Ray Turnbull. Su talento residía en conseguir que la gente, cuando se mostraba más receptiva, prestara atención a Jesucristo. De eso sí que sabía.

Pero cuanto más tiempo dedicaba a eso menos tiempo le quedaba para dedicarse a lo otro, y al cabo de los meses el fiscal del estado señaló en repetidas ocasiones la precaria situación de las finanzas de Charles-Ray y su iglesia como circunstancias agravantes.

Como de costumbre, los jóvenes encargados de la comida se sentían inseguros ante la presencia de Charles-Ray. Este se despidió, no sin antes alentarlos a dedicarse con toda su alma a los prisioneros mientras se remetía el faldón de la camisa en los pantalones sin ningún pudor. Después, para alivio de todos, se marchó. Por lo general le gustaban las visitas a la cárcel y siempre conseguía atrapar algún pez, pero ese día tenía otra inútil reunión en el banco.

Abandonó el aparcamiento de la iglesia en su Lincoln Town Car del 91. Un coche que, al menos cuando Charles-Ray lo compró, proporcionaba algo de prestigio. Era de color rojo, con el techo negro. En los viejos tiempos, cuando el matrimonio estaba en sus mejores momentos, él se refería al coche como el Diablo; el típico chiste de un predicador. Ahora ya no lo llamaba de ninguna manera. El barniz se había descolorido, y los guardabarros traseros estaban cubiertos de óxido.

Aún no habían dado las nueve de la mañana cuando el Lincoln salió a la calle frente a la iglesia. Todo el mundo estuvo de acuerdo en ese punto, aunque luego los relatos divergieron. La

Policía y los fiscales sostendrían una idea, los abogados defensores otra. Lo que sucedió en realidad fue que cuatro semáforos más allá de la iglesia, el coche del gordo ministro del Juicio Final se detuvo en un cruce de caminos. De la poca gente que había por allí, nadie vio lo suficiente como para poder ser llamado más tarde como testigo.

—Todavía está ahí dentro comprando magdalenas, y lleva retraso.

Mary estaba sola en un coche aparcado delante de la pastelería, a cierta distancia de Charles-Ray Turnbull.

Por fin, el hombre salió de Dimple Donuts con cuatro bolsas manchadas de grasa.

—Lleva un montón de magdalenas. —Mary hablaba por un móvil con función de radio direccional.

—Tenemos tiempo de sobra.

Adderloy se encontraba en la ventana del cuarto piso de la habitación de un hotel en el centro de la ciudad. N., solo en otro coche, podía ver a Mary y Turnbull en la distancia. Reza y Vladislav, cada uno con sus auriculares de escucha, estaban sentados en un banco de un sucio parque de la ciudad, rodeados de hierba seca y arbustos descuidados.

—Acaba de regresar al coche.

—Ha cambiado las magdalenas de sitio —dijo la voz de N.

—Parece que las está poniendo en simples bolsas de papel —dijo Mary—. ¿Te lo puedes creer?... —Soltó y volvió a apretar el botón para hablar—. Lo más probable es que pase por la iglesia.

—Tenemos tiempo de sobra —la tranquilizó Adderloy.

Reza estaba sentado en el parque con una coca-cola mientras Vladislav soplaba en un enorme vaso de café americano, que había reforzado con unos paquetes de Nescafé que llevaba en el bolsillo.

—Se acaba de poner en marcha de nuevo.

Adderloy corrió las cortinas de la ventana del hotel. El aire acondicionado estaba estropeado y, por efecto del sol de la mañana, el calor de la habitación pronto sería insoportable. Hizo un gesto de fastidio ante la luz que entraba por la ventana, tomó el teléfono que había en la mesa a su lado y marcó para acceder a la línea externa. Calculó con frialdad que la llamada sería rastreada.

El teléfono sonó unas cuantas veces antes de que respondiera una mujer:

—Redacción del *Topeka Capital-Journal,* ¿en qué puedo ayudarle?

Durante unos breves segundos Adderloy guardó silencio, y a continuación soltó una premonición.

—Dios no seguirá tolerando vuestra inmoralidad. Los perdidos morirán y sus restos serán apilados. El castigo es inminente.

—¿Quién es? —La voz sonaba sorprendida—. ¿Es una amenaza?

El hombre no respondió.

—¿Hola? —La voz asustada de la mujer se quebró.

Adderloy emitió una tos forzada, y luego colgó.

La comisaría de la Policía se encontraba a solo unas manzanas de distancia; un par de luces azules pasaron raudas frente al hotel Century.

—Ha llegado a la iglesia —rugió la radio. Mary permanecía cerca de Charles-Ray, y ahora lo vigilaba desde el otro lado del aparcamiento de la iglesia.

—¿Lleva consigo las magdalenas? —Era N. quien preguntaba. No podía ver al pastor; se había detenido en el cruce desde donde podría ver salir, sin ser descubierto, el Lincoln de Turnbull.

—Sí, lleva las bolsas.

Charles-Ray Turnbull tardó diez minutos en entregar los bollos. Cuando salió, caminó apresurado sobre el asfalto. Parecía molesto, golpeó la puerta del coche dos veces antes de arrancar.

N. esperó, y poco después vio pasar el techo de vinilo sucio.

—Lo tengo.

—En marcha —dijo Vladislav por el teléfono. Reza ya se había puesto en pie. Intentaba introducir su lata de refresco vacía en una papelera abarrotada.

Los dos hombres abandonaron el parque cuando Mary comenzó a leer en alto, a través del móvil, las calles que iba cruzando.

—Baseline... Indian Hill... Semáforo en rojo... Se pone en marcha otra vez.

Reza se limpió la frente con el dorso de la mano, Vladislav se mesó lentamente la barba mientras esperaba en la acera del cruce asignado. Al lado había un aparcamiento en cuya pequeña garita de madera, de espaldas a la calle, un empleado raspaba billetes de lotería. Un par de pintores arrancaban unos carteles de una fachada.

—Montclair Street.

Esa era la señal de N. Adelantó a Mary y se acercó al coche de Turnbull, colocándose en el carril exterior, justo detrás de él.

—Abbott Place.

Vladislav se estiró, tratando de otear el tráfico.

—Miller.

En ese momento, N. lo adelantó y se colocó delante de él.

Vladislav vio primero el Impala negro robado de N. Aunque el amplio capó obstaculizaba su visión, también vislumbró el Lincoln rojo detrás.

N. comenzó a frenar. Necesitaban que Turnbull redujera la marcha hasta alcanzar la velocidad de paseo. Mary se colocó a un lado y lo encajonó, para evitar que Turnbull pudiera girar el volante y acelerar para adelantar a N. Turnbull tamborileaba con fuerza sobre el volante, sorprendido por lo que estaba sucediendo. Los ojos que lo seguían desde tres direcciones distintas no podían descifrar lo que decía, pero sí vieron que sus mejillas se estremecían y que agitaba una mano al frente.

Vladislav sincronizó sus pasos con cuidado y empezó a cruzar la calle cuando la velocidad de Charles-Ray Turnbull se hubo ralentizado pero aún era bastante rápida. Turnbull pisó el freno con rapidez, y el cinturón de seguridad lo impulsó hacia atrás. Vladislav giró y se quedó con las piernas separadas delante del parachoques. A continuación colocó las manos sobre el capó y se inclinó hacia delante. La amplia y sincera sonrisa de Vladislav resultaba escalofriantemente hipnótica. El pastor mantenía la mirada fija, como cuando un animal cazado queda frente a los ojos de su depredador. Aún vivo, aunque ya derrotado.

Reza accedió rápidamente al asiento trasero e indicó el camino con la pistola en alto.

Ya en el coche con Turnbull, comenzó la cuenta atrás. Todo estaba coordinado para dejar las pistas correctas, para confundir deliberadamente.

Adderloy salió de la habitación del hotel y tomó el ascensor para bajar a recepción. Mientras se dirigía al mostrador se quitó los guantes que había llevado durante toda la mañana.

—La cuenta, por favor.

Más tarde, lo único que el recepcionista pudo decir fue que el hombre no llevaba equipaje consigo.

—¿Ha consumido algo del minibar?

—No, nada.

Adderloy le tendió su tarjeta de crédito. La misma con la que, según se comprobó más tarde, había abonado una ronda de bebidas en el bar de un hotel de Toronto.

Cuando Adderloy salió a la calle, Mary ya lo esperaba en el coche.

—Nos vamos —dijo ella por la radio tan pronto como él subió al vehículo, y condujeron hacia las afueras de la ciudad.

N. había aparcado el Impala en la fábrica y caminó ocho manzanas. Abrió el pesado candado de la vieja puerta pintada de negro. El almacén, con su hilera de puertas de metal, le hizo pensar en los cobertizos de motores de un depósito ferroviario. Reinaba el silencio en el interior, entre las gruesas paredes; era como estar dentro de una ruina en medio del bosque. La luz caía en franjas oblicuas desde las claraboyas, atrapando las motas de polvo que flotaban en el aire. Arrastró los pies sobre el suelo de grava para oír su eco. El espacio de altos techos que lo rodeaba estaba vacío. N. esperó, con el revólver enfundado bajo su chaqueta.

Vladislav y Reza daban vueltas por los alrededores, Turnbull al volante. Eran Mary y Adderloy quienes se apresuraban a contrarreloj, justo a las afueras de la ciudad. Quedaban veinte minutos.

Mary se detuvo en medio del aparcamiento del instituto Waterstone. El césped tenía zonas peladas, los arbustos estaban sin podar. Un grupo de chicanos se encontraba alrededor del capó de un coche en un extremo del aparcamiento, mientras una docena de animadoras caminaba perezosamente colina abajo en dirección a las canchas deportivas provistas de pompones negros y amarillos, fusiles de madera pintados de blanco y rígidas banderas de nailon. Sonó un silbato, alguien rio. Adderloy resopló y salió del coche. Llevaba consigo una bolsa de deportes.

Aún no habían dado las diez de la mañana; la cafetería de la escuela estaba abierta, aunque casi no había nadie sentado en su interior. Adderloy dejó la bolsa en el vestíbulo vacío y regresó al aparcamiento.

Un kilo de nitrato de potasio adquirido en una ferretería, una cantidad similar de azúcar glas comprada en el Cake and Candy Supply de Fairlawn Plaza y un temporizador digital de cocina de Walmart, además de unos cuantos cables, baterías y una bombilla sin su cristal para desencadenarlo todo. «Nada letal, lo justo para dar un buen susto», había dicho Vladislav cuando acabó de montar el artefacto en la fábrica.

El temporizador estaba programado en dos minutos. Adderloy miró el reloj del coche. Ni siquiera se oyó la explosión, pero alguien salió corriendo y gritando por una puerta lateral, y un segundo después una ondulante nube de humo negro salió por la entrada.

Dejaron pasar treinta segundos, y entonces Mary marcó el número de emergencias.

—Necesito ayuda —suplicó tan pronto como respondieron en voz baja, tapando incluso el teléfono con la mano.

Mary hizo una buena interpretación, tratando de transmitir incoherencia y vaguedad. Al otro lado de la línea, la neutra voz masculina le aseguró que un coche patrulla ya estaba en camino; mientras tanto, intentaba aclarar los detalles. ¿Quién era ella, dónde estaba, quién había hecho qué? Por toda respuesta, ella susurraba palabras sueltas en lugar de frases, se detenía, cambiaba de dirección. Consiguió dar la impresión de que se estaba ocultando mientras observaba algo innombrable. Habían disparado a una persona, o quizá a más, había humo, la gente gritaba y pedía clemencia. Veía a uno cerca, y había visto varias figuras con sudaderas y botas negras que corrían, los casquillos revoloteaban.

—¡Socorro, por el amor de Dios! —exclamó, y luego colgó.

Faltaban doce minutos. Mary arrancó el coche y se puso en marcha. Vieron los primeros vehículos a medio camino del centro, tres coches patrulla que pasaban a toda velocidad con las luces azules y las sirenas encendidas. Poco después los siguieron un par de furgonetas identificadas con la palabra POLICÍA en letras pequeñas, sin sirenas ni luces parpadeantes. Los rezagados que iban detrás, tan ruidosos como los primeros, esquivaban ominosamente el tráfico.

—Sedientos de sangre —dijo Adderloy cuando pasaron volando en sentido contrario—. Como pirañas.

El centro de Topeka estaba a punto de quedarse sin agentes de policía. Pronto entrarían en acción, apuntando y gritando detrás de los coches que habían hecho derrapar al llegar, mientras hileras de hombres con uniformes negros entraban por las salidas de emergencia del instituto. Primero una amenaza telefónica a un periódico local, después esto. Pánico a gran escala. Pasaría más de una hora antes de que se dieran cuenta y comprendieran. Solo entonces la oscura realidad se haría patente, cuando barrieran los casquillos y se contaran los cadáveres de verdad. Al menos, todos los alumnos se encontraban a salvo.

Mary y Adderloy aparcaron junto al Impala y se encontraron con N. en el almacén para esperar juntos. Faltaban dos minutos. Oyeron un coche que se detenía, y a continuación pasos.

—Tengo familia —se oyó la voz de Charles-Ray.

—Todos la tenemos.

Vladislav conducía a Charles-Ray Turnbull apoyando una mano sobre su hombro. Le habían colocado una capucha, y con cada jadeo su boca dibujaba en la tela un pequeño círculo tenso. Andaba temeroso, como si intuyera la silla que tenía delante. El botiquín médico estaba abierto y preparado a su lado, en el suelo. Mary había llenado la jeringuilla que sujetaba en la mano con una ampolla entera.

—¡Siéntate!

Adderloy estaba situado detrás, N. y Mary en el lado opuesto. Vladislav le sujetó ambas manos. Mary sostuvo la jeringuilla, N. su pistola. Charles-Ray Turnbull se sentó con la cabeza agachada y una actitud resignada, como si esperara un puñetazo o un tiro en la nuca.

Mary le clavó la gruesa aguja en un brazo a través de la tela de la chaqueta. Fue el único instante en el que opuso resistencia, y durante un momento todos tuvieron que contenerlo.

—Tranquilo, tranquilo —dijo Vladislav con la voz de alguien que reconfortaba a un animal agonizante en presencia de un niño. La tela se tensó en su rostro cuando Turnbull giró la cabeza hacia el techo, como el primitivo contorno de una máscara africana. Y sus movimientos... Sus movimientos ya eran confusos.

Charles-Ray Turnbull pensó que lo habían atado con una cuerda, pero en realidad se trataba de la parálisis provocada por la inyección. Después de esperar diez segundos, Reza agarró el pie izquierdo de Turnbull y le estiró la pierna. Miró en otra dirección cuando N. se aproximó, apuntó a la parte interior del

173

muslo y apretó el gatillo. Turnbull dio una sacudida tan violenta que la silla se volcó.

El disparo resonó en el almacén, y una fina mancha de sangre salpicó unos cuantos metros de suelo. Turnbull murmuró algo en voz baja y luego se movió despacio, como una larva por la tierra. Mary estaba sentada en el suelo, con el botiquín a su lado. Esperó unos segundos, y a continuación palpó los orificios de entrada y salida a través de los pantalones. Los finos dedos cubiertos por los guantes de goma brillaron de color rojo. Las heridas habían empezado a sangrar despacio, pero no chorreaban. El hombre dejó escapar un alarido mientras Mary le vendaba el muslo. Eso fue todo. Se desmayó, aturdido. Ya solo quedaba esperar a que las pesadillas se adueñaran de él.

Poco más tarde, los cinco estaban sentados en el Impala, los hombres enfundados en sus trajes y zapatillas de deporte, con las ametralladoras y algunas bolsas a sus pies. Reza se pasó la mano por la cabeza. N. pensaba en el olor a pólvora que emanaba de la pistola que aún guardaba en su chaqueta. Mary, después de apagar la radio del coche, conducía erguida y decidida.

—¿Lo sentís? —dijo Vladislav, la vista fija frente a él—. Es igual que entonces.

—¿A qué te refieres? —contestó Reza, que se mostraba nervioso y no dejaba de mover las piernas.

—Exactamente igual que cuando llegó la ola. Es algo que no se siente... Todo desaparece. El mundo desaparece. —Nadie dijo nada. El checo siguió hablando—: Ahora puedes hacer lo que quieras.

First Federal United. Delante del banco, una zona de estacionamiento prohibido completamente vacía. El solitario Impala negro desapareció tan pronto como los hombres se apearon. Vladislav fue el primero en cruzar las puertas de cristal. Zapatillas de deporte blancas, trajes negros y pasamontañas, ametralladoras que eran como signos de exclamación que explicaran por qué estaban allí. Desde el inmenso mosaico de la pared que había detrás de los cajeros, unos indios de vistosos ropajes observaban a los invasores. N. y Reza dieron un salto por encima

174

de los mostradores y se deslizaron hacia el pasillo de oficinas situado detrás.

—El dinero. ¡Todo!

Les lanzaron las bolsas de nailon a los cajeros. Uno de ellos, un hombre joven, se quedó paralizado, pero la mujer que estaba a su lado tomó una de las bolsas del suelo y comenzó a llenarla de billetes.

Adderloy se había quedado junto a la entrada de la cámara acorazada donde se guardaban las cajas de seguridad, supervisándolo todo, mientras Vladislav iba más allá para ocuparse de las ventanillas de los cajeros en el otro extremo. Al doblar la esquina disparó unos cuantos tiros al aire. El eco en el suelo de mármol negro y los mosaicos de las paredes resultó doloroso y paralizador. El techo era tan alto que pasaron unos segundos antes de que las nubes de restos de revoque cayeran sobre los clientes agazapados.

—¡Deprisa! —exclamó Reza detrás de las cajas.

Adderloy concentraba su atención en una sola persona. Un hombre que llevaba una camisa blanca y pantalones azules con rayas oscuras. Y una cartuchera. Adderloy trataba de mantener la vista en las manos del guardia del banco, pero estaban ocultas debido a las clientas ancianas que lo rodeaban. Su rostro era visible —ojos entrecerrados, como si estuviera mirando fijamente el viento cortante—, y su pecho jadeaba. Algo se deslizó por el suelo mientras aparecía una bolsa tras la esquina del lado de Vladislav. N. y Reza comenzaron a moverse con las bolsas cargadas al hombro.

En el transcurso de la detallada planificación, nunca habían mencionado al guardia. No porque se les hubiera pasado por alto; simplemente fue algo que intentaron evitar.

El primer disparo del vigilante arrancó una mancha blanca en el mosaico rojo pardo que representaba un rebaño de búfalos. El siguiente alcanzó la espalda de una mujer que estaba de pie cerca de él. Esta se desplomó mientras el resto de la gente se tumbaba en el suelo. El guardia, un tal Stan Moneyhan, nunca había desenfundado el arma en todos los años que había trabajado como agente de policía. Esta vez fue diferente.

El hombre tropezó con una de las ancianas y cayó encima. Ahora yacía sobre su espalda y sujetaba la pistola con ambas manos entre las rodillas. Resultaba una figura extraña, como una torre de tiro girando sobre sus talones. Quizá intentaba compensar su caída lo mejor posible, recuperando algo de iniciativa, pero lo cierto era que no controlaba la situación. Apuntó a Adderloy, pero sostenía la pistola demasiado baja y tenía la cabeza demasiado elevada. Todo su cuerpo parecía temblar. Nunca estuvo cerca de alcanzarlo, ni siquiera cuando apuntó, si es que era capaz de ver algo. Disparó totalmente al azar, en un tiroteo sin sentido.

Las astillas de madera volaron por los aires y parecían caer de todas partes. N. y Reza se tiraron al suelo, y los cajeros y demás oficinistas desaparecieron debajo de sus mesas. Alguien gritó: las balas atravesaban el fino contrachapado de los muebles. N. vio un rostro caer cerca de la pata de una mesa. Los ojos cerrados, como si estuviera dormido. Unas cuantas detonaciones ahogadas, una pausa entre cada una de ellas. Adderloy devolvió el fuego, pero no llegó a alcanzar al guardia. En cambio, la vista de la calle y de la plaza desapareció cuando uno de los disparos fue a parar a las enormes cristaleras, que se blanquearon como si fueran hielo. Como si Adderloy no quisiera acertar al guardia, sino provocarlo aún más.

Fue en ese momento cuando Vladislav se acercó agachado, corriendo a toda prisa. Se parapetó junto a Adderloy, que había caído contra la pared debido al retroceso. Un momento de consenso entre los dos hombres en medio del caos. El cañón de Adderloy se movió a un lado y dio paso al de Vladislav. El guardia yacía de espaldas y se revolvía para recargar su pistola. Sus piernas tropezaron y se tambaleó como si no pudiera levantarse, cuando lo único que estaba haciendo en realidad era intentar alcanzar una bala en la parte posterior de su cinturón.

El silencio pesaba mientras todo pendía de un hilo. La ametralladora de Vladislav seguía apoyada en su cadera; la sujetaba con una mano, e incluso se tomó su tiempo para dirigir una larga mirada a Adderloy. Había algo flagrante en ella. Como si la espera no fuera más que una provocación, allí de pie, sin mirar siquiera al guardia.

El vigilante encontró por fin la bala, titubeó, yacía de nuevo sobre su espalda, preparó el arma.

Los movimientos de Vladislav fueron los mismos que en esa playa, cuando Mary observaba la escena sentada en su tumbona y Reza vacilaba. Por aquel entonces ni siquiera habían conocido a Adderloy. Los mismos pasos, la misma decisión. Algo que apenas se tenía tiempo de percibir antes de que ya hubiera ocurrido.

El guardia recibió los tres tiros en el pecho.

Hasta ese momento, todo había tenido una explicación.

N. no sabía lo que había pasado; tenía el rostro pegado a la moqueta detrás de las cajas. Reza, sin embargo, que se había erguido tan pronto como las balas habían dejado de silbar a su alrededor, lo había visto todo.

Observando desde el suelo cómo se sobresaltaba Reza, pero no se asustaba con los tres últimos disparos, N. comprendió enseguida que algo había terminado. Se puso de pie y avanzó con rapidez. Jadeaba y tenía la boca seca; le dolía la espalda a causa de los golpes de la pesada y poco manejable bolsa de nailon. Vio a algunas personas al otro lado del mostrador, tumbadas en el suelo y atolondradas, pero fue solo una impresión, no se detuvo a pensar en quién estaba muerto y quién solo agachado.

Reza también corrió. Cuando alcanzó el mostrador gritó algo, desesperado. Una retahíla de blasfemias en un idioma extraño.

Más tarde resultó muy difícil obtener relatos coherentes por parte de los testigos, más allá de que había sido un hombre quien había aparecido de repente por detrás y había acabado con la vida de Stan Moneyhan. La muerte del guardia había parecido una ejecución, eso dijeron. Los trabajadores y clientes del banco se habían tendido en el suelo y habían esperado, rezando, mientras los hombres de traje negro y pasamontañas se movían sin cuidado entre ellos. En el juicio, varios testigos afirmaron que al menos había seis personas vestidas de negro. Alguien a quien se consideró particularmente creíble declaró, bajo juramento, que eran tres. Uno vio granadas de mano, otro oyó que los ladrones hablaban en español. Un vendedor de chatarra del condado de Wisoma detalló de un tirón todas las armas de fuego que había visto durante el robo, de forma tan mecánica que parecía estar recitando una oración nocturna.

Las cámaras de vigilancia del banco no sirvieron de nada. Dos de ellas estaban completamente desenfocadas. No obstante, algo se pudo sacar en claro: que habían sido cuatro las personas que asaltaron el banco. En cualquier caso, en general las cintas solo sirvieron para apoyar una variedad de afirmaciones sin fundamento.

Nadie se percató de que Reza había gritado y hecho gestos a Vladislav. Nadie vio tampoco cómo Adderloy sacaba una bolsa de sangre de su bolso, ni cómo cortaba una esquina y dejaba que el contenido se esparciera por el suelo mientras salía del banco.

Reza fue el primero en quitarse el pasamontañas después de que el coche los recogiera. Lo tiró al suelo, pero no dijo nada; se limitó a dejar que sus ojos vagaran entre Vladislav y Adderloy. Mary aceleró y dejó atrás diez manzanas, saltándose los semáforos. Después giró y empezó a zigzaguear.

Cuando por fin redujo la marcha, todo parecía normal a su alrededor: mujeres con cochecitos, quinceañeros en monopatín... Nadie prestaba atención al Impala negro. Mary condujo con una mano en el volante mientras apoyaba la otra en la ancha palanca de cambios.

—Perfecto, créeme —dijo Vladislav antes de que ella pudiera preguntar—. Una actuación impecable.

Mary movió el retrovisor para poder ver a sus tres compañeros en el asiento trasero. N. estaba sentado en medio, con los ojos cerrados. Como el resto, también él se había quitado el pasamontañas, pero sus ojos estaban cerrados y respiraba con dificultad, como si luchara contra las náuseas.

—¿Qué te ha parecido, Bill? —Vladislav todavía llevaba la ametralladora en el regazo. Adderloy, sentado delante junto a Mary, apenas murmuró una respuesta—. ¿Perdona? —preguntó Vladislav, diligente.

Adderloy sonrió en un momento de satisfacción que solo Mary percibió. Después se quitó los guantes por segunda vez en el día, formó una bola con ellos y los dejó caer al suelo.

Reza miraba de hito en hito a Vladislav, pero este evitaba sus ojos. Sin embargo, se fijó en la ametralladora que sobresalía entre sus piernas.

—¿Le has puesto el seguro? —preguntó.

No obtuvo respuesta. Vladislav se retiró el pelo de la frente, indeciso, y luego se inclinó sobre N., agarró el arma de Reza, le puso el seguro y la colocó encima de la bolsa que tenía a sus pies. Los músculos de la mandíbula de Reza palpitaban con obstinación mientras el resto de su cuerpo permanecía completamente inmóvil, como una lagartija en una pared. Sus ojos y los de Vladislav todavía no se habían cruzado. Los de N. seguían cerrados, su respiración aún era violenta.

—Supongo que ha habido tres muertos —comenzó Vladislav—, y por lo menos el mismo número de heridos.

Adderloy observaba la calle, como si le divirtiera leer los carteles o estuviera pensando en el tiempo. Como si nada hubiera ocurrido, como si nada sucediera en el asiento trasero. Mary conducía de nuevo con las dos manos sobre el volante.

Vladislav apretó un pie contra la ametralladora de Reza y se volvió, de forma que por fin se miraron a los ojos.

—¿Quién se siente más vivo ahora, ellos o nosotros?

Reza seguía quieto como una lagartija; solo sus mandíbulas se crispaban.

—¿Ellos o nosotros? —repitió.

Era como si N. no estuviera entre ellos, solo se notaba su jadeo incesante. El coche se balanceó en una curva. De algún lugar del exterior les llegó una música que pronto desapareció. En un lento gesto introspectivo, Reza se pasó la mano por la frente y después por el rostro. A continuación susurró, casi siseó:

—Nadie dijo nada del guardia, ni del tiroteo.

Miró a Adderloy.

—Yo no me he olvidado del guardia —dijo Vladislav.

—No hablamos de qué haríamos con él. —Reza parecía abatido—. Te vi... —dijo, e intentó hacer un gesto, pero su mano estaba demasiado débil y se desplomó de nuevo.

—Bienvenido a América —resopló Vladislav. Luego golpeó su ametralladora, haciéndola saltar sobre su regazo—. ¿Fuiste tú o fui yo, Reza? No... Fuimos nosotros, fuimos nosotros quienes disparamos a todos esos hijos de puta.

Mientras decía estas palabras miró también a Adderloy, que seguía guardando silencio.

N. volvía a respirar con normalidad. Durante unos momentos el aire le pareció fresco, aunque todavía le silbaban los oídos a causa de los disparos en el interior del banco. Miró sus manos. Se encontraba de nuevo solo, en la puerta del antiguo almacén, a punto de abrir el candado.

Palpó con torpeza la pistola antes de entrar, alzándola ligeramente delante de él mientras se colaba de perfil a través de la hendidura. Sus ojos tuvieron que adaptarse a la penumbra. La luz polvorienta procedente de los pequeños tragaluces iluminaba espacios aislados en la oscuridad plomiza. Echó un vistazo y pateó el hormigón arenoso a fin de anunciar su llegada. Reinaba un silencio absoluto; el aire estaba cargado de humedad y olía a hierro. Pudo distinguir una pared.

Entonces vio la figura, tendida en el suelo justo donde la habían dejado. N. bajó el arma y se acercó. Al principio no advirtió signos de vida y empujó a Turnbull con el pie, como si buscara a un animalillo que hubiera desaparecido entre unos matorrales. Después se fijó en que la capucha de tela se movía sobre su boca y dos dedos de una mano comenzaban a temblar. La mancha parda del vendaje había alcanzado los bordes, pero resistiría apretada un poco más.

Quedaban unos minutos. No se oía ninguna sirena.

N. le quitó la capucha. Después se quedó parado, mirando a Turnbull mientras este yacía de lado, despeinado y pálido. Parpadeó, empezó a moverse. Sus ojos tenían una apariencia salvaje, lejana, como si unos demonios se precipitaran sobre él desde el techo. Se apoyó en un brazo, su lengua se movía errática en su boca abierta. Se balanceó, cayó hacia atrás. Respiraba con dificultad, entre silbidos, como si estuviera exhalando su último aliento una y otra vez.

Se percibía la presencia de la muerte flotando en la habitación. Fuera no se oían sirenas.

N. recordó la cabeza que se había desplomado junto a la mesa, en el banco. El sonido de la bala que pasó silbando junto a él. También recordó los miembros que asomaban entre los escombros de un hotel. Un par de peces nadando entre sus piernas. Fue Adderloy quien inició la violencia sin sentido que solo él mismo podría explicar, pero quien a la postre tendría que pagar, el que se llevaría la culpa, sería ese hijo de puta que ahora estaba tirado en el suelo. En lo más profundo de su ser, N. pudo sentir, aun cuando el precio era alto, que algo en su interior se había calmado. Pronto llegaría su turno, pronto la lucha acabaría.

Un sonido, uno que había esperado aunque no tan pronto, le hizo recuperar el sentido e interrumpió el curso de sus pensamientos.

Echó una última mirada al cuerpo del suelo y salió.

Vladislav había gritado, impaciente. Solo quedaba él, los demás ya se habían ido. N. asintió sin mirarlo, le quitó el candado a la puerta y la dejó entreabierta. Vladislav se encontraba con un trapo junto al Impala que había preparado: las puertas y el maletero estaban abiertos, y todo apestaba a gasolina.

—Rápido, ya se han despertado —dijo, y prendió el trapo con un mechero. Empezaron a oír las sirenas en la distancia.

El coche prendió en un instante, Vladislav retrocedió a causa del calor. Una nube negra se elevó como una enorme señal de humo: esa era la intención.

N. sintió el calor a través de la ropa cuando se acercó para lanzar el candado a las llamas. No tardarían en apagarse, pero el fuego ardía cada vez más. Algo negro salió disparado del coche. Vladislav ya estaba sentado en el Nissan rojo, con el motor en marcha. Golpeó en la ventanilla, después la bajó.

—Has ganado, pero no exageremos —dijo, sonriendo con ironía—. Ahora, si no te importa, me gustaría que nos marcháramos de aquí.

N. volvió a oír las sirenas. Sonaban mucho más alto, más cercanas. Pensó que debería sentir miedo.

23

Diego García, 2008

–Estuve con él dentro de la celda –le había contado Grip a Shauna durante la cena, la noche anterior–. Pero no dijo nada.

Shauna apenas asintió, y evitó hacer ninguna pregunta en toda la velada. Tenía todo el tiempo del mundo. Solo insistió en que la acompañara algún día a bucear. Le contó que había encontrado una buena playa.

Después de haber dormido esa noche, a mediodía, casi a la hora de almorzar, Grip vio a través del monitor cómo el prisionero se sentaba y empezaba a comer. Decidió volver a intentar hablar con él.

Cuando Grip entró en la celda, los ojos del prisionero se mostraron sorprendidos y vacilantes, como si estuviera considerando que las probabilidades de que lo liberaran o de que le dieran una bofetada eran las mismas. Ese estado apenas duró unos segundos. Grip se había encargado de que hubiera dos sillas en la celda; tomó la que estaba libre y se sentó frente a él. El hombre tenía comida en la cuchara, pero se le cayó al plato. Hubo un nuevo indicio de dificultad al respirar. Grip sintió el miedo. Se había sentado de forma que su cuerpo resultara completamente visible; no a la mesa pero tampoco a demasiada distancia. Justo en el límite de lo que en ese momento parecía soportable.

–Veo que no permiten utilizar cuchillo ni tenedor –dijo Grip. El plato contenía una especie de revuelto de color marrón, quizá fuera chili–. ¿Tienen miedo de que te suicides o de que puedas matar a alguien?

El hombre no apartó la mirada, pero dejó escapar un profundo suspiro. Luego se llevó la cuchara a la boca.

—Un niño —dijo el hombre entonces, con desprecio—. Quieren hacerme sentir como un niño.

Bebió un sorbo de agua, y Grip hizo la ecuación: ni rastro de acento; el suyo no era el sueco enseñado a los inmigrantes, sino un sueco puro. Ni siquiera un dialecto. ¿Estudios? Era muy probable. La edad resultaba incierta. La hinchazón había remitido, pero la melena y la barba dificultaban el cálculo.

—¿Sabes quién soy? —preguntó el hombre, y acto seguido bajó la vista.

—No —dijo Grip—. ¿Debería saberlo?

—Dijiste que no me mentirías.

—Exacto.

—¿Nos están grabando?

—Supongo que sí.

—¿Estás solo?

—Sí, he venido solo desde Suecia.

El hombre removió la comida del plato con la cuchara. Le dio un ataque de tos.

—No puedo evitarlo —dijo, cansado, algo después. Si bien parecía tranquilo, luchaba por controlar la respiración.

—¿Te refieres a tu reacción? —preguntó Grip—. ¿Al hecho de que te acojonen esos extranjeros?

—La puerta se abre en el momento equivocado. Han conseguido convertirme en el perro de Pavlov.

—Te entiendo perfectamente...

—Seguro —lo interrumpió el hombre con suavidad. Chupó la punta de la cuchara, y a continuación cabeceó hacia la puerta de la celda—. Te contaré algo que ellos no saben, ni tampoco tú. ¿En cuántas celdas diferentes habré estado? Ni idea. He volado de un lado a otro. No he percibido ninguna impresión del mundo exterior, solo la comida, y eso cuando me la daban. —Sostuvo la cuchara como si fuera un puntero—. La comida termina por convertirse en tu brújula. Cuando está bien cortadita y te dan esta ridícula cuchara, entonces sabes quién se encarga de ti. Los norteamericanos. Pero los norteamericanos también tienen sus trucos; les gusta golpearte y ahogarte cuando no les cuentas lo que quieren saber. Cuando te dan pan sin levadura, entonces sabes que estás con otra gente. Árabes, por ejemplo; ellos, en cambio, prefieren apuñalarte o hacerte cortes.

–¿Dónde has estado?

–Yemen, Bulgaria, Malasia... Qué sé yo. No estoy seguro. Te ponen inyecciones, todo se vuelve borroso. Vuelos de un lado a otro.

–¿Cuánto tiempo llevas así?

El hombre miró uno de los periódicos, a continuación se encogió de hombros.

–¿Unos cuantos años? –insistió Grip.

–Eso parece.

Al hombre pareció embargarlo una ola de emociones. Trató de contener un sollozo, pero enseguida se recompuso y volvió a mostrarse indiferente.

–No recuerdo gran cosa de cuando llegué aquí. Las jeringuillas destrozan, las capuchas ciegan. Pero sí recuerdo que el viento era cálido, lo sentí correr entre mis tobillos. –Levantó ligeramente las perneras de su mono–. Quizá había también cierto olor a sal, tal vez a mar. Aunque puedo estar equivocado.

–El océano Índico. Estamos en medio de él –dijo Grip.

El hombre esbozó un gesto en dirección al plato.

–Y los norteamericanos son los que dirigen el espectáculo.

–Sí –continuó Grip–. ¿De dónde son esas cicatrices?

Había reparado en las cicatrices blancas que surcaban sus piernas cuando se había levantado el mono, y unas marcas similares se enroscaban también en sus antebrazos. Las lesiones no parecían del mismo tipo que las del rostro o las hinchazones que se entreveían bajo las vendas de los pies. Aunque parecían graves, las cicatrices estaban curadas.

–Estas son viejas. –respondió el hombre. Torció y giró los brazos como si estuviera enseñando un viejo tatuaje–. Digamos que me las hice mientras nadaba. Hubo una fuerte corriente, me corté, los médicos no llegaron a tiempo para curarlas.

—Se tocó el rostro—. Hay otras que son más recientes —añadió, mirando a Grip fijamente. Sus ojos estaban de repente llenos de rabia, pero parecía derrotado—. Creen que soy musulmán. Algunos de ellos están desesperados por creerlo.

—¿Y qué eres?

—¿Tú qué piensas?

—Sueco —dijo Grip.

—Los suecos también pueden ser musulmanes.

—Sí, pero tú no lo eres.

—¿Por qué no?

—Me acabas de preguntar qué pensaba. —Grip lanzó un suspiro—. Esta conversación se está volviendo ridícula.

—Llevo años atrapado en conversaciones ridículas. —El hombre se aclaró la garganta—. Durante varios días seguidos, a menudo de contenido recurrente. Nunca te dejan dormir durante el interrogatorio.

—¿Has admitido ser musulmán?

—Muchas veces.

—¿También otras cosas?

—Más de las que puedo recordar.

Se hizo un silencio.

—¿Todavía no sabes quién soy? —preguntó de nuevo el prisionero.

—No.

—¿Qué dicen acerca de mí?

—Dicen no saber nada. Creen que lo más probable es que seas sueco.

El hombre pasó las yemas de los dedos con suavidad por el borde de la mesa. Luego bajó la vista a sus dedos, los restos de uñas. Entonces susurró:

—Mi nombre es N. Puedes llamarme así.

24

Topeka, 2005

En la fábrica había una radio en la que se captaban una docena de emisoras. Según iban moviendo el dial, todas interrumpieron su programación para ofrecer las noticias de última hora.

El robo era el tema principal. La noticia se cubrió de forma concisa y sensacionalista: al principio se limitaron a emitir ruidos de sirenas y gritos desde un puesto de emergencia o desde la plaza donde se encontraba el banco. Todo resultaba bastante confuso, y se ofrecía muy poca información. Un robo, al menos cuatro muertos, quizá siete, más gente que estaba siendo atendida en el hospital local. Los reporteros parecían bastante cansados. En una de las emisoras se aseguraba que la Policía había respondido a un tiroteo en el instituto Waterstone; en otra, un reportero gritaba que Topeka estaba siendo atacada. No lograron ponerse en contacto con el alcalde para que hiciera alguna declaración. Se había visto al jefe de policía conduciendo con una escolta armada. Alguien informó de que en un hotel del centro habían bloqueado todas las puertas y habían introducido un equipo de élite en el interior. Algunos testigos habían visto cómo algunos agentes metían en sus coches a personas esposadas. No fue hasta bien entrada la tarde cuando las cosas se empezaron a aclarar. Se habían recibido un par de extrañas llamadas con amenazas poco antes del asalto al banco. Las noticias dejaban claro que la respuesta policial había tardado demasiado, ya que los agentes de Topeka habían abandonado la ciudad para investigar una falsa alarma.

Un republicano que acababa de perder las elecciones al Senado del estado criticó la actuación del gobierno local y se las arregló para introducir en todas las frases las mismas palabras: «Si yo hubiera sido el responsable...». Su discurso apenas sirvió para rellenar el tiempo de los primeros informativos de la tarde, cuando los reporteros del banco y del hospital aún tenían poco que contar, mientras todo el mundo andaba a ciegas.

Pero eso fue antes de que la Policía convocara por fin una rueda de prensa.

Para entonces, hacía tiempo que Vladislav se había deshecho de todas las ametralladoras, arrojándolas a un estanque, y había abandonado el Nissan rojo en el bosque. (Dejaron unas latas de cerveza vacías y algunas revistas pornográficas en su interior para que el robo pareciera una broma de adolescentes.) En el recibidor de la fábrica subían el volumen de la radio cada vez que se ofrecía alguna información nueva y lo bajaban cuando se pasaba a otro asunto. El ruido de los generadores ahogó durante un rato el rumor constante de los informativos. Las bolsas de dinero seguían intactas debajo de la escalera. En la fábrica reinaba una atmósfera cautelosa. Todos iban a lo suyo excepto Adderloy, que parecía no parar de hacer cálculos mentales. Envió varias veces a Mary a echar un vistazo a Reza, que se había aislado en una de las habitaciones.

–¿Y bien?

–Sigue tumbado en el colchón –dijo Mary, haciendo un gesto con las manos.

El hombre siguió andando de un lado a otro, cavilando. La misma pregunta, la misma respuesta.

Vladislav, tumbado en un sofá, se adormiló unas cuantas veces. De vez en cuando se sentaba, se restregaba los ojos, apartaba su larga cabellera, volvía a tenderse. No parecía muy interesado en las noticias, pero se quedaba mirando la radio cuando alguien subía el volumen. Transmitía serenidad: lo hecho, hecho estaba. Ahora había acabado, y estaba preparado para hibernar.

Mary y Adderloy no se despegaban de la radio. Si se tenían que mover por algo, no se alejaban demasiado del aparato. Mary era la que se mostraba más inquieta. No paraba de hacer cosas: elaboró listas (no se sabía muy bien para qué), se duchó, clasificó papeles, se cambió de zapatos... Y cada vez que había noticias nuevas se quedaba inmóvil, como si la hubieran pillado in fraganti.

–Tal vez ahora estén operando –decía durante las pausas entre informativos.

La conciencia de Adderloy no parecía demasiado afectada. Quería detalles. ¿Qué sabían en realidad sobre el banco? ¿Quién era el portavoz del alcalde? ¿A cuánto ascendía el número de muertos? El tiempo que pasaba entre un boletín de noticias y otro le resultaba inútil y no le provocaba más que impaciencia. Cavilaba, consideraba, calculaba. «¿Reza sigue durmiendo? ¿Seguro que tiraste las armas a la parte profunda del estanque? ¿Pudiste oír lo que decía Turnbull mientras deliraba?»

Fue poco después de que oscureciera cuando tuvo lugar la rueda de prensa de la Policía. El alcalde, el jefe de policía y unos cuantos oficiales fueron presentados en el interior del imponente Ayuntamiento de Topeka. Aunque los asistentes eran muchos, solo habló el jefe de policía, Rudolph Oldenhall, que explicó lo que ya sabía todo el mundo acerca del robo y añadió que otro de los heridos había fallecido en el hospital.

–La investigación prosigue sin descanso –concluyó, y la sala permaneció extrañamente tranquila. El silencio se propagó como una parálisis repentina, como si alguien se hubiera ahogado. Apenas un breve momento de anticipación–. Gracias –añadió el jefe de policía.

A continuación se desató la tormenta:

–¿Cómo puede...?

–¿Es cierto que...?

–Jefe Oldenhall, ¿por qué...?

–¿Hay arrestados...?

–¡Tranquilos! –gritó una voz en el micrófono–. De uno en uno, por favor. ¡De uno en uno!

Algunos se contuvieron, pero un puñado de periodistas continuaron presionando: el asalto al instituto..., las escuelas..., la Policía... Las mismas palabras, en el mismo bucle retroalimentado. Nadie terminaba de oír las preguntas, aunque era evidente que todos debatían por qué se había quedado la ciudad sin agentes policiales. Como si todos hubieran decidido golpear ahí donde más le dolía a la Policía: el hecho de que habían conseguido engañar a sus altos cargos.

–Recibimos amenazas creíbles contra nuestras escuelas –comenzó el jefe de policía, pronunciando con claridad cada palabra–. Teníamos que actuar.

Ese era el punto débil: lo acribillaron a preguntas. Las respuestas que obtuvieron los reporteros fueron algo aleatorias. «Creo que es un acto terrorista... Un asesinato en masa.» «Estaba muy bien planeado.» «Sí, las amenazas eran de carácter religioso.»

La jauría olió el filón y cambió el sentido de las preguntas. Terroristas, fanáticos, hordas de hombres barbudos con nombres impronunciables... «No tenemos detalles sobre su procedencia», dijo el jefe de Policía. «No, no se ha arrestado a ningún musulmán en el hotel Century.» Cuando le preguntaron insistentemente por los arrestos, prefirió responder a una pregunta distinta: «El FBI se ha involucrado». Lo dijo creyendo que eso contribuiría a demostrar que estaba actuando, pero la respuesta fue tomada en sentido negativo. Topeka era, después de todo, una ciudad pequeña del Medio Oeste.

–La Policía de Topeka es de lo más competente –respondió irritado–. Ese no es el problema.

–Jefe Oldenhall, jefe Oldenhall –repitió alguien. Se trataba de una voz entrada en años, con un tono que esperaba hacer callar a sus colegas. Lo consiguió–. Jefe Oldenhall, hasta ahora solo se ha mencionado todo lo que *no* ha pasado. Pronto habrán transcurrido diez horas. ¿Tienen ya alguna pista?

—Nosotros... —El jefe de policía contuvo su rabia. Estaba noqueado. Todo el mundo guardó silencio, esperando la respuesta. Tenía que decir algo antes de que la cuenta llegara a nueve—. Dejemos una cosa perfectamente clara —comenzó—: las probabilidades están de nuestra parte. Es cierto que hemos detenido a un hombre. Ahora mismo está siendo atendido en el hospital. Es uno de ellos. Está algo incapacitado, pero tendrá que rendir cuentas en cuanto se recupere. Y antes de que me lo pregunten: es norteamericano.

En la fábrica, Adderloy asentía con aprobación, como si escuchara un discurso político.

—Ahora —dijo en voz baja—. Ya lo están pillando.

Adderloy bajó el volumen y miró a su alrededor cuando emitieron un anuncio sobre asesoramiento matrimonial.

Vladislav volvió la vista atrás y se encogió de hombros.

—¿Qué hay de Reza? —preguntó Adderloy.

—Sí, ya voy —respondió Mary, dirigiéndose a las escaleras.

—Voy contigo —dijo Adderloy, y la siguió.

Cuando desaparecieron por el pasillo, N. se volvió hacia Vladislav.

—¿Por qué? —dijo.

Vladislav farfulló algo, y luego respondió:

—Tú sabes por qué. Al menos una persona tenía que morir en el banco. Deberías haber comprendido ese cálculo.

—Pero hubo más, y eso no fue lo acordado.

—No habíamos acordado nada.

—Y el guardia... ¿Por qué nadie lo cacheó?

—¿Yo qué coño sé? Ese es el juego del gato y el ratón de Adderloy. Y además, ¿qué importa? Tuvimos que dispararle porque se puso a hacer el idiota.

—Yo estaba en el suelo y no vi nada, pero Reza cree que lo que vio no fue en defensa propia.

Vladislav se apoyó en el codo.

—Mierda, nos estamos volviendo muy susceptibles.

N. guardó silencio. El checo echó un vistazo al pasillo que había encima de las escaleras.

—Además —añadió—, aunque el guardia no hubiera hecho ninguna estupidez, le habríamos disparado de todas formas. O nosotros..., yo... Yo lo habría hecho. Reza a veces es muy lento. Pero ¿qué coño esperabas?

N. seguía guardando silencio.

—Dime, ¿qué esperabas? —repitió Vladislav muy despacio—. ¿Que Adderloy se contentara con un pequeño robo a un banco? Eso no sería suficiente para sacudir las cosas aquí, en Kansas. Alguien dijo que había que aprovechar las oportunidades, ¿no te acuerdas? Nosotros cinco, alrededor de una mesa en la arena, en esa playa. Supervivientes. Invisibles. Alguien dijo que había que aprovechar la oportunidad. —Sonrió—. La visión de Adderloy. ¿No lo entendiste? Venga ya. ¿Acaso tenías los ojos cerrados?

—¿Es eso lo que eres, un pistolero? —preguntó N.

—Ahora lo soy.

—¿No te preocupan todos esos muertos?

—Todos esos muertos... Mmm... El mundo está hecho de errores. ¿No sabías que todo es casualidad? Mientras mi autobús se llenaba de agua, yo aparté a la gente que había a mi alrededor. Todo el mundo intentaba escapar. Yo salí a la superficie, ellos no, pero eso no es algo que parezca importar a nadie. ¿Culpable? No, no me siento culpable. Adderloy tiene su plan. Y este país está podrido. Apesta. —Vladislav olisqueó—. Todos necesitamos dinero, pero Adderloy quiere agitar las cosas. Turnbull es un buen chivo expiatorio, pero alguien tenía que morir. En Kansas existe la pena de muerte, pero no para cualquier delito. Por eso hemos tenido que alcanzar el nivel que justifica la pena capital. Solo entonces la cosa tiene sentido.

N. negó con la cabeza. Vladislav se enojó.

—¿No entendiste eso, joder?

—Nunca hablamos de ello.

—No, no lo hicimos. Si lo hubiéramos hecho, la frágil belleza se habría esfumado. Acabábamos de ser bautizados por la ola, un puñado de almas blancas puras... ¿No te parece?

N. se encogió de hombros; su gesto podía significar cualquier cosa. Vladislav se recostó de nuevo.

—Reza tenía razón en algo: la suerte nos otorgó un nuevo destino. Y otra cosa más con la que estoy de acuerdo con Adderloy: hay que llegar hasta el final. Es necesario meter a alguien en el corredor de la muerte; solo entonces la gente escuchará.

—¿Cuándo lo decidisteis? —preguntó N.

—¿Te refieres a lo del guardia?

—Sí.

—Entonces ahórrate el plural. Fue Adderloy quien lo decidió hace tiempo. Alguien tenía que morir. Cuando llegamos a Topeka, Adderloy fue al banco unas cuantas veces para elegir. Y claro, el elegido fue el guardia. Que al final fueran más es algo que podrías añadir a la cuenta de Adderloy.

—La otra noche te fuiste con él a practicar tiro al blanco. Más tarde, cuando inspeccioné los cañones, estaban limpios. No habíais disparado un solo tiro.

—Sí, fue bastante obvio, ¿verdad? —Vladislav rio; después se puso serio de nuevo—. Quería que habláramos. A fin de cuentas, había que decidirlo. Quién haría qué.

—¿Decidir que tenías que matar al guardia?

—Algo por el estilo.

—¿Algo por el estilo?

—Sí, supongo que yo también deseaba intercambiar unas palabras con él. El hecho de que alguien iba a morir, y de que él había pensado que debería ser yo quien se encargara de ello, era algo que yo ya había imaginado. Así que aproveché la oportunidad para aumentar la apuesta. ¿No tiene Adderloy más dinero del que pretende? Pensé que valdría la pena hacerlo por un millón de dólares. Me refiero a disparar a alguien delante de las cámaras de grabación del banco.

—¿Y si él no hubiera aceptado?

—Si no hubiera aceptado, yo habría dejado esta apestosa fábrica y me habría presentado en la comisaría más cercana. «Hola, llamen a la embajada checa y díganles que pueden borrar otro nombre de la lista de personas desaparecidas después del tsunami.» ¡Puf, me habría largado! ¡Nueva vida!

—¿Conseguiste el dinero?

Vladislav imitó la manera de fumar de Adderloy.

–Él ha construido su pequeño engranaje con el mayor de los cuidados, teniendo en cuenta todos los actores y acontecimientos. Ha jugado con nosotros, y eso es algo que no puedo aguantar. De modo que, ¿por qué no jugar un poco también por mi cuenta?

–¿Lo conseguiste?

–Sí. Un millón. Adderloy no es de esas personas que firman papeles o estrechan la mano. Se limitó a asentir. Como no me lo dé... –Vladislav se encogió de hombros.

–¿Por asentir? Ahora mismo, no hay un solo policía en todo Kansas que no desee tenerte en su punto de mira.

–No saben quién soy.

–¿Y crees que Adderloy te pagará?

–Ya conoces a los de su calaña: aparentemente delicados, con esa barbita recortada. Si tuvieras que señalar al mensajero del diablo, ese sería Adderloy, ¿no te parece? Pero a menos que esté al servicio de lo sobrenatural, él sabe muy poco acerca de Vladislav Pilk. Aparte de que soy un magnífico tirador. ¿Qué te parece? –Vladislav miró a N. fijamente–. Si no paga, ¿qué apostarías? ¿Que sería yo el que lo encontraría y convertiría su vida en un infierno viviente, o que solo estoy tratando de intimidarlo al decir esto? ¿Qué pensará él de todo esto?

Vladislav hizo una pausa. A continuación dijo:

–Adderloy asintió, y el guardia está muerto, ¿no es así? Aun cuando el guardia disparara a los otros, eso no disminuye mi esfuerzo.

Oyeron que se alzaban voces en el pasillo. Aunque la distancia las amortiguaba, sonaron tan abruptas como si en un segundo una puerta se abriera y volviera a cerrarse. Vladislav y N. aguzaron el oído, pero no escucharon nada más. Solo el difuso murmullo de la fábrica.

–Mmm... Reza –dijo Vladislav–. Lo vi cuando doblé la esquina corriendo. El muy idiota estaba ahí de pie. Nunca sabes cómo te lo vas a encontrar, de pie cuando tendría que estar sentado y viceversa. Me gusta ese tipo de gente, siempre toman un camino distinto. Un pakistaní rubio..., gay, o lo que sea. Ya sabes a qué me refiero, siempre a lo suyo.

—Ahora está muy enfadado —dijo N.

—Por las muertes... ¿De verdad lo crees? Tú has visto a Reza, le gustan las armas. No sabía muy bien qué íbamos a hacer, pero quería que fuera real. Armarse y hacerse oír. Siempre hay algo en su parte del mundo que les hace blandir un Kalashnikov para denunciar a Estados Unidos. Vaya teatro de mierda... Cuando antes, en el coche, dijo «Te vi», no estaba hablando de la muerte del guardia de gatillo fácil. En realidad se lo decía a Adderloy. Eso que vio fue todo el plan: a pesar de toda la conmoción, de los disparos y los gritos, se dio cuenta de que él era un peón de algo mucho más grande, algo que Adderloy había planeado mucho antes de que nosotros nos involucráramos. Reza sabe que Adderloy es estadounidense. No confía en él.

Vladislav hizo una pausa. Pasaron unos segundos.

—¿No has pensado en ello? ¿No te has preguntado qué haces aquí? Yo quizá consiga un millón de dólares, o quizá tenga que dispararle a Adderloy. Yo tampoco confío en él. Y Mary, ¿es buena en la cama? ¿Quién da, y quién recibe?

N. permaneció en silencio unos instantes.

—Ya está bien. No digas una sola palabra más —dijo.

—Su mirada devora algo más que tu lujuria —insistió Vladislav.

—Cierra la boca. Ya.

—Maldita sea, me preguntaste por qué.

—¡Ya basta! —gritó N.

—¿Cuál creías que era el objetivo de todo esto? Claro que una parte era que los baptistas pagaran por toda la mierda que esparcen. Pero ¿solo alzando el puño y gritando un poco? Tú le disparaste a Turnbull en la pierna y, por lo que he observado, cada vez que se habla de los baptistas de Topeka...

—Él, sí, él. Le habría disparado en la pierna... y también en la cabeza. —N. temblaba—. Es el derecho...

—... el derecho que reclamas para ti —lo interrumpió Vladislav, sin mirar a N.

Oyeron pasos en el pasillo. Mary miró hacia abajo desde la

escalera.

—Reza está durmiendo —dijo.

Vladislav rio.

—¿Ah, sí?

Adderloy apareció detrás de Mary y miró inquisitivamente a N., que se sintió como si le hubieran descubierto. Adderloy comenzó a bajar las escaleras y dijo algo acerca de un par de reflectores que había visto encenderse en el cielo nocturno, al otro lado de las grandes ventanas.

Vladislav se levantó del sofá. Cuando pasó junto a N., susurró:

—Ahora solo nos queda sobrevivir.

25

A falta de otros héroes, Stan Moneyhan se convirtió en el hombre del día. El guardia de seguridad asesinado en el atraco al First Federal United era el favorito de los medios, el antiguo policía que, en lugar de retirarse, había elegido seguir protegiendo a sus conciudadanos. Así fue como los reporteros lo presentaron, aunque la realidad era que su exigua pensión lo había obligado a seguir trabajando. Los antiguos compañeros le rindieron homenaje y aseguraron que nunca había disparado a nadie. En su segunda rueda de prensa, el jefe Oldenhall anunció que deberían estar agradecidos al guardia de seguridad por su buena puntería. Gracias a las pruebas de sangre, el hombre que habían arrestado podría ser juzgado por robo. Al día siguiente, la foto ampliada del rostro de Charles-Ray Turnbull apareció detrás de todos los presentadores de noticias y en la portada de los periódicos. Se trataba de una foto poco favorecedora –Turnbull tumbado en un sofá, con la camisa arrugada y los ojos entreabiertos– y estaba claramente recortada; parecía haber sido tomada en alguna reunión familiar, y en ella se veía algún brazo o una pierna de las personas con las que compartía el sofá. Era evidente que alguna agencia de noticias había tentado a algún familiar, haciéndole ganar un dinero extra.

En los boletines informativos, el anciano Turnbull sénior, con una sonrisa agarrotada, repetía una y otra vez mientras intentaba ocultar su rostro con la mano: «Estamos rezando por él». Ya el primer día, la Policía realizó un registro en la casa de Turnbull. Más tarde, cuando las furgonetas blancas llegaron a la Iglesia Baptista de Westhill y los investigadores vestidos de civil con cartucheras a la espalda se llevaron los discos duros y las cajas de documentos, la prensa dejó de referirse a la iglesia como «una congregación conmocionada» y empezó a tildarla de «secta odiosa». En el hospital donde Turnbull se recuperaba, la Policía detuvo a un hombre que vestía unos vaqueros manchados de grasa y que intentó entrar en el ala con un tubo escondido en una de las mangas. Mientras se lo llevaban, el hombre gritó ante las cámaras que había en la entrada del hospital: «¡Sea como sea, ese hijo de puta morirá dentro de poco!». El político republicano que había aparecido en las noticias la noche anterior exigió que restablecieran la horca en Kansas. «Nadie le tiene miedo a una simple inyección», dijo.

En la fábrica, la mirada de Adderloy se mostraba afilada y clara mientras comentaba una y otra vez la esperada ejecución de Turnbull. Aparte de eso, continuaba encerrado en su mutismo. Reza no salía de su habitación, y el dinero del robo seguía intacto en las bolsas debajo de la escalera.

Llegó la mañana. Permanecían inquietos en el interior de la fábrica, esperaban, se escondían, comían obedientemente los alimentos almacenados, visitaban en silencio el cuarto de baño. Vladislav, descamisado, no paraba de quejarse del calor. Los informativos de la radio se convirtieron en música de fondo. Mary se alimentaba a base de patatas fritas y estaba empezando a fumar. N. se levantaba cada mañana con dolor de cabeza; ya había consumido un bote entero de calmantes, y luchaba contra la sensación de impotencia tomando largas duchas frías.

No obstante, la noche anterior habían decidido qué hacer finalmente. Incluso Reza dejó de mirar el techo de su habitación y salió a sentarse con ellos. Mantuvieron una corta conversación. Primero irían a Nueva York, y luego repartirían el dinero y seguirían caminos diferentes. Todos estuvieron de acuerdo. Adderloy compraría una furgoneta de segunda mano lo suficientemente grande para todos.

Adderloy salió antes de las once de la mañana para comprobar algunos anuncios. Tan pronto como se fue, Mary recuperó el apetito.

—¿Sabéis? Me apetece comida que sepa a algo.

Vladislav sugirió el local de los libaneses de la esquina. Mary quería ir más lejos, a un restaurante de verdad, pero cuando Reza, como era de esperar, se negó a acompañarlos, tanto Vladislav como N. pensaron que no debían alejarse demasiado. De modo que fueron al libanés.

El local se encontraba casi vacío, aunque ya se acercaba la hora del almuerzo. Unos pocos clientes charlaban junto a la caja mientras esperaban su comida para llevar. Uno de los hermanos saludó a Mary, indicándole una mesa con un gesto. En un rincón había un televisor encendido.

Vladislav examinó con escepticismo el menú de la pizarra.

—¿No hay pescado?

—No, Vladislav —dijo N.—. No hay pescado en Kansas.

Vladislav alzó las manos.

—*Shish kebab.* ¿Quieres uno? ¡Dos *shish kebab,* por favor! —gritó N.

—Y un chuletón de buey —dijo Mary—. Muy poco hecho, que sangre.

N. se volvió hacia la cocina y se fijó en los grandes congeladores. Se quedó un rato mirándolos.

En el televisor, una sintonía anunció los titulares de las noticias. Las nuevas imágenes llamaron la atención de los tres; de alguna manera, en el ambiente monótono de la fábrica se habían vuelto insensibles a los matices, al enfoque de los reporteros, a los últimos testigos. Ahora la historia no se centraba tanto en Turnbull como en los cómplices que seguían en libertad. El banco había facilitado unas imágenes algo borrosas de las grabaciones de las cámaras de vigilancia: desorden, gente tirada en el suelo... De repente, Vladislav apareció en la imagen: erguido y enmascarado, con la ametralladora entre las manos.

—Tan rápido como la tele —dijo en voz baja, entrecerrando los ojos con despreocupación.

El presentador continuó. La Policía había estado pululando por el aeropuerto de Houston durante horas. Habían cancelado un vuelo a Cancún y habían hecho desembarcar a todos los pasajeros para examinarlos. Las imágenes mostraron el panel de salidas, lleno de vuelos retrasados, luego a unos policías vestidos de negro que corrían en grupos. Un agente federal con un llamativo bigote informó de que los autores del robo de Kansas estaban intentando abandonar el país.

N. observaba la pantalla, nervioso. Mary jugueteaba con un cigarrillo.

Llegó la comida y las noticias de la televisión pasaron a los deportes. Un jugador de baloncesto lanzó un triple frente a una multitud entusiasmada. En la calle, un martillo neumático comenzó a golpear.

—Qué bueno está —dijo Mary de forma mecánica al cabo de un rato. Vladislav seguía enfrascado en sus pensamientos—. ¡Cancún! —añadió ella, y se echó a reír.

—¿Qué? —dijo N.

—¿De dónde se habrán sacado eso de Cancún? La gente se inventa cualquier cosa.

Pero N. no estaba escuchando: su pregunta iba dirigida a Vladislav.

—Voy a salir a tomar un poco el aire —dijo Vladislav, dejando los cubiertos sobre la mesa—. Vuelvo en un minuto.

El checo salió a la calle y desapareció. Mary siguió hablando de Cancún.

—¿Fue eso lo que les dijo Turnbull? —Jugueteó con el cigarrillo, cortó otro trozo de carne, le dio un bocado—. Imagina, está ahí tumbado con un agujero en una pierna y un abogado sudoroso a su lado rogándole que coopere. Dirá cualquier cosa. Así quizá pueda evitar la cámara de gas.

Los jugos de la carne formaron una película roja sobre su plato. Ella volvió a sonreír. N. apuró su cerveza; en el vaso solo quedaron unas gotas. No dejaba de mirar el televisor. Imágenes sin sonido: luces azules intermitentes, un reportero entrevistando al jefe Oldenhall, una vista aérea de anónimos bloques de color marrón grisáceo tomada desde el helicóptero de un canal de noticias...

—Es obvio que se trata de un error –dijo por fin N. con desgana–. Cancún, el aeropuerto, todo eso. La Policía tiene una idea, alguien pasó corriendo un control de seguridad, una maleta se perdió... –Vio a uno de los libaneses abrir y cerrar el congelador de la cocina–. Charles-Ray no tiene nada que decir. Se estará preguntando cuándo despertará de esta pesadilla.

Se abrió la puerta, y ambos se giraron al oír el sonido del martillo neumático. Vladislav entró y se sentó.

—¿Te encuentras bien? –preguntó Mary.

Él ignoró la pregunta con un movimiento de la mano.

—¿Suelen hacer por aquí este tipo de obras en la calle? –preguntó.

—Supongo. ¿Por qué?

—He dado una vuelta a la manzana y he visto tres grupos perforando a conciencia. –Echó un vistazo rápido por la ventana–. Están retirando el asfalto viejo, pero no recuerdo haber visto líneas marcadas. Ya sabéis, esas que hacen con espray para saber dónde tienen que picar. Es como si lo estuvieran haciendo de manera aleatoria.

—Seguro que se trata de una fuga de gas, ya sabes cómo están estos barrios –dijo Mary, quitándose el cigarrillo de la boca.

Vladislav se mordió el labio.

—Si trazaras un círculo alrededor de las perforaciones en un plano, en el centro estaría la fábrica.

—Gas, alcantarillas... Siempre hay fugas por aquí –dijo Mary–. ¡Come de una vez!

Vladislav se quitó las gafas y se restregó los ojos. N. seguía mirando el televisor.

—Maldita sea –dijo de repente, y se levantó tan rápido que los platos saltaron. Mary dejó caer el tenedor y se echó hacia atrás. N. corrió hacia la puerta y dirigió la vista al cielo. Volvió a mirar el televisor, y su mirada repitió el movimiento: el televisor, el cielo, el televisor, el cielo...

Entonces lo vio. El helicóptero de las noticias, describiendo círculos sobre ellos. La perforación al otro lado de la puerta había amortiguado el sonido.

—El helicóptero —dijo, señalando el televisor. Podían ver su bloque desde el aire. Mary volvió a agarrar el tenedor y el cuchillo, como si nada estuviera pasando.

—Ahí lo tienes —dijo Vladislav muy despacio.

N. siguió mirando. El helicóptero desapareció de su vista. Luego se giró, se volvió de nuevo y lo vio otra vez. Volvió a perderlo de vista.

Entonces dos manchas negras pasaron justo por encima. Tan cerca que los golpes amortiguados de los rotores tapaban el ruido de las obras de la calle. La imagen del televisor cambió a la redacción de noticias.

—Creo que son dos. Dos de color negro —dijo N.

Vladislav comprendió enseguida.

Sonó el móvil de N. Volvió a mirar la pantalla del televisor antes de responder. Era Reza. Al principio, N. solo oyó su respiración.

—Hay alguien aquí —dijo Reza por fin.

—Reza... —dijo N.

—Asegúrate de que se largue de ahí —le susurró Vladislav desde la mesa—. Tiene que largarse.

—Reza, tienes que...

Pero Reza ya había colgado. Vladislav se dirigió a la puerta.

Dentro de la fábrica Reza había oído los helicópteros, pero no había sabido precisar de dónde venía el estruendo. El rugido se confundía con el ruido provocado por unos martillos neumáticos, que había comenzado mucho antes. Lo que lo asustó fueron los pasos, las botas distantes sobre las escaleras de metal y los suelos de madera. En el interior de la fábrica vacía, los sonidos llegaban desde muy lejos; los ecos y las resonancias revelaban cualquier movimiento. Se acercaba gente.

Al principio las señales eran apenas un rumor –la vibración de una puerta cerrada sin cuidado, una barandilla que se agitaba en la lejanía–, pero enseguida se transformaron en sonidos bien audibles. Finalmente, cuando los grupos de asalto penetraron en el edificio, el ruido se convirtió en una estampida. Se descolgaron sobre el tejado desde los helicópteros, entraron por puertas, tragaluces y zaguanes, rompieron cristales para acceder al interior con mayor rapidez.

Golpearon con precisión, como en una intervención quirúrgica bien planeada. Sin embargo, las entrañas de la fábrica eran demasiado traicioneras y confusas como para que ellos llegaran a donde querían llegar. Algunas paredes habían sido demolidas, otras eran nuevas, habían cegado algunas puertas soldándolas y habían tapiado pasillos. La Policía no podía saber nada de eso, por mucho que hubiera consultado los antiguos planos de la ciudad.

Reza los oyó, como una horda de ratas forzando su entrada. En ese momento se encontraba en el espacio abierto que había encima de la escalera, la puerta de acero a un lado, el interminable pasillo al otro. Había unas cuantas armas escondidas debajo de la escalera, junto al dinero. Podría estar armado en cuestión de segundos. Echó un vistazo a las bolsas, y el instinto de supervivencia se apoderó de él. Se paró a pensar: los sonidos se aproximaban. Solo y abandonado, entre la maquinaria de planes ocultos. Una resistencia inútil: ¿no era eso lo que ellos querían, el menor pretexto para dispararle? En un ataque de rabia, destrozó su teléfono móvil lanzándolo contra la pared de ladrillo.

No se armaría. Se limitaría a rendirse, lo aceptaría. Se explicaría, y alguien lo entendería. Si lo encontraban armado, ni siquiera tendría la oportunidad de hablar. Los que ahora venían corriendo terminarían por ponerlo en libertad.

Reza había pensado que harían volar la puerta de metal. Por eso se sorprendió cuando oyó unos ruidos que provenían del pasillo, pasadas las habitaciones que ni siquiera sabía dónde acababan. Los haces amarillos y blancos de algunas linternas se movían en la oscuridad, bailando al ritmo de la avalancha de botas. Primero el sonido y la luz, a continuación las figuras. Reza dio un paso: ellos comprenderían.

Alguien gritó.

Reza alzó las manos para demostrar que no estaba armado y para contener a cualquiera que se aproximara con demasiada precipitación.

Primero llegó un grupo de seis hombres. Al igual que las demás unidades, llevaban un buen rato perdidos en el laberíntico interior de la fábrica. «Los terroristas» tendrían sus armas preparadas, y ellos esperaban una emboscada. El factor sorpresa había desaparecido: ahora, ellos mismos eran víctimas potenciales. Cargados con el equipo, entumecidos por efecto de la gran cantidad de ácido láctico que producían sus cuerpos en tensión, corrían a ciegas por el corredor interminable. Los superiores habían roto el silencio radiofónico y gritaban en los aparatos de radioescucha. Todo el mundo sabía que en cualquier momento caería alguno de los suyos. Una vez agotada la adrenalina generada durante la irrupción en el edificio, la resignación se había apoderado de los hombres. Ahora solo corrían. Todos ellos, barriendo la oscuridad en grupos tensos y ejercitados.

Y de repente encontraron a uno de ellos.

Gritos, órdenes en los intercomunicadores... En cualquier momento caerían en una emboscada, o quizá todo el edificio explotaría. ¿Estaba solo, llevaba algo? Dos o tres oficiales le gritaron que se tumbara en el suelo. Llegaron corriendo seis hombres más, con todo el arsenal: armas de todo tipo, granadas aturdidoras, armaduras... Más allá de la mirada resuelta, el hombre que tenían frente a ellos parecía estar desarmado.

Y entonces levantó las manos. Justo cuando gritaban, justo antes de que se abalanzaran sobre él. Por un momento, la visión del lugarteniente quedó bloqueada por un codo, o al menos eso fue lo que aseguró después. «Creí que estaba levantando una...»

Ya había desenfundado su pistola. Desde el momento en que entró en el edificio, lo había visto todo a través del punto rojo de su mirilla. Tenía las piernas tensas, le dolían los hombros de sujetar el arma delante de él.

Tal vez ni siquiera quiso hacerlo, y solo fue un desafortunado reflejo que voló directo al gatillo.

Reza Khan recibió una bala de nueve milímetros en el lóbulo frontal. Una niebla rosada salió de su cabeza tras el impacto. Sobre todo piel y huesos, pero no solo eso.

No llegó a cerrar los ojos. Desde el suelo, tumbado boca arriba, los vio: al hombre que le había disparado y a aquellos que intentaban detener el chorro de sangre que manaba de su cabeza.

En el interior de la pizzería de los libaneses, N. contuvo a Vladislav con un duro abrazo para evitar que saliera.

—No —resopló N.—. Eso es lo que querrían.

Vladislav retrocedió. A continuación apretó los dedos contra la sien, como si su cabeza estuviera a punto de explotar.

—¡El pasaporte... joder!

—Tranquilo —dijo N. palpando el bolsillo de su chaqueta—. Olvidé decírtelo.

N. había sido el último en abandonar la fábrica. Vladislav, a medio vestir cuando decidieron salir a comer, estuvo dudando qué ponerse; consideró varias opciones, se quitó un chándal y finalmente optó por la cazadora. Cuando N. estaba a punto de salir, vio la cartera de Vladislav sobre la mesa. Se la metió en el bolsillo de la chaqueta y corrió tras ellos.

Vladislav sujetó la cartera con ambas manos y sacó el borde de su pasaporte para asegurarse de que todavía estaba allí. Cerró los ojos y asintió.

En la cocina, alguien había notado las carreras y la agitación. Uno de los hermanos los miraba ahora desde la puerta.

Vladislav esbozó una amplia sonrisa y devolvió una mirada despistada.

—¿Sí?

—¿Está todo bien? —preguntó el libanés, secándose nervioso una mano en el delantal.

—Sí, claro —respondió Vladislav.

—Ahora mismo pagamos —dijo N. al volver a la mesa. El libanés asintió, pero no se movió. N. sacó unos billetes. Mary permaneció sentada sin moverse mientras el televisor seguía mostrando las imágenes aéreas: los dos helicópteros negros volaban fuera de la imagen, y un enjambre de luces rojas y azules destellaban en la calle.

Entonces cesó el sonido de los martillos neumáticos. Reinó un momento de silencio.

—Voy a llamar a Adderloy —dijo Mary sacando su teléfono.

—Espera —dijo Vladislav como un relámpago, sin apartar la mirada del libanés. El tono de su voz, la expresión implacable: el libanés se excusó, posando una mano sobre el corazón, y regresó a la cocina.

Una ambulancia pasó a toda prisa delante del local con las luces encendidas.

—Reza, o bien uno de ellos —dijo Vladislav. Estaba de pie, erguido, con su crujiente cazadora de cuero abierta—. Nadie va a llamar a nadie. Nos vamos.

N. cambió el canal del televisor antes de colocar el salero encima de los billetes que dejó sobre la mesa.

Caminaron en dirección al centro de Topeka, evitando las calles más concurridas. No dejaban de oír oleadas de sirenas. N. les hizo apagar sus teléfonos móviles.

—Tienen el de Reza, pueden controlarlo y empezar a rastrearnos.

Cuando encontraron un cajero automático, Vladislav dijo:

—Haremos un par de retiradas sustanciosas, y después no volveremos a tocar las tarjetas.

Varios helicópteros de las agencias de noticias seguían sobrevolando como un enjambre inquieto por la ciudad. Cada vez que los helicópteros captaban algo nuevo y se movían en su dirección, Mary miraba los dedos de sus pies y Vladislav blasfemaba. En el centro había mucha más gente, y más posibilidades de pasar desapercibidos. Pero también había más miradas prolongadas y coches que circulaban demasiado despacio.

N. observaba a Vladislav, su cabello largo y ondulado, sus robustas gafas, la dura mirada que muchos viandantes evitaban. Si alguno de ellos hubiera oído la descripción de la Policía, no tendría la menor duda. Y Mary seguía vistiendo de negro de pies a cabeza.

Ahora N. sí tenía miedo, miedo de verdad. Propuso que se sentaran al fondo de una cafetería vacía y esperaran hasta que anocheciera.

−¡No! −exclamó Vladislav, inquieto. Mary no dijo nada−. No tiene sentido... −repetía el checo a intervalos regulares. Luego añadió−: Esperad aquí.

Y desapareció en el interior de una ferretería. Cinco minutos después, salió con un par de destornilladores y unos alicates metidos en una bolsa.

N. comprendió al momento. Siguieron caminando, Vladislav inspeccionaba las calles laterales.

−Iremos por aquí. Esperad un segundo −dijo. Después de recorrer algunas manzanas, volvió a desaparecer.

N. se llevó a Mary al interior de una lavandería, tras cuyos ventanales empañados esperaron un rato.

Media hora después, Vladislav apareció a bordo de un Ford robado. Tocó el claxon y se subió a la acera, y Mary y N. salieron corriendo y se lanzaron a los asientos traseros como si fuera el único taxi libre en un día de lluvia.

En la autopista consiguieron tranquilizarse un poco. Para N. era suficiente encontrarse en la carretera y haber dejado atrás la fábrica y los helicópteros.

Mary, sin embargo, no dejaba de buscar helicópteros en el cielo; pegaba la mejilla a la ventanilla para poder mirar hacia arriba y después se volvía para otear el horizonte escarpado a través de la plomiza neblina de la luna trasera.

−Todavía no podemos abandonar Topeka −dijo Vladislav de repente.

—¿Cuándo, entonces? —preguntó Mary.

—Mañana.

—¿Hoy no?

—No. Mañana. —Vladislav tamborileó con el destornillador contra el salpicadero. Del mecanismo de encendido colgaban varios cables, como espaguetis de colores—. Nunca se debe huir a la carrera.

—¿Qué haremos entonces? ¿Pasaremos la noche en un motel?

N. atrapó la mirada del checo en el espejo retrovisor. Lo observó durante un rato.

—Una noche —dijo N.—. Pagaremos al contado, pero solo si soy yo quien elige el sitio.

—¡Como quieras!

—Bien. —N. se incorporó. Dejó pasar unos cuantos desvíos antes de señalar un poste con un cartel naranja—. ¡Ahí! Parece la clase de lugar que prefiere dinero en efectivo.

TUMBLEWEED MOTEL. No era el más alto en el bosque de carteles que se alzaban junto a la salida. Algunas de las bombillas que enmarcaban el nombre parpadeaban inseguras, como si fueran a fundirse en cualquier momento. Vladislav frenó y tomó el desvío. Mary lanzó una mirada de incredulidad a N.

Una vez en el interior, alquilaron dos habitaciones. Revolvieron las sábanas en una de ellas, y después los tres se acomodaron en la otra. Llegaron a un acuerdo silencioso para hacerlo todo juntos. Había dos camas dobles; N. y Mary compartirían la del fondo.

Mary pasó al cuarto de baño.

—¿Una noche más en Topeka? —le preguntó N. a Vladislav cuando se quedaron a solas—. Dame una buena razón. Una sola.

—No llegaremos a ningún sitio sin dinero.

N. lo fulminó con la mirada. Vladislav sopesó la cartera que tenía en la mano.

—¿Cuánto nos queda? ¿Un par de miles de dólares? Tenemos que desaparecer de nuevo, desaparecer por completo. Y con esto no es suficiente.

Sonó la cadena del baño.

—Por Dios, Vladislav, ¿no has visto los malditos helicópteros, toda la jodida pandilla y sabe Dios qué más? Esto es Kansas. Aquí cuelgan a la gente de los árboles. Y nosotros vamos a pasar aquí una noche más... ¿para hacer qué? ¿Para robar otro banco?

—No. Ningún robo más —dijo Vladislav.

Volvió a abrirse la puerta del cuarto de baño. Mary había estado llorando; no intentó ocultarlo.

—Odio este lugar, pero si tenemos que quedarnos una noche más, quiero ropa limpia. Quiero sentirme limpia cuando nos vayamos.

Condujeron hasta un centro comercial, compraron ropa. Mary eligió varias prendas de color negro. Vladislav se quedó un buen rato acariciando las mangas de unas camisas de seda. En apenas quince minutos, N. compró todo lo que necesitaba en una tienda vaquera. Después hicieron una incursión en Walmart, en busca de champú y cepillos de dientes. Mientras cerraba el maletero, Vladislav decidió que le apetecía leer algo.

Entraron en la librería del centro comercial, y Vladislav se dirigió a la parte de atrás. Mary echó un vistazo a los titulares de los periódicos mientras N. examinaba los rostros relucientes en las portadas de las revistas. Había estanterías repletas de ellas: un expositor de sonrisas. *Time* ofrecía un especial dedicado a Pakistán. Vladislav se acercó al mostrador con un par de guías de viaje bajo el brazo.

Condujeron de vuelta al motel, se ducharon. El sol descendió y por fin se puso, tiñendo el horizonte de un rojo intenso. Los faros de los coches y las luces de neón atenuaban el brillo de las estrellas.

Les resultó imposible no encender el televisor: una nueva persona arrestada, un esfuerzo masivo, un tiroteo. Habían aislado a alguien más en el hospital. Vieron imágenes de la fábrica desde todos los ángulos imaginables, coches patrulla, reporteros sin aliento. Alguien gritaba acusadoramente desde una esquina de la calle: «¿Por qué disparan a todos los sospechosos?».

Vladislav hojeó sus guías de viaje. Mary comió algo de embutido que había comprado mientras N. preparaba café instantáneo y arrancaba las etiquetas de su ropa nueva.

El jefe de policía ofreció otra rueda de prensa. Por primera vez vieron de cerca sus ojos grises y sus mejillas picadas. Oldenhall confirmó el arresto de un ciudadano extranjero, y dijo que ahora creían que el terrorismo religioso tenía relación con el crimen.

—Una alianza impía aquí, en el corazón de Kansas.

Vladislav levantó la vista de la guía de Hong Kong.

—Brillante, ¿no te parece?

N. no terminaba de entender la declaración del jefe de policía.

—¿Qué...?

—Muy astuto haber incluido a un pakistaní.

—No... Reza... —gimió N. mientras asimilaba la idea. Como si fuera un aviso de muerte.

Un musulmán en una fábrica llena de armas de fuego y de dinero robado en un banco. Turnbull ya estaba vinculado a los hechos. La Iglesia Baptista de Westhill y las hordas de pakistaníes: esa era la impía alianza que Adderloy había creado. Si la gente se tragaba el anzuelo, ya no habría reglas. Para nada.

Mary ya dormía. N. yacía junto a ella, viendo en el televisor una película en blanco y negro: Cary Grant con gafas de sol, carreteras sinuosas en la Riviera, a su lado una bella actriz de melena ondulada. N. observaba el paisaje, incapaz de seguir la trama, demasiado preocupado con otros pensamientos. Se levantó y llenó el hervidor eléctrico para preparar una taza de café instantáneo. Vladislav yacía cubriéndose el rostro con los brazos; dormía profundamente con la boca abierta, siseando. Era medianoche pasada.

N. notó el rancio olor a café de su propio aliento cuando levantó la manta para meterse de nuevo en la cama. Sintió calor. Apartó la manta y vio la espalda desnuda de Mary. Acostado en su lado detrás de ella, pasó con cuidado las yemas de los dedos por encima de una de sus vértebras. Ella seguía inmóvil. En la oscuridad, N. presintió la mirada del gato negro tatuado. Intentó tocar su espesa cola.

En el centro médico Saint Francis, los agentes federales abarrotaban los pasillos. Reza Khan pasó toda la noche en el quirófano. Uno de los médicos jefes, impaciente y con los ojos enrojecidos, tuvo que repetir varias veces a los hombres de negro que aún no sabían nada. Era posible que el paciente sobreviviera.

26

Diego García, 2008

−¿Quizá te molesta a ti?

Grip estaba en la celda, sentado a la pequeña mesa frente al hombre llamado N. Le había dicho que era muy probable que los norteamericanos no solo estuvieran grabando la conversación, sino también traduciéndola. Luego le había preguntado si eso le molestaba.

N. no había respondido. Comenzaron a hablar de nuevo sobre otros asuntos. Solo mucho después el hombre se inclinó hacia Grip y dijo: «¿Quizá te molesta a ti?».

Sus ojos, esa mirada directa y rápida, fueron los que hicieron reaccionar a Grip. Sus reuniones en la celda habían pasado por diferentes fases: puro miedo, docilidad, desafiantes estallidos seguidos de momentos de sumisión total... Pero hasta ahora Grip no había recibido ni una mirada comprensiva, de empatía. De pronto, la situación se invirtió. N. se colocó en posición de ventaja durante una fracción de segundo.

La idea de que los estadounidenses tal vez grabaran y tradujeran todo lo que decían preocupaba enormemente a Grip. No se había sentido así la primera vez que había entrado en la celda. Entonces habría sido algo natural, incluso esperado. Pero el espectáculo había comenzado a cambiar. Por alguna extraña razón, Grip se sentía obligado a permanecer en Diego García. Y a raíz de lo que habían comentado en la celda, ¿estaban los norteamericanos interesados solo en la parte de la conversación del hombre no identificado? Saber si era sueco o no ya no era la única cuestión.

—No me molesta en absoluto —respondió Grip con indiferencia—. Grabar los interrogatorios es un procedimiento habitual.

Se miraron el uno al otro.

—He pasado por todo tipo de ellos —dijo el hombre que se llamaba a sí mismo N.

Alguien se había encargado de sus pies maltratados, que ahora estaban envueltos en nuevas vendas blancas. Estaba afeitado, pero todavía no le habían cortado el pelo. Su aspecto le hizo pensar en alguien que hubiera estado en coma durante años y acabase de despertar. Sus movimientos eran vacilantes, como si todavía no fuera dueño de su propio cuerpo. Tenía el pelo más limpio; alguien se lo había lavado. (Grip no imaginaba que lo hubiera hecho él mismo.)

—¿Sientes nostalgia? —preguntó Grip.

N. se encogió de hombros; el asunto parecía resultarle indiferente.

—¿Dónde vivías? —Ninguna reacción. Grip tuvo la impresión de que N. estaba pensando. Continuó—: Supongo que sabes que puedo tomar un pelo y buscarte en el registro de ADN para comprobar si alguien te dio por desaparecido.

Grip no sabía qué estaba buscando. ¿Qué quería saber de ese hombre?

—¿Quieres recibir ayuda de Suecia? La embajada... —Grip se detuvo ante el absurdo: ¿qué embajada? Por eso se encontraban allí, en una isla sin país.

La mirada del hombre se tornó ausente de nuevo, como si estuviera ido. La mirada de alguien que llevaba años incomunicado: algo que ya no se veía en Suecia. El silencio de la sala le trajo a la memoria otros interrogatorios, cuando era más joven y trataba con delincuentes juveniles. Recordó el caso de un ladrón de coches que no quería hablar y que se había deshecho de su cartera. Le exigieron que les dijera su nombre, pero él se limitaba a encogerse de hombros. Sabían cómo acojonar a esos tipos; casi siempre bastaba con utilizar una voz amable, dulce. Grip miró las vendas blancas de los pies. Le han aporreado las plantas, pensó. Al parecer, eso destruía las terminaciones nerviosas. Nunca más volvería a andar correctamente; los que habían padecido esa tortura decían que era insoportable. ¿Qué método de confesión era más útil, una porra o una voz dulce? Grip se lo preguntó a sí mismo muy en serio.

—¿Cuál es tu nombre? —preguntó, intentando pensar en otra cosa.

Grip esperó. La mirada del hombre vagaba por la celda. Tenía, como solía, las manos cerradas posadas sobre las rodillas. Grip cerró el cuaderno de notas, en el que solo había escrito la fecha del día.

—No tengo más preguntas. No se me ocurre nada más. Volveré mañana...

N. cerró los ojos. Habló.

—Imagínate que un día te despiertas y todo flota a tu alrededor. El océano se encuentra ahora donde tú solías caminar. Ves peces en la calle.

—¿Peces?

—Sí —dijo el hombre, y abrió los ojos—. Dos. Vi pasar dos peces a mi lado, junto a un coche.

Grip guardó silencio, sintiendo más de lo que le gustaría admitir.

—¿Estabas de viaje? —preguntó finalmente.

—Sí, hace una eternidad. Entonces todo era diferente. Ahora tendrás que contentarte con N. Ahora soy cualquiera. Los peces pasaron nadando, y yo empecé a subir la montaña.

Grip abrió de nuevo el cuaderno. Escuchó hablar por primera vez de Weejay's y Topeka, y finalmente del First Federal United y Charles-Ray Turnbull. También Adderloy salió a relucir, junto con los demás. El guardia del banco, los helicópteros, el restaurante de los libaneses, la huida, la noche en el Tumbleweed Motel. Durante tres días, Grip tomó notas mientras N. hablaba.

27

Tumbleweed Motel, Topeka, 2005

Por la mañana, Vladislav y N. bajaron a desayunar mientras Mary se duchaba. En una pequeña mesa esquinera del vestíbulo encontraron lo justo para que el motel pudiera justificar que lo que allí se ofrecía era un desayuno: una cafetera, leche, pequeños envases de cereales y un montón de deslucidas magdalenas que sin duda llevaban ahí toda la semana. No tardaron mucho en terminar.

Cuando regresaron a la habitación, Mary se encontraba sentada a los pies de la cama, como si esperara a alguien. Estaba vestida, el cabello liso húmedo y reluciente.

–¿Quieres comer algo? –ofreció N., tendiéndole un paquetito de cereales.

Ella negó con la cabeza de forma casi imperceptible. Luego se inclinó un poco hacia atrás, apoyando las manos a ambos lados sobre la colcha.

–¿Qué pasa? –dijo Vladislav.

–Nada, nada. Estoy bien... ¿Tienen café?

–¿Me puedes prestar tu teléfono? –preguntó Vladislav.

Mary se encogió de hombros.

–¿Para qué?

–¿Dónde está?

–En el bolso.

Mary señaló su nuevo bolso de lona. N., que acababa de encender el televisor, volvió a apagarlo. Vladislav sacó el teléfono.

–Enciéndelo.

—¿Vas a llamar a alguien?

El checo no respondió. Mary encendió el teléfono, introdujo su código y se lo devolvió a Vladislav. Él fisgó en el menú y a continuación mostró la pantalla:

—Última llamada, hace solo cinco minutos...

—Se merece una oportunidad...

—... a Adderloy.

Vladislav lanzó el teléfono encima del escritorio.

N. suspiró, frustrado, y resopló como si le hubieran dado un puñetazo.

—No podemos abandonarlo —dijo Mary, desafiante.

—No, claro que no —asintió Vladislav. Estaba de pie con las manos en los bolsillos, con esa calma amenazante que a N. tanto intimidaba.

—Adderloy estará aquí dentro de media hora.

Mary apartó la vista de Vladislav y miró por la ventana. Él permanecía cerca, a menos de un brazo de distancia de ella. Mary cerró los ojos; la luz del sol se reflejaba en su rostro. Alzó de nuevo la vista.

N. nunca se había sentido tan extraño con ella.

—Ayer, antes de que Adderloy se marchara, ¿no te dijo que salieras y comieras algo? —dijo Vladislav.

—Sí, lo sugirió —contestó Mary.

—Sabía perfectamente que Reza se negaría.

Ella seguía sentada en silencio, indiferente.

—¡Así que tú...! —N. estaba furioso, pero Vladislav lo contuvo.

—Chsss.

Se agachó junto a Mary, con una mano en la cama justo detrás de ella. Evitaba mirarlo.

—Estás jugando, Mary —dijo Vladislav en voz baja—. Se te da bien plantear desafíos para que otros los lleven a cabo. —Mary no se movió. Vladislav se acercó más—. Sabes perfectamente que Adderloy se cargó a Reza, que se ocupó de que la Policía asaltara la fábrica. Y ahora esto.

El silencio reinaba en la habitación. Apenas se oía el sonido amortiguado del tráfico exterior.

—Has dicho que media hora —continuó Vladislav—. Antes de que aparezca Adderloy. —Se puso de pie—. Lo que ahora debería hacer sería tomar mi pasaporte y largarme. Solo eso, largarme. —Miró por la ventana, sonriente—. Pero no quiero hacerle el favor de perderos a vosotros dos también. No quiero darle esa satisfacción.

—Pero él nos salvó, se aseguró de que no estuviéramos en la fábrica. Solo quiere que volvamos a estar juntos. Entonces todos podremos largarnos de aquí.

—¿De verdad es eso lo que piensas? Ya veo. Lo que necesitamos es salir de su telaraña y colocarnos, por una vez, unos cuantos pasos por delante de él.

Vladislav volvió a agarrar el teléfono de Mary y marcó un número. Miró el espejo mientras esperaba.

—Con la Policía, por favor... Número principal... ¿Me puede pasar? —De nuevo unos segundos en silencio—. Es sobre el robo del First Federal United... No, no se trata de una pista. Quiero hablar con el responsable: un inspector, un investigador o como diablos lo llamen. —Volvieron a transferir la llamada, y después de contestar sí y no unas cuantas veces alzó la voz—: Deje de tomar nota y escuche. En el asalto de ayer a la fábrica encontraron tres pistolas Glock 19 y cuatro bolsas negras llenas de dinero. También atraparon a un pakistaní... Correcto, un pakistaní. No, entiendo que no pueda confirmar eso, lo digo para que entienda que sé unas cuantas cosas. Ahora escuche: el resto del grupo que están buscando se encuentra en el Tumbleweed Motel, en... —Vladislav sacó la llave de la habitación de su bolsillo— la habitación 230. ¿Mi nombre? Adderloy, Bill Adderloy.

Colgó.

N. ya había empezado a guardar sus cosas en una bolsa de plástico. Vladislav miró a Mary.

—Creo que llegarán dentro de quince minutos. ¿Vienes con nosotros?

Vladislav se acercó a la mesilla donde estaban sus cosas.

—Al menos podemos darle a la Policía una salida precipitada. Distraerlos un rato, darles algo más de lo que quieren.

Se movió deprisa, arrancó unas páginas al azar de una guía para mochileros de la península arábiga que planearon hacia el suelo. Mary miraba con incredulidad a su alrededor. N. seguía metiendo ropa en su bolsa. En una guía de Los Ángeles, el checo dobló algunas páginas y subrayó con el bolígrafo del hotel la dirección de una librería árabe antes de tirarla al suelo.

Cuando Vladislav y N. acabaron de trastear, Mary se levantó de la cama y agarró su bolso. Fue la última en salir de la habitación. Su ropa sucia yacía revuelta entre las sábanas y las toallas húmedas, las páginas arrancadas por Vladislav, la guía de viajes y los cepillos de dientes nuevos.

Pagaron, se metieron en el Ford robado y se largaron.

A pocas manzanas de allí se cruzaron con las furgonetas blancas de la Policía y, cuando Vladislav giró para tomar una calle lateral, dos Buicks idénticos pasaron a toda prisa, cada uno de ellos con una pareja de hombres con gafas de sol. Pero hasta que no enfilaron la autopista, N. no vio los helicópteros que sobrevolaban la avenida de moteles y locales de comida rápida que ahora desaparecía por la luna trasera.

Vladislav vio pasar un helicóptero en el espejo retrovisor.

—Han sido muy rápidos —dijo; después, algo más calmado, añadió—: Esos cabrones están realmente al loro.

En un momento dado, abandonó la autopista y detuvo el coche cerca de una acequia de hormigón donde fluía lentamente un agua parduzca. Bajó la ventanilla, sopesando el móvil que tenía en la mano.

—Necesitamos confiar entre nosotros —dijo. Y a continuación lo lanzó a la acequia.

El teléfono burbujeó antes de desaparecer.

—Los vuestros también. Los dos.

La siguiente parada tuvo lugar en la plaza que se abría frente al First Federal United. Se apearon del coche y comenzaron a caminar.

—¡Esto es una estupidez! —repitió N. Se había dado cuenta de que la única razón para pasar otra noche en Topeka era volver una vez más al banco. La mirada indiferente de Mary había desaparecido; sus ojos parecían haber recobrado la vida.

Cruzaron la plaza. N. vigilaba, tratando de detectar la presencia de policías. Vladislav, que iba algunos pasos por delante, hizo algunas observaciones vacías hasta que llegaron a la entrada.

—Dinero, tenemos que conseguir dinero. Todo empieza y acaba ahí. —Tenía la cazadora desabotonada, y el cabello revoloteaba a su alrededor—. ¿No fue esa la razón de que lo hiciéramos? Yo al menos sí lo hice por eso.

En el coche, N. había cedido después de que le aseguraran que no habría violencia. Él también sabía que sin dinero estaban condenados. Deseaba acabar con todo a su manera, y no ser arrojado a merced del sistema judicial. Pero ahora se encontraba en la plaza, ante el cartel del First Federal United. Se mostró indeciso. Recordó los disparos y los gritos, su propia confusión.

—Esos dos —dijo, cabeceando hacia un par de hombres vestidos de negro con gorras de plato y bandas cosidas en los pantalones.

—Son solo guardias. No importan, vamos.

N. se había detenido, pero los alcanzó. Mary pasó la mano por la cinta del cordón policial, colocada entre unos conos a pesar de que el banco había vuelto a abrir. En torno a la entrada habían colocado unos paneles de cristal temporales para tapar la red de grietas y agujeros de bala.

—¡Joder! —dijo Vladislav, exaltado. Entraron.

La atmósfera en el interior era de una calma casi total. Había mucha menos gente —tanto delante como detrás de los mostradores— que la otra vez.

—Esperad aquí. El sistema está algo obsoleto.

Vladislav se dirigió a solas al mostrador, intercambió unas palabras, escribió un nombre en la tarjeta de firma. Luego les hizo unas señas a Mary y a N. mientras se dirigía hacia la cámara acorazada. Con todos sus elementos y cerraduras, la puerta abierta parecía un mecanismo de relojería hecho de acero.

–Corrí hasta llegar aquí dentro –dijo Vladislav al pasar a través de la abertura circular de la cámara acorazada. Se detuvo, se aseguró de que estaban solos, y entonces sacó unas finas bolsas de plástico que había encontrado en el carrito de la limpieza del motel. Mary parecía intrigada.

–Cajas de seguridad –dijo N.–. Al grano, quiero largarme de aquí.

–Sí, alquilé una, un par de días antes... Cada vez que vienes, comprueban tu documentación y te hacen firmar; después pasas y abres con tu propia llave. Fijaos, no hay cámaras.

Ya había sacado la llave de su cartera, y estaba abriendo una de las cajas grandes.

–Solo veinte segundos, esa fue mi pequeña aportación al plan de Adderloy. –Sacó la caja de su ranura–. Estaba solo en los mostradores, a la vuelta de la esquina, solo con todo lo que contenían. Tomé un pequeño desvío en mi camino de vuelta; no tuve que preocuparme de la documentación o la firma para entrar en la cámara acorazada. Veinte segundos, quizá quince. –Vladislav abrió la tapa y mostró los fajos de billetes–. La mayor parte de lo que saqué de allí acabó en esta caja.

N. parecía molesto, pero Vladislav lo vio venir. Lo agarró por el cuello y lo atrajo hacia sí.

–Tienes razón. Mientras yo estaba aquí, había un idiota ahí fuera disparando al buen tuntún. Podría haber pasado de largo frente a la cámara acorazada y haber liquidado a ese cabrón, directamente. Habría salvado a unos cuantos bastardos. –Zarandeó la cabeza de N.–. Pero si hubiera hecho eso estaríamos aquí sin un duro.

Soltó a N.

–Eso...

Vladislav le puso un dedo en el pecho a N. tan pronto como este abrió la boca.

—Ten cuidado. Un disparo tuyo en la cabeza de ese guardia podría haber salvado a todos. En cambio, te acurrucaste debajo de una mesa.

En ese momento, una mujer con una llave en la mano entró en la cámara acorazada.

—Un minuto —gruñó Vladislav, como si le hubieran sorprendido desnudo en un probador. La mujer dio media vuelta, asustada, y desapareció—. Tenemos dinero y nos largamos de aquí. Eso es todo —dijo, abriendo la primera bolsa.

N. y Mary la llenaron.

Se llevaron el dinero en bolsas dobles, no porque les preocupara el peso, sino más bien para que los fajos impresos no se vieran a través del fino plástico. Dos bolsas para Vladislav y N., como si hubieran salido de compras. Mary se puso las gafas de sol y, con su pequeño bolso de tela, fue la primera en salir del ángulo de la cámara. Vladislav salió después y esbozó una sonrisa de disculpa a la mujer que estaba esperando fuera.

Una herencia que cambiaba de manos o una familia que decidía abandonar, de repente, la ciudad; había algo triste en la mujer de negro que llevaba puestas unas gafas de sol y caminaba por el banco seguida de dos hombres que portaban lo que parecía pertenecerle a ella. Los guardias recién contratados asintieron cuando ella pasó. Subidos en unas escaleras, un par de cristaleros miraron por encima del hombro antes de retirar una de las vidrieras hechas añicos.

Casi novecientos mil dólares. Vladislav los dividió sin preguntar en dos mitades, una para él, la otra para N. y Mary.

—No da para toda una vida, pero sí para comenzar —dijo, y le hizo un nudo a la última bolsa.

Estaba sentado en el asiento trasero. Conducía Mary. Interestatal 70 Este: Kansas City, San Luis. A continuación la I-55 en dirección sur, esta vez con N. al volante: Misuri, Arkansas. Condujo hasta Winona, Misisipi. Era tarde, pero todas las señales de neón de los moteles anunciaban plazas libres, así que se tomaron su tiempo y pararon a cenar antes de buscar una habitación. Una cena ruidosa a medianoche, en un reservado de un local donde todo lo que servían era asado o frito, jarras de té helado y menús con platos tachados o añadidos con rotulador. La confusión de siempre: Vladislav perdió la cabeza e hizo mil preguntas, hasta que finalmente N. pidió para los dos.

Pero ahora todo sucedía por última vez. La última de verdad.

Mary había ido al mostrador acristalado para elegir una tarta de postre cuando Vladislav dijo:

—Solo quedan unas horas para llegar a Jackson. Mañana me podéis dejar allí.

—¿Y después? —preguntó N., sin mostrarse especialmente sorprendido.

—Eso lo decidiré más tarde. —Vladislav dirigió la mirada hacia Mary, que estaba apoyada contra el mostrador de los postres. Parecía preocupado por algo—. Tú también sabes que esto es solo tiempo prestado —dijo—. Una huida sin sentido de unos cuantos que comparten su propia perdición.

—Nadie buscará en Misisipi un coche robado en Topeka —intentó N.

—El coche es lo de menos. Y como te he dicho, yo seguiré mi camino después de Jackson. —Vladislav echó un vistazo por encima del hombro—. Se me da bien esto: bancos, armas, esconder dinero, huir. Seguiré haciéndolo.

—¿Vas a vivir siempre así?

—El mundo ya está lleno de esto. No le hará daño que alguien haga bien las cosas.

—Pero ¿a qué te dedicabas antes de...?

—¿Antes del tsunami? —Vladislav rio—. Bueno, ¿y tú?

N. tomó su vaso y bebió.

—Pues eso —prosiguió Vladislav—. En cuanto a mí, salí nadando de ese autobús y entonces... entonces me convertí en otra persona. Disparar, eso ya sabía hacerlo antes, pero nunca lo había hecho de esta manera.

Mary seguía en el mostrador. Una camarera había entrado en la cocina para traerle algo.

—¿Y Adderloy? —le recordó N.

—Adderloy todavía me debe un millón de dólares. —Vladislav miró a N.—. Sacrificó a Reza. Dios sabe qué tendría pensado para el resto de nosotros. Sabe que estoy vivo, y sabe que me debe dinero.

Mary había conseguido que le sirvieran una porción de tarta. La miró, un tanto decepcionada, después se estiró sobre el mostrador para que le pusieran un poco de crema batida en la parte superior.

Vladislav sacó una pluma de su cazadora y tomó una servilleta del dispensador.

—Hagas lo que hagas, recuerda esto. —Escribió algo y giró el papel. Se trataba de una dirección de correo electrónico—. Una vida por otra vida —dijo, señalando el texto con el dedo índice.

—¿Qué quieres decir?

—Sacaste mi cartera y mi pasaporte de la maldita mazmorra de Mary. Eso me salvó, y también te colocaste en la puerta de los libaneses. Recuerda la dirección, será la manera de ponerte en contacto conmigo si lo necesitas. Puedes contar conmigo para que haga cualquier cosa por ti, pero solo una vez.

N. se inclinó hacia delante y volvió a leer la dirección.

—Una vida por otra vida —repitió Vladislav.

Mary regresó.

—Zarzamora —dijo, lamiendo un montón de crema teñida de rojo sangre por el jugo. Se sentó en el reservado mientras Vladislav se secaba las manos con la servilleta y se la guardaba en el bolsillo.

Otra habitación de motel con zonas desgastadas en la moqueta. Después de los chirridos de la autopista de hormigón a través de tres estados y de toda la comida frita que habían ingerido en el camino, una fatiga empalagosa se apoderó de ellos. Se prepararon lentamente para lo que quedaba de noche. Ni siquiera encendieron el televisor para ver las noticias. En cierto modo, el ambiente carecía de objetivo; se sentaban, se tumbaban, recogían cosas, como si al no irse a la cama pudieran escapar de algo.

N. abrió su bolsa de dinero y le echó un vistazo.

—Esto no se puede depositar en un banco.

—Sí que se puede —respondió Vladislav, tumbado y mirando el techo. Guardó silencio durante unos segundos, como si masticara algo—. Id a Florida —dijo, y luego suspiró como si sintiera una ligera náusea—. Desde allí podéis embarcaros en un crucero por las islas Caimán... Mientras el resto del pasaje desembarca para ir a comprar joyas baratas, tomáis vuestra bolsa y elegís un banco.

—¿Uno cualquiera?

—Hay un centenar para elegir.

—¿Y qué les dices?

—Póquer. Has ganado al póquer. —Volvió a suspirar—. Eso es lo que la gente hace hoy en día.

—Póquer —dijo Mary—. ¿Ese es tu consejo para nosotros dos? —Ella yacía en su lado de la cama—. Tengo la sensación...

No acabó la frase. Vladislav lo hizo por ella:

—De que no os acompañaré. No. Me despediré de vosotros mañana.

N. le hizo un nudo a la bolsa y cerró los ojos durante unos segundos.

Vladislav desapareció en una terminal de autobuses en Jackson. Se apeó para recoger su bolsa y golpeó el techo dos veces con la palma de la mano, como un autoestopista dando las gracias. Después ellos siguieron su camino.

El sol brillaba con intensidad. N. y Mary siguieron conduciendo, entre camiones y autocaravanas, en dirección sur. Luisiana, humedales a ambos lados de la carretera, después hacia el este, Pensacola, insectos espachurrados contra el parabrisas. Se alimentaban de perritos calientes y de rollos de canela relucientes de sirope que compraban en las gasolineras. Por fin vieron las primeras señales que indicaban la distancia que faltaba para llegar a Miami.

La idea era comprar billetes de última hora para un crucero. El Caribe, quizá Sudamérica.

Cuando llegaron a Florida, pararon en un motel que era todo blanco. Un bosque de pinos rodeaba el estacionamiento, por donde corría una cálida brisa en la oscuridad. Era la última noche antes de llegar a Miami. Un sitio limpio, con una moqueta bien mullida en toda la habitación. N. se duchó, Mary dijo que bajaría a la recepción a pedir algunos catálogos de cruceros.

La habitación estaba a oscuras cuando salió del cuarto de baño con una toalla atada a la cadera. Se meció sobre la moqueta, intentando ver dónde estaba ella.

Sintió un movimiento a su izquierda. Acto seguido una mano le aferró un hombro por la derecha, y enseguida más manos lo tiraron al suelo. Los hombres actuaron en silencio en la oscuridad, y él mismo no hizo el menor ruido. Sencillamente se rindió.

La vida tal y como la había conocido hasta entonces llegó a su fin. Arrestado y raptado. Días, semanas, meses. Nunca lo acusarían de ningún cargo formal. Los años pasarían, se los llevaría la corriente.

De todos los suplicios a los que fue sometido, el más difícil de resistir fue el hombre que un día entró en su celda hablando en su lengua materna.

28

Diego García, 2008

Shauna Friedman tenía un auténtico cuerpo de nadadora: apenas necesitaba un ligero movimiento de caderas para avanzar por el agua. La primera vez que habían comido juntos en Nueva York, su modo de manejar los palillos ya le había dado alguna pista sobre su verdadero yo. La playa y el agua resultaron formar parte de su naturaleza.

Fue ella la que se encargó de conseguir gafas y tubos de buceo, la que condujo cuando ambos fueron, solos, a una pequeña playa privada. Primero recorrieron el fondo arenoso, después exploraron los arrecifes. La remota playa se encontraba en el extremo más alejado del atolón. Era por la mañana; no había brisa pero tampoco hacía un calor sofocante. No había barcos a la vista, el horizonte permanecía inquebrantable. El agua envolvió el cabello de Shauna y se extendió como un velo ondulante por su espalda cuando abandonó la superficie y buceó entre los corales. Descendía a mayor velocidad hacia zonas más profundas, aun cuando no llevaban aletas y solo se ayudaban con las piernas. Fue ella la que encontró el pez y lo señaló, haciendo gestos que Grip no terminó de entender. Asintió. En una ocasión Shauna lo agarró del brazo y descendió con él unos cuantos metros más, para ver una morena que yacía medio oculta en su guarida mostrando los dientes.

Cuando salieron del agua, ella se colocó las gafas debajo de la barbilla y se quedó de pie donde rompían las olas para secarse brazos y piernas con los mismos movimientos rápidos y casi mecánicos con los que un cocinero experto pelaría una fruta.

Mientras se alejaba de la orilla, la arena blanca coralina se pegaba a sus pies como azúcar cande.

Shauna Friedman vestía un bañador de una pieza. A poca gente le sienta bien un bañador negro, pensó Grip. En cambio, a Friedman le quedaba perfecto, a pesar de que la prenda no tuviera un corte atrevido y pareciera estar diseñada más bien para la práctica deportiva. Tanto el color como la hechura eran discretos, pero ella no pasaba desapercibida. Seguramente había muchos hombres que durante años recordarían con precisión el momento en que la vieron por primera vez, incluso sin saber de quién se trataba. Los pobres chicos que solo buscaban piernas largas y pechos prominentes solían fijarse en otro tipo de mujeres. Friedman era diferente. Su cuerpo jugaba un papel importante, de eso no había duda, pero la clave estaba en su mirada, siempre serena.

—Dicen que pueden atravesar el muslo de un hombre de un solo bocado.

—¿Quién dice qué, sobre qué? —preguntó Grip, que acababa de sentarse y se retiraba el pelo mojado de la frente.

—Las morenas —respondió Shauna—. Al morder, pueden atravesar el muslo de un hombre. ¿Por qué siempre hablan de los muslos de los hombres?

Grip se miró los suyos, más fuertes que los de Shauna.

—Será que solo los hombres son lo suficientemente estúpidos como para acercarse a ellas. O quizá las morenas solo muerden a los hombres.

—De eso nada —contestó ella, y entonces le acercó una de sus manos bronceadas para enseñársela. La base del pulgar mostraba dos marcas blancas.

—Ahí lo tienes —dijo Grip, poniéndose las gafas de sol—. Los muslos de los hombres y las manos de las mujeres.

Él se recostó. Shauna seguía sentada sobre su toalla.

—El hombre de la celda ha empezado a hablar —dijo Shauna con la mirada perdida en algún punto del horizonte.

—Sí, está hablando, y yo voy tomando notas —dijo Grip.

—¿Durante dos días enteros?

—En realidad tres, si contamos ayer.

—Stackhouse dice que le mentiste —continuó Shauna.

—Vaya.

—Cuando te preguntó si el hombre era sueco.

—No sé si se puede decir que mentí; probablemente solo evité el asunto. Pero si quieres saber las palabras exactas, le dije que había sacado esa conclusión, aunque el hombre nunca me lo ha confirmado.

—Pero Stackhouse te lo preguntó expresamente.

—Cierto. Eso fue hace unos días, y sí, mentí. —Grip estaba ahora tumbado boca arriba y miraba el cielo a través de sus gafas de sol. Si miraba de reojo, solo veía la espalda de Shauna—. Y de esto —continuó— puedo concluir que alguien ha empezado a traducir las conversaciones que mantengo en el interior de la celda.

—Sí, ellos trajeron a alguien antes de ayer. Y, por si lo quieres saber, he visto sus copias.

—Hay muchos «nosotros» y «ellos» aquí: *ellos* trajeron, *sus* copias...

—Sí —dijo Shauna—. Así es como funciona.

Grip sintió que una gota de agua le corría por el vientre. Estaba casi seco; solo el bañador mojado lo refrescaba aún.

Shauna lo miró por encima del hombro, de pies a cabeza, después se volvió de nuevo hacia el mar.

—Hay gente encarcelada dispersa por todo el mundo, eso no es ningún secreto —comenzó ella—. Todos lo sabemos, todos tratamos de lidiar con ello. Pero a menudo se pierde la perspectiva general. Surgen datos, se hacen algunas confesiones, la información se utiliza y, sin embargo, se mantiene medio oculta. Alguien te entrega una carpeta de Inteligencia, pero su contenido es escueto y carece de matices, como si se tratara de una ley de la naturaleza. Nunca se sabe de dónde procede, nunca se mencionan nombres, ni lugares. ¿Valdrá la pena al final? Todos nosotros sacamos conclusiones diferentes dentro de cada organización, es inevitable.

—¿A quiénes te refieres con «nosotros»?

—Stackhouse es una parte de la historia.

—¿La CIA?

—Si deseas agruparlos así, entonces sí: la CIA.

—¿Y tú quién eres?

—Ya te lo dije: FBI. ¿Simplifica eso las cosas?

—Un mundo en blanco y negro siempre simplifica las cosas. Stackhouse cree que el fin justifica los medios, mientras que tú necesitas apoyarte en la ley. ¿No es así?

Resultaba imposible no captar la ironía en el tono de Grip.

—Tú eres sueco, estás al margen.

—Exactamente. Es agradable ser el que siempre sabe qué es lo correcto. —Grip se colocó la mano a modo de visera sobre los ojos e irguió la cabeza.

Shauna murmuró una respuesta. Luego tomó algo de arena con la yema de los dedos y la lanzó impaciente frente a ella.

—Tratar a estos detenidos plantea varios problemas —continuó ella—. Cuando colocas a alguien fuera de la ley, no puedes volver a meterlo dentro.

—¿Te refieres a que las confesiones obtenidas con ayuda de electrodos adheridos al escroto no se admiten en un tribunal convencional? Nunca conseguiríais una condena, esas pruebas son inadmisibles.

—Algo así.

—¿Stackhouse y los suyos quieren que sean condenados?

Shauna no respondió. Grip prosiguió:

—Es como si solo deseasen un poco de venganza; parece que les basta con obtener algunas declaraciones generales y después los nombres de aquellos a quienes deben capturar, drogar y llevar volando de un lado a otro del mundo. —Siempre le había costado desaprovechar la oportunidad de dar a los norteamericanos su propia medicina.

Shauna dejó la mano quieta en el aire un segundo, después lanzó arena otra vez.

—La caza generalizada de turbantes no me interesa —dijo ella—. Quiero saber de verdad cómo son las cosas.

Se hizo el silencio durante unos segundos.

—Volviendo al hombre de la celda, ¿es lo que llamarías un sueco étnico? —dijo después.

—¿Quieres decir que es bastante moreno?

—Tiene el cabello negro.

—Yo también soy moreno —dijo Grip—. Golpéame lo suficiente como para borrar mis rasgos, no dejes que me corte el pelo ni me afeite durante un tiempo y...

—El grupo de Stackhouse cree que puede tener ascendencia extranjera —lo interrumpió Shauna.

—Creen que es musulmán.

—Piensan lo mismo de todo aquel que no se parece al mismísimo Jesucristo.

—¿Jesucristo? ¿No era judío?

—Exacto —dijo Shauna con énfasis, y el chiste quedó en nada.

—Es sueco —dijo Grip tras un suspiro—, lo que no quiere decir que no sea también otras muchas cosas. Lo único que puedo asegurar ahora sin dudar es que es sueco.

—¿Lo único? —preguntó. Parecía sorprendida.

—¿Cuántas almas perdidas más hay dentro de ese edificio? —contraatacó Grip—. Cuerpos deformes, temblorosos y llenos de cicatrices que van de gira por vuestra coalición de serviciales torturadores y verdugos.

—Sigue golpeando... ¿Te sientes mejor así?

—Quizá. Los que estamos siempre al margen parecemos gozar de una superioridad moral sobre cualquier cosa con la que os entretengáis.

—Puedes sacarles las respuestas a la fuerza —argumentó Shauna—, o quedarte sentado esperando a que la nueva ola de secuestradores llegue a Manhattan.

Grip rio, sin saber qué decir. Shauna le dirigió una sonrisa forzada por encima del hombro.

—Es una forma de ver las cosas —dijo ella después—. Por cierto, ¿sabes cómo llaman a Diego García? Me refiero a cómo se refieren a la isla los militares de aquí... «La Huella de la Libertad».

Grip había visto montones de pegatinas en la tiendas de la base con la estilizada línea de la costa del atolón en forma de huella.

—Una pequeña huella en el patio trasero del mundo —continuó ella—. Un trampolín. Desde aquí, los B-52 pueden despegar rumbo a Asia y África.

—Una jauría de perros furiosos con la correa muy larga —dijo Grip—. Para lanzarlos contra los hijos de puta que necesitan saber cuál es su sitio.

—Ese es el asunto. Nadie aquí en Diego García ve cuándo despegan o aterrizan; nadie mira a los que vienen o se van. Esto es mucho mejor que Guantánamo: ni siquiera hay que molestarse en negar su existencia. —Buscó en su bolsa una lata de cocacola light y le ofreció otra a él.

—Los B-52 se pueden ver en imágenes por satélite —dijo Grip después del primer sorbo—. Los prisioneros son más difíciles de detectar.

—¿Cuántos presos estimas que hay aquí?

—Más de dos, menos de cien.

—Correcto.

—¿Cuántas celdas?

—Deja de pescar —respondió Shauna, impasible—. Ni siquiera yo lo sé. Soy del FBI, no de la CIA. Recuérdalo.

—Pero estamos tratando con mercancía delicada.

—Con aquellos que quizá no existan. Con aquellos que no deben ser vistos.

—¿Un almacén final?

Por primera vez desde que llegaron a la playa, ella pareció pensar con cuidado su respuesta.

—Supongo —dijo por fin.

Grip estaba impresionado con Shauna. Por la excursión de buceo, por el hecho de que ella no asumiera riesgos.

—Vamos —había dicho ella esa mañana, temprano—. Si no quieres bañarte desnudo, coge algún bañador; yo me ocuparé del resto. Tengo incluso toallas, se las pedí a la mujer de la limpieza.

A Grip ese «vamos» le había parecido un gesto espontáneo. Como si pocos minutos antes la idea de ir a la playa ni siquiera hubiera cruzado la mente de Shauna. Llegar allí solos, meterse en el agua, incluso adentrarse a bastante profundidad... Todo construido con las mejores intenciones, como un seguro para ambos. Un poco forzado, quizá... Tal vez ella pensaba que él ocultaba algo. Un equipo pequeño, algún tipo de micrófono, material que pudiera comprometerla y atraparla. Tras la inmersión en la profunda agua salada, ningún técnico de vigilancia garantizaría su funcionamiento. ¿Era eso lo que ella pensaba de él, que llevaba micrófonos? En cualquier caso, nadie podía escuchar ahora lo que decían, ni tampoco grabarlo. De modo que, aparte de las toallas y las gafas de sol (que Grip había adquirido de camino, cuando se detuvieron a comprar refrescos fríos en uno de los supermercados de la base), todo lo que llevaban ahora se había mojado en las aguas profundas, y ahí estaban, sentados, tan desnudos como permitían las reglas del decoro. La forma de conversar ideal para un paranoico, el modo como se solucionaba el asunto en Diego García. La isla de la hipocresía y los secretos.

Ella necesitaba crear un ambiente de confidencias en el que también él se sintiera cómodo. Que nada de lo que allí se dijera se pudiera reproducir más tarde. Lo que en esa playa sucediera, en esa playa quedaría.

Shauna apartó con la mano la arena de los pies.

—Nuestro hombre —dijo—, tu sueco... Stackhouse quiere hacerlo encajar en el perfil habitual. Han urdido algo relacionado con el extremismo religioso. Aunque yo creo que tiene otra motivación.

—Nuestro hombre se llama a sí mismo N. —dijo Grip.

—N. —repitió Shauna, reflexiva. Apartó un pensamiento—. Es responsable de muchas muertes.

—¿Quién lo dice?

—Él mismo, entre otros, en sus propias declaraciones. Además existe una ligera, muy ligera prueba apenas demostrable, y también un pakistaní que tiene un agujero en la cabeza donde debería encontrarse su memoria.

—Impresionante.

—No particularmente. Pero creo al pakistaní.

—¿Dónde se encuentra ahora?

—Encerrado, esperando su ejecución en Kansas.

—Menuda colección de personajes.

—Si tú supieras... —Shauna le dio un sorbo al refresco—. Para mí, todo esto empezó mientras investigaba unos robos de obras de arte. No creas que se trataba de piezas pequeñas: tenían mucho valor, y hubo gente que perdió la vida. Yo le seguía el rastro al cabecilla; no podía vincularlo al robo, pero sabía que era él. El nombre que salió a la luz fue el de Adderloy, Bill Adderloy. —Dejó que el nombre calara en Grip. Luego continuó—: Sí, exacto, el mismo de quien te habló N. Poco después de conseguir el nombre, nos dimos cuenta de que los robos de piezas de arte eran solo una parte de la historia, casi una afición, se podría decir. El juego gordo, el de verdad, era que contaba con un par de grupos armados a sus órdenes en Asia. Ya sabes, un centenar de hombres olvidados de Dios en alguna selva perdida de Indonesia, financiados con dinero extranjero. Siempre necesitan un intermediario, alguien que dirija el juego: conseguir armas y munición, repartir dinero..., esa clase de cosas. Todo eso implica un sinnúmero de ilegalidades, por lo que el FBI le seguía la pista a Adderloy desde hacía tiempo. Tenía a dos agentes detrás de él, dos que llegaron a acercarse mucho a él. ¿Entiendes lo que supone ese trabajo?

—¿Vivir infiltrado? —dijo Grip.

—Sí. ¿Lo has hecho alguna vez?

—Alguna.

—¿Durante más de un año? Estuvieron ahí metidos todo ese tiempo, con largos períodos en el extranjero: Indonesia y Tailandia. Mis agentes jugaban a ser pareja, eso era lo que funcionaba. Teatro en la cuerda floja, paseos de la mano por un campo de minas. Pero, paso a paso, se ganaron la confianza de Adderloy. Era un tipo difícil, un cabrón inteligente. No dejaba ningún rastro en papel, y solo utilizaba idiotas útiles para manejar la mercancía. Mis dos agentes se estaban ocupando de arreglar la compra de armas. El propio Adderloy debía investigarla, esa era la idea. Se le atraparía con las manos en la masa y se le esposaría. La cooperación con la Policía de Bangkok funcionó de maravilla, pero entonces... Nunca sabes qué puede suceder con estas cosas. Adderloy sospechó una jugarreta, quizá alguien le dio un soplo desde dentro. Alex y Brooke, mis agentes... Bueno, ya imaginas el resto. La Policía tailandesa tildó lo que había ocurrido como intento de robo. —Shauna sacudió la cabeza—. Les dispararon: dos tiros en la nuca. Pero antes los torturaron durante horas. Yo fui la que tuvo que volar hasta allí para identificar los cadáveres en la morgue de Bangkok. Y Adderloy dejó un mensaje bien claro sobre esas mesas de acero inoxidable: ¡no vengas a por mí, joder! Brooke tenía dos hijos, de tres y cinco años. El primer hijo de Alex estaba en camino. ¿Cuántos agentes, cómodamente instalados en casa, crees que quisieron ocupar su puesto? Bueno, justo después del funeral todo el mundo quería trincarlo. Pero cómo conseguir enviar a alguien cuando todo apestaba a soplones en el propio Cuerpo. Aunque intentamos llevarla a buen puerto, odio tener que admitir que toda la operación cayó en saco roto. Todo quedó en un punto muerto.

»Y entonces, de repente, en el corredor de la muerte de Kansas un pakistaní empezó a balbucear acerca de Adderloy. Las alarmas saltaron de nuevo. Cuando Reza Khan comenzó a recordar cosas, se dieron algunos pasos. Durante los primeros días, el asalto al banco de Topeka fue considerado como un simple atraco. La Policía salió a perseguir a los ladrones, como es habitual cuando hay un robo con violencia en un banco, y nosotros les ayudamos. Cuando arrestaron a Reza, todo estalló. El circo mediático, la televisión y todo lo demás. Tan pronto como se supo que era pakistaní, y por todo lo sucedido con Al Qaeda, te puedes imaginar, Stackhouse y su gente se volvieron locos. Enseguida cayeron sobre N. como lobos hambrientos, y desde entonces lo tienen bajo custodia. Por fortuna se lo habían comunicado a algún superior, y unos años después, cuando el pakistaní empezó a hablar, un tipo de Washington conectó los puntos: Adderloy, Reza y N. –Shauna se volvió hacia Grip–. Fue entonces cuando me llamaron.

–Espera, retrocede un poco –dijo Grip–. Hay algo que no me cuadra.

–Te refieres a Topeka.

–¿Por qué querría Adderloy organizar el robo a un banco en Topeka?

–Para castigar a Turnbull y a sus baptistas del sur por la forma en que se comportaron después del tsunami, pero sobre todo porque el grupo necesitaba dinero.

–Claro, así es como Adderloy lo vendió en Weejay's. Y al menos N. se lo creyó, quizá también Reza. Pero ¿de qué iba todo en realidad?

–¿Te refieres a por qué se involucró Adderloy?

–Adderloy roba obras de arte y coquetea con grupos rebeldes, tú misma acabas de decirlo. No es el tipo de persona que se enfada con el atraso moral de unos cuantos baptistas.

Shauna guardó silencio durante unos segundos.

–Es más complicado, y a la vez más sencillo que eso –continuó–. En realidad, a Adderloy le preocupan mucho los baptistas del sur. Antes de heredar una pequeña fortuna que le dejó un tío sin descendencia, pasó algunos años en Inteligencia durante la era Reagan, a principios de los años ochenta; hace ya mucho tiempo de eso. Pero la gente llegó a conocerlo, estableció contactos. Yo no conocía esta historia hace dos semanas, pero ahora sí. –Shauna se frotó una pantorrilla–. Si juntamos los rumores y los hechos reales, acabamos llegando a esta conclusión: a principios de los años noventa, Adderloy empezó a trabajar por su cuenta en lo que te contaba antes, los grupos rebeldes; era una especie de comerciante de violencia y poder. Quería más acción y menos palabras. Lo que importaba no eran sus convicciones, sino el dinero que había en juego. Lo hacía por avaricia, y hasta hace bien poco yo creía que todo su apoyo procedía de capital extranjero; me lo tragué por completo. Pero

¿tienes idea de cuánto dinero poseen las iglesias del sur y el Medio Oeste? ¿Y en qué están dispuestas a gastarlo? Pequeños proyectos de construcción de personajes por todo el mundo, los cruzados de nuestra era. Adderloy los hizo realidad. Él era el intermediario entre los donantes de Texas y Misisipi y los grupos rebeldes y extraños líderes de la oposición en Oriente Medio y Asia. Todo, desde armas hasta elecciones con candidatos comprados que fingían ser grandes defensores de la democracia, todo pasaba por las manos de Adderloy, que era quien manejaba los hilos. El 11 de septiembre no afectó al negocio. Consiguió buenas comisiones, claro. Mientras, en Washington había gente satisfecha que lo observaba y hacía la vista gorda. Adderloy conseguía cosas que no se podían airear así como así en las comisiones del Senado.

»Pero entonces... ¿deberíamos llamar desarrollo internacional a todo lo que salió mal en Irak y a todo el caos posterior, como el valor de las acciones de Estados Unidos en el mundo? Aquellos que tenían dinero comenzaron a dudar cuando esas simples cruzadas demostraron no funcionar. El hecho de que los planes de Bush no fueran a durar para siempre, aun cuando saliera reelegido... Sí, eso afectó de verdad al Cinturón de la Biblia. Más tarde, la gente se arrepintió. Aunque todavía les quedaban algunos años, muchos comprendieron que los barrerían junto con el clan de los Bush. Y ellos... Ellos querían estar seguros de no caer muy bajo. Dicho en pocas palabras: cada vez se emitieron menos cheques. Adderloy no prestó atención a los rebeldes ni a los chacales, lo que lo incomodó fue que se agotaran sus ingresos y que eso afectara a su vida y a sus extravagancias. Se enfureció cuando dejaron de invitarlo a sus santuarios privados. Los pastores sureños continuaban convencidos al menos de haber seguido los diez mandamientos, pero Adderloy carecía de escrúpulos. Su plan B fueron el chantaje y la venganza ejemplar. Los fanáticos de Turnbull no eran fichas importantes en todo esto, a pesar de que aportaban algo de dinero; en realidad, a nadie le importaban demasiado. Pero eran, después de todo, una iglesia como todas las demás. "Mirad", fue el mensaje de Adderloy a aquellos que le dieron la espalda; eligió a Turnbull como chivo expiatorio y aplastó su desagradable y pequeña secta delante de todo el mundo. Adderloy se aseguró de que todos aquellos a quienes iba dirigido el mensaje lo recibieran. Y hay que admitirlo: la brillantez con la que siempre juega sus múltiples cartas es de admirar. Se aseguró de que Reza Khan se uniera al plan, y luego se encargó de que lo detuvieran. La pesadilla, un pakistaní islamista en el corazón de América, se hizo realidad. Ahora las iglesias podían empezar a aportar dinero de nuevo sin quedar mal.

—Como buenos cristianos —dijo Grip.

—Todos ellos son buenos cristianos, excepto la difunta iglesia de Turnbull.

—¿Y ahora qué?

—Ahora, nada ha cambiado en absoluto. Todo sigue como siempre —dijo Shauna—. No puedo probarlo. Todo lo que te estoy contando acaba aquí, en la brisa marina de Diego García. Lo que sé proviene de conversaciones confidenciales y de un par de soplos como pago por viejos favores. Nada que pueda tener el menor valor ante un tribunal. Ninguno de los tipos involucrados quiere que le recuerden a Adderloy, en particular aquellos que miraban en silencio desde Washington. Secretos, labios sellados. Las ejecuciones de Reza y Turnbull no son más que los toques finales.

—Me alegro —dijo Grip, y se incorporó para sentarse en su toalla—. Por ti, quiero decir, por estar de nuevo tras la pista de Adderloy.

Shauna le lanzó una mirada de incredulidad. Y era cierto, Grip no se iba a dejar despistar. No iba a permitir que ella le hiciera confundir la trama principal con el espectáculo secundario.

—Ya sabes, Adderloy no es asunto mío —dijo él—. Estoy trabajando en algo completamente diferente.

—¿Ah, sí?

—Sí. Tengo razones para pensar que un ciudadano sueco está siendo retenido ilegalmente aquí, en Diego García.

Lo dijo con voz clara, en un tono algo formal. Quería estudiar la reacción de la mujer.

Shauna inclinó la cabeza. Sabía muy bien cómo actuar para transmitir una confianza total. Tan bien que uno podía creer fácilmente que lo hacía de manera espontánea. Sol y piel, bañadores, agua salada, un océano profundo... Sabía lo que hacía. No había nadie alrededor, nadie recordaría nunca nada. ¿A quién estaba inspeccionando él? Allí solo estaban ellos dos. Solo había un aquí y ahora.

—Bueno, antes de empezar a hablar de cargos formales y extradiciones —comenzó ella—, ¿por qué no te relajas un poco? ¿Con qué frecuencia disfrutas de días como este? —Volvió su rostro al sol—. Ni siquiera estás aquí: oficialmente, estás en Nueva York. Nadie sabe que no es así, ¿verdad?

Shauna alzó la mirada como si esperara una respuesta, y lo hizo con la misma pasión que alguien que acabara de acusar a su amante de infidelidad. Un sonido se elevó en la distancia y desapareció con la misma rapidez; el silbido lejano de un avión a reacción.

—Nueva York, sí —dijo ella a continuación—. Claro, te gusta el arte, por supuesto. ¿Viste...? Cuando estuviste en Nueva York, ¿viste *Las puertas,* la obra de Christo?

—Sí, la vi. De casualidad —dijo él unos segundos después—. Pasaba por allí.

Posiblemente, ella no sabía que Grip detestaba que se lo recordaran.

—Imagina... Pasaron veinticinco años hasta que la ciudad de Nueva York le permitió ejecutar su obra. La primera vez que leí sobre ello, el proyecto me resultó exagerado..., incluso vulgar. Más de siete mil puertas en Central Park. ¿Por qué? —Rio—. Pero luego, si piensas en Central Park durante el mes de febrero, con sus árboles grises, la hierba congelada..., y de repente una mañana te encuentras con ese extraño sendero anaranjado... La ligera brisa que acariciaba las telas, que se movían como piezas de dominó cayendo lentamente.

—Era precioso —consiguió decir Grip—. Un espectáculo maravilloso.

Había al menos una coincidencia de más. La primera, aquella conversación en el club de oficiales, cuando ella empezó a hablar de Jean Arp y sus esculturas mientras cenaban. Ahora, Christo y Central Park. Era como si ella hubiera repartido dos cartas de una baraja, justo las dos en las que uno había pensado, las últimas que deseaba ver. ¿Cuáles serían las probabilidades? Claro que existían las casualidades, siempre las había. Pero también había visto esa carpeta demasiado abultada con su nombre en una oficina del FBI en Nueva York.

—Pero estábamos hablando de su estatus legal, ¿no es así? —Shauna retomó la conversación—. ¿Sabes que mi único privilegio aquí, en Diego García, es interrogar al hombre que ya sabemos que es sueco? Es lo único que se me permite hacer, todo lo demás está fuera de mi alcance. Ninguna pregunta acerca de nada más a nadie más, solo a él. Pero sabes tan bien como yo que, como soy norteamericana, nunca hablará conmigo. No soltará una sola palabra. Tú eres el único que puede sacarle algo. Ayúdame.

—Claro, puedo seguir entrevistándolo —dijo Grip. Era como admitir su culpabilidad, aun cuando solo quisiera ganar tiempo.

—Te lo agradezco —dijo Shauna—. Descubramos quién es. Quién hizo qué en realidad, y entonces resolveremos el proceso formal.

Grip sintió que tenía que recuperar algo de control.

—Asegúrate de que alguien le eche un vistazo a sus pies. Un médico de verdad. Y de que le corten el pelo. Quiero ver qué aspecto tiene.

Shauna asintió.

—Los periódicos —dijo ella—. ¿Quieres que sigamos con ellos?

Grip permanecía sentado en silencio, las gafas de sol ocultaban su incertidumbre. Se devanaba los sesos.

—Sí, claro —replicó abruptamente, y se volvió hacia ella—. N., o como debamos llamarlo, resolvió el crucigrama de uno de

239

los periódicos que le di. Quizá le gusten los crucigramas. Tal vez lo relajen.

Grip contempló un rato el mar, que rompía a corta distancia, y después bajó la vista. La arena en los pies de Shauna. Sus manos, su cabello, sus ojos. El bañador negro.

—Te daré una nueva lista de periódicos esta misma noche —añadió, por decir algo. Ella se encogió de hombros.

¿De quién era ahora el idiota útil? ¿De Shauna Friedman, de Suecia o simplemente de sí mismo?

29

Cuando Grip entró en la celda, N. lo desafió con la mirada. Le habían cortado el pelo; no tanto como solían hacer con los demás prisioneros, pero bastante.

—Supongo que ha sido idea tuya —dijo.

—Te vendaron, así que supuse que también te podrían cortar el pelo. Sí, les sugerí que lo hicieran.

—¿Para que me pareciera más a mí mismo?

—Con esas greñas que tenías ni siquiera podías ser tú mismo. —Grip abrió una nueva página de su cuaderno—. ¿Tanto problema supone el pelo?

—Antes no tenía esta pinta.

—¿Ah, no? —Grip no mostraba mucho interés en el tema.

—Me han cortado el pelo para que me parezca a ti. ¿También eso fue idea tuya?

Grip lo observó y advirtió una posible semejanza.

—No —dijo—. Quizá pensaron que todos los suecos llevamos el mismo corte de pelo. ¿Quién sabe? —Se encogió de hombros—. ¿Podemos...?

—Adelante —replicó N.

—Bien.

—Has leído mi declaración completa: Weejay's, Topeka, el gordo cabrón de Charles-Ray y todo lo demás... Quizá hayas encontrado alguna contradicción. Quizá tengas una lista adicional de preguntas.

Grip asintió.

—Algo así. Pero, para empezar, me gustaría saber quién eres.

N. se enderezó.

—¿En beneficio de quién? —Como Grip no tenía una respuesta preparada, N. continuó—: Sé quién soy, y estoy donde estoy. Así que... ¿en beneficio de quién?

—De mí. ¿No es suficiente?

—¿Qué importa eso? —dijo N. mientras Grip jugaba con el bolígrafo entre sus dedos—. Seguro que en casa hay una lista de todos los que aún siguen desaparecidos, arrastrados por la ola. Tengo que estar ahí; la persona que fui debe de estar en esa lista. Puedes buscar entre las familias enteras que nunca regresaron. Aunque eso ya no vale de nada. Solo encontrarás a la persona que he dejado de ser.

La emoción hizo temblar a N. Sus dedos permanecían agarrotados sobre las rodillas a fin de mantenerlas quietas. Había decidido algo.

—En una ocasión trabajé para un polaco —dijo entonces—. Un polaco judío que se retiró un año después de que yo empezara a trabajar. Me contó que cuando era niño ni siquiera sabía que era judío, fueron los nazis los que lo convirtieron en uno. Así fue como se convirtió en uno de ellos. No podía ser otra cosa. —Suspiró—. De la misma manera... De la misma manera, yo me he convertido en algo que no era. Un árabe, quizá. Tenían esa idea, y ahora soy uno de ellos. Me han torturado para que lo sea. En cada lugar, en cada etapa del camino, apalearon, golpearon y acuchillaron cada una de mis convicciones. —N. trató de ignorar las lágrimas que aparecieron en sus ojos—. ¿Sabes...? —Tragó saliva—. ¿Sabes que cuando te están torturando te conviertes en un niño? Ahí están tu padre y tu madre viendo cómo destruyen todo lo que eres, y lo que fuiste. Al final, en el hueco que queda, hay otra persona. Pregunta a los que están ahí fuera, ellos dicen que odio el mundo. Y tienen razón, ahora lo hago. Pero me necesitan. El mal debe tener un rostro.

—¿De modo que tú eres solo una víctima?

—Te he contado mi historia. La culpa y la inocencia carecen ahora de importancia.

—¿Eso crees?

—Escucha lo que digo. La culpa y la inocencia no son importantes. Sé lo que he hecho, y sé que estoy aquí dentro. Ahora mismo compartimos esta celda. Y deberías escucharme.

Grip se sintió incómodo. Era tan consciente de sí mismo que de pronto se sintió demasiado expuesto.

—Desde que me arrestaron, y hasta llegar aquí —continuó N.—, durante varios años, toda una eternidad, dejaron que todas las razas del mundo me golpearan: árabes, asiáticos, africanos. Pero siempre es peor cuando son ellos quienes lo hacen, cuando los norteamericanos entran en acción. Entonces no solo es todo una insensatez: además se vuelve refinado.

Grip echó un vistazo a la cámara que había en la pared.

—No te preocupes, soportarán escuchar lo que ya saben —dijo N.—. Sí, son ingeniosos, pero no vamos a hablar de sus métodos, sino de los resultados. Supongo que he confesado de todo.

—¿De todo?

—Todo lo que deseaban oír. Firmé, me arrastré, recé. —N. se pasó las manos por las piernas—. Hablando del sacrificio del peón, tuve que pagar doble por la fuga de Mary, Vladislav y Adderloy. Y ahora tú estás aquí... ¿para qué? —Por un momento pareció que iba a sonreír—. Al menos ya no me pegan.

Miró a Grip un rato largo, demasiado largo.

—Me gusta hacer crucigramas —dijo entonces—. ¿Podrías conseguirme algunos periódicos con crucigramas?

—Puede ser...

—Es todo lo que quiero. Ya no me pegan, y quiero hacer crucigramas.

Grip comprendió que estaban negociando algo, pero no sabía qué.

—Es hora de tomarse un descanso. Veré qué puedo hacer.

Se puso en pie.

Al salir de la celda y entrar en el pasillo, vio una espalda desaparecer tras una esquina. En la sala de vigilancia, Stackhouse estaba sentado, como de costumbre, frente a los monitores. Se dio la vuelta poco después de que Grip llegara.

—No es cierto —dijo Stackhouse. La silla que había a su lado estaba fuera de su lugar, sobre la mesa había unos papeles.

—¿Qué es lo que no es cierto? —respondió Grip mientras hojeaba un montón de periódicos atrasados.

Stackhouse vaciló.

—La tortura —dijo—. Que nosotros hayamos... participado en ella.

—No: lo sabíais perfectamente, y no hicisteis nada. Todo el mundo lo sabe.

—¿No me crees?

Grip alzó la vista.

—¿Qué pensarías tú? —dijo, y en ese mismo instante se dio cuenta del significado de la silla vacía y la espalda del hombre que había entrevisto en el pasillo. Habían decidido no darle ningún tipo de ventaja; después de todo, él y N. hablaban entre ellos en sueco. En Diego García había ahora, por lo menos, un intérprete simultáneo.

Grip separó unos periódicos.

—Dale esto, y también necesitará un bolígrafo. Volveré después de almorzar.

—Nada de bolígrafos —dijo Stackhouse—. No puede quedarse solo con uno. Corremos el...

—Entonces dale un puto crayón —dijo Grip, y se marchó.

Almorzó una hamburguesa en un tugurio somnoliento de la isla. A juzgar por los convoyes polvorientos que pasaban sin cesar bajo el sol, el resto de la base parecía ocupado en conducir camiones de un sitio a otro. Mientras se tomaba un segundo café en una taza de plástico, vio pasar carcasas de bombas sin lona alguna que cubriera la carga. ¿Por qué la celda de N. parecía de repente tan aterradora?

Cuando Grip regresó, N. estaba sentado a la mesa resolviendo crucigramas con un lápiz corto y romo. Abrió su cuaderno de nuevo y comenzó a hacerle preguntas. Detalles de cómo cruzaron la frontera entre Canadá y Estados Unidos, una ambigüedad sobre el tiempo que habían pasado en Topeka, si sabía dónde había conseguido Adderloy las armas... N. contestó a todo, pero mientras lo hacía no dejó de rellenar el crucigrama del periódico. Grip contuvo el impulso de pedirle a N. que dejara de mirar el periódico. Está garabateando algo, pensó Grip.

¿Qué había tratado de decirle N. antes del almuerzo? ¿Algo tan sencillo como proteger la memoria de una familia perdida? No aclarar el asunto de su identidad, dejando que todos los muertos siguieran muertos. Seguro, pero había algo más.

—Madre original —dijo N. de repente, en medio de una declaración sobre algo relacionado con Topeka—. Tres letras. Eva, ¿no crees?

Grip permaneció sentado un rato en silencio. Por fin hizo otra pregunta que N. respondió de forma mecánica; Grip apuntó la respuesta.

Era obvio que los sicarios de Stackhouse nunca soltarían a N., tanto por lo que le habían hecho como por lo que habían descubierto. ¿Qué diablos estoy haciendo aquí?, se preguntó Grip. ¿Por culpa de quién? Ya había hecho suficientes preguntas. Lo que debía hacer ahora era irse a casa. Cerró su cuaderno.

N. advirtió que Grip estaba a punto de marcharse. Giró el periódico sobre la mesa.

—Madre original. ¿No debería ser Eva?

Grip, que ya estaba de pie, suspiró.

—No si tiene una W, ¿no te parece? —dijo.

N. escribió algo más, y luego señaló el papel con el lápiz. Grip miró y leyó. Había escrito ARP en las tres casillas.

—Con V, claro —dijo N., y borró toda la palabra—. Aquí también, sí, tiene que ser Shakespeare y Macbeth, pero ¿es Banquo la tercera palabra? —Señaló la hilera de palabras que se extendían por todo el crucigrama—. ¿Banquo, cuyo fantasma persigue a Macbeth?

Al principio, Grip no encontró ninguna conexión. Pero entonces leyó toda la línea una vez más. N. había escrito algo: ANOCHE ME INTERROGARON.

Grip durmió mal, y lo que vio desde la ventana de su habitación esa noche lo horrorizó. Se había acostumbrado al ruido de los aviones y a la proximidad de la pista; apenas lo molestaban ya. Por las mañanas solían despertarlo los aviones de reconocimiento y de carga que aterrizaban temprano. Pero esa noche, cuando por fin consiguió dormirse, un rugido ensordecedor lo despertó. Se levantó, medio dormido, y miró a través de la persiana. El ruido de los motores parecía llegar desde todas las direcciones.

Entonces los vio. El parpadeo de las luces anticolisión y las luces blancas de navegación, las constelaciones que se movían como collares de perlas por el cielo. Vio las siluetas que se alejaban de la pista, las alas altas y abultadas a causa de la pesada carga, en trayectorias que se elevaban lentamente. Se trataba de grupos de bombarderos B-52. Le pareció oír gritos de alegría en el exterior. Una nueva oleada de aviones se puso en marcha. Parecían no tener fin.

30

El juego de las pistas continuó al día siguiente en la celda. Un intercambio sin mucho sentido de preguntas y respuestas mientras N. permanecía sentado rellenando crucigramas. Las dificultades de Grip para reconstruir la secuencia de acontecimientos en Weejay's no significaban nada, y las pequeñas interrupciones de N. mascullando palabras de cinco letras y nombres de flores de jardín lo significaban todo. El crucigrama del periódico viajó unas cuantas veces de un lado a otro de la mesa, mientras Stackhouse y su intérprete simultáneo oían todo lo relacionado con los baños matinales de Vladislav o el carácter excitable de Reza.

Para Grip, era como hacer juegos malabares con granadas de mano. ¿Acerca de qué habían interrogado a N. el día anterior? Y en cuanto a esa otra palabra que había escrito, Arp..., ¿qué sabía N. de Jean Arp? En un momento de la conversación, Grip escribió ¿NUEVA YORK? y luego le dio la vuelta al periódico. N. asintió, pero ¿qué sentido tenía aquello? Ninguna de las anteriores historias de N. tenía nada que ver con Nueva York. ¿Por qué le había preguntado N. sobre eso? Mientras tanto, Grip evitaba los silencios con preguntas sobre el otro asunto y mantenía todos los frentes abiertos. N., por su parte, intentó tener algo que decir, pero conservaba sus cartas cerca. Escribió: MAUREEN. Pasó el lápiz dos veces por el nombre de forma casi imperceptible, después lo borró. Grip no encontró a ninguna Maureen en la lista de desaparecidos que había mencionado N.

UNA VIDA POR OTRA VIDA fue una de las frases que pudo leer en el crucigrama; otra, SACRIFICIO DE PEÓN, sonaba como una exhortación. Grip sabía que se trataba de un juego con demasiadas asociaciones posibles. El anhelo humano de conectar cosas, de descubrir patrones sin que importara cómo se distribuyeran los puntos. Era tan deseable... ¿Se comportaba N. como una especie de adivino, engañando con habilidad a alguien para que viera sus propias esperanzas y temores ocultos? Planta una semilla; la mente hará el resto. Un par de años de torturas e interrogatorios, sin embargo, era algo que aún producía dolores de cabeza a los norteamericanos. Había una astucia implícita en todo ello: qué decir, y cuándo. N. lo sabía todo acerca de las leyes de la naturaleza en un universo que no iba más allá de las cuatro paredes de una celda. El juego con los norteamericanos era una cosa. Pero ¿cuál era la otra? ¿Deseaba N. dar, o solo quería recibir?

Cuando Grip escribió CHRISTO, N. no dio muestras de comprender. Después de un buen rato, Grip añadió otras dos palabras: LAS PUERTAS. Eso pareció golpear ligeramente a N., como si se tratara de un asunto vagamente familiar, pero nada más. Ningún asentimiento disimulado, ninguna palabra nueva que se pudiera interpretar como una respuesta. Bailaron alrededor de las palabras. Grip, cada vez más desconcertado, hacía malabares con todos los elementos.

Decidió cambiar de táctica. Convencido de que N. guardaba un as en la manga, decidió presionarlo con una mentira:

—Me marcho pasado mañana —dijo, y a continuación cambió de postura en la silla para hacer ver que estaba a punto de acabar por ese día.

N. escribió enseguida sus dos últimas palabras: TORTURA y MAUREEN. Luego las tachó.

«Una vida por otra vida.» Eso fue lo que Vladislav le había dicho a N. cuando le agradeció que hubiera evitado que regresara a la fábrica por su pasaporte cuando apareció la Policía. Le había salvado la vida, y prometió pagar la deuda.

Grip no dejaba de dar vueltas a esas palabras mientras echaba un vistazo al interior del club de oficiales. Estaba repleto de gente, y parecía que había una fiesta: monos de vuelo, cerveza, golpecitos en la espalda. Grip intentó encontrar a Shauna, que le había dejado un mensaje en el hotel diciéndole que quería verlo allí. Los últimos días no habían cenado juntos.

Por fin la vio en la mesa donde solían sentarse, rodeada de media docena de pilotos. Manejaba con soltura una baraja de cartas. Un par de hombres reían mientras los demás observaban las cartas, que corrían por sus manos como si fueran agua. Entre las botellas de cerveza y las copas, Shauna cortaba y repartía. Sus dedos y la baraja se movían con rapidez, pero el resto de su cuerpo era la quietud personificada. La reina de picas fue la única carta que parpadeó como un relámpago al aparecer. La dama de negro se esfumaba y reaparecía constantemente mientras la multitud trataba de señalarla. El fajo de billetes al lado de Shauna daba una idea de lo mal que les estaba yendo a los pilotos. Maldecían y reían; habían caído en su red por completo.

Grip observó unas cuantas rondas más desde la distancia, mientras el montón de billetes crecía. La melena suelta de Shauna caía por su espalda, y tenía los ojos más maquillados que de costumbre. Grip pensó que ella jugaba bien con el misterio sobre su edad. No supo precisar a qué se debía, pero de alguna manera ella flotaba gracias a ciertos detalles que resultaban casi inapreciables. La mayoría de los aviadores que la rodeaban eran más jóvenes, pero Shauna encajaba bien entre ellos. ¿Era mayor o más joven que él?

Alrededor de los jugadores, la fiesta seguía en pleno apogeo. La música llegaba en oleadas; junto a la barra, varios aviadores sudorosos y el estresado responsable del local discutían a causa del volumen.

Mientras ordenaba su fajo de billetes, Shauna vio a Grip.

—Gracias, caballeros —les dijo a los hombres que la rodeaban mientras él se acercaba.

Ellos vacilaron; querían más, recuperar lo que les pertenecía. Pero, cuando llegó a la mesa, Grip los miró como si estuvieran fuera de lugar. Uno tras otro, se pusieron de pie y desaparecieron.

—¿Una cerveza? —dijo Shauna—. Invita el Escuadrón 917. Están todos de celebración.

—Todos esos B-52 de anoche... Tenía un presentimiento.

—Hay barra libre durante toda la noche.

—Obviamente, todos ellos regresaron ilesos.

Grip consiguió llamar la atención de una camarera, hizo un gesto hacia uno de los vasos que había en la mesa y se sentó. Shauna sonrió, victoriosa.

—¿Qué has estado haciendo hoy? —preguntó Grip. Ella no respondió—. ¿Todavía recibes copia de la confesión de N.?

—Breves resúmenes. Stackhouse sabe que puedo hablar directamente contigo, así que supongo que se atiene a lo que se dice realmente. Por ahora, no mucho. Sin embargo, me ha dicho que lo de los jodidos crucigramas tiene que parar, piensa quitarle los periódicos. Cree que no tiene control sobre todo lo que pasa en la celda.

—Nos tiene controlados cada minuto que pasa. ¿Qué cree que hacemos, comunicarnos a través de esos crucigramas? Los periódicos lo relajan. ¿No era eso lo que queríais?

—En parte.

Llegó la cerveza. Grip le dio un sorbo. Luego preguntó:

—Entonces, ¿qué más quieres?

Shauna pensó un momento.

—¿Te das cuenta de que yo, como miembro del FBI, interpreto sus respuestas de forma distinta a los subalternos de Stackhouse?

Grip se encogió de hombros. Shauna hizo rodar un cacahuete entre las yemas de los dedos, como si comenzara un nuevo truco.

—Estoy muy interesada en saber cuándo y dónde lo arrestaron.

—Dice que fue arrestado en un motel de Florida.

Shauna cerró la mano y volvió a abrirla. El cacahuete había desaparecido.

—Stackhouse afirma que lo arrestaron en un barco frente a la costa de Florida. Es un detalle legal muy importante; si no hubiera sido así, N. no podría estar aquí detenido. A la CIA no le está permitido arrestar a nadie en territorio estadounidense.

Hizo una pausa. Grip permaneció en silencio, esperando a que siguiera.

—Si Stackhouse afirma que lo arrestaron en un barco, es que fue así —continuó ella—. El hecho de que yo tenga razones para desconfiar de lo que él diga no importa. Pero imaginemos por un momento que Stackhouse dice la verdad, y que N. ha tramado algo.

—¿Crees que está ocultando algo?

—Ya veremos. La historia de N. acaba en un motel de Florida. Es fácil precisar la fecha, contando los días que pasaron después de que la Policía asaltara la fábrica de Topeka. Eso sería el 21 de febrero de 2005. Por su parte, Stackhouse sostiene que N. fue arrestado a bordo de un barco el 15 de marzo. Si es como él dice, queda por saber qué pasó durante esas tres semanas que faltan en la versión de Stackhouse y la CIA. ¿Qué estuvo haciendo N. durante todo ese tiempo, antes de subir a ese barco?

El cacahuete reapareció en su mano. Lo devolvió al cuenco y luego miró a su alrededor; los pilotos de los bombarderos, los uniformes..., no tanto como efecto dramático como para ordenar sus pensamientos

—La verdad, como ambos sabemos, es un término relativo —dijo al cabo.

—¿Por qué me cuentas todo esto? —preguntó Grip. Su juego de insinuaciones y lazos íntimos había ido demasiado lejos—. ¿Qué quieres decir?

—Nada en particular. Eres un representante de Suecia. Estamos hablando contigo.

Su servilismo sonó peor que el de una simple azafata de convenciones.

—Ese hombre que todavía desea llamarse N... —dijo Grip enfadado—. Después de todo... —Apoyó su vaso de cerveza sobre la mesa–. Nunca lo soltaréis, ni siquiera reconoceréis su existencia. El arresto, la tortura..., toda esa mierda es ilegal.

–Ahora tienes...

–No, Shauna –la interrumpió Grip–. ¿A quién quieres que represente, a mi país o a mí mismo?

Ella permanecía impasible.

–¿Cuántos pasaportes tienes, Ernst?

–Lo interrogaron ayer por la noche, y nadie me ha dicho nada. ¿Lo está interrogando también Stackhouse?

–No. Estoy segura de que él se limita a quedarse ahí sentado, escuchando. Fue uno de los míos, le pedí que viniera hace un par de días. ¿Cuántos pasaportes tienes?

–¿Qué? ¿Por qué habéis empezado a interrogarlo? Y solo tengo un pasaporte. ¿Por qué lo preguntas?

–Tú mismo dijiste que se había relajado. Hay que aprovechar la oportunidad.

–¿De qué habláis con él? ¿Qué os cuenta?

–Lo suficiente.

–¿Sobre qué? –insistió Grip.

–¿Celebras la Navidad con tu familia?

–Estás cambiando de tema.

–Así es. ¿Celebras la Navidad con tu familia?

–No. No me gusta, todos esos malditos árboles y duendes. Lo mío es viajar.

La rabia le hacía morder sus frases.

–Tus hábitos navideños son más interesantes de lo que crees. –Shauna metió la mano en su bolso y sacó algo. Resultó ser un pasaporte. Se lo tendió a Grip–. ¿Dónde estabas cuando oíste hablar del tsunami?

–De viaje. Era Navidad. Un viaje de buceo en Tailandia. –Lo que tenía en la mano era un pasaporte sueco. Grip lo abrió por la mitad de las páginas selladas–. Cuando todo ocurrió yo estaba buceando, no noté nada fuera de lo normal. No vi la devastación hasta que el barco no nos trajo de vuelta a la costa. No sufrí ni un rasguño.

—¿Y el pasaporte?

—Qué pregunta. Como tantos hoteles de la playa, el mío quedó destrozado por completo. Mi pasaporte desapareció junto con casi todo mi equipaje.

Grip siguió hojeando el que sujetaba en la mano. Y entonces llegó a la fotografía de sí mismo.

—¿Qué? —exclamó, abriendo mucho los ojos—. ¿Por qué...?

—¿... estamos en Diego García hablando de tu pasaporte perdido?

Shauna lo miró y recapacitó un momento.

—¿Te has presentado a N.? —preguntó por fin.

—¿Si le he dicho mi nombre?

—Sí.

—Según las reglas de conducta, Stackhouse me hizo prometer que no lo haría. Así que no, no lo he hecho.

Shauna asintió.

—Independientemente de dónde arrestaran a N. —dijo despacio, sonriendo ligeramente—, una cosa está clara: llevaba encima un pasaporte que lo identificaba como Ernst Grip.

Un segundo. Le llevó un segundo atrapar el concepto, y entonces el tren expreso lo golpeó de lleno en la cabeza. Sin embargo, no bajó la vista. Logró seguir mirándola.

—Él tenía tu pasaporte. ¿Te lo puedes imaginar, Ernst?

31

—En esas playas había...

—Lo sé —dijo Shauna—: decenas de miles de suecos.

—Alguien encontró mi pasaporte y lo dejó en uno de esos hospitales por los que pasaba tanta gente.

—Exacto.

—Y fue ahí donde él lo encontró.

Shauna Friedman asintió.

En algún lugar de su mente, Grip se preguntó por qué estaba tratando de parecer inocente. No era culpable de nada. Su viaje no tenía nada de extraño. El tsunami había sido un desastre natural. Y su pasaporte acabó en las manos equivocadas. No tenía por qué defenderse de nada. Y sin embargo...

—Tú, vosotros, Stackhouse... —Grip levantó las manos—. Preguntasteis por mí en particular. Queríais que fuera yo, y no otra persona, quien viajara desde Suecia hasta aquí, Diego García.

—No fuimos los dos. Fui yo quien requirió tu presencia.

—¿Por el pasaporte?

—Sí. —Shauna asintió—. Sugerí que había cuestiones que solo tú podrías responder.

—¿Te refieres a cómo acabó mi pasaporte donde lo hizo?

—Sí. Y ahora ya lo sé. Pero todavía quedan por aclarar todos tus viajes a Nueva York.

Ese fue el segundo golpe de la noche, y no le resultó menos duro que el anterior. En medio de los gritos de los pilotos, Ernst Grip se sentía irritado. Todavía sujetaba el pasaporte en la mano, su antiguo pasaporte, que, al igual que el nuevo, estaba repleto de sellos de viajes a Nueva York. Constató algo más: cuando conoció a Shauna, cuando fueron a almorzar y se fijó en su cabello, en cómo sus manos manejaban los palillos con habilidad, la atención con la que escuchaba a Django Reinhardt en el coche..., incluso entonces ella ya tenía esas preguntas preparadas para él. ¿Por qué había un hombre en una celda en Diego García que poseía el pasaporte de un miembro de los servicios secretos suecos? ¿Y por qué ese agente viajaba constantemente a Nueva York?

—Como supongo que ya sabes —contestó él—, desde hace varios años pertenezco al departamento de guardaespaldas de la familia real. Ellos viajan mucho: las princesas, sus hijas..., estudios, amigos, visitas a la ONU, compras de Navidad... ¿Cuántas razones más quieres? Además, la ciudad me gusta mucho.

—Sea lo que sea, lo ocultas muy bien.

—¿Quién está ocultando algo en realidad? —Grip sonrió. Necesitaba un respiro, pues todo estaba en juego.

—¿Sabes?, esta madeja tiene muchos nudos —comenzó Shauna—. Estamos realizando varias investigaciones en paralelo. Podemos dejar las interconexiones que nos obsesionan para más adelante. Pero el caso implica el robo de obras de arte, y también a una mujer. Nadie en especial, una simple maestra de escuela, pero murió a consecuencia de un disparo que recibió en Central Park.

Era hora de salir de allí. De marcharse. Le habían tendido una trampa, y ella seguía disparando. No podía quedarse ahí sentado escuchando.

La interrupción se produjo de la forma más natural. Uno de los pilotos dejó de bailar y se desabrochó la parte superior del mono de vuelo para que Shauna lo viera. En la camiseta que llevaba debajo se veía la silueta de un B-52 sobre las palabras *ROCK THE PLANET*. Estaba empapado en sudor, o quizá alguien lo había bañado en alcohol. Asentía orgulloso al ritmo de la música, hasta que alguien tiró de él, alejándolo.

—*Rock the Planet* —Grip saboreó las palabras.

—Lanzó su primer cargamento de bombas completo —dijo Shauna—. Así es como lo llaman.

—Parece joven. Ahora, después de haberlas lanzado, está oficialmente iniciado. ¿Cómo es posible que sepas todo esto?

—Me lo contaron ellos.

Grip volvió la silla hacia el mar en el que se agitaban monos de vuelo arremangados y desabotonados, botellas de cerveza, cigarros...

—Estoy seguro de que han intentado explicarte todo tipo de cosas.

—¿Cómo dices?

Grip esperaba aquella ligera respuesta de indignación.

—La blusa, el bronceado... —dijo, girándose de nuevo despacio—. Y si yo he podido adivinar la tira púrpura de tu sujetador mientras practicabas tus astutos trucos, seguro que también ese centenar de pilotos borrachos lo ha hecho. Si acabas de lanzar diez mil toneladas de bombas sobre la cabeza de miles de seres humanos, estoy seguro de que desearás terminar el día disparando también tu masculinidad.

—Lo sé —replicó ella—. Y son veinte toneladas de bombas por avión.

Grip sonrió, zalamero.

—¿Eso es mucho?

—Sí, mucho.

—Entonces no cabe duda de que están en su pleno derecho de vaciar su testosterona después de semejante contribución a la paz. Por cierto, ¿quiénes crees que fueron más valientes, estos caballeros o los que volaron contra las Torres Gemelas?

—¿Es el valor lo que estamos midiendo?

—Los hombres siempre miden su valor.

—Creo que es hora...

—... de irnos. Sí, lo es.

Se pusieron en pie.

Todo el suelo hasta la salida estaba pegajoso. Después de abrirse paso a través de una multitud sudorosa y vociferante y llegar al vestíbulo, apareció un viejo aviador que estaba solo y que se hinchó como un pavo cuando vio a Shauna. Ella no pareció preocuparse, ni mucho menos interesarse, cuando él comenzó a decir: «No te vayas, todavía es pronto», y «Ven, cariño». Y entonces vio a Grip. Fueron los ojos del aviador —¿*Quién coño te crees que eres?*— los que hicieron que Grip se adelantara entre ellos apenas un paso, bloqueando a Shauna de forma que ella no pudiera ver más que su espalda. Cuando estuvieron a su altura, Grip puso una mano en el hombro del tipo, sonrió y, justo cuando el hombre de pelo corto y brazos peludos estaba a punto de reaccionar, le hizo una llave. Nada de sofisticados movimientos de artes marciales: apenas un sencillo e implacable agarrón de cuello. En un segundo, o ni siquiera eso —lo había pillado por sorpresa y estaba borracho—, el aviador había quedado reducido a ochenta kilos de células que luchaban por respirar. Tiró, pero no conseguía soltarse, sus piernas cedieron de miedo. Entonces Grip lo soltó.

—¿Qué ha pasado? —dijo Shauna alzando la mirada.

El hombre se agachó con las manos en el cuello, sorprendido de que todo siguiera en su sitio. Miró con la vista perdida y tosió, respirando con dificultad. Parecía estar a punto de vomitar.

—Es el calor —dijo Grip—. Demasiada bebida, demasiadas emociones... Vámonos.

Después de regresar al hotel de los oficiales, Grip entró en su habitación, se tumbó completamente vestido en la cama y esperó cerca de una hora. Entonces salió de nuevo y se alejó apenas doscientos metros. Se había fijado en la zona de recreo, algo alejada, separada por unas hileras de árboles del resto de la base. Había una pista de tenis descuidada, una extensión de hierba seca y algunas zonas para hacer pícnic con fogones de cemento y parrillas. En una de ellas todavía había rescoldos; sopló sobre las brasas para darles vida y comenzó a rasgar las páginas de su cuaderno. Cuando las llamas cobraron fuerza y comenzaron a lamer las hojas, añadió las tapas del cuaderno y la pequeña carpeta en la que guardaba sus papeles. De ahora en adelante, lo guardaría todo en la cabeza.

Ardió todo despacio. Empujó y revolvió las brasas con una broqueta abandonada para asegurarse de que todo desaparecía. Mientras observaba el resplandor, dejó que sus pensamientos vagaran.

Allá lejos, en casa, seguro que el Jefe le había contado la verdad. Habría creído que era el Ministerio de Asuntos Exteriores el que requería a Grip para que viajara, sin percatarse de que la solicitud procedía directamente del lado estadounidense. De haberlo sabido, no habría dado su aprobación, Grip estaba seguro de ello; se conocían desde hacía demasiado tiempo como para que estuviera dispuesto a sacrificarlo. Pero ahora Grip se encontraba allí. Había aceptado el maldito billete, y estaba embarcado en el viaje. Tendría que defenderse por sí solo. Esas eran las reglas.

Y Shauna, ¿qué estaba haciendo en realidad? Ella tenía que averiguar cosas, ¿no era ese su trabajo? N. había caído en su regazo, pero era un cuerpo torturado y mudo que no podía ser mostrado ante nadie. Y el muy cabrón había sido arrestado con el pasaporte de un miembro de los servicios secretos suecos en el bolsillo. El pasaporte de Grip. De entre todas las posibilidades, un hilo serpenteante conducía a otro: un robo en Topeka, una mujer muerta en Central Park. Y eso conducía... ¿Adónde conducía? A la celda de N., que ahora los albergaba a ambos.

Por muy improbable que pareciera, la conexión que se había establecido —Topeka y Nueva York— no debía cegarlo. Había otros hilos escurridizos: Stackhouse tenía unos objetivos distintos a los de Shauna, y N. insistía en ese nombre, Maureen, que no encajaba en ningún sitio. Rastros y callejones sin salida que podían ser útiles. Sin venir a cuento, Shauna le había preguntado acerca de Nueva York y los motivos por los que viajaba allí con tanta frecuencia. Pero si Shauna supiera lo que Grip sabía, no estaría pescando, lanzando anzuelos e insinuando amenazas del modo en que lo estaba haciendo. Eso revelaba algo, y era demasiado obvio como para no darse cuenta. Shauna esperaba una reacción. Los interrogatorios de N. que ella había preparado por la noche no giraban en torno a Topeka y el tiempo pasado en Weejay's. Shauna luchaba contra algo, algo incierto. Pero ¿el qué? Grip removió las brasas, donde todavía brillaban unas pocas llamas azules entre las páginas quemadas. Sus pensamientos volvieron a dar vueltas.

Media hora después, apenas quedaban unas cuantas ascuas brillantes en el fuego. Aplastó las últimas páginas carbonizadas del cuaderno hasta reducirlas a polvo y sopló las cenizas, que se alzaron en una nube y desaparecieron. Las cenizas flotaron durante un momento como un fantasma grisáceo en la noche.

Había dos cosas a las que podía aferrarse. Shauna Friedman no estaba segura de dónde se encontraba de verdad la línea entre N. y él, no sabía lo que pasó en realidad después de que Grip perdiera el pasaporte. ¿Quién había estado dónde, y cuándo? Grip lo sabía. Y había hecho sus cálculos. En el tiempo en que N. afirmaba haber sido arrestado en un motel de Florida, Grip había viajado a Nueva York con su propia identidad. *Las puertas,* la mujer a la que dispararon..., todo en el espacio de unos días. Stackhouse afirmaba que N. había sido detenido más tarde, pero eso era mentira: era el espacio de tiempo que la CIA necesitaba para que el arresto pareciera legal. Lo más probable era que ellos tuvieran unas fechas que necesitaban encajar, por si alguien lo investigaba. Y esas resultaban ser las semanas que no estaban claras en la vida de N. Shauna se preguntaba si había sido él o N. quien había estado en Nueva York. Eso era lo primero a lo que podía agarrarse. Lo segundo eran los interrogatorios nocturnos de N. Shauna había intentado dar la impresión de que N. le había contado todo a ella, pero eso no era cierto. Grip trató de esquivar el asunto mientras Shauna intentaba ligarlo a Nueva York. Grip nunca había usado su nombre dentro de la celda, pero N. había hecho la conexión. Después de varios años en el infierno, de repente aparece un agente secreto sueco. Encienden el aire acondicionado, le curan las heridas y le cortan el pelo. Los antiguos torturadores se relajan. Por supuesto que sabe que sucede algo. Entonces llega la última pieza, probablemente lo ha estado mascando: ¿dónde he visto antes a este cabrón? Tal vez simplemente recordó la fotografía del pasaporte que había encontrado en el hospital, o quizá alguien del FBI se fue de la lengua una noche. Y después llegaron las preguntas sobre Nueva York y sobre las obras de arte. Estaba claro que N. se había dado cuenta de que alguien sería culpado de algo. Y el mismo Grip no entendía nada, se había sentido como un desgraciado borrego todo el tiempo, hasta que Shauna se lo lanzó todo a la cara. ¿Cuánto se parecían en realidad los dos rostros a cada lado de la mesa en la celda? Al parecer, lo suficiente como para poder ser confundidos. El rostro de N., que había sido golpeado con violencia, ahora se encontraba razonablemente curado. Excepto por las cicatrices, era cierto que comenzaban a parecerse cada vez más. Sobre todo ahora que le habían cortado el pelo al estilo de Grip. Y había sido él mismo quien había pedido que se lo cortaran. Entonces aprovecharon la oportunidad. Él no se dio cuenta, pero N. lo comprendió: los norteamericanos sabían de quién era la identidad que ambos compartían. Y ahora N. estaba eligiendo sus cartas. Shauna era hábil, pero no tenía ninguna carta de valor contra N. que poner en la mesa. N. suponía que la única apuesta que valía la pena era Grip. Tenía que fiarse.

Era su única salida.

Capítulo 32

N. se pasó despacio el dedo por el cuello. Lo que estaba en juego —*una vida por otra vida*— significaba que alguien tenía que morir. Si uno solo hubiera visto el gesto del dedo, no lo habría entendido; para hacerlo, había que fijarse también en la mirada. Era ahí donde se encontraba la sentencia de muerte.

Y ahora habían llegado a un acuerdo.

Grip abandonó la celda como de costumbre y entró en la sala de vigilancia. Se quedó un rato allí, charló con Stackhouse, consiguió que bajara la guardia. Dijo que ya no habría más crucigramas, mostró cierta comprensión. Le preguntó acerca de las aguas al otro lado del arrecife de coral, si había salido a pescar en Diego García. Sí, lo había hecho. Hablaron de señuelos y anzuelos, y también de un enorme atún de aleta amarilla que Stackhouse había pescado en una ocasión en la costa de Florida, o tal vez fuera en el mar Rojo. Recuerdos del mundo exterior. Y entonces Stackhouse decidió enviar a alguien a por café. Y de pronto él era el único que hablaba, y lo hacía con amabilidad, sobre lo bonito que era Estocolmo en verano y lo jodido que estaba todo en Beirut.

Grip apenas asentía.

Tuvo que buscar durante un rato la manera de recuperar el control de la conversación. Grip consiguió que Stackhouse recordara un delicado caso de deportación que había tenido lugar y, refiriéndose a una reunión en Londres que en realidad no se había celebrado, Grip por fin tuvo la oportunidad de decir:

—Sí, y ella estaba allí, Maureen... —Se interrumpió y se quedó callado, como si tratara de recordar el apellido de la mujer.

No se podría decir si fue la curiosidad o el malestar lo que hizo que Stackhouse demorara su respuesta. Grip se llevó la mano a la mejilla, como si estuviera dibujando detalles que recordaba sobre la apariencia de la mujer.

—¿Una marca de nacimiento? —dijo Stackhouse.

—Sí, eso es.

—Whipple, Maureen Whipple.

—Eso es, Whipple. Ese era su apellido —dijo Grip—. Salúdala de mi parte.

Aunque sabía que Stackhouse nunca lo haría.

Maureen Whipple, ese era su nombre. Según N., era la peor, o al menos eso entendió Grip. En los momentos más duros de la tortura, Maureen había salido a relucir en diferentes partes del mundo. No podían haber sido presentados; N. habría oído el nombre cuando no debía estar escuchando, y él se había fijado en la extraña marca en su mejilla. MAUREEN. MARCA DE NACIMIENTO. Cuatro palabras en un crucigrama, y un dedo a lo largo del cuello.

Stackhouse se había ido de la lengua. Esa tarde, Grip se sentó frente a un ordenador con conexión a internet en la recepción del hotel. El primer correo electrónico que envió fue corto, una pregunta informal al servicio de inteligencia. De esas que solo se pueden hacer si el remitente y el receptor se conocen bien. «¿Qué tenemos sobre Maureen Whipple?», escribió. Agregó una larga lista de palabras clave: interrogatorio, CIA, marca de nacimiento, Guantánamo, tortura... La mujer que recibió el correo (una vieja analista de los servicios secretos que coleccionaba cómics y que, según se rumoreaba, había hecho una fortuna en un juego piramidal en Bulgaria) no encontraría la pregunta particularmente extraña, y tampoco necesitaría decirle al mundo entero que él había preguntado. Grip se encuentra en un aprieto, pensaría ella, y necesita la información cuanto antes.

Ese fue el correo electrónico más sencillo.

Desde que se habían suspendido los crucigramas, Grip y N. habían desarrollado un lenguaje más sutil, pero ahora que se entendían entre ellos no necesitaban decir mucho. Se trataba más bien de entrelazar cosas. La idea era mantener un perfil bajo, sin exageraciones, y por lo tanto el método no permitía muchos detalles.

Pero fue suficiente para que Grip pudiera reunir algunos datos. Era obvio que Shauna proseguía con los interrogatorios nocturnos a N., porque el FBI estaba intentando resolver el robo de las obras de arte y el asesinato en Central Park. El hecho que todos parecían conocer con inquebrantable seguridad era que había un sueco involucrado; la cuestión era quién. Todo se complicaba por el hecho de que hubiera dos pasaportes con el mismo nombre.

Lo que N. había conseguido transmitirle a Grip era esto: estaba dispuesto a cargar con la culpa. Cargar con la culpa de todo. Pero a él le costaría algo.

Y entonces surgió el nombre de Vladislav. N. había arrancado un trozo de papel de un periódico y escrito en él una dirección de correo electrónico que, al parecer, había conservado en su memoria. Luego, el día que Grip le dijo que ya no habría más periódicos ni crucigramas, metió el fragmento entre dos páginas. Grip abandonó la celda.

Ser capaz de volver a casa y luego presentarse en el apartamento de Ben, tener algo que se asemejara a una vida. Conseguir eso le costaría lo suyo. Grip escribió el segundo correo electrónico de la noche, esta vez a Vladislav, que andaba suelto, tan libre como peligroso, en alguna parte del mundo.

Escribió:

Represento a un viejo amigo tuyo. Un amigo que, como tú, sobrevivió al tsunami. Un amigo que tenía el hábito de pedir por ti cuando comíais juntos en un restaurante. La última vez que os visteis fue en un coche que se alejaba de Kansas. Tu amigo se encuentra ahora detenido indefinidamente. Necesita ayuda y desea recordarte tu promesa: una vida por otra vida. ¿Todavía tiene validez?

Esa noche, Grip se mantuvo alejado del club de oficiales. No tenía mucha hambre, y no sentía deseos de enfrascarse en un nuevo enfrentamiento con Shauna. Le otorgaría a ella el último asalto de la jornada como una victoria fácil.

A la mañana siguiente, Grip había recibido la respuesta. El correo estaba firmado por V., y lo único que decía era:

Antes hay algo que me gustaría preguntarte: ¿quién tuvo la idea de que disparásemos a los pelícanos?

Grip no hizo nada; simplemente cerró la sesión y se marchó. Se dedicó el resto del día a sí mismo, dejó transcurrir las horas. Pasó la mañana en una playa desierta, con unas cuantas cervezas en una nevera portátil. Luego durmió en su habitación hasta bien entrada la tarde mientras fuera caía un violento aguacero.

Al anochecer, se sentó de nuevo frente al ordenador y escribió: «Fue Mary».

Comió una hamburguesa, una ración doble de patatas fritas y un batido demasiado frío en un local de comida rápida, no muy lejos del hotel. Desde allí se dirigió al gimnasio para suboficiales y soldados rasos. No era el mejor equipado de la base, pero sí el más animado. Allí, las barras estaban cargadas con los discos más pesados, los chistes eran más crudos y divertidos y no había militares de edad que hicieran bajar el sonido de la ruidosa música. Además, se veían los mejores torsos desnudos de la base. Grip hizo pesas durante una hora y observó a un pelotón de marines que realizaba su propia competición de fuerza en banco. Él no habría quedado en mala posición, pero tampoco habría podido batir al enfermero portorriqueño que aulló como un animal cuando levantó la última barra y se llevó el bote. Se llamaba Estévez.

Cuando era casi medianoche en mitad del océano Índico, Grip calculó que ya habría finalizado la jornada ordinaria de trabajo para el personal de los servicios secretos en Estocolmo. Movió el ratón del ordenador del recibidor del hotel para darle vida y accedió a su cuenta.

Maureen Whipple. La analista aficionada a los juegos pira-midales le había enviado a Grip todo lo que había encontrado sobre ella; había necesitado un día entero de trabajo. En su ma-yoría se trataba de fragmentos y citas sacadas de contexto, frases sueltas aquí y allá, en sueco y en inglés, algunas en francés. Si se conectaban los puntos dispersos, no resultaba difícil com-probar que Maureen Whipple vivía entre las costuras de las principales organizaciones encubiertas de Estados Unidos. Se la había visto por todo el mundo, y en ciertas ocasiones se había dedicado a los interrogatorios. También había una fotografía, una ampliación con mucho grano hecha a partir de lo que pa-recía una foto de grupo. En ella se veía un hombre a la derecha y otro a la izquierda, un pecho uniformado detrás y un rostro en el centro. Pelo corto, rubicunda, mediana edad. Intentaba sonreír, y había algo en su mejilla derecha. ¿Una mancha de nacimiento? ¿O una simple sombra casual? En todo caso, su dirección había sido rastreada hasta un complejo de oficinas en Charlestown, Virginia Occidental. El tipo de sitio que se emplaza en un lugar insulso para que nadie se fije en él.

Grip escribió un resumen en inglés y lo guardó en su car-peta de borradores.

Justo cuando había terminado, apareció un mensaje nuevo en su buzón de entrada. Era la respuesta de V. Al parecer, Vla-dislav confiaba en quien se había convertido en conocido de su amigo:

Estoy listo.

Solo eso. Las palabras eran como un destino susurrado, las últimas palabras pronunciadas antes de que los soldados salieran de sus trincheras para empezar a luchar. Mientras montaban sus bayonetas, vivos todavía. En su último momento de tranquilidad.

33

—No esperaba pasar tanto tiempo en esta isla —dijo Grip.

—No eres el único —dijo el cabo interino Estévez, riendo—.
Diego García —añadió, como si no hiciera falta decir nada más,
y luego se encogió de hombros. Tenía tiza en las manos, ciento
treinta kilos preparados en la barra y un pañuelo empapado de
sudor en la frente.

—Y ahora me he quedado sin pastillas. No traje suficientes.

—No las necesitas, no hay malaria en la isla —dijo el enfermero del cuerpo de marines.

Conversaron durante un rato, y Grip lo felicitó por haber
ganado el concurso de levantamiento de peso la noche anterior.

—Tienes razón —dijo Grip, volviendo al tema de la malaria—.
Pero ya conoces las reglas, debemos tomarlas cuando estamos
fuera.

—Lo mismo nos pasa a nosotros con las píldoras contra el gas
nervioso. Cada vez que hay minaretes y muecines, debemos
tomarnos esa mierda.

—En el hospital de aquí, el médico solo está disponible...

—Es demasiado engorroso, que le den. No creo que necesi-
tes muchas cosas.

—Cloroqui... ¿Cuál era el nombre completo?

—Fosfato de cloroquina. También conocidas como las mal-
ditas píldoras contra la malaria. ¿Cuántas necesitas?

—Para una semana o dos. Una caja, lo que sea, treinta o cuarenta pastillas.

—Ningún problema. Las puedo conseguir en la farmacia del pelotón. Pásate por allí cuando acabes.

Grip asintió. Estévez apretó los puños contra el pecho para insuflar de nuevo vida a sus músculos y se recostó en el banco, bajo la haltera.

En su celda, N. se balanceaba despacio hacia delante y hacia atrás en la silla. Introspectivo, permanecía perdido en su propio mundo mientras Grip luchaba con su habitual dilema de tener que encontrar algo con lo que envolver su caso. Aunque N. no respondía, tenía que seguir dando la impresión de que todavía conducía un interrogatorio.

—¿Nunca te pusiste en contacto con el consulado?... ¿Realizaste acciones bajo amenazas?... ¿De dónde procedía el dinero?... ¿Sentiste que tu vida estaba en peligro?

El aire acondicionado estaba tan fuerte en la celda que hacía frío. Grip tenía la piel de gallina, y cuanto más repetía sus preguntas sin sentido más sentía el peso de la mirada de quienes los vigilaban desde fuera. N. se balanceaba y tarareaba vagamente, como haría alguien que necesitaba algún tipo de terapia de electrochoque o de droga psiquiátrica. No era momento de hacer más preguntas. Ya no se trataba de fatiga, sino de desesperanza. No podía seguir jugando ese juego. Ya no mostraba indiferencia, ni tampoco ninguna de sus provocaciones habituales; se limitaba a murmurar respuestas cortas dirigidas a la cámara de grabación y al intérprete invisible. Cuando N. enmudeció por completo, Grip continuó hablando con tono monótono, como quien lee las cotizaciones del mercado de valores.

A través de ciertas pistas, Grip consiguió hacerle saber que se había puesto en contacto con Vladislav. Y que él era de esas personas que jamás olvidan una vieja promesa. Los ojos de N. parpadearon. Luego le dijo a la pared:

—Se lo hará pagar, ¿verdad? Le dará una buena... Por toda su brutalidad.

Grip no dejó que siguiera: intentó tapar las palabras alzando la voz y exprimió su agotado suministro para sacar alguna pregunta nueva.

N. se volvió, de modo que sus ojos se encontraron. Pareció luchar contra su propia derrota y entonces, de forma automática, pronunció una respuesta familiar e irrelevante. Apenas unas pocas palabras, mientras sus ojos brillantes miraban hacia la verdadera pregunta.

Grip cerró los ojos y asintió tan discretamente como pudo. Luego N. se volvió a encerrar en su propio mundo. Grip prosiguió de forma monótona, fingió haber encontrado nuevas preguntas entre algunos papeles sueltos, y finalmente se limitó a hacer que repasaba sus notas cuando resultó demasiado obvio que N. estaba totalmente ausente.

Esperó.

Hasta que los ojos de N. se movieron otra vez. Grip sintió un fugaz destello de conciencia y se inclinó hacia delante.

—¿Sabes...? —dijo, y atrapó la mano de N. mientras esta se movía sobre la mesa. Nunca se habían tocado, ni siquiera rozado. El contacto solo duró un segundo, apenas un suave apretón en la muñeca, que soltó enseguida—. Creo que necesitas un lápiz nuevo. Toma este.

Grip sacó uno del bolsillo de la pechera.

—¿Uno nuevo? —dijo N. despacio, mirando lo que Grip había dejado sobre la mesa.

—El tuyo está desgastado —dijo Grip—. Lo afilaré mañana. —Le dio un golpecito al que había dejado sobre la mesa—. Si recuerdas algún detalle que quieras contarme, utiliza este para anotarlo. Me voy —dijo entonces.

Se puso en pie, pero se volvió de nuevo.

—Por cierto, el otro día me preguntaste sobre una pista de uno de los crucigramas —continuó—: Masada. Donde los judíos se defendieron de los romanos, ¿recuerdas? Cuando ya no había esperanza, se lanzaron sobre sus propias espadas.

N. miró al vacío.

—Gracias —dijo después de un momento, observándolo durante unos segundos antes de que Grip se diera media vuelta y saliera.

Los chaparrones de la tarde continuaron hasta bien entrada la noche, y ahora los charcos reflejaban la oscuridad con precisión; la lluvia y los relámpagos habían parado. Grip se encontraba sentado frente a una taza de café en uno de los locales de la base que permanecían abiertos toda la noche; una combinación de tienda y restaurante de comida rápida. Las estanterías estaban repletas de bolsas de patatas fritas, galletas y revistas eróticas, y en un mostrador había perritos calientes y dónuts glaseados. Grip era el único que se había instalado en la larguísima barra de falso mármol rayado; algunos muchachos negros estaban sentados en el otro extremo de la sala. Iban vestidos de civil, con sudaderas y zapatillas de baloncesto, y parecían tan impacientes como obedientes. No tenían mejor sitio donde ir; allí al menos se libraban de la aglomeración de los barracones y de sus propios uniformes. Sonaba una música a través de unos pequeños altavoces instalados en el techo.

La mujer que atendía el mostrador le ofreció a Grip azúcar por segunda vez, y él volvió a rechazarla. La puerta principal chirrió al abrirse, y unos pasos se acercaron.

—Sabía que eras tú, Ernst... —oyó a su espalda. Se dio la vuelta. Shauna—. Pasaba por aquí —añadió, agitando una mano—, y me pareció verte por la ventana.

Parecía algo cansada, y al mismo tiempo muy contenta. Grip señaló el taburete que había a su lado, en el que ella ya se estaba acomodando. Se recolocó una horquilla que llevaba en la nuca y le hizo un gesto a la camarera mientras señalaba la taza de Grip.

—¿Qué tal? —dijo entonces, como si hubieran pasado varias semanas desde la última vez que se habían visto.

—Aquí, pasando el rato —dijo Grip con un suspiro.

Shauna permaneció en silencio hasta que le sirvieron su café.

—Ahora lo admite —dijo por fin—. N. asegura que estaba presente cuando dispararon a la mujer en Central Park. —Se restregó los ojos—. Hemos reconstruido toda la escena; lo que te contó es solo parte de la historia. N. no fue arrestado en Florida: permaneció en libertad durante varias semanas. Viajó a Nueva York; fue allí donde se unió a ellos. Pensó que podría ganar algo de dinero.

—Tenía mucho que hacer —dijo Grip.

—Eso hace que todo encaje.

Grip no pudo contenerse:

—Si N. lo admite, entonces será así —dijo—. ¿Es todo así de sencillo?

—Claro que no —respondió Shauna—. Pero tenemos a Romeo.

Al principio, Grip no comprendió.

—Es un conductor que estuvo involucrado en el golpe; un cabrón muy resbaladizo con un abogado sumamente inteligente —explicó Shauna—. Lo atrapamos, más o menos, cuando Reza comenzó a reconstruir sus recuerdos en la celda de Kansas. Estaba convencido de que uno de ellos era sueco. Mientras tanto, como te decía, nosotros arrestamos a un conductor que había participado en una pequeña operación en Brooklyn. Yo no me ocupaba de eso, pero enseguida pidió hablar con alguien acerca de... —Se detuvo, sacó algo de su bolso—. Mira, léelo tú mismo —dijo ella, y a continuación le entregó una funda de plástico transparente que contenía algunas hojas de papel.

Transcripción de interrogatorio. Cinta: 1 (1), D432811

Fecha: 1 de marzo de 2008

Lugar: Penitenciaría del condado de Nassau, East Meadow, Nueva York

Asistentes:

Agente interrogador Shauna Friedman (SF), FBI

Interrogado Romeo Lupone (RL), detenido como sospechoso de complicidad en falsificación.

RL: ¿Tenemos que grabar esto?

SF: Sí. Si no, no valdrá para nada.

RL: Pero ahora no estoy testificando, eso fue lo que acordamos, ¿no es así?

SF: No hemos acordado nada. Fuiste tú quien quiso hablar con nosotros. No sé qué quieres contarnos.

RL: No me gustan las grabadoras.

SF: ¿Prefieres que me marche?

RL: No, espere. *(Silencio.)* Ya sabe cómo funcionan estas cosas. Unos tipos de Brooklyn dirigen una imprenta por la noche, dinero extra. Los billetes eran buenos; el papel no era muy allá, pero los billetes tenían muy buena pinta. Me lo hubiera tragado si alguien me hubiera puesto uno en la mano, pero supongo que eso no le importa una mierda.

SF: No, creo que no.

RL: Así que *quizá* yo conducía de vez en cuando para ese impresor por las noches. Yo no sabía lo que cargaban en el camión; me limitaba a conducir, algunas direcciones por aquí y por allá. Pero ahora unos malditos federales me están intentando inculpar: dicen que sé más de lo que digo. Los muy cabrones intervinieron algunos teléfonos.

(Silencio.)

SF: Te escucho.

RL: Estoy en libertad condicional por un viejo asunto. Si me acusan por esta mierda, me pasaré por lo menos ocho años encerrado. *(Silencio.)* ¿Qué diría si le hablara de los muelles de carga de Angelico y Metro el 25 de octubre?

SF: ¿Hace cuatro años?

RL: Por ejemplo.

SF: Tendrías que contarme algo más que eso.

RL: Que me jodan si sé el nombre de ese tipo que hizo unas estatuas que valían un huevo, pero dos de ellas fueron robadas. Nadie ha sido acusado.

SF: Jean Arp. El artista.

RL: Puede ser. Y las estatuas nunca aparecieron, ¿verdad?

SF: No. El caso no está cerrado.

RL: ¿Lo ve?

SF: ¿Y bien?

RL: Da igual. Así que por fin llegamos al gran premio semanal de lotería: Central Park, la noche del 27 de febrero de hace unos cuantos años. ¿Digamos que a la altura de la calle 96?

SF: Digamos que sí. ¿Qué sucedió allí?

RL: Vamos, lo sabe muy bien.

SF: No, cuéntamelo tú; yo no tengo una violación de libertad condicional pendiendo sobre mi cabeza.

RL: Vale, apriéteme las tuercas. ¿Podemos estar de acuerdo al menos en que esa noche una mujer resultó herida en los alrededores?

SF: Sí. Murió al poco tiempo.

RL: Mierda.

SF: Sí, eso cambia un poco las cosas. Ahora podemos hablar de asesinato. ¿Qué decías?

RL: ¿Sigue encendida la puta grabadora?

SF: Grabando.

RL: Quién sabe dónde acabará esto.

SF: Seré yo quien decida qué se hará con la cinta. Continúa.

RL: Digamos que los dos casos eran del mismo equipo: las estatuas y Central Park.

SF: Bueno, tampoco me estás contando nada nuevo.

RL: De acuerdo. Imaginemos entonces..., digamos... Yo conocía a alguien que conducía para ellos. Que formó parte del grupo, vio muchas cosas, conoció a mucha gente.

SF: ¿También en Central Park?

RL: Quizá.

SF: ¿Qué quieres?

RL: ¿Qué coño voy a querer? Que alguien corrija a esos federales sobre lo que oyeron o dejaron de oír en esas conversaciones telefónicas. Y protección para no ser procesado por lo que os voy a contar, en blanco y negro.

SF: Creo que ya no necesitamos esto.

(Se interrumpe la grabación.)

Grip volvió a meter los papeles en la funda de plástico. Romeo Lupone; de modo que el cabrón había aparecido de nuevo. Una ligera amenaza de pasar unos años a la sombra y el gallina de mierda se ponía a cantar. Una pequeña compraventa por parte de la Fiscalía, de esas que tanto gustaban a los norteamericanos.

—He estado en contacto con Romeo desde entonces —dijo Shauna.

—No lo dudo —contestó Grip.

—«El sueco», repite sin cesar. Seguramente se refiere a N., ¿con tu pasaporte?

Ella no parecía estar provocándolo, solo razonando.

—O yo —replicó Grip—. ¿No es esa la razón por la que me trajiste aquí?

—Los murmullos de N. nos proporcionan suficientes detalles como para involucrarlo. Fue él, y eso es lo más sencillo para todos. ¿No es así?

Su uña tintineó contra la taza.

Quizá debía darle las gracias a su estrella de la suerte, pensó Grip. Sin tener ni idea, Romeo y N. habían puesto la mano en el fuego el uno por el otro.

En el otro extremo, un tipo golpeó la barra con la palma de la mano y soltó una sonora carcajada. Shauna se dio media vuelta y observó unos segundos a los jóvenes, como si algo hubiera llamado su atención.

—¿No estaríamos más cómodos en el club de oficiales? —dijo ella después.

—Es tarde.

—Habrá alguien limpiando todavía; seguro que nos pueden servir una copa.

Grip dijo que se encontraba a gusto allí. Shauna se estiró para alcanzar el azucarero. Reinó un momento de silencio.

Cuando por fin habló, Shauna pareció dirigirse a su propia taza:

—Reza, N., Romeo Lupone..., no significan nada, por supuesto; ya no. A quien de verdad quiero atrapar es a Adderloy. —Se volvió hacia Grip, esbozando una sonrisa cansada—. Ahí tienes al verdadero destructor, el alma negra. —Revolvió su café, añadió más azúcar, movió de nuevo la cucharilla. Luego siguió confesándose frente a su taza—: Quiero asomarme a una celda y ver ahí dentro a Adderloy, solo entre cuatro paredes. No quiero que todo acabe con dos de mis agentes, dos de mis mejores amigos, en el depósito de cadáveres. Observarlo ahí dentro mientras él sabe que yo sé, y mirarlo a los ojos. Necesito sentir ese momento.

Shauna apuró el café.

Grip le echó un vistazo al reloj de la pared. Medianoche pasada. La camarera discutía con los jóvenes sobre algo. Todo finalizó cuando le preguntaron a qué hora terminaba su turno esa noche. Ella rio, nerviosa.

—¿Qué tienes entonces? —preguntó Shauna.

—¿Qué tengo? —Grip balanceó el borde de su taza vacía sobre la mesa un momento y la dejó de nuevo—. Todo lo que sé es que en Diego García hay un hombre gravemente torturado que habla sueco. Un informe de apenas una página para alguien en Suecia.

—¿No quieres que vuelva?

Grip continuó hablando como si no la hubiera oído:

—El informe irá de un lado a otro hasta que, finalmente, alguien en Asuntos Exteriores...

Se interrumpió. La miró.

—... se encoja de hombros —sugirió ella—. ¿Porque nadie lo echa de menos?

Grip volvió a mirar el reloj.

—Algo así —dijo por fin.

Regresaron al hotel en coche. La quietud solo era interrumpida por el aleteo de los insectos contra las luces de la escalera. Se encontraban en el pasillo de sus habitaciones. Shauna se quitó la horquilla del pelo, sus zapatos ya colgaban de una mano. Grip acarició con un dedo una somnolienta polilla en la pared.

—¿Estás casada? —preguntó.

—¿Casada? —dijo Shauna, estirándose—. ¿Cómo era esa frase que dicen los pilotos aquí, en Diego García?...

—«A dos escalas de casa, y ya eres libre.» También yo lo he oído.

Ella rio, algo recelosa.

—Entonces, ¿por qué lo preguntas?

—Por curiosidad.

—No te creo. Prestas demasiada atención a los detalles, y has visto mi anillo de casada.

—Te lo quitas y te lo pones.

—No, lo llevaba puesto hasta que llegamos a San Diego. Luego me lo quité en algún momento del camino. De modo que te preguntas con quién...

—Nos vamos acercando.

—Es un miembro de la Cámara de Representantes en Washington, de Carolina del Norte. Impresionante, ¿verdad?

—No me dice gran cosa.

—No tenemos hijos.

—Eso dice más.

—Unas veces el anillo cumple su función, otras no. En la oficina de Nueva York estoy casada, y no con cualquiera, y él necesita una esposa. Pero conoce mejor la zona lumbar de su redactor de discursos que a mí. No fingimos nada, por lo menos entre nosotros. Y aquí, en Diego García, no hay razón para estar casada.

Dirigió su cadera hacia un lado, y su mano con los zapatos hacia el otro.

—Por si te lo preguntas —dijo ella entonces—, la otra noche invité a uno de esos pilotos a mi habitación. No cuando estaban borrachos, me refiero a un par de noches antes. Pero dudó demasiado, y tuvo que irse. —Bajó la mano que sujetaba los zapatos—. ¿Y tú? ¿Eres tan libre como aparentas ser, con todos tus disfraces?

—Completamente. Y sí, también vivo con alguien que no se preocupa en particular por lo que haga con mujeres desconocidas.

—¿Quién perdería más si te invito a una ducha?

—¿Lo harías?

—¿Eso crees? ¿Eres bueno?

—Gritarías hasta quedarte afónica.

Él sonrió, ella rio. Se separaron.

Pero Grip no entró en su habitación. Bajó otra vez y salió al aparcamiento. Se quedó allí, apoyado contra un poste de madera con las manos en los bolsillos, hasta que la última luz en la ventana de Shauna se apagó. Entonces regresó al vestíbulo y se sentó frente al ordenador. Tenía casi todo preparado, apenas le llevaría un minuto. Añadió al expediente de Maureen Whipple unas líneas acerca de lo que había hecho la mujer, su rastro de gritos y almas atormentadas. Hizo clic en el botón de enviar, y la pantalla parpadeó. El resto dependía de Vladislav.

Cerró la sesión en su cuenta de correo, pero continuó sentado. Pasó los dedos a lo largo de las hojas de una planta artificial que había a su lado y sintió un sudor frío. Conciencia, ansiedad, la frágil esperanza: todo convergió en él al mismo tiempo. Las gotas resbalaron despacio por su espalda y su cuello. Sintió que empalidecía. Si alguien lo hubiera visto en ese momento, habría pensado que había enfermado de repente. Se apoyó con los codos sobre las rodillas, totalmente exhausto. Pensó que su respiración no tardaría en calmarse; entonces solo le quedaría una sensación de sequedad en la boca. Tenía que esperar a que pasara. Respirar un poco más, y sería capaz de recomponerse.

Más tarde, tan pronto como volvió a subir las escaleras, cortó una larga tira de papel higiénico y lo humedeció en el lavabo. Ya dentro de la habitación, dejó todo lo que había en el escritorio en el suelo; así tardaría menos en limpiar la superficie reluciente. Lo hizo detenidamente, también los bordes. Hizo desaparecer los últimos rastros del polvo blanco. Esa mañana, temprano, había estado allí machacando a mano, con la ayuda de dos cucharas, cuarenta pastillas de fosfato de cloroquina que luego había utilizado para rellenar la cavidad de un bolígrafo. Se le había caído un poco y en ese momento tenía prisa por salir de allí, pero ahora todo estaba limpio. Grip abrió la ventana y tiró la bola de papel entre unos arbustos. Puso el escritorio en orden y se acostó, desnudo.

34

Grip acudió a su cita a la hora acostumbrada. Se dirigió obedientemente al bloque de celdas blanco y, tal como esperaba, lo detuvieron antes de que pudiera llegar a la sala de vigilancia.

—Hoy no —dijo el joven rostro desconocido que se encontró, mientras otro hombre estudiaba con detenimiento la tarjeta de identificación de Grip. El ambiente era tenso.

—¿Dónde está Stackhouse?

—Ya te hemos dicho que hoy no.

Grip recogió su identificación y dio media vuelta. Nadie dijo nada mientras abría la puerta principal y desaparecía de nuevo.

Porque, con toda probabilidad, alguien había sido encontrado muerto en su celda. Sin heridas, ni cuerda; un simple paro cardíaco. Un hombre debilitado durante años de aislamiento y torturas, sucedía con frecuencia. Era la conclusión más fácil.

Fosfato de cloroquina. Treinta pastillas contra la malaria matarían sin problema a cualquier hombre sano, cuarenta serían infalibles. Probablemente habían hecho efecto en menos de una hora. Lo peor no eran las náuseas, ni los calambres, sino la ansiedad. Aunque el alma quiera morir, el cuerpo nunca lo desea. Confiaba en que N. hubiera superado esa fase, que hubiera evitado hacer ruido cuando su ritmo cardíaco se tornó irregular, cuando los latidos empezaron a descontrolarse. También esperaba que hubiera enroscado de nuevo la parte superior del bolígrafo. De ser así, resultaría difícil de rastrear. Una vida que acababa con un punto. Paro cardíaco.

Tarde o temprano, alguien iría a buscarlo, y eso determinaría su futuro. Se sentó solo debajo de una sombrilla con publicidad descolorida en la terraza del club de oficiales y se quedó allí un par de horas.

—Está fuera —oyó decir a alguien dentro del club más tarde. Entonces escuchó el sonido familiar de los pasos decididos de un par de zapatos mientras se encaminaban a la puerta de la terraza. Shauna Friedman se sentó frente a él con los brazos cruzados y lo fulminó con la mirada. Se quitó las gafas de sol y se balanceó un rato en la silla sin decir palabra alguna, mirándolo fijamente.

—De modo que ya lo sabes —dijo ella al fin. Su tono de voz era duro; su piel estaba pálida, sus ojos afilados.

—No sé nada, pero me lo puedo imaginar.

—Está muerto.

—No me han dejado entrar.

—Tumbado en su cama, con la mirada clavada en el techo. —Shauna miró a su alrededor. Más abajo, en la terraza, había dos jóvenes oficiales que acababan de salir, cada uno con su cerveza—. Vosotros dos —dijo, alzando la voz—: largo de aquí.

Ellos desaparecieron sin abrir la boca.

—Imagino que habrá sido un paro cardíaco —dijo Grip cuando sus espaldas desaparecieron en el interior del edificio. Luego, con cierto tono de ironía, añadió—: Teniendo en cuenta por todo lo que ha pasado el hombre.

—¿Qué? He oído esa gilipollez muchas veces antes. Fue lo primero que dijo Stackhouse. Su equipo ha dejado tal rastro de mierda que no han tardado nada en empezar a quemar sus puentes. Es difícil saber si hicieron algo, o si al menos se sorprendieron. Y mientras tanto tú estás aquí tan tranquilo, sentado al sol.

—Puedes imaginar lo que quieras.

—¿Llegaste a un acuerdo con Stackhouse?

—Stackhouse me ha odiado desde el primer día. Tú fuiste la que me trajo aquí, ¿recuerdas? Si crees que algo apesta, ordena que le hagan la autopsia a N.

—Joder, claro que apesta. Pero tú sabes tan bien como yo que, una vez que deja de estar vivo, nadie quiere saber nada de él, y menos nosotros, salvo para esparcir sus cenizas en el mar.

—Puedes seguir luchando contra tus molinos de viento —continuó Grip—. Es hora de que yo regrese a casa.

—No hay vuelos. Y aunque los hubiera, te irás cuando yo lo diga.

—¿Me estás reteniendo aquí?

Ella no prestó atención a su pregunta.

—Molinos de viento... ¿Qué quieres decir con eso? ¿Que soy una estúpida idealista con sujetador púrpura? ¿A eso te refieres?

—De modo que me retienes como rehén.

—Un ciudadano sueco ha muerto bajo extrañas circunstancias.

—Una persona que hablaba sueco pronto será convertida en cenizas, disuelta en cal o sencillamente arrojada al océano. Después de eso, el hombre, el cuerpo o incluso la denominación de N. nunca habrán existido.

—Tú eres su chico de los recados.

—Te equivocas.

—Y te quedarás aquí.

—Me pondré en contacto con mis superiores. Enviarán un avión.

—Dame solo una pista. Tengo un millar de razones para retenerte aquí.

—Soy sueco. Seguimos siendo neutrales.

—¡Dame algo!

No dijeron mucho más.

Al día siguiente, Grip no fue al bloque de las celdas. En lugar de eso, tomó prestada una tumbona del hotel y se acomodó en un trozo inhóspito de césped que daba al puerto.

Pasó el tiempo. El sol quemó sus brazos. No había vuelto a ver a Shauna desde el día anterior. ¿Qué significaba eso?

Había muchas preguntas sin responder. ¿Qué habría pensado Stackhouse sobre la muerte de N.? ¿Creería simplemente que ahora tenía un problema menos del que ocuparse? ¿Se había dado cuenta alguien? ¿Estaban analizando el bolígrafo o se habían limitado a tirarlo?

Bebía cervezas que sacaba de su nevera portátil; sin alcohol, no deseaba embotar sus pensamientos. Esperaba que lo arrestaran en cualquier momento: Shauna o Stackhouse acabarían viniendo por él. Andando camino abajo, así era como se imaginaba la escena. Con un hombre o dos, como cuando la Policía localizaba a un niño perdido. ¿Quién vendría, Stackhouse o Shauna? Eso sería determinante, aunque no estaba seguro de a cuál de los dos prefería. Pero, fuera quien fuera, él siempre podría... Le vino a la cabeza la imagen de Ben. Siempre la imagen de Ben, mirando por encima del hombro con una sonrisa relajada cuando Grip llegaba a su casa. Los escasos momentos reales. Esa era la vida que había protegido, sin temer las consecuencias.

Cayó la tarde. Grip se sentía deshidratado, a pesar de toda la cerveza que había bebido. ¿Lo estarían vigilando? No es que estuviera paranoico, solo estaba sorprendido de que no sucediera nada. ¿Esperaban algo de él? Plegó la tumbona, agarró la nevera y comenzó a andar.

De vuelta en el hotel de los oficiales, escribió una nota y le pidió al recepcionista que se asegurara de que Shauna Friedman la recibía. Escribió que los servicios secretos suecos y el Ministerio de Asuntos Exteriores querían saber de inmediato cuándo podría abandonar Diego García. Era absurdo. Ni siquiera se había puesto en contacto con ellos. De haberlo hecho, probablemente le habrían dicho que debía viajar en cualquier vuelo que los norteamericanos pusieran a su disposición.

No obstante, tal vez esa mentira terminara por llevarlo de vuelta a casa. Al día siguiente recibió una nota de respuesta en la que se le indicaba que debía presentarse en el aeropuerto con su equipaje esa misma tarde, antes de las seis. Le dolían los brazos a causa de las quemaduras del día anterior; hizo la maleta, y en recepción le informaron de que la cuenta de su habitación ya estaba pagada.

En la pista había media docena de B-52 negros alineados y un único avión de pasajeros blancuzco de la Armada, parecido al que tomaron para llegar a Diego García.

—¿Señor Grip?

Él asintió, y un miembro de la tripulación lo ayudó a embarcar. Unas cuantas personas uniformadas llegaron y tomaron asiento en la larga cabina.

La última en llegar fue Shauna.

—Toma —dijo, entregándole un montón de billetes y confirmaciones de reserva. Evitó mirarlo—. Tomarás la misma ruta de vuelta, que finaliza en San Diego. Después subirás a un vuelo doméstico. No consiguieron ninguno directo a Nueva York, así que tendrás que pasar por Atlanta. Una noche de hotel en Newark, y desde allí, con SAS a Estocolmo. Por fin estarás en casa.

Grip pasó un dedo por el montón, después asintió y esperó a que ella dijera algo más. A su alrededor había varias filas de asientos vacíos. Shauna se apoyó en el último reposabrazos de la hilera opuesta.

—No, yo me quedo en tierra —le dijo a alguien que se acercaba por el pasillo.

Un miembro de la tripulación hacía recuento de los pocos pasajeros, cuyos nombres apuntaba en un portapapeles que luego entregó en la cabina de mando.

—Lo primero que dijiste en la celda de N. —empezó ella— fue algo acerca de no mentir.

Grip miró por la ventanilla un momento. Parecía rebuscar en su memoria.

—Dije que no mentiría ni haría falsas promesas —respondió mirándola a los ojos.

—¿Y lo has cumplido?

—Sí.

—Pues ahora te pido lo mismo. Nada de mentiras, nada de falsas promesas. Tenemos cinco minutos antes de que me echen. No importa lo que digas, yo me bajaré de este avión y tú podrás volver a casa.

Grip no movió un músculo.

—Empezaré yo —continuó Shauna—. N. ya no existe. Su cuerpo, todo, ha desaparecido.

—Vaya —dijo Grip. Acariciaba el billete de Nueva York a Estocolmo. Sabía que en cualquier momento Shauna podía cancelar todas las reservas de vuelo. Vio por la ventanilla cómo el camión de combustible se alejaba del avión.

—Stackhouse está muy ocupado levantando cortinas de humo —continuó ella—. Él sugiere que N. podía proceder de cualquier lugar; el hecho de que fuera sueco no encaja en su película. Todo lo que rodea a N. está desapareciendo, no hay nada a lo que pueda aferrarme.

—¿Importa eso algo? —dijo Grip—. Nadie tiene interés en resucitarlo, no de esa manera. Para nosotros, él ya estaba muerto.

—Pero fue torturado...

—Largo y tendido...

—La CIA lo lamenta. Sostiene que fue culpa de otros, que en otros países estas cosas se descontrolan.

—¿Quieres decir que eso es lo que te cuentan cuando debes investigar un asunto?

—Algo así.

Shauna guardó silencio. Movió con la punta del zapato un papel arrugado que había tirado en el suelo y a continuación preguntó:

—¿Lo torturaron los norteamericanos?

—¿Quieres saber lo que pienso?

—Lo que sabes.

Grip miró el reloj. Ella prosiguió:

—¿No nos interesa a los dos resolver esta especie de rompecabezas? —Esperó un momento—. ¿Te gustan los nombres? Podemos jugar a los nombres. Uno que aparece con frecuencia es el de Maureen Whipple.

—¿Ah, sí?

—Sí. Se la ha visto en lugares donde no debería estar. —Shauna asintió con la cabeza—. ¿Sabes algo de ella?

—No mucho.

—No mucho... Eso ya es algo. A lo largo de las semanas que has pasado con N., seguro que te has enterado de más cosas de las que nosotros hemos podido saber. Encontraste una manera de comunicarte con él.

—¡Hora de despegar! —gritó un miembro de la tripulación desde el pasillo. Shauna alzó una mano, comprensiva, pero permaneció sentada.

—Stackhouse quería retenerte aquí —continuó—, desde ayer está muy empeñado en ello. Esa es la razón de que yo te deje marchar. El calor de Diego García alimenta toda clase de desesperaciones. El mundo de Stackhouse está repleto de terroristas, y él está dispuesto a llegar muy lejos con tal de mantener operativa su maquinaria.

Shauna dejó que Grip asimilara la información durante unos segundos.

—Ayer recibí un informe de Washington sobre Maureen Whipple. ¡Por Dios! Si sabes algo sobre ella... Puedes irte, pero necesito algo para contener a Stackhouse.

—Maureen... —comenzó Grip.

—¡Nos vamos, maldita sea! —le gritó el tripulante a Shauna.

—¡Un segundo!

Se oyó un rugido: los motores se pusieron en marcha.

—Maureen Whipple —comenzó Grip de nuevo— fue una de las personas que torturaron a N.

—¿Fue capaz de identificarla?

Grip asintió.

—Te tocará a ti desenterrar la mierda. Te pertenece —dijo—. Está claro que su misión es ahogar a los torturados, o dejar que los perros los violen.

—Quizá lo fuera. Ya no. La encontraron muerta ayer por la mañana, en el bosque que hay frente a su casa, en algún lugar de Virginia Occidental. —Shauna se llevó un dedo a su propio pecho—. Alguien la atravesó con una estaca, como a un vampiro. Grandes titulares, centenares de preguntas.

Grip acertó a asentir, sorprendido.

—Ya significa *ya*. ¡Cerramos puertas! —gritó un rostro que se asomó por la cabina.

Shauna se puso de pie.

—Si el propio N. hubiera tenido la oportunidad de hacerlo, no habría dudado ni un segundo —dijo Grip entonces.

—Obviamente, alguien lo hizo por él. La estaca tenía un papel clavado en el que se reproducía una declaración que hizo la Casa Blanca hace no mucho. —Miró hacia la puerta—. En esa declaración se aseguraba que la tortura no existía... en la guerra contra el terror.

Shauna asintió para sí, como si tomara una decisión.

—Sí, N. está muerto —dijo entonces—. Me habría gustado que tú y yo hubiéramos tenido la oportunidad de sentarnos y hablar también de los otros.

—¿De Adderloy y Mary?

—De ellos y de Vladislav. Sobre todo de Vladislav.

Dicho esto, se marchó. No se volvió ni una sola vez mientras se alejaba por el pasillo y salía por la puerta.

El avión se balanceó y comenzó a rodar. Llegaron a la cabecera de la pista de despegue, y una vez allí dieron la vuelta y se quedaron parados unos minutos. La espera que siguió se le hizo insoportable. Con tal de abandonar la isla, Grip habría estado dispuesto a empujar el avión.

Entonces los motores tomaron fuerza, y por fin soltaron los frenos.

35

Ya en las alturas, la tranquilidad del sol del atardecer hizo que empezaran a pesarle los párpados. Sin embargo, Grip no conseguía dormir.

La estaca. No era la imagen mental de la mujer en el bosque lo que lo perturbaba, sino la idea de lo que había desencadenado. Vladislav había hecho el trabajo en apenas unos días. Parecía obra de un conjuro, como si hubiera tratado con un demonio. ¿Por qué se sentía Grip tan atraído por él? Era como un nervio dolorido a flor de piel.

Grip se retorció en el asiento, forzándose a cerrar los ojos, pero no consiguió conciliar el sueño. No dejaba de moverse. El sol poniente brillaba como un vidrio incandescente en el horizonte. Sacó el montón de billetes y documentos que le había entregado Shauna y comenzó a hojearlos para tener algo que hacer. Entre los papeles encontró un sobre blanco. La solapa no estaba pegada: dentro había un par de fotocopias borrosas dobladas. Grip las desplegó y comenzó a leer.

Transcripción de interrogatorio. Cinta: 1 (2), K921314

Fecha: 21 de abril de 2008
Lugar: Centro correccional del condado de Nassau, East Meadow, Nueva York

Asistentes:

Agente interrogador Shauna Friedman (SF), FBI

Interrogado Romeo Lupone (RL), detenido como sospechoso de complicidad en falsificación.

RL: ¿Por qué ahora sí? Antes no hemos necesitado grabar nada.

SF: Todas nuestras breves citas anteriores pueden seguir siendo un asunto entre tú y yo. Pero ahora tenemos un acuerdo. Lo que digas tiene que ser oficial, por eso tiene que estar grabado.

RL: Joder, la gente dirá que soy un soplón.

SF: Llámalo como quieras. Esto es un trato. Si quieres salir de aquí en libertad, debemos seguir las normas.

RL: ¿Cuándo saldré? ¿Hoy?

SF: Dame algo que convenza al fiscal de que ahora vales la pena, que realmente tienes algo que ofrecer. Entonces veremos. Retirar la acusación no es una nimiedad: hay mucha gente involucrada. No creo que pasen menos de dos o tres semanas antes de que el juez te pueda dejar en libertad bajo fianza.

RL: Tres semanas en este agujero.

SF: Esas son las normas del juego. ¿Quieres jugar o no?

RL: Vete al infierno.

SF: No te he oído. Inténtalo de nuevo.

(Silencio.)

SF: No nos llevará mucho tiempo. Comenzaremos con esto.

RL: Es una maldita fotografía de pasaporte, ¿no?

SF: Sí, eso es.

RL: Ya te he dicho que puedo contarte cómo pasó, cómo lo hicieron...

SF: Querrás decir cómo lo hicisteis...

RL: Sí, cómo lo hicimos. Lo de las esculturas, y el asunto de Central Park. Pero no voy a dar nombres. Si alguien descubre...

SF: Nos importa una mierda. Y ahora mismo tampoco nos importa cómo lo hicisteis. ¡Queremos nombres!

(Silencio.)

SF: Mira la fotografía. Has hablado del sueco, has dicho que quien planeó todo era conocido por ese nombre. El sueco. ¿Es él?

RL: Tal vez.

SF: ¿Tal vez?

RL: Mierda, hace muchos años de eso. Y esto es solo una puta foto.

SF: «Tal vez» no nos vale. ¿Tanto te cuesta entenderlo? En este momento veo a un fiscal que da media vuelta al oír eso. Veo a un conductor de Brooklyn que se congela en una celda repugnante en el norte del estado de Nueva York.

(Silencio.)

SF: Unos cuantos años en Sing Sing.

(Silencio.)

SF: Veo que empiezas a comprender. Que te vas enterando.

RL: Es él. Creo que es él.

SF: Ah, no, no es tan sencillo. No basta con decir que crees que es él. Tienes que estar seguro.

RL: Por favor, necesito..., dame... Necesito unas fotos mejores.

SF: Dejemos de lado al sueco y pasemos a este. De este tengo más fotos. Échales un vistazo.

(Silencio.)

SF: Mira todas las fotos. Si lo conoces, no puedes equivocarte. Procura concentrarte.

RL: Bill.

SF: Bill. Vale, pero hay mucha gente que se llama Bill.

RL: Adderloy. Bill Adderloy.

SF: ¿De modo que estaba con vosotros? ¿Adderloy estaba con vosotros?

RL: No. *(Carraspea.)* Adderloy no estaba con nosotros: nosotros trabajábamos para Adderloy. Yo estaba allí cuando más tarde inspeccionó la mercancía en el almacén, en ambas ocasiones, las estatuas y esa mierda de Central Park.

SF: ¿Bill Adderloy?

RL: Sí.

SF: Bien, esto empieza a tomar forma. Después de todo, tal vez no acabes en esa celda de Sing Sing.

RL: ¿Tendré que testificar? Quiero decir, ¿testificar públicamente?

SF: Cada cosa a su tiempo. Si puedes identificar a Adderloy, saldrás bajo fianza; yo misma me encargaré. Pero el juez no te soltará del todo hasta que hayas dicho la última palabra sobre el sueco. Conseguiré fotos mejores. Mientras tanto, asegúrate de poner en orden tu memoria. Después, si tienes suerte, podrás evitar la cárcel y el banco de los testigos.

Grip se quedó inmóvil en el asiento. Permaneció completamente quieto con los papeles en la mano, tal vez durante un minuto. O tal vez fueron diez.

¿Había...?

Sobrevolaban el océano Índico, o quizá ya se encontraran sobre el Pacífico. En cualquier caso, era de noche. Una noche más a salvo. Ahí estaban los billetes que lo llevarían de vuelta a casa, y con ellos la transcripción borrosa. Grip descartó la idea de tener una oportunidad; el mundo sencillo apenas duraría lo que su vuelo. Una noche. Después, las ruedas volverían a tocar tierra.

¿Había...?

La transcripción del interrogatorio arrojaba luces y sombras. ¿Por qué Shauna Friedman le había hecho el favor de relacionar a N. con los robos de Nueva York? Tampoco encajaban con Topeka ni con el quinteto de Weejay's; ella lo hacía solamente para darle una oportunidad. Como había hecho con Romeo Lupone, que haría lo que fuera con tal de evitar pasar una década tras las piedras calizas de Sing Sing como cómplice de asesinato. Grip ya había estado juntando piezas del rompecabezas de Shauna, pero solo ahora veía el conjunto. La imagen de verdad. En Kansas, Reza había parloteado en su celda sobre Adderloy y «el sueco». Shauna ya le seguía el rastro a Adderloy por los robos de obras de arte y la colaboración con grupos terroristas. Entonces se topó con N., que llevaba encima el pasaporte de Grip; un pasaporte con demasiados sellos de entrada en Nueva York. Y como caído del cielo, un insignificante ladrón de Brooklyn que había sido detenido se ofrecía a hablar cuando la cosa se ponía caliente. De nuevo un montón de vagas alusiones al «sueco». Para conveniencia general, N. era el único que podía ser acusado por los pecados de todos. N., ladrón de bancos en Topeka y después ladrón de obras de arte en Nueva York. Shauna recortó los bordes para que todo encajara: Adderloy, el ladrón de obras de arte, la loca orgía en Topeka. Dio por hecho que N. y Adderloy se conocían desde hacía tiempo. La idea de que ellos trabajaban juntos al menos desde el robo de las esculturas de Arp facilitaba las cosas. Eso fue lo primero; luego Topeka y, finalmente, Central Park. Entre todas las marionetas, N. era el títere principal, el eslabón común. Por supuesto, eso era lo que todos deseaban creer. Cualquier cosa serviría para confirmarlo.

Pero entonces ¿qué pasaba con la realidad? La realidad era Adderloy. Bill Adderloy hacía fortuna con los baptistas y los metodistas, que deseaban cristianizar el mundo y librarlo de todos los abscesos que lo amenazaban. Con todo el dinero que ganaba, compraba y vendía obras de arte. Mierda. Entonces, ¿había...? ¿Había trabajado él para Adderloy? El pensamiento hizo que una cinta de acero le presionara el corazón. Pura casualidad, tenía que ser una casualidad. Analizó y retorció cada circunstancia en su memoria. Muchas cosas habían pasado por su cabeza mientras se encontraba en el almacén de Brooklyn, examinando los planos y rehaciendo el plan. Los planos de los ladrones, los posibles ladrones de obras de arte. Lo mismo sucedía con el golpe en Central Park. ¿A quién le importaba el cliente desconocido? Grip se había cerciorado de que nada lo vinculara con la persona que se encontraba detrás de todo. En ambos trabajos, Ben había sido el único eslabón. Así había sido. La conspiración era una imposibilidad, un cuento retorcido. Grip nunca tuvo dudas al respecto.

Debía de ser una casualidad, y tenía que encontrar la manera de aceptarlo. Incluso Shauna lo había pensado. Adderloy buscaba lo prohibido mucho antes del tsunami. Y Grip había entrado a formar parte del juego. Pero había sido por pura casualidad, y ahora tenía que liberarse de esa carga. Por esa noche podría mantenerla a raya, siempre y cuando hubiera aire bajo las alas. El robo de Topeka, N. en su celda. Se sentía como si estuviera sujeto a un fino alambre que podría devolverlo a Diego García en cualquier momento. Y otro alambre prendido a su pecho tiraba de él hacia el continente americano, a más de ochocientos kilómetros por hora. Hacia Central Park y Romeo Lupone.

La transcripción del interrogatorio desapareció en el interior del sobre. Un tipo de pelo rapado enfundado en un traje que acababa de salir del aseo pasó a su lado. Se miraron a los ojos, y Grip pudo sentir el fino alambre que tiraba de él hacia Diego García. Shauna Friedman no lo soltaría así como así. Era algo que ya sabía, pero ahora fue plenamente consciente de ello: aun cuando Shauna no hubiera hecho subir al avión a alguno de sus agentes, seguro que alguien lo seguiría tan pronto como él pusiera un pie en Estados Unidos.

Los momentos de intimidad con Shauna Friedman, las copas, el día en la playa... La belleza siempre debilita, inevitablemente; la orientación de cada uno es lo de menos. Y si alguien cree que tiene la posibilidad de acariciar lo que irradia esa belleza, aunque solo sea para comprobar lo poco que tarda en explotar la pompa de jabón después de haberla tocado, entonces es irremediable sacrificar otras cosas. Porque uno baja la guardia y comienza a subestimar, y eso es un error. Grip sabía todo eso. Todo. Y sin embargo... Sin embargo, era un animal primitivo. Sus respuestas estaban demasiado arraigadas.

El Pacífico, toda esa negrura a su alrededor. Aún quedaban unas cuantas horas de vuelo.

Shauna Friedman le había enseñado el pasaporte a Lupone. El pasaporte de Grip, con su fotografía. Él había anotado la fecha del interrogatorio: 21 de abril. Eso había sido poco más de tres semanas atrás. O, más exactamente, tres días antes de que el Jefe lo llamara y le diera los billetes en Estocolmo. Lupone había vacilado, y Shauna había decidido enfrentar a Grip y a N. en la misma habitación. ¿Quién era quién? Lupone todavía no estaba seguro, y tres semanas después aún no se había tomado ninguna decisión. De pronto, Grip era el único que quedaba.

¿Qué pasaría ahora?

Shauna Friedman no solo estaba tratando de mantenerlo bajo control. El sobre, la copia del interrogatorio a Lupone... Era una llamada a la acción.

36

En San Diego, después de que su avión aterrizara entre la niebla matutina de North Island, un conductor de ojos azules recogió a Grip.

¡BIENVENIDO, ERNEST GRIP! El error se repitió en la recepción del hotel en Coronado. Empezó a usar, una por una, las reservas prepagadas del fajo que le había entregado Shauna. El siguiente vuelo no salía hasta después del almuerzo, de modo que subió a la habitación y durmió durante una hora. Después dio un paseo.

Conectarse a internet fue bastante fácil. Entró en un café que contaba con unos ventanales enormes y pagó unos cuantos dólares de más para iniciar la sesión frente a una pantalla plana situada en una barra con vistas al mar. Envió dos breves correos electrónicos. El primero al Jefe, informando de que pronto estaría de vuelta en casa. No especificó la fecha. Durante un rato sopesó cómo redactar el segundo. Apuró el café, mirando el mar. Decidió ser contundente.

«¿Qué hay de Adderloy?», escribió.

Volvió a mirar el mar. Era un día soleado, sin viento; el rumor de las olas al romper llegaba hasta el interior del café. La mayoría de los surfistas descansaban ahora sobre sus tablas. Permanecieron así un rato, balanceándose como focas aletargadas, pero cuando llegó una ola grande todos ellos comenzaron a remar como una bandada de pájaros en un súbito antojo y después se pusieron en cuclillas. Salieron disparados, y luego la espuma blanca rompió sobre ellos seguida de una ola altísima.

Apenas duró unos segundos; después, casi todos ellos cayeron de cabeza. Solo uno consiguió avanzar unos metros en la cresta de la ola antes de volver a bajar. Mientras la espuma de la ola moribunda formaba una alfombra blanca a su alrededor, dirigió una mirada perezosa por encima del hombro. Luego se zambulló.

Cuando la cabeza del surfista reapareció en la superficie, Grip bajó la vista al ordenador y leyó de nuevo: «¿Qué hay de Adderloy?». Acto seguido pulsó la tecla para enviar el mensaje.

El correo no tardaría en aparecer en la bandeja de entrada de Vladislav.

De nuevo en el hotel, Grip rehízo su equipaje: solo llevaría consigo un bulto de mano. Llenó la maleta grande con toda la ropa sucia que había acumulado y uno de sus dos trajes; no podía ser de otra manera. Tomó el ascensor y salió por la puerta trasera del edificio. Junto a la entrada de mercancías halló un contenedor; lanzó la maleta por encima y esta cayó entre la basura. A continuación regresó a su habitación, se duchó y se cambió.

A la hora acordada apareció un nuevo coche con conductor. El hormigón seco chirrió bajo las ruedas, y el vehículo salió disparado como un cohete hacia el puente de Coronado Bay, que ofrecía una buena panorámica de los portaviones del puerto y de la bahía en todo su esplendor. Tardaron una hora entera en atravesar la ciudad, antes de llegar por fin al aeropuerto internacional de San Diego.

—Solo llevo equipaje de mano. —La mujer de relucientes uñas doradas y cabello negro como el azabache asintió—. Nueva York vía Atlanta, clase preferente con asiento de ventanilla en ambos trayectos.

Grip tomó las dos tarjetas de embarque que le tendían.

El sobrecargo de la zona preferente del avión le sirvió un filete a la pimienta. Tenía un bonito bronceado y era aparentemente gay; Grip lo llamó y le pidió algo más de vino. Mantenía su segundo radar alerta: cuando fue y regresó del baño, buscó de forma instintiva ojos que lo pudieran estar vigilando para Shauna. No vio a nadie que le hiciera pensar en un agente federal. Tal vez estuvieran manteniendo un perfil bajo y se contentasen con vigilarlo una vez que se hubiera registrado en el hotel de Nueva York. O tal vez no.

Sus pensamientos se desviaron. *¿Qué hay de Adderloy?* Grip pensó en Vladislav. Evocó la imagen mental que se había hecho de él según las descripciones que había oído durante los interrogatorios. El pelo largo peinado hacia atrás, las gafas extravagantes. El autobús hundido durante el tsunami, el guardia en el suelo del banco de Topeka..., todo lo que N. había contado. Su facilidad para escapar; incluso lograría zafarse del asunto de la estaca en Virginia Occidental. Napoleón solía permanecer cerca de sus generales que habían sobrevivido a más batallas. Había gente que nacía con esa clase de suerte. O de instinto.

Grip mordisqueó el hielo de la bebida que acababa de apurar y miró al sobrecargo. Recordó las noches y los clubes de hacía tiempo. Un tiempo desenfrenado y salvaje.

Cuando desembarcó en Atlanta, se detuvo un momento delante de los monitores. Era una escala de apenas media hora, la gente pasaba junto a él desde todas las direcciones. De camino a la nueva puerta de embarque, Grip pasó por un cajero automático, sacó efectivo hasta casi agotar el saldo de su tarjeta y se lo guardó en el bolsillo interior. En la sala de espera del vuelo a Nueva York encontró rostros que le resultaron vagamente familiares del trayecto anterior. Grip encontró un sitio libre y se sentó; en el mostrador, alguien estaba perdiendo los nervios a causa de un error en la reserva. La atmósfera general era de impaciencia; aquí y allá crujían los periódicos y las bolsas. Poco después anunciaron el vuelo, y la gente se apresuró a formar una fila.

Se fueron introduciendo las tarjetas de embarque en la máquina para acceder al vuelo de la tarde de Delta Airlines a Nueva York y la gente empezó a embarcar. Cuando le faltaban apenas cinco puestos para llegar a la entrada, Grip se dirigió a una de las agentes de vuelo que estaban detrás del mostrador. Tenía un teléfono pegado al oído.

—¿El cuarto de baño? —preguntó.

Ella señaló con un gesto, cansinamente. Grip salió de la fila.

Comprobó que nadie lo seguía en el reflejo de la ventana de un kiosco. Dobló una esquina, sin prisa, después otra.

Mientras caminaba, la tarjeta de embarque desapareció en la bolsa de basura de un carrito de la limpieza. Dos puertas automáticas de cristal se abrieron con un susurro, y entonces pudo sentir el aire nocturno. Grip abrió la puerta trasera de un taxi y se sentó, tan rápido que el conductor ni siquiera tuvo tiempo de bajar para ver si debía ayudar con el equipaje.

—Usted dirá —dijo el conductor mientras aceleraba para salir a la autopista. Aún no le había dicho la dirección.

—Decida usted. El mejor lugar donde pueda comprar un coche usado no muy caro.

Era muy probable que en Ed's Motorcar Gallery no esperaran más clientes esa tarde. Una oficina en una caseta bajo un dosel de banderines plateados, centenares de vehículos alineados con el precio pintado en los colores del arco iris sobre el parabrisas. Grip pagó el taxi mientras el único empleado, sentado en la caseta, se levantaba con cautela y lo observaba.

Cinco minutos después, tras un rápido regateo, todo estaba arreglado: un Ford Taurus negro con pintura antioxidante a lo largo del parachoques trasero. Grip estaba ahora en la oficina; sostenía un café instantáneo y observaba una estantería llena de trofeos de motocross mientras el vendedor buscaba febrilmente los documentos que requerían su firma. El rápido apretón de manos lo había estresado. Intentaba contar historias sobre los trofeos, pero seguía blasfemando por lo bajo mientras rebuscaba en las carpetas equivocadas. Por fin se plasmaron un par de firmas. Pagó en metálico, y el vendedor apagó la luz de la caseta antes de salir para borrar con un trapo el precio en el parabrisas.

Grip se marchó de allí al volante.

El depósito estaba en reserva, de modo que repostó en la manzana siguiente antes de dirigirse a la autopista, hacia el norte. Cerca de la medianoche había agotado el primer depósito. Dejó atrás Georgia y entró en Carolina del Sur; para entonces, sus párpados se cerraban con demasiada frecuencia. Se registró en un motel. Dejó su pequeña maleta en la habitación y encendió el aire acondicionado; luego bajó a ver al recepcionista nocturno y le preguntó si podía conectarse a internet. El hombre le mostró un ordenador en la oficina, detrás del mostrador.

–Nada de pornografía infantil –dijo, y salió.

Grip estaba cansado, tenía la mente en blanco. Se restregó un momento los ojos e intentó recordar la contraseña de su cuenta alternativa.

Entró en su correo: Vladislav había respondido.

«Encontré a Adderloy en Houston. Me llevó tres años, pero lo encontré.»

Vladislav había encontrado a Adderloy. Grip pensó en Maureen Whipple, en Virginia Occidental, en la estaca. ¿Qué significado tendría ese «encontré»?

«¿Está vivo?», escribió Grip, y pulsó enviar. No estaba seguro de qué respuesta deseaba en realidad. No era capaz de sentir los diferentes pesos de la balanza, algo que achacó al cansancio. Adderloy, Vladislav, Central Park, Shauna, Ben... Vladislav quería vengarse de Adderloy, y eso debía jugar un papel, ¿no era así?

Su buzón de entrada parpadeó. Un mensaje nuevo.

«Sigue vivo.» Leer así, de inmediato, la respuesta de Vladislav hizo que se sintiera como si estuviera manteniendo una sesión de espiritismo con un fantasma.

«Ten cuidado», escribió Grip. Quería atrapar la atención de Vladislav, una respuesta rápida que le hiciera ver que él también estaba en línea.

«¿Por qué?» La respuesta de Vladislav llegó enseguida.

¿Por qué? Grip comía terrones de azúcar que sacaba de un tazón que había encima del escritorio. ¿Por qué? ¿No era esa la pregunta del millón de dólares? ¿Por qué? ¡Porque sí! Porque si atrapaban a Vladislav, él no sería el único en caer. No podían atraparlo ahora. A ninguno de ellos.

«Hay mucha gente buscando, también el FBI», tecleó Grip.

Recibió la respuesta de inmediato: «¿Trabajas para ellos?».

Grip percibió que el fantasma estaba a punto de desaparecer. Ahora no valían las mentiras: debía aferrarse a Vladislav.

«Entre otras cosas», respondió.

Grip continuó ahí sentado, uno, dos minutos. Miró el reloj: cinco minutos.

Tomó el último terrón de azúcar, le quitó el papel y lo chupó hasta que se deshizo en su boca.

«Excelente», leyó Grip cuando Vladislav se decidió a responder. Después siguió otro correo: «Si quieres ganarte las estrellas doradas de los federales, vuelve a ponerte en contacto conmigo dentro de exactamente un día».

Grip durmió algunas horas y volvió a subirse al coche antes de que despuntara el sol. Al cabo de un par de horas hizo una pausa para desayunar –huevos, salchichas y beicon– en una parada de camioneros en Greensboro, Carolina del Norte; durante el resto del camino hasta Nueva York se alimentó a base de dónuts y hamburguesas. Podía haber llegado allí un día antes, en el vuelo desde Atlanta. Pero la ventaja era que ahora nadie sabía dónde se encontraba. Nadie. Era tarde, disponía de una hora, y sin embargo la calma de la decisión había empezado a propagarse en su interior. Pasó la torre del reloj de Brooklyn, y en ese preciso instante se sintió enteramente anónimo y a la vez como en casa. Se registró en un hotel, en una habitación desde cuya ventana podía atisbar el East River, como un recordatorio. Apenas una esquina de Manhattan, pero al menos era algo. Allí, al otro lado del río, con su barba de tres días y su sempiterna sonrisa, Ben estaría reunido con su pequeña corte en algún bar.

Cuando Grip accedió a su cuenta, se encontró con que su buzón de entrada estaba vacío.

«Aquí estoy», escribió. Envió y esperó.

«Ya somos dos.» La respuesta llegó enseguida.

«Bien: ¿qué hay de esas estrellas doradas?», escribió Grip.

«Diles a los federales que comprueben qué hay en el fondo del congelador de Adderloy.»

Grip leyó la frase dos veces, y pensó en unas cuantas bolsas de plástico rellenas. Se limitó a escribir un «?».

«Está en el sótano.» Al parecer, había una dirección que pertenecía a Adderloy.

«?», escribió de nuevo Grip.

«Adderloy no está ahí dentro, pero deja que lo encuentren. Será suficiente.»

«Te estarán buscando.»

«Todo el mundo me está buscando. Eso ahora forma parte de mi vida.»

No escribieron nada más.

El congelador de Adderloy, eso y un par de días en Nueva York antes de que Grip tuviera que dar señales de vida. Un equilibrio de terror con Shauna. Un toma y daca. Debía mantenerse firme en la cuerda floja.

Al día siguiente compró una tarjeta de prepago para el móvil y comenzó a telefonear: llamó a varios transportistas, comprobó direcciones, se fue acercando en lentas espirales a su objetivo. Era un detective nato: cuando se trataba de localizar gente, nadie mejor que él. Cruzó Brooklyn de lado a lado en su Ford Taurus negro: ofreció cigarrillos con un ágil movimiento de muñeca, almorzó *pastrami* con mostaza en compañía de algunos conductores en Delvecchio's Deli, compró una tarjeta de rasca y gana a un cajero que se aburría en una tienda. Hacía pequeñas preguntas, y a veces obtenía pequeñas respuestas. Encontrar a Romeo Lupone no resultó muy difícil. Incluso el tipo que resultó ser su abogado se fue de la lengua por teléfono cuando mencionó algo sobre un juez que por el momento le había permitido salir bajo fianza. Pero debía controlar mejor sus hábitos. Grip dedujo que habría un bar. Lupone era de esa clase de tipos: una silla en alguna barra en la que ningún cabrón se sentaría mientras él estuviera cerca.

Grip tardó dos noches en encontrar el garito: por fin vio a Lupone abandonar el bar. Ya sabía dónde se encontraba su apartamento, de modo que no lo siguió. En lugar de eso, entró. En el interior olía a sudor. Una bailarina de *topless* de cuerpo ajado actuaba en un rincón sin público; aparte de eso, no había más que cazadoras de cuero, melenas alisadas y escotes rellenos de silicona.

—¿Romeo?

El hombre que atendía la barra dijo que justo acababa de marcharse. Un tipo de aspecto desaliñado con una chica sentada sobre sus rodillas cabeceó afirmativamente. El asiento que había a su lado estaba vacío. Eso era suficiente. Lupone, en libertad bajo fianza, con una violación de libertad condicional pendiendo sobre su cabeza, regresaría: el soplón reclamaría su territorio hasta su amargo final. Era cuestión de esperar al día siguiente por la noche, o como mucho al otro.

Al día siguiente, Grip entró en una ferretería. Compró varios destornilladores, para despistar, y un punzón afilado. En Kent Avenue había una tienda de excedentes militares cuyas estanterías estaban repletas de casacas, pantalones y camisetas del cuerpo de marines. Sobre una hilera de perchas había unos maniquíes ataviados solo con unas máscaras de gas. En un cartel escrito a mano se leía: ESPRAY ANTIVIOLADOR. Grip tomó uno de los envases.

—Mi mujer quiere algo más potente que el espray de pimienta —dijo, y a continuación dejó el envase en su sitio.

El dependiente barbudo lo miró con incredulidad. Finalmente, hizo un chasquido con la lengua y se agachó para rebuscar en uno de los estantes ocultos tras el mostrador.

—Deme dos —añadió Grip, colocando unos billetes sobre el mostrador.

—Tenga cuidado —murmuró el dependiente antes de entregarle una bolsa de papel marrón. Sin cambio, ni recibo.

Grip regresó a toda prisa a Williamsburg, se detuvo en una oficina de FedEx, escribió una nota a mano y la metió en un gran sobre de cartón rígido. Le ayudaron con la dirección, pagó. Después llamó desde su coche al teléfono de denuncias del FBI.

Cuando por fin le pasaron con una voz de verdad, dijo:

—Esta tarde entregarán un paquete en sus oficinas de Kew Gardens Road. Va dirigido a Shauna Friedman. Por favor, asegúrese de que lo recibe.

—No le puedo garantizar...

—Sé que puede.

—Aquí hay centenares de...

—Es una de sus agentes especiales. Tiene secretaria propia y un bonito despacho en Nueva York.

—¿De parte de quién?

—Olvide eso. Es para Shauna Friedman. Si ella no está allí, alguien tendrá que llamarla y leerle el mensaje.

—Veremos qué podemos hacer.

—Estoy seguro de que podrán hacerlo. Y dígale que a partir de mañana por la noche estaré... —Grip sacó una nota del bolsillo y leyó—: en el Best Western de Newark.

Era el hotel que Shauna le había reservado.

—Pero...

—Ella sabe quién soy.

37

El reloj no había dado aún las dos de la tarde. Grip había regresado a su habitación con vistas al East River. Comenzaba a impacientarse. No estaba nervioso, ni asustado; solo inquieto. Era la noche lo que importaba. En apenas unas horas se convertiría en su opuesto, el tipo de individuo que un guardaespaldas nunca conseguiría identificar en un océano de personas. No sería el hombre de la mirada fija, ni tampoco la amenaza evidente, sino un pez en el agua como los demás. Lo invisible, lo mortal. Las fachadas y el río al otro lado de la ventana parecían un paisaje muerto, nada digno de ser contemplado. Grip comprimió uno de sus hombros. El gesto lo tranquilizó; podía golpear tan fuerte como cualquiera. Aunque no se trataba de eso.

Estaba tumbado en ropa interior sobre la cama estrecha. Se palpó los brazos, luego el estómago. Deslizó las manos dentro de los calzoncillos; su sexo estaba frío e imperturbable. Se levantó y se vistió. Cuando se puso la pesada chaqueta, de pie junto a la cama, tuvo un segundo de indecisión. Pero enseguida recuperó el pleno control sobre sí mismo. Lo importante no era su vida, sino la de Ben.

Se marchó.

Aparcó el coche cerca de la central eléctrica del puente de Brooklyn. Todavía le quedaban unas horas, de modo que caminó hasta la boca del metro y de dirigió a Manhattan. Dejó las herramientas y la bolsa de papel con el espray en el coche. Era su ritual para desviar la atención; una manera de convertirse en un pez en el agua, su manera de controlar su propia inquietud. Nada de descuidos, como en Central Park. Ahora no dependía de nadie.

Dadas las circunstancias, resultó obvio que se dirigiera al Whitney Museum. Como solía ocurrir los días entre semana por la tarde, apenas había visitantes. No estaba desierto —eso tampoco habría sido bueno—, pero había poca gente. Podría quedarse a solas en las salas durante algunos minutos.

Grip compró la entrada. Echó un vistazo al interior de la cafetería, buscando la mesa donde se solía sentar con Ben, y luego subió por la escalera, evitando tomar el ascensor.

Se cruzó con una pareja que salía de la sala, y entonces se quedó solo.

No existía un cuadro más sereno que aquel. *Siete de la mañana,* de Hopper. Reflejaba tanta tranquilidad... A su lado colgaba otra obra, *Mañana en Carolina del Sur,* una mujer ataviada con un vestido rojo y un sombrero, esperando. La luz de la mañana, eso era lo que ambas obras tenían en común. Pero en el cuadro favorito de Grip no aparecía una sola figura. *Siete de la mañana* mostraba unos árboles distantes a un lado; en el otro, la fachada de una tienda ajada por el paso del tiempo. Qué paz. Tal vez alguien podría explicar alguna historia sobre la obra, pero Grip prefería no hacer preguntas. La luz y las sombras convencían al observador de existir a la vez. Hopper había pintado unas líneas afiladas donde el sol proyectaba sombras sobre las paredes blancas en el interior del escaparate; fuera, el suelo brillaba como arena caliente. Las manillas de un viejo reloj indicaban que eran las siete. Alguien que debía estar allí se encontraba en otro lugar. Sin embargo, no faltaba nada. Con esa luz de la mañana deslizándose por el suelo y entrando por el escaparate, también el tiempo podría haberse detenido. Por eso el reloj siempre marcaba las siete.

Exactamente eso: un lugar donde nada cambiaba jamás.

Romeo Lupone ni siquiera se sobresaltó, sino que se giró despacio. Grip, que había estado haciendo guardia fuera del bar, se apresuró a acercarse a Lupone en cuanto este salió del local. En una esquina repleta de bolsas de basura, cerca de la escalera para acceder a un sótano, Grip dio un paso adelante. El repentino sonido de alguien cercano hizo que Lupone se diera media vuelta. Ni siquiera tuvo tiempo de establecer contacto visual, el gas lacrimógeno lo pilló completamente desprevenido. Lanzó un grito ahogado, entre la sorpresa y el dolor punzante. Grip se abalanzó sobre él con un rápido rodillazo directo al muslo que hizo que Lupone se derrumbara sobre las bolsas de basura. Luego se sentó a horcajadas sobre él y le sujetó la cazadora con una mano mientras empuñaba el espray de gas lacrimógeno con la otra, preparado. Permaneció inmóvil mientras Lupone resollaba y se agitaba. Cegado, vació sus pulmones, y cuando por fin abrió la boca en busca de aire como un ahogado, Grip le vació el espray en la boca. Lupone inhaló todo el contenido.

Como un perro que echara espuma por la boca, el hombre expulsó todo tipo de mucosidades y vomitó entre convulsiones, pero no soltó ningún grito que atrajera la atención del vecindario. Cuando vació el segundo espray, lo único que pudo oír fueron unos leves pitidos. Grip gesticulaba y tosía, tenía sus propios ojos llenos de lágrimas. Tiró con fuerza de Lupone hasta arrodillarlo y lo arrastró como si fuera un paquete, haciéndolo rebotar por las escaleras del sótano. En el fondo había una pequeña cámara de cemento en la que apenas había sitio para los dos. Contenedores de plástico vacíos y latas rebotaron contra las paredes cuando chocaron contra ellas como dos luchadores. Las piernas de Lupone lanzaban patadas sin fuerza a su alrededor. Grip se sonó los mocos y se secó los ojos con las mangas a fin de ver algo en el turbio agujero del sótano.

Entonces sacó el punzón.

38

Tal y como había dicho que haría, Grip se registró en el hotel de Newark. Después de salir del aeropuerto de Atlanta, habían pasado cuatro días que no existían. La ropa era nueva, había vendido el coche. Caminaba sin equipaje a través de la oscuridad de la noche.

–¿Cuántos días? –preguntó el recepcionista.

Grip se encogió de hombros.

–Una noche, a no ser que cobren por horas.

El recepcionista rio, inseguro. Grip dejó que le cargaran por adelantado el importe de la habitación en su tarjeta de crédito. Luego subió a su cuarto, encendió un canal de televisión de pago y se sentó a esperar.

Se acercaba la escena final de la película cuando sonó el teléfono. Llamaban desde recepción: había un mensaje para él.

Un sobre.

Una nota con una dirección y una hora. Tenía tiempo, por supuesto que podía acudir. Todo siempre tan ordenado... Grip salió y tomó un taxi. Había informado –ida y vuelta a Newark–, y ahora se dirigía hacia el Holland Tunnel y el horizonte de Manhattan.

La dirección era en Gramercy, y la entrada se encontraba detrás de una hilera de árboles bien cuidados. Quizá había pasado antes por el vecindario, no estaba seguro; si lo había hecho, nunca se había fijado en la discreta localización. Casi todos los edificios eran viejos. Ninguna señal que indicara nada, ni en la calle ni pasada la verja.

—Bienvenido, señor Grip —dijo un hombre con una corbata de rayas negras y blancas, detrás de un anticuado mostrador de madera. Había grietas de humedad en las paredes y olía a cloro.

Diez minutos después, Grip llevaba solo un bañador alquilado e intentaba regular la ducha con grifos separados para agua fría y caliente.

—Taquilla cuarenta y siete; después diríjase directamente a los baños —le había dicho el hombre.

Azulejos ligeramente amarillentos con un mosaico en blanco y negro, un patrón difuso de escudos y emblemas en el suelo, antiguos dioses desnudos a lo largo de las paredes. En el vestuario, todos los muebles eran de madera oscura y tenían los bordes pulidos, sólidos. Los pocos hombres que vio en el interior se movían sorprendentemente despacio; uno de ellos llevaba una raqueta. Tuvo la sensación de que el lugar estaba a punto de quedarse vacío. Después de todo, era muy tarde. Grip terminó de ducharse y continuó hacia el interior.

—Bueno, aquí estás —dijo ella en voz baja.

Shauna Friedman se encontraba sentada con los brazos extendidos a lo largo del borde de un tranquilo *jacuzzi*. Estaba sola. Las burbujas de aire formaban cuentas de plata a su alrededor.

—Agua salada —dijo ella—. Y dicen que no debe hacer más burbujas que estas.

Se encontraban sobre la piscina, junto a la hilera de columnas de la galería cubierta. La luz era agradablemente tenue. El centelleo del agua de la piscina bailaba por las paredes y se reflejaba en el techo; el agua azul grisácea del *jacuzzi* parecía no tener fondo.

—¿Eres socia de este... templo? —preguntó Grip.

—No, pero conozco a alguien que lo es.

—Qué conveniente. —Grip miró a su alrededor—. A través de tu marido el político, supongo.

—Tal vez.

Grip asintió con la cabeza.

—Como puedes ver, poca gente se da un chapuzón a esta hora del día —explicó ella.

—¿Socios con dinero y agendas apretadas?

—Vienen por la mañana o justo después de trabajar. A esta hora estarán en la ópera o cenando con sus auditores.

Abajo, en la piscina, apenas dos cabezas se deslizaban de un lado a otro. De su conversación no se oía más que el eco de un murmullo.

—Entra, el agua está muy buena.

—¿Agua salada?

—Como el mar.

Grip dejó la toalla a un lado.

El agradable calor del *jacuzzi* había alcanzado sus rodillas cuando Shauna dijo:

—Quedó un asiento vacío en el vuelo de Atlanta. Desapareciste.

—Sí —dijo Grip—. Un capricho —dijo antes de sumergirse del todo.

—¿Un capricho?

—Me di cuenta de que me encontraba en el sur de Estados Unidos. La guerra civil, ya sabes, Gettysburg no quedaba lejos. Siempre había querido visitar... el campo de batalla.

Shauna esbozó una sonrisa irónica.

—¿Gettysburg?

—Sí.

—¿Cómo fuiste hasta allí?

—Me compré un coche.

—Vaya. El general Lee y la carga de Pickett. ¿Por qué no me cuentas algo sobre ellos?

Grip pasó la mano por el agua, ignorando la pregunta.

—Nunca podrás probarlo —continuó ella.

—No creo que necesite probar nada.

Grip la miró de nuevo. Estaba en remojo con Shauna Friedman, y la confianza pendía de un hilo.

—La guerra civil... —empezó a decir Shauna.

—Dejemos eso —la interrumpió Grip.

—Solo quería decir algo sobre la guerra civil —continuó ella—. Algunos dirán que Estados Unidos está regresando a ella. Reina la misma atmósfera destructiva, las mismas...

—¿Alianzas impías?

—El congelador de Adderloy. Hay que agradecerle a alguien esa información.

—De modo que fuiste tras él.

—Alguien envió un sobre con la dirección. —Asintió con aprobación—. Por fin encontramos su maldito agujero. Una casa enorme, créeme, al estilo de una vieja plantación. Fue todo un asalto, con la venia del Señor.

Grip guardaba silencio. Se apagaron las luces del agua y se oyeron unos murmullos desde la piscina.

—No tienes ni idea de lo que encontramos, ¿verdad? —dijo Shauna entonces.

—No. ¿El qué? ¿Al propio Adderloy?

—Adderloy —resopló—. Adderloy, sí. Por fin lo tenemos. No suelta prenda, pero lo tenemos. Hemos encontrado numerosas obras de arte robadas, entre ellas las esculturas de Jean Arp. Tarde o temprano lo habríamos pillado por eso, pero ¿cuánto tiempo habría permanecido entre rejas? Con una batería de buenos abogados habría salido en pocos años, eso si llegara a ingresar en prisión. Pero entonces... —Shauna miró a Grip—. No, no tienes ni idea. El congelador. ¿Qué guarda alguien como Adderloy en su congelador? Algo que lo llevó hasta Topeka. ¿Recuerdas, el banco? N. dijo que esparcieron la sangre por el suelo del banco. La sangre de Turnbull, el pastor. Robaron dos bolsas del hospital, pero solo utilizaron una en el asalto. La segunda bolsa estaba allí, gruesa y roja como salsa de arándanos congelada, en el congelador de la casa de Adderloy. No podía haber salido mejor, lo pillamos con las manos en la masa. Quién diablos sabe por qué la guardó. Complicidad: hay media docena de procesos relacionados con eso; robo de banco, asesinato, secuestro..., de todo. Me sorprendería que no lo condenaran a cadena perpetua. Sus abogados argumentan que hace no mucho hubo un robo en su casa, que cualquiera podría haber entrado y dejado allí la sangre... Pero, desafortunadamente para él, ese robo nunca fue denunciado a la Policía. ¿Sabes algo acerca de un robo?

Grip sacudió la cabeza de manera casi imperceptible.

—No.

Estaba sentado con los ojos cerrados, pensando en Vladislav. De modo que él se había llevado la segunda bolsa que habían dejado en el congelador del restaurante de los libaneses. Grip se hundió un poco más, de forma que el agua caliente lo cubrió hasta la barbilla.

—¿Y Turnbull? —preguntó entonces—. ¿Aún sigue esperando la sentencia de muerte?

—No por mucho tiempo. —Shauna alzó una mano, el agua fluyó entre sus dedos—. El gobernador de Kansas ha sido informado. Un poco de papeleo, y Charles-Ray Turnbull recibirá el perdón dentro de unos días. Su esposa se divorció de él, pero qué más da.

—¿Y Reza? —dijo Grip, cerrando de nuevo los ojos.

—¿Cambiaría esto su situación?

—Es inocente.

—¿De acuerdo con el maldito criterio de quién?

—El mío.

—Él estuvo en el banco —dijo Shauna.

—Apenas era un peón, lo sabes.

—Reza Khan está donde está. El prestigio de la CIA, el tren de fiscales, el jefe de policía de Topeka..., sí, todo el maldito estado de Kansas lo demanda, por supuesto que debe morir. Sobre todo una vez que esa insólita conexión entre terroristas y baptistas haya desaparecido. Todo el mundo estaba engañado, y Charles-Ray era una persona muy fácil de odiar. Ahora saldrá en libertad, pero la deuda sigue ahí. Hay que despejar el ambiente, y solo les queda Reza.

—¿Ni siquiera abrirán una nueva investigación?

—No.

Grip no se movió. Shauna agarró su brazo debajo del agua, lo que hizo que él levantara la vista de nuevo.

—Ahora solo estamos tú y yo aquí, recuérdalo —dijo ella—. Los que no han sido engañados en este asunto se pueden contar con los dedos de una mano.

—¿Y tú permites que se queden con Reza porque tienes a Adderloy?

—Anoche, alguien le sacó los ojos a Romeo Lupone —respondió ella.

Grip guardó silencio durante unos segundos.

—Estás cambiando de tema —dijo por fin.

—¿De veras? Adderloy, arte, Lupone. Lupone no paraba de gritar en la sala de urgencias de Wyckoff Heights. Las enfermeras decían que no soportaban mirar en su dirección. A la misma hora, vieron a un hombre fornido lavándose en el río. Mientras tú estabas en... Gettysburg.

—Lupone... Recuérdame quién era.

—No seas ridículo.

—El conductor.

—Sí, el conductor que aseguraba que había un sueco involucrado en el asunto de Central Park. ¿Por qué no me preguntas cómo está?

—¿Quién?

—Lupone.

—¿Cómo se encuentra el pobre muchacho?

—Sobrevivirá, gracias. Pero mis agentes deseaban mostrarle de nuevo fotografías de N., y ahora su visión...

Shauna calló unos segundos.

—Escucha —continuó—. Hemos encontrado más cosas interesantes en casa de Adderloy. —Hizo una pausa, observó cómo las burbujas ascendían en el agua—. ¿Te puedes creer que en el centro de una de las habitaciones encontraron uno de los arcos naranjas de Christo? Arco, puerta, o lo que sea... Entre todos esos óleos y esculturas, parecía algo del espacio exterior. Ahí plantado, en el centro de la estancia, como si se tratara de un objeto religioso. Ya sabes, se suponía que todas y cada una de las puertas debían ser destruidas, y nunca se denunció la desaparición de ninguna. Pero revisé la documentación, y el lugar donde se produjo el asesinato...

—Creo que entiendo adónde quieres llegar.

—Una de las puertas desapareció sin que nadie se diera cuenta. Y en ese mismo lugar nadie pensó que fuera otra cosa que un vulgar robo. La pobre mujer debió de sorprenderlos.

—Puedo entender que la gente robe obras de arte —dijo Grip—. Desean poseer algo bello, y con personas como Adderloy hay que añadir el reto de obtenerlo. Pero aún nos queda Topeka.

—¿Quieres decir que el asunto de Topeka cambiaría porque tenemos a Adderloy?

—Resulta razonable.

—Bueno, en Topeka les gusta pensar en terroristas, y ahora hasta tienen a uno. Yihadistas en Kansas. Ahora que Turnbull queda en libertad, se confirma esa idea. El jefe de policía de Topeka cree que ha conseguido desarticular una conspiración diabólica contra los buenos cristianos.

—Pero Adderloy es estadounidense y blanco —añadió Grip.

—Adderloy no suelta palabra.

—Tenía una bolsa de sangre en su congelador. Eso lo conecta con Reza.

—Sí, pero a nadie le haría particularmente feliz oír algo así. Tiempo atrás, Adderloy tenía amigos en las altas esferas de Washington. Ahora son letales para él. Nadie se dejará atrapar en el caso Adderloy, ni los baptistas sureños ni las sombrías figuras de Washington. Y ahora mismo, el propio Adderloy no dice ni pío. Mi opinión... —Shauna cabeceó varias veces—. Mi opinión es que alguien introdujo un pequeño mensaje bajo la puerta de la celda de Adderloy. Entiende que el silencio es su billete a la cadena perpetua; si divulga el más mínimo dato comprometedor, recibirá su última cena, la visita de un sacerdote y una aguja en el brazo. Esa es la mano que han repartido, porque lo tenemos. Reza lo ha identificado; fue lo único que pronunció con valor legal. Si no se hubiera conservado la bolsa de sangre de Turnbull, la prueba sería muy endeble.

—¿Has visto a Reza últimamente?

—Sí, hace apenas unos días.

—¿Cómo se encuentra?

Shauna sonrió.

—Tiene la conciencia blanca como la nieve, y la mitad de su cerebro en alguna otra parte. Está tratando de ganar tiempo, asegura que cada vez recuerda más cosas. Habla mucho acerca de unos grandes pájaros volando en línea. Pelícanos. También están saliendo más detalles sobre las personas que estaban con él. Los psicólogos de la agencia dicen que necesitarán, como poco, unos cuantos meses para reconstruir un caso sólido. Pero ese tiempo no existe.

—¿Será pronto?

—Sí. Recibirá la inyección dentro de tres semanas.

—América es maravillosa.

—Mejor que eso —contraatacó ella—. América es real.

—¿Esa es la respuesta a todas las preguntas?

—Tanto como que Gettysburg es la respuesta a la mía.

—Lupone...

—Lupone —lo interrumpió Shauna— es quien garantiza que Adderloy va a estar encerrado el resto de sus días. Si no consigo relacionarlo con Topeka, lo compensaré acusándolo de robo de obras de arte y del asesinato en Central Park, así como de otros tratos oscuros.

—Solo diría que...

—¿Incluso sin sus ojos, Lupone me ha entregado a Adderloy?

—Casi. Como bien sabes, en el vuelo desde Diego García leí la transcripción de un interrogatorio en el que Lupone implicaba a Adderloy.

Shauna miró a Grip sin vergüenza alguna.

—Mira, tengo toda la razón para cuestionar tu identidad. El pasaporte, N., todos los viajes que ambos sabemos que hiciste a Nueva York...

—Circunstancias desafortunadas, coincidencias accidentales.

—La bolsa de sangre en el congelador de Adderloy.

—Eso no es una coincidencia. —Grip guardó silencio durante un instante antes de añadir—: Y nunca habrías pescado a Adderloy si no llega a ser por mí.

—Y quieres algo a cambio. ¿Tu inocencia perdida, quizá? ¿Por los ojos de Lupone?

—Estaba viendo bayonetas oxidadas en Gettysburg.

—¿Por un paro cardíaco en una celda de Diego García?

—Un consejo. No dispares toda la munición antes de que acabe la guerra.

Shauna esbozó una sonrisa.

—¿Un consejo? ¿Para mí?

—Sí. Disparas sin cesar, y sin embargo me necesitas.

—¿Qué es esto, un juego de adivinanzas?

—Fuiste tú quien quiso que viniera aquí, ¿no es así?

—Entonces, ¿por qué estamos aquí?

—Estamos sentados en un *jacuzzi* porque quieres asegurarte de que pique todos tus anzuelos. N., Lupone..., lo que sea. Una negociación imaginaria tras unos muros silenciosos.

—Ten cuidado —dijo Shauna—. La investigación sigue en curso.

—Y por pura gratitud, debería mantener un silencio cortés.

Abajo, en la piscina, las voces habían cesado.

Grip movió una mano por el agua.

—Siento una gran curiosidad por una cosa. ¿Qué es lo que no quieres que vea?

Se oyó un portazo. La luz y el silencio de la piscina proporcionaban una idea de la noche circundante.

—Vosotros, los suecos, todavía os podéis permitir jugar a las casitas de muñecas con el mundo.

—Dicho por una mujer del Departamento de Justicia que, para la mayor parte del FBI, apenas es un trasero y un par de tetas maravillosas.

—La mayoría, por lo menos, se abstiene de expresarlo en voz alta.

—En bañador puedes seducir a un sueco.

—Por aquí te pueden despedir por decir cosas así estando de servicio.

—Creo que ambos nos hemos ganado la suspensión del servicio, pero por razones completamente diferentes.

—Ya es suficiente. —Shauna se puso en pie—. ¿Y si... nos vamos?

—¿Seguro que no hay alguien a quien no hayamos mencionado?

Shauna dio media vuelta, ya con el agua por la cintura.

—¿De verdad vas...?

—Mary —dijo Grip con firmeza—. Sigue desaparecida.

—Y Vladislav, por supuesto.

Shauna pasó una mano por la superficie ondulada del agua. No parecía sorprendida por el cambio de rumbo.

—Primero Mary.

—Bien. Es sencillo. —Shauna sopló en las manos y después las abrió, como si algo se hubiera esfumado—. Mary escapó. Por lo que sabemos... Pero ¿qué sabemos de ella? Solo la conocemos por lo que nos ha contado N.

—Pero ella estaba... —Grip cerró los ojos, como si estuviera reflexionando.

—No aparecía en la grabación de las cámaras de vigilancia del banco —añadió Shauna.

—Se quedó esperando en el coche.

—En efecto, siempre según N. Y cuando estuvieron en Toronto, antes de cruzar la frontera, se reunieron en un bar; pero, según el recibo, solo pidieron cuatro bebidas.

—Mary bebió agua —recordó Grip.

—Sí, eso dijo N. No era nada estúpido. Lo tejió todo muy bien, tenía explicación para todo lo que pudiéramos verificar.

—¿La borraréis, como si fuera humo? ¿Es eso lo que debo creer?

—La historia de N. es esencialmente correcta. Pero Mary es de su entera invención.

—¿Cuánta gente ha estado trabajando en esto? ¿Cuántos han investigado el caso? ¿La Policía de Kansas, el FBI?

–Un centenar de oficiales y agentes. Por ejemplo, la fábrica. N. afirmó que ella había vivido allí durante varios años, ¿no es cierto? Sin embargo, el alquiler solo se pagó un par de semanas antes de que ellos llegaran. Las operaciones se pueden rastrear hasta Adderloy. Y en el hospital, donde consiguieron la sangre...

–Shauna negó con la cabeza–. Nadie que encaje con su descripción trabajó allí. Es un callejón sin salida. Robaron la sangre allí, pero Mary, la Mary de N., nunca puso un pie en ese lugar. Cualquiera podía saber que Turnbull era donante de sangre.

Grip la miró durante un buen rato.

–¿De modo que todo eso no era otra cosa que el espejismo de un alma destrozada?

Shauna hizo un gesto de obviedad.

–Todo. La historia entera funciona sin ella. Quién sabe, quizá en Weejay's, mientras estuvieron en la playa, hubo alguien, una tal Jane Smith. Pero después, nada. Cuando entraron en Estados Unidos, eran solo cuatro. Cuatro hombres.

Grip metió la cabeza debajo del agua, expulsó unas breves ráfagas de aire y la sacó de nuevo. Mientras el agua chorreaba sobre su rostro, dijo:

–Olvidas una cosa: los pelícanos. Oíste hablar de ellos: Reza los mencionó claramente hace no mucho, y también lo hizo N. Volaban en línea, hasta que alguien empezó a disparar.

–Lo sé.

–Y todavía estamos a solas tú y yo aquí, en la piscina. Donde las paredes son viejas y sordas.

–¿No te importa si bajamos y nos bañamos en la piscina? –sugirió Shauna.

–En absoluto.

Caminaron envueltos en sus toallas a través de la galería cubierta. La escalera de acceso a la piscina se encontraba en el otro extremo. Los pequeños ecos de los azulejos eran todos suyos. Al principio, los pasos silenciosos y húmedos; después, la voz de Shauna:

–¿Te acuerdas de Chung Ling Soo?

–Mmm... Los carteles que coleccionaba tu padre.

—Exacto, los carteles. En realidad, Soo era un estadounidense llamado Robinson. Como mago nunca tuvo mucho éxito... Hasta que se puso una coleta, se disfrazó de chino y se marchó a Europa con ese nombre falso. Desde ese momento se convirtió en chino, tanto dentro como fuera del escenario. Nunca habló con los periodistas si no había cerca un intérprete, y durante las actuaciones no pronunciaba ni una palabra y se movía como un viejo. Cautivó, sorprendió y engañó a todo el mundo. Ese truco era mejor que cualquiera de los que pudiera hacer sobre el escenario. Lo vivía.

Empezaron a bajar las escaleras.

—Algunas personas se salen siempre con la suya. —Shauna retomó el hilo perdido—. A Vladislav se le está buscando en los cincuenta estados, y en el resto del mundo civilizado. Docenas de mis agentes aseguran estar siguiendo su pista, que es solo cuestión de tiempo. Vladislav ni siquiera puede pedir comida en un restaurante sin que alguien se fije en él.

Shauna se detuvo en el descansillo y se giró.

—No, no digas nada —dijo ella, y puso un dedo en los labios de Grip—. Nada.

Separó el dedo un par de milímetros, pero lo mantuvo frente a él como un signo de advertencia.

—No les creo: no conseguirán detenerlo. Vladislav es una excepción humana. Es de esas personas que entran en el ascensor en el último segundo, doblan una esquina a tiempo, pierden el tren que detiene la Policía. Es inconsciente, pero un verdadero talento. Una especie de ley de la naturaleza de la que fue consciente una vez que escapó de ese autobús, después del tsunami. Tomó su propio camino en el momento oportuno después de Topeka, y ahora se gana la vida cumpliendo encargos. Vive como un sicario. Sin miedo, imparable; empieza a tener cierta reputación. Hace cuatro meses, en Nueva Orleans, se encontraron cinco cuerpos en una suite de lujo en lo alto del Crowne Plaza Hotel. Un enfrentamiento. Al parecer, alguien había contratado a Vladislav. Aparentemente se registró en el mismo hotel unos días atrás. Causaba molestias siempre que pedía comida, contestaba con impertinencia... Todos los que trabajaban en el restaurante lo reconocieron. Y entonces se esfumó. Desapareció de la película, como solo él sabe hacerlo.

Volvió a tocar los labios de Grip, acariciándolos.

—Si en alguna ocasión, si de alguna manera pudiera decirme a mí misma que estoy en contacto con alguien como Vladislav, entonces tendría mucho cuidado con él. Ya sabes, una vez que has perdido la virginidad... Tener el poder de convocar a un demonio..., imagínate poder hacer algo así. Tarde o temprano puede resultar conveniente.

El agua de la piscina se encontraba tan quieta que casi parecía ilícito entrar en ella. Shauna fue la primera en lanzarse desde la escalerilla. Grip buceó en silencio detrás de ella. En el otro extremo había una estatua enorme, una mujer desnuda de medio cuerpo con una mirada vacía de mármol. En medio de la quietud, con las columnas que rodeaban la galería y el reflejo que se filtraba de las luces que había en el fondo de la piscina, era como nadar de noche en un templo o en el palacio abandonado de un banquero.

Se deslizaron despacio en el agua, el uno al lado del otro.

—Los pelícanos... —dijo Shauna. Ella nadaba por delante, sin mirar atrás.

—Vladislav me preguntó quién dio la orden de disparar a los pelícanos —añadió Grip—. Ya sabes qué respondí. De modo que si encuentras una bolsa de sangre en el congelador de Adderloy, es que Mary existe. Ella era algo más que una creación imaginaria de N. —Que Shauna siguiera nadando sin decir nada era suficiente respuesta—. Todos tus policías y agentes...

—No saben nada de N. Su historia solo concierne a unas pocas personas en Washington; Stackhouse y su grupo. Y ese círculo ha rechazado por completo la idea de Mary. Los demás, todos mis policías y agentes, como tú los llamas, ni siquiera se han hecho la pregunta. Para ellos no existe una quinta persona, ninguna mujer.

—Entonces, esperemos que Vladislav siga en libertad y que nunca sea interrogado.

—Esperemos.

Shauna aumentó la potencia de sus brazadas, rozó los azulejos y giró debajo de la estatua. Miró en dirección a Grip y se detuvo en mitad de la piscina.

—¿Quieres que pruebe algunas conjeturas? —dijo Grip.

—No, no será necesario. Mary era mía, *es* mía. Estuvo allí, y ahora se encuentra en la clandestinidad. Se volvió inutilizable. Se suponía que tenía que atrapar a Adderloy, algo que por fin se ha conseguido. Sin embargo, durante el proceso ella se convirtió en una criminal. Tenía buenas intenciones, pero fue demasiado lejos. Por suerte, yo era su contacto, el único.

—Todo el mundo tiene un jefe. ¿Qué pasa con tus superiores?

—Ellos sabían que yo tenía una fuente, pero no quién era, ni dónde estaba. Adderloy es un tema sensible. ¿Recuerdas que envié a dos agentes tras él que acabaron hinchados en un depósito de cadáveres en Bangkok? Resultó imposible avanzar después de eso, trabajar con policías extranjeros, establecer lazos de confianza entre mis propios agentes. Todo iba a paso de tortuga. No teníamos posibilidades de éxito, apenas lográbamos mantener las apariencias. Mary apareció como una oportunidad. No pertenecía a la agencia, pero tenía lo necesario para hacer esto. Se movía con libertad como nadie. De manera que levantamos varias cortinas de humo para ella; así nadie sabría que teníamos a alguien tan cerca de Adderloy. Mis jefes solo recibían breves informes que jamás revelaban la fuente.

—Se vio envuelta en cosas serias: gente asesinada en el banco, y después la condena a muerte de Turnbull.

—Es gracioso: los militares siempre salen bien parados de estas cosas; bombardean durante la celebración de una boda, piden disculpas y asunto resuelto. ¿Por qué no se puede aplicar lo mismo para alguien enviado por las fuerzas del orden? Mary se encontraba lejos del frente, sola. Por razones obvias, ella y yo no podíamos ponernos en contacto a menudo. Mary siempre tenía que considerar si seguir o abandonar, sopesando una y otra vez los pros y los contras. Ellos dispararon a Turnbull en una pierna, y ella estaba presente. Pero le habrían disparado de todas formas incluso si ella no hubiera estado allí. Y por lo que respecta a las víctimas del banco, Mary no pudo predecir lo diabólico que podía llegar a ser Adderloy en realidad.

—Una locura.

—No finjas estar consternado. Tú tampoco juegas a las muñecas con el mundo. Sí, fue un terrible error. Pero ella creía... y yo creí... que pasaban más cosas. Que sería posible conseguir algo más aparte de Adderloy. Ese asunto de los grupos rebeldes y de la identidad de quienes los financiaban. Imaginaba que había más, me decía a mí misma que era así, dejé que todo continuara durante demasiado tiempo. Pensé que nos conduciría a un pez aún más gordo y más feo. Pero no había nadie. Le dieron la espalda. Precisamente por eso Adderloy fue a Topeka. Ahora lo entiendo, pero ya es demasiado tarde.

Grip continuó nadando en lentos círculos alrededor de Shauna mientras ella flotaba boca arriba.

—Mary encontró a Adderloy en Asia —prosiguió ella—, cuando él estaba buscando a alguien con quien robar el banco para llevar a Turnbull y a sus baptistas a la ruina.

—Y después, más tarde, engancharon a los otros tres.

—Ellos mismos se prestaron. Sus vidas, la de N. en particular, eran una causa perdida. N. se convirtió en una víctima fácil de manipular.

—De modo que te informaba y se acostaba con N.

—¿Te parece raro? Vivía bajo presión, eso es lo que estas cosas hacen a la gente. ¿Nunca has tenido tus propias fantasías?

—Hay límites.

Shauna levantó ligeramente la cabeza y lo observó. A continuación, giró y dio unas cuantas brazadas más. La luz del suelo de la piscina multiplicaba su sombra en las paredes.

—Adderloy preparó la fábrica —explicó ella—. Dispuso todo lo que había allí, pagó el alquiler. Pero, a fin de no revelar lo bien preparado que estaba todo, convenció a Mary para que hiciera creer a los otros que lo había organizado ella y que sabía que Turnbull era donante de sangre. Todo ello contribuyó a crear la impresión de que el asunto era una feliz coincidencia y no, como era en realidad, apenas una pequeña parte de una misión mucho más grande que solo el propio Adderloy conocía. Con el fin de ganarse su confianza, Mary aceptó.

—Pero ¿fue él quien llamó a la Policía?

—Por supuesto. Desde el principio, el plan de Adderloy era que atraparan a Reza. Pero eso Mary no lo sabía.

Shauna y Grip regresaron a la mujer de mármol. Él buscó un punto de apoyo para el pie en el bordillo de la piscina, pero el azulejo era completamente liso. Se deslizó de nuevo hacia Shauna, que flotaba en silencio en el agua.

—Y Mary —dijo él— se quedó con Vladislav y con N. hasta que resultó inútil intentar atrapar a Adderloy de nuevo.

—Ella lo intentó poco después, en el motel, pero Adderloy nunca llegó a presentarse. O mejor dicho: Vladislav la descubrió, y después la Policía se cruzó de nuevo en su camino.

Shauna se deslizó sobre la espalda y alzó la vista hacia la estatua.

—Pero Mary tuvo éxito en una cosa. Antes de que Vladislav les hiciera tirar sus móviles a la cuneta, envió un mensaje de texto con la matrícula del coche. Se difundió la información, pero no encontraron el vehículo hasta que aparcó en ese motel de Florida. Ni la Policía ni el FBI. Todo indica que fue la manada de lobos de Stackhouse la que llegó primero. No lo sé a ciencia cierta, porque Mary escapó y pasó a la clandestinidad. Ella nunca llegó a ver cómo arrestaron a N., ni pudo confirmar si lo atraparon y se lo llevaron. De modo que tampoco yo llegué a saberlo. Y, francamente, no me importó. Estaba demasiado ocupada tratando de sacar a Mary de allí, barriendo el rastro. —Shauna recogió agua en el cuenco de sus manos y la vertió sobre su rostro—. No imaginas lo que tuve que barrer.

—Y los años pasaron —dijo Grip.

—Sí, los años pasaron. Pero, como sabes, había algo que no se podía arreglar.

—¿Turnbull?

—A causa de la chapuza que lo condujo al corredor de la muerte, no se podía culpar a nadie más. Mary y yo debíamos poner fin a eso. Por muy desagradable que fuera, no se lo merecía. No merecía morir.

—Pero finalmente, con un poco de ayuda...

—¿Quieres que te dé las gracias?

Grip ignoró el comentario. En lugar de eso, preguntó:

—¿Y dónde está Mary ahora?

—Oh, puedes pasar una vida entera en Nueva York sin que la gente sepa quién eres en realidad. Se encuentra bien.

—¿Y los agentes del FBI y de la Policía de Kansas?...

—Aún creen que fueron solo cuatro los hombres que robaron el banco en Topeka. Eso es lo que se ve en las grabaciones, y ese es el número de bebidas que figuraba en el recibo del hotel de Toronto.

—Hay muchas piedras que no se pueden levantar, si esto ha de durar.

—En absoluto.

—¿Ah, no? Toma por ejemplo a los libaneses —dijo él—. Si alguien interrogara a los hermanos del restaurante, hablarían de ella. Y también de otras cosas.

—Seguro que esos hermanos libaneses son personas muy decentes —replicó Shauna—, pero dirigir un restaurante solo con un visado de estudiante es ilegal. Fueron deportados. Desaparecieron. Su rastro se pierde en algún vuelo con destino a Ankara.

—Barriste.

—Me ocupé de los detalles —lo corrigió Shauna.

—No puedes borrar todo. Los pelícanos, por ejemplo.

—Es cierto: tú sabes sobre ellos. Pero, por otro lado, tú tienes tus propios pelícanos: el viaje a Gettysburg y, mucho antes, una noche que acabó algo descontrolada en Central Park, quizá a la altura de la calle 96.

—¿Cómo fue? —preguntó Grip con suavidad—. N. dijo que fue arrestado en un motel, pero Stackhouse aseguró que sucedió mucho después. Y N. dijo que Mary se encontraba también allí, pero tú le cuentas a Stackhouse que ella no estaba. –Respiró bien hondo–. ¿Tal vez le convenga a más gente, aparte de nosotros, que N. esté muerto?

El agua de la piscina estaba ahora en calma, como un espejo.

–Mientras sepas dónde tienes a los otros –añadió Shauna–, eso lo es todo.

Y con estas palabras dio una primera brazada en dirección a la escalerilla.

39

–Oh, ¿se trata de una reconciliación? –dijo Ben tomando la botella que Grip le tendía. Champán, un Bollinger del 96. Ben solía señalarla con frecuencia en la vitrina de cristal de la tienda de licores del polaco del barrio; decía que era absolutamente maravilloso, y uno de los culpables de que su billetera abultara tan poco–. ¿O estamos celebrando algo?

Grip ya se encontraba sentado a la mesa de la estrecha cocina. Había caminado desde la piscina en Gramercy hasta el apartamento de Chelsea. Durante el camino se le había secado el pelo. Había sido una media hora que nunca podría describir, cómo había llegado hasta allí, qué había estado pensando. Un salto entre mundos. Un compartimento estanco se había cerrado a su espalda, y él no había mirado atrás por encima del hombro ni una sola vez.

Fue solo al pasar junto al escaparate de la tienda del polaco, con sus etiquetas descoloridas por el sol, cuando se sintió con las manos vacías. Una vez en el interior de la tienda titubeó, pero entonces reconoció la botella. Grip no tenía por costumbre aparecer con regalos.

–Lo sé –dijo Ben, dándole la espalda–. No diré ni una palabra.

–Hacía más de tres semanas que no sabías nada de mí –dijo Grip. Su mano se movió distraída por el montón de revistas y catálogos de arte que había sobre la mesa.

–Cuatro. –Ben colocó la botella de champán sobre la mesa. El polaco le había quitado el polvo, y le había hecho una reverencia al vendérsela–. ¿No había algún teléfono cerca, algún ordenador con conexión a internet?

–Claro que sí.

–No soy una reinona celosa. Pero dime que fue necesario.

Ben se encontraba de pie, de espaldas a Grip, jugueteando con algo que había en la encimera. Eran más de las diez. Ben siempre cenaba tarde cuando lo hacía en casa, decía que se sentía demasiado inquieto al principio de la noche. En los hombros, su camisa blanca todavía mostraba rastros de haber sido planchada, pero en las caderas colgaba arrugada. Dejó el cuchillo y se apoyó en las manos, esperando.

–No quería arriesgar nada –dijo Grip por fin.

–El riesgo, siempre...

–Sobre todo en esta ocasión –lo interrumpió Grip, alzando la voz.

Ben parecía no escuchar.

–Si me hubiera ocurrido algo, habría sido imposible ponerme en contacto contigo. –Sus antebrazos sobresalían de los puños arremangados; parecían más delgados que nunca–. No es suficiente que *pienses* en mí.

–Apenas pensé en ti en realidad, yo... no soy así. No había tiempo para eso. Pero, a diferencia de esos jodidos médicos, yo al menos he intentado salvar tu vida.

Ben se dio media vuelta y miró inseguro a Grip, que movió la cabeza. Una especie de disculpa.

–No más obras de arte –dijo Grip entonces–, ¿de acuerdo? Intentó esbozar una sonrisa, pero resultó forzada.

–Nada de eso, ni siquiera tasaciones. Nada –añadió Grip.

Ben se acarició una sien.

–Estás bronceado.

–Sí.

–Has estado viajando, el tipo de tareas que haces... para Suecia... en algún lugar. –Entrecerró los ojos, incómodo–. ¿O se trataba del trabajo que hiciste aquí, Arp y lo otro?

–Olvídalo.

Pero Ben continuó.

—Mis tasaciones nunca han lastimado a nadie.

—Ben, la puerta. No me gusta que dejes la puerta abierta.

Un intento de cambiar de tema. Cuando Grip llegó al apartamento, la puerta no tenía el cerrojo echado. Solo tuvo que abrirla y entrar. Era una vieja discusión.

Ben hizo oídos sordos.

—El asunto en el que echaste una mano, Ernst... No son cosas por las que muera gente.

—Ben...

Pero Ben apenas rio.

—No tuviste que matar a nadie, ¿verdad? —preguntó, divertido.

La mirada.

Por un instante, el compartimento estanco abrió lo que debería haber estado siempre cerrado, y algo apareció en la brecha. Un fantasma. Como cuando un alma abandona el lecho mortuorio.

—Existimos, Ben, existimos de nuevo —dijo Grip. Luego miró a un lado—. No debemos preocuparnos.

Un consenso. La brecha se cerró. Quizá transcurrió un minuto.

—Sopa de verduras. Sí, con unos trozos de carne.

Solo Ben era capaz de sacudirse la muerte de encima cuando esta sobrevolaba la habitación. No la suya, siempre la de otros. Miró la botella.

—Y un Bollinger Grande Année del 96. ¿Cuánto tiempo te quedas?

—Solo esta noche.

—Eso es perfecto.

40

De nuevo los largos y solitarios pasillos de los servicios secretos. Grip se encontraba en Estocolmo, en el despacho del Jefe. No en el de más alto rango, tampoco en el de su superior directo, sino con el hombre mayor. Su despacho siempre había sido más pequeño que el de los otros jefes, aunque al menos tenía una alfombra y sillas de cuero. Siempre había habido clases.

—De acuerdo, de modo que todo quedó en nada —dijo el Jefe—. ¿Apenas un caso de identidad sin resolver?

—Eso es —respondió Grip.

—¿Y lo resolvieron?

—No, murió.

—¿Y solo en eso empleaste casi cuatro semanas?

—La burocracia estadounidense, su incompetencia habitual.

—¿Lo interrogaste?

—Sí, unas cuantas veces.

—¿Hablaba sueco?

Grip no contestó directamente. Se inclinó hacia atrás y hacia delante.

—¿Con acento, quizá? —sugirió el Jefe.

Grip se encogió de hombros. El Jefe asintió.

Cuatro semanas inexistentes. No se había presentado un solo papel sobre el asunto, ni siquiera un punto de tinta al final. Todo lo que había era una nota escrita a mano sobre el escritorio del Jefe que contenía una estimación de Grip sobre sus propios gastos. Sin especificar lugares, ni fechas, ni recibos, solo tres apartados: «comida», «alojamiento» y un vago «otros». El Jefe echó un vistazo al papel y a continuación lo puso a un lado. Las cantidades se añadirían como gastos libres de impuestos en su próxima mensualidad. Nada acerca de Diego García, nada acerca de Nueva York, nada acerca del hecho de que los servicios secretos le reembolsaran el importe de dos espráis de gas lacrimógeno y un punzón bien afilado.

El Jefe estaba sentado. Grip, de pie con las manos en los bolsillos, miraba por la ventana.

—Me alegro de que estés de vuelta, a tiempo completo —dijo el Jefe—. Necesito...

—No quiero tener nada que ver con los norteamericanos por un tiempo.

La risa del Jefe sonó como una tos.

—Tienes razón. El mundo gira en torno a los norteamericanos, siempre acaba uno tropezándose con ellos.

—Exacto.

—Pero a ti esto te gusta: viajar, la independencia... Tener la posibilidad de desaparecer. Necesito gente que pueda hacer eso.

—Olvídalo.

—Entonces, ¿de vuelta con los guardaespaldas?

Grip asintió.

—Menuda pérdida de tiempo. —Alguna pieza de metal chirriante se resistió cuando el Jefe se recostó en su silla—. ¿Horas extras, aparatos de radioescucha colgando de las orejas y prácticas semanales de tiro un año tras otro?

—A mí me va bien.

—¿Por ahora?

Grip no respondió. Continuó mirando por la ventana.

El Jefe se recostó aún más en la silla.

—Bueno, ¿adónde llevas tu traje la próxima vez?

—Una de las niñas se va a la Riviera.

—Ajá, a hacer de canguro para una princesita. ¿Y por qué siempre a la Riviera? ¿A qué se dedican allí abajo?

—Ya lo sabes.

—Reírles los chistes malos a los asistentes reales, conseguirles un taxi por la tarde y empujar a unos cuantos fotógrafos entrometidos.

—Me siento a gusto con ello.

—Y una mierda. Lo detestas, pero te compensa por las vacaciones. Lo entiendo, así puedes ir y venir.

Grip guardó silencio un rato.

—Puedo evitar a los norteamericanos —dijo a continuación.

—Sí, supongo que eso es cierto. ¿Cuándo te vas?

—Mañana. En el avión oficial, desde Bromma.

—Mierda, todo para que se broncee una princesa.

—También tenemos la inauguración de una exposición.

Grip se fijó en un pájaro al otro lado de la ventana.

—Y después dos semanas de esquí acuático.

—Desde luego.

—Esquí acuático... Por Dios, Grip.

—No soy más que un guardaespaldas. —El pájaro desapareció. Grip se giró—. Como te dije —añadió, haciendo un gesto pesaroso con una mano—, fui a donde me llevaron, pero el hombre de la celda murió.

—Murió, claro —dijo el Jefe, rindiéndose, y dejó que sus mejillas se vinieran abajo como las de un perro.

Grip asintió. Luego desapareció por el pasillo.

41

Era un día soleado de principios del verano, y el azul del cielo era tan intenso como una llama de gas. Grip caminaba de vuelta a casa después de dar un rodeo por Södermalm, en la zona sur de la ciudad. Había estado en la biblioteca pública de Medborgarplatsen, donde una mujer que trabajaba allí lo había ayudado a localizar un periódico. La había llamado unos días antes; se trataba de una vieja conocida. Ella le dijo que podía quedárselo, de modo que ahora llevaba encima el *Kansas City Star*. La bibliotecaria había encargado todos los ejemplares de la última semana, pero a Grip solo le interesaba un día en concreto. Caminó Götgatspuckeln arriba y salió en Slussen para ver el agua, las agujas de cobre verde de las iglesias, las fachadas medievales. Frente al muelle de Stadsgårdskajen se encontraba el primer crucero de la temporada. El gigante blanco se hallaba anclado a cierta distancia, y unas embarcaciones del puerto transportaban a innumerables cruceristas hasta el barrio de Gamla Stan. Grip se detuvo, y entonces decidió tomar el mismo camino y siguió por la pasarela peatonal hacia las escaleras de Kornhamnstorg. Una vez que dejó atrás los semáforos de Slussen, abrió el periódico y lo dobló por la mitad, a fin de poder leerlo con una mano.

Mientras caminaba, comenzó a leer:

Poco después de la medianoche del jueves, Reza Khan fue conducido a la sala de ejecución de la cárcel de Lansing. El condenado mostraba, al principio, la misma expresión ausente que observaron los reporteros durante el juicio. Aunque cabe señalar aquí que las emociones de Khan resultaban difíciles de interpretar debido a la cicatriz de la grave herida de bala que recibió cuando fue detenido. En todo momento, el prisionero sostuvo que las heridas de su cabeza eran las responsables de su controvertida pérdida de memoria.

Khan fue trasladado hace tres días del corredor de la muerte de la prisión de El Dorado a una celda aislada en Lansing. Las autoridades, que no han podido localizar a ningún miembro de su familia, comunicaron que durante los últimos días Khan solo se había reunido con su abogado. Su última comida consistió en pollo frito.

Cuando se descorrió la cortina que separaba a los testigos del condenado, este ya se encontraba atado a la camilla, con una aguja y una cánula introducidas en el interior de ambos brazos. Habían alzado la camilla, y Khan parecía no estar preparado para ver ese conjunto de rostros. El alcaide, Richard Hickock, leyó la sentencia, y solo entonces Khan pareció prestar atención. Una vez que Hickock hubo terminado de leer, Khan replicó, sarcástico: «Para ninguno de los que están aquí presentes es una sorpresa que yo vaya a morir». El alcaide, guardando la compostura, le preguntó a Khan si quería decir unas últimas palabras. Khan respondió con frialdad: «¿Qué le gustaría que dijera? ¿Tal vez que gritara *Allahu àkbar?* No, tendrá que buscar algo más original».

Siguieron unos momentos de confusión cuando el ayudante del alcaide intentó bajar la camilla pero tuvo problemas con un pasador. Mientras trataban de retirar la clavija, Khan miró con los ojos entornados a los testigos que aguardaban en sus sillas y se centró en uno de los rostros. Alguien opinó que parecía sonreír, otros pensaban que era más bien una expresión de sorpresa, cuando Reza Khan dijo: «Ahora sí te reconozco». Entonces la clavija cedió y la camilla descendió por fin.

Grip dobló en la esquina de Västerlånggatan. Un espectáculo al aire libre que solía evitar en verano: niños con helados, guías japoneses, cuernos vikingos, innumerables cámaras y abultados rebaños con los que los carteristas hacían su agosto. Se dirigió a la esquina de Storkyrkobrinken, esquivó a dos damas cruceristas norteamericanas tocadas con amplias pamelas y cuyas zapatillas de deporte parecían moverse como hormigas y por fin encontró un nuevo camino entre la multitud. Volvió a centrarse en el periódico.

La primera inyección calma al reo, la segunda y la tercera paralizan los pulmones y detienen el corazón. Khan fue rápidamente anestesiado, pero antes de sumirse en la inconsciencia murmuró algo que repitió varias veces. Según algunos testigos, sonaba como «Neri». El médico de la prisión certificó la muerte de Khan diez minutos después. Durante el proceso no se percibieron movimientos o signos de malestar. Uno de los presentes aseguró haber observado algunos espasmos en una mano, otro dijo algo de «matar a un perro». Los restos de Reza Khan serán incinerados en los próximos días, y las cenizas serán esparcidas al viento en un lugar desconocido.

En el exterior de la cárcel, la ejecución fue celebrada por grupos de cristianos que habían sido acusados con anterioridad por los actos por los que Khan fue finalmente sentenciado. Con la puesta en libertad de Charles-Ray Turnbull y la ejecución de Reza Khan, parece ser que estas congregaciones han recuperado su reputación. «¡La ira de Dios! ¡La ira de Dios!», gritó un grupo denominado Conferencia Baptista Sureña mientras el coche fúnebre abandonaba la prisión.

Según informó con anterioridad este periódico, varios analistas opinan que los actos ocultos de Reza Khan y su grupo indican que la guerra religiosa es ahora un elemento permanente de la vida norteamericana. Cuando Barbara Freeman, la senadora republicana de Kansas, tuvo noticia de la ejecución de Khan, declaró: «Este es el primer terrorista que recibe su castigo después del 11 de septiembre».

Grip detuvo sus pasos. En la esquina de Storkyrkobrinken, la gente se agolpaba alrededor de una mesita plantada en medio de la acera. Había cuatro lituanos, pero solo uno de ellos, uno que llevaba un sucio sombrero negro y un pañuelo en el cuello, llamó su atención. Se encontraba detrás de la mesa, y se movía con agilidad. Ya el verano anterior, la Policía había tenido que intervenir después de que alguien diera el aviso. Llegaron a trasladar a los cuatro hombres a la comisaría, pero se vieron obligados a soltarlos de nuevo. «La gente nos da su dinero, nosotros no se lo quitamos, nunca. No somos ladrones», argumentaban.

Tres cubiletes sobre la mesa. ¿Cuál de ellos ocultaba la bolita? Zis zas, zis zas, el hombre mezclaba los cubiletes con rápidos movimientos de manos.

Grip había oído que habían regresado este verano. Quería verlos. Se quedó en la esquina opuesta, a unos pasos de la multitud, observando.

—Pon veinte coronas y ganarás el doble —decía el hombre a su público en varios idiomas, con un acento muy marcado.

El tipo del sombrero detrás de la mesa, y tres de los suyos mezclados entre la multitud. Un billete sobre el tablero, zis zas, zis zas. Un pequeño empujón por detrás, o un comentario en voz alta en el momento oportuno, lo suficiente para distraer al apostante: pequeños movimientos aquí, grandes gestos allá; incluso improvisaban pequeñas discusiones falsas. Cuando las apuestas escaseaban, los otros tres jugaban: zis zas, zis zas. En esos momentos era posible seguir la bolita. Entonces uno creía que podía verla.

—Increíble —dijo una voz con acento norteamericano cuando la bolita salió del cubilete del centro. Un japonés bajito sacó un billete de cien y lo puso sobre la mesa. Un apostante de verdad. El ritmo cambió. Zis zas, zis zas.

Aquel día en la piscina de Gramercy, en Nueva York, Grip se había quedado un rato bajo los escalones después de que Shauna se marchara. Mientras subía y se dirigía al vestuario, dejó todo atrás. Topeka, Mary, N..., todo se difuminó. O eso creyó. Cuando el pensamiento lo golpeó, se detuvo. Shauna ya había desaparecido. Grip murmuró algo mientras daba unos pasos vacilantes;

luego dio media vuelta y salió. Regresó a la piscina y recorrió de nuevo la galería de columnas.

El vestuario de mujeres. El suave perfil de una mujer desnuda en la puerta. Supuso que estarían solos. Entró.

Tenía ante sí un pasillo vacío. Más allá oyó agua correr, se acercó. No vio a nadie, pero supuso que ella se estaba duchando. Había una puerta abierta de par en par en mitad del pasillo, una taquilla de ropa. Solo quería asegurarse de que era ella; no deseaba asustar, ni mucho menos molestar a nadie. Apenas un paso, lo justo para ver sin ser visto a través del hueco, para poder gritarle que se pusiera una toalla y volviera a salir un momento.

La idea que se le había ocurrido tenía su origen en uno de los encuentros que había mantenido con N. en el interior de la celda, cuando él se encontraba tan cansado y ausente, casi confundido. Eso era lo que quería preguntarle a Shauna.

Grip se asomó directamente a la ducha de mujeres. Ella se encontraba a solo unos metros de distancia, sola, dándole la espalda. Su traje de baño estaba tirado en el suelo de mármol, detrás de ella. Desnuda, casi de puntillas, se estiró y se enjuagó el cabello que se derramaba como una cola de caballo por el cuello y la espalda. Los azulejos blancos y el mármol, el cabello negro. Fuerte y hermosa.

Como una diosa.

El agua corría, y Grip se hallaba oculto, toda la figura de ella enmarcada en el hueco de la puerta.

En el transcurso de los interrogatorios nocturnos a N. de los últimos días, todas esas preguntas del FBI sobre Adderloy, Nueva York y todo lo demás... no era Shauna quien las hacía. Alguien las formulaba por ella; Grip se dio cuenta de eso incluso entonces. La última vez que se sentó frente a N., él murmuró: «Ella vino». Grip creyó que tenía algo que ver con los recuerdos traumáticos del tsunami. Pero ahora lo comprendía: en el último momento, la propia Shauna entró, y entonces N. se rindió. ¿De qué hablaron? Eso era lo que Grip deseaba preguntarle a Shauna.

Pero...

Por supuesto. Ella no dijo una sola palabra, sencillamente apareció en la celda.

La mirada extenuada de N., como una oración antes de morir. Y Grip vio su oportunidad: las pastillas pulverizadas contra la malaria en el interior del bolígrafo.

Las imágenes fluían ante Grip como el tráiler de una película. Uno de los pequeños dibujos de N. en el periódico: los ojos entrecerrados de un gato. El agua corría en la ducha. «¿Quién tuvo la idea de que disparásemos a los pelícanos?».

No era solo su cabello negro lo que rompía el blanco de la ducha. No llevaba puesto el traje de baño: estaba expuesta. Por completo. Shauna le daba la espalda, pero un par de ojos miraban fijamente a Grip detrás de la puerta. Justo encima de sus nalgas. Era como si el agua que goteaba por su cuerpo lo hiciera arquearse. El rabo era negro y se alzaba para azotar, los ojos entrecerrados y brillantes.

La puerta de la taquilla se cerró de un portazo. La mujer de la ducha miró apresurada por encima del hombro y sonrió al encontrar la mirada de la empleada. Después aumentó el flujo de agua.

La empleada llevaba a la piscina un montón de toallas limpias. Las cargaba bajo el brazo, y cuando salió por la puerta a la galería de columnas vio la espalda de un hombre que se alejaba de ella.

—Vamos a cerrar —le dijo.

Él no respondió. Una toalla alrededor de la cintura, una espalda bronceada.

—¿Se encuentra bien?

Había algo extraño en su manera de andar.

Tampoco respondió esta vez. Un momento de luz en la penumbra cuando la puerta del vestuario de hombres se abrió. La figura desapareció.

La sensación de malestar perduró unos segundos. La empleada se quedó quieta un momento antes de continuar su camino con su montón de toallas.

–Increíble.

En la esquina de Storkyrkobrinken, el japonés era quinientas coronas más pobre que unos minutos atrás. El marido de la mujer norteamericana había perdido lo mismo, y después algo más. Un empujón, un estornudo a tiempo, entretanto una ronda de apuestas que ganó otra persona.

–El hecho de que usted haya expuesto el truco no significa que ellos hayan cometido un crimen –había dicho el abogado que se había presentado mientras los lituanos estaban retenidos en la comisaría, el verano pasado–. La magia siempre tiene una explicación. –Zis zas, zis zas–. A la gente le encanta que la engañen.

Una maldición desconcertante: la bolita nunca estaba debajo del cubilete elegido. Los norteamericanos terminaron por marcharse.

Grip bajó la mirada al periódico. Volvió a leer: «Alguien opinó que parecía sonreír cuando Reza Khan dijo: "Ahora sí te reconozco"». Al final del artículo se enumeraban los nombres de los presentes. Grip revisó la lista: el jefe de policía de Topeka, un juez, el abogado de Khan, unos cuantos familiares de las víctimas del banco, algunos periodistas y... –Grip asintió– Shauna Friedman, del FBI.

Zis zas, zis zas.

Volvió a leer: «... murmuró algo que sonaba como "Neri"».

Los cubiletes se detuvieron en la mesa. La mano de uno de los apostantes, a punto de señalar, vaciló. Grip recitó en voz baja: «Neri... Neri... Neri...».

El cubilete se alzó. Grip se estiró y se corrigió: «Mary... Mary... Mary».